冷月飄風

策士張儀

吳禮權 著

臺灣商務印書館

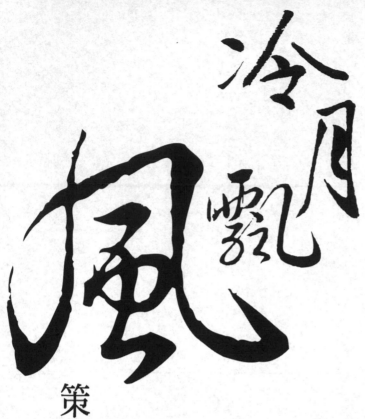

推薦

中國的戰國時代，是一個戰亂頻仍、動盪不安的時代，也是一個學術思想自由、英雄梟雄迭出的時代。太史公《史記》所記載的蘇秦、張儀，就是那個時代書生中的英雄梟雄。他們既是中國歷史上備受爭議的人物，也是非常具有魅力的人物。吳禮權教授以《史記》與《戰國策》等史料為依據，展開豐富的想像，以歷史小說的形式生動地再現了蘇秦、張儀兩個書生英雄的形象。

吳禮權教授在中國古典小說和中國古代語言學史等學術研究領域獨有建樹，有許多著作傳世。在修辭學研究方面，更是碩果豐盛。以其深厚的文史學術背景與獨到的語言修養為依託，他這部描寫戰國策士張儀的歷史小說在語言表達上展現出別人所沒有的優勢。小說的敘事語言全用嫺熟的漢語白話，自然流暢，給人一種「風行水上」的感覺；小說的對話語言則折衷於文言與白話之間，既有簡約古雅的韻味，又不失親切生動的通俗性，對策士兼說客張儀的人物形象塑造起了非常好的作用。「文學是語言的藝術」，從吳教授的創作實踐可見真諦。

——日本早稻田大學文學院　古屋昭弘教授

當代中國文壇，說起歷史小說創作，海峽兩岸都會一致推崇臺灣作家高陽。高陽寫歷史小說，向來以扎實嚴謹見長，恪守《三國演義》「七實三虛」的創作原則。因此，他的作品常給人一種沉旬旬的歷史感。

據說，高陽寫歷史小說時，常拿尺子在地圖上量來量去。無獨有偶，海峽彼岸的吳禮權教授寫歷史小說也有此癖好。據其「夫子自道」，他在日本寫歷史小說《說客蘇秦》與《策士張儀》時，對戰國史已有十年的研究，並做了一百多萬字的歷史人物資料長編和《戰國策》史料的系年考據。寫作過程中，常常對照《中國歷史地圖集》設計人物行進路線，並按比例尺計算人物行走里程。

吳教授乃大陸著名高等學府復旦大學的年輕才俊，三十多歲即成為復旦大學歷史上最年輕的文科教授，學術研究斐然有成。他寫歷史小說重視「歷史的真實」，講究「事出有據」。他的歷史小說總讓人有一種身臨其境的「現場感」，乃與其學術背景有關。

吳教授曾經受邀來臺北東吳大學中國文學系客座，我們有將近四個月的友誼相處，深知他有重視史實的考據癖，故其筆下的人和事都是歷史的人與事，歷史感特別強；吳教授自謂有講究語言文字的「職業病」，故其筆下的人物都各有其「聲口」，各顯其情性；其敘事語言，常折衷於文言與白話之間，既有簡樸古雅之韻，又有行雲流水之致。

高陽創作的歷史小說非常多，其中尤以寫晚清人物的系列作品最為讀者所津津樂道。曾有評論家評論說：「晚清歷史，頭緒紛繁，變幻莫測，高陽卻能從容駕馭。在一張一弛的故事敘述過程中，晚清的歷史面貌自然地顯現出來。讀者在急欲了解故事的進一步發展的閱讀渴望中，不知不覺也熟悉了那一段史實。」讀吳教授的歷史小說，也有這種感覺。戰國時代動盪不定的時局，紛擾混亂的人事，在他的《遠水孤雲：說客蘇秦》和《冷月飄風：策士張儀》等系列歷史小說作品中都呈現得井然有序，一個個亂世英雄形象紙上躍然。

如果將吳教授的創作理念和語言風格與高陽作個比較，我們發現二人有許多驚人的相似之處。因此，說吳教授是大陸的高陽，也未嘗不可。

——臺灣東吳大學中文系原主任、人文學院教授　許清雲博士

在中國學術界，大家都知道復旦大學教授吳禮權博士在學術研究上有幾次成功的華麗轉身。碩士研究生時代，師從魏建功先生的得意門生濮之珍教授，治中國古代語言學史，著有《中國語言哲學史》，由臺灣商務印書館出版。畢業後留校，在復旦大學古籍研究所工作，師從章培恒教授沉潛於考據，治中國古典小說史，發凡起例，著有《中國筆記小說史》、《中國言情小說史》、《清末民初筆記小說史》，均由臺灣商務印書館出版。其中，《中國筆記小說史》被大陸商務印書館引進在大陸發行簡體版，在學術界產生廣泛影響。這是禮權教授學術研究上的第一次華麗轉身。後調復旦大學中國語言文學研究所，進入復旦大學老校長、中國現代修辭學之父陳望道先生創辦的語法修辭研究室，師從宗廷虎教授研究修辭學，成為中國修辭學的第一個博士學位獲得者，在修辭學理論、漢語修辭學史、漢語修辭史研究領域取得突破性的建樹。這是禮權教授學術研究上第二次華麗的轉身。至於第三次華麗轉身，則是由學術研究轉入文學創作。其所著長篇歷史小說《遠水孤雲：說客蘇秦》、《冷月飄風：策士張儀》，精思傅會，十年乃成，《史記》所記載的兩個說客形象由此得以血肉豐滿地站立起來，栩栩如生，躍然紙上。也因此，禮權教授被臺灣學者譽為「大陸的高陽」，成為中國當代歷史小說創作的一顆新星。

——國家有突出貢獻專家、雲南師範大學原校長、華中師範大學博士生導師　駱小所教授

目次

卷首語

戰國時代，是中國歷史上最為混亂，人民苦難最深的時期之一，也是英雄輩出的時代。在這個時代，既有雄才大略、目光如炬的秦孝公，銳意改革、手腕鐵血的公孫鞅，胡服騎射、開疆拓土的趙武靈王，足智多謀、百戰不殆的孫臏，為國理財、革新內政、富國強兵的魏相李悝和韓相申不害等傑出的政治家、軍事家；也有諸如墨家的墨翟、道家的莊周、儒家的孟軻、法家的韓非、名家的惠施等一大批燦若群星的諸子百家代表人物，他們的思想學說直至今日還對中國文化有著深遠的影響。

戰國時代，是政治家任情揮灑、軍事家用武有地的時代，更是中國歷史上「書生意氣，揮斥方遒」的時代，是無數讀書人「朝為田舍郎，暮登天子堂」的時代。掛六國相印、爵封武安君的蘇秦，兼相秦魏、操控天下的張儀，爵封秦國大良造、歷任魏將韓相的公孫衍，左右秦楚二國、八面玲瓏遊走的陳軫等無數遊士，就是在這個風雲激盪的歲月中，趁著天下大亂、禮法不存的時代情勢，憑著三寸不爛之舌，遊說諸侯之間，縱橫捭闔於天下，以一人之智謀而左右天下時局，玩天下於股掌之上，堪稱中國歷史上的奇觀，也讓無數中國讀書人心嚮往之。

南朝梁著名文論家劉勰在《文心雕龍．論說》中有云：「說之善者：伊尹以論味隆殷，太公以辨釣興周，及燭武行而紓鄭，端木出而存魯：亦其美也。」又說：「戰國爭雄，辨士云涌；從橫參謀，長短角勢；轉丸騁其巧辭，飛鉗伏其精術。一人之辨，重於九鼎之寶；三寸之舌，強於百萬之師。六印磊落以佩，五都隱賑而封。」如果認為劉氏說得太過誇張的話，那麼，讀一讀《戰國策》與《史記》中有關蘇秦、張儀、公孫衍、陳軫等說客的事蹟，相信大家就知道，「一人之辨，重於九鼎之寶；三寸之舌，強於百萬之師」的境界，確是歷史的真實。

在戰國時代諸多遊士之中，能靠搖脣鼓舌而取卿相尊榮，扶青雲而直上，終至以區區一書生，玩轉一個時代，叱吒而風雲變色，鼓舌而城池易主者，大概在中國人的印象中，則非蘇秦、張儀二人莫屬也。

張儀與蘇秦，同師事於鬼谷子，都習縱橫之術，且都是靠遊說諸侯而起家。二人的共同點很多，但是也有區別。蘇秦取卿相尊榮，由一介書生而掛六國相印，爵封武安君，靠的主要是雄辯，即嘴上功夫。「蘇秦相於趙而關不通。當此之時，天下之大，萬民之眾，王侯之威，謀臣之權皆欲決蘇秦之策。不費斗糧，未煩一兵，未戰一士，未絕一弦，未折一矢，諸侯相親，賢於兄弟。夫賢人在，而天下服；一人用，而天下從。」（《戰國策·秦策一》）其事功，主要是使紛亂的天下得以暫時安定下來，讓天下百姓有片刻休養生息的寧靜。而張儀則不同，他出身一個沒落貴族家庭，有樂小利而不求上進的毛病，但最終卻在蘇秦的激發下，一舉成功遊說了秦惠王，成為「連橫」而霸天下的秦國權相。不僅以其嘴上功夫折衝樽俎，周旋於諸侯之間，而且還以過人的謀略而翻雲覆雨，左右秦、楚、魏等大國政局。因此，相較於蘇秦，張儀不僅僅是一個說客，更是一個策士。正因為如此，蘇秦也不得不感歎說：「張儀，天下賢士，吾殆弗如也！」（《史記·張儀列傳》）

那麼，張儀有何等過人的智慧，而讓身兼六國之相、爵封武安君的一代書生梟雄蘇秦為之折腰嘆服呢？

讀了這部歷史小說《冷月飄風：策士張儀》，相信讀者就能認識張儀是何許人也。

吳禮權

二〇〇六年三月初稿於日本京都

二〇〇九年六月五稿於臺灣臺北

主要人物表

張　儀　魏國張城人，與蘇秦同師鬼谷子習學「陰陽」、「縱橫」之術，力主「連横」。後遊說秦惠王成功，先為秦國之相，為秦國的崛起立下不世之功。後又兼相魏國，再為楚國之相。晚年遭秦國權臣排擠，用計脫身，到魏國為相，死於魏相任上。

蘇　秦　周都洛陽人，曾師事鬼谷子，習學「陰陽」、「縱橫」之術，力主「合縱」。後遊說六國之王成功，為「縱約長」，掛六國相印，爵封武安君，獨力維持天下安寧多年。後「縱約」被破，乃至燕國為相。因與燕太后私通，怕事發禍至，乃自請至齊國為燕王行「用間」之計。至齊，深得齊湣王信任，權傾朝野，終為齊人嫉忌而被刺殺。臨死前，遺一計，讓齊王為他擒得真凶而殺之。

犀　首　即公孫衍，魏國陰晉人，早年為魏王之將，官至犀首，故世人以此名之。後離魏至秦，遊說秦惠王而得寵。曾率秦師屢伐魏國，打得魏國喪師失地，一蹶不振。因功官拜秦國大良造，爵位與當年為秦國變法的商鞅相侔。後為入秦為相的張儀奪寵，轉而至魏，為魏王之將。先用計聯合齊國名將田盼伐破趙國，破了蘇秦的六國「合縱」之盟，接著策劃了「五國相王」，後來又策動山東「五國伐秦」的戰爭，一直打進函谷關，讓秦惠王膽戰心寒。後來，又任韓國之相，與張儀等鬥智鬥勇，為戰國時代叱吒風雲的一代梟雄。

陳　軫　秦國人，原為秦惠王之臣。張儀入秦為相後，遭排擠而出走至楚，為楚懷王之臣，穿梭秦、楚之間，既為秦，又為楚，是戰國時代有名的「雙面人」。其人足智多謀，善於遊說，與蘇秦、張儀、公孫衍比肩，是戰國時代縱橫一時的著名策士與說客。

惠　施　宋國人，戰國時代名家的代表人物，曾為魏惠王之相。

張　醜　齊宣王之臣，亦為靖郭君田嬰謀士，有名的說客，後仕魏為臣。

靖郭君　即齊威王之少子田嬰，齊宣王之弟。

孟嘗君　即田文，靖郭君田嬰之子，為戰國時代有名的「四公子」之一。

淳于髡　齊國名士，戰國時代有名的說客，曾一日向齊威王薦舉七士。

張　登　中山國謀士，屢挫齊湣王君臣。

田　需　魏襄王之相，曾與魏將公孫衍爭權。

申　縛　齊宣王大將。

昭　陽　楚懷王大將，官至上柱國，爵拜上執珪。

藍諸君　即司馬憙，中山國之相。

昭　魚　楚懷王令尹（即楚國之相）。

龐　涓　魏惠王時魏國大將，與孫臏同事鬼谷子習學兵法。後兩敗於孫臏、田忌，戰敗自殺。

孫　臏　齊國人，孫武後裔。曾與龐涓同學兵法，才能為龐涓所忌。龐涓為魏將後，被誆騙至魏後處以臏刑（即削去膝蓋骨）。後潛歸齊國，為齊將田忌賞識，視為坐上賓。齊魏交戰時，兩次為齊國軍師，配合主將田忌，分別以「圍魏救趙」與「減灶誘敵」之計，大敗龐涓率領的魏國之師於桂陵、馬陵，迫使龐涓戰敗自殺。著有《孫臏兵法》傳世。

田　忌　齊國名將，曾在「桂陵之戰」、「馬陵之戰」中兩敗魏師。後因功高而為齊相鄒忌所忌，遭排擠而出走於楚，被楚王封之於江南。

田　盼　齊國名將，曾與公孫衍合兵，伐破趙國，破蘇秦「合縱」之局。

鄒　忌　遊士，鼓瑟見齊王，官任齊國之相，爵封成侯。

鬼谷子　戰國時代著名的縱橫家，張儀、蘇秦皆師之。

景　舍　楚國之將。

昭奚恤　楚國令尹（即楚相）。

張　乙　著名說客，魏國之臣。

太子申　魏惠王太子。

公孫閈　齊相鄒忌幕僚。

杜　赫　成周遊士。

邯鄲客　蘇秦舍人，智勸張儀至邯鄲求見蘇秦。

呂　倉　東周君之相。

義渠君　秦國西鄰義渠國之君。

顏　斶　齊國之士。

王　鬥　齊國之士。

寒泉子　秦惠王之臣。
武安子　秦惠王之將。
匡　章　齊宣王之將，率師伐破燕國，攻入燕都。
公　叔　韓國之相。
公孫弘　中山國之相。
陰　姬　中山君之姬，有美色。
雍　沮　魏國大臣。
馮　郝　楚懷王之臣。
昆　辨　齊國靖郭君門客。
周　霄　魏國之臣。
翟　強　魏國之臣。
周　最　周武王之子，在魏國為臣。
田　莘　秦惠王之臣。
司馬錯　秦惠王之臣。伐蜀成功，滅蜀、巴、苴三國。
子　之　燕相，後與燕王噲易位，為燕君，後被燕太子平起兵殺之。
田臣思　或稱陳臣思，齊湣王之臣。
公　仲　韓國之相，後至齊為相。
景　鯉　楚國之臣，出使秦國，曾被秦惠王強留，後設計返回楚國。

黃齊　楚國之臣。

富摯　楚國之臣，與黃齊不善。

靳尚　楚懷王寵臣。

南後　楚懷王王后。

鄭袖　楚懷王美人。

樗里子　名疾，秦惠王同父異母之弟。生性滑稽，足智多謀，秦人號為「智囊」。秦武王即位，被任為右相。

甘茂　秦武王之臣，官任左相。

李讎　秦人，與公孫衍相善，在秦惠王之朝為臣，後仕魏為臣。

馮喜　說客，張儀舍人。

昭雎　楚懷王使臣。

桓臧　說客，昭雎好友。

左成　秦武王之臣。

周烈王　即姬喜，周天子，戰國時代周王朝名義上的「天下共王」，西元前三七五——前三六九年時在位。

周顯王　即姬扁，周天子，戰國時代周王朝名義上的「天下共王」，西元前三六八——前三二一年時在位。

周慎靚王　即姬定，周天子，戰國時代周王朝名義上的「天下共王」，西元前三二〇——前三一五年在位。

周赧王　即姬延，周天子，戰國時代周王朝名義上的「天下共王」，西元前三一四——前二五六年在位。

魏惠王　周顯王時期魏國之君，在位時憑藉李悝變法後魏國異常強大的國力，不斷興兵攻打諸侯各國，意欲滅韓併趙，再謀一統天下的大計。還曾舉行「逢澤之會」，以朝周天子為名，號令諸侯。後因好戰而不知進止，兩敗於齊國後，又被強力崛起的秦國乘虛而入，屢戰屢敗，國力從此一蹶不振。最後迫於強秦不斷攻伐的壓力，東遷魏都於大梁，遂為世人稱之為梁惠王。

魏襄王　魏惠王之子。

魏哀王　魏襄王之子。

秦孝公　周顯王時期秦國之君，曾下求賢令，任衛人公孫鞅變法改革，遂使秦國由弱變強，由此逐漸奠定了秦國在戰國諸侯中的霸主地位。

秦惠王　秦孝公之子，曾先後任用公孫衍、張儀等客卿，使秦國國力益強，遂稱霸天下。

秦武王　秦惠王之子。

楚威王　周顯王時期楚國之君，曾率師攻伐齊國徐州，大敗齊師。

楚懷王　楚威王之子，曾為張儀所騙，與秦、齊交戰，致使楚師大挫，且痛失漢中之地。後又不聽忠臣之言，入秦而被扣留，客死於秦中。

齊威王　周顯王時期齊國之君。

齊宣王　齊威王之子。

齊湣王　齊宣王之子。

趙肅侯　周顯王時期趙國之君，蘇秦「合縱」之策的主要支持者，也是「合縱」軸心國的中堅力量。即位初期，為其弟趙國之相奉陽君架空。親政後，支持蘇秦「合縱」大計，終使趙國在諸侯國中地位大大提升。

趙武靈王　趙肅侯之子，執政十九年時曾頒布「胡服騎射」令，實行軍事改革，終使趙國軍事實力大幅提升，趙國也由此開疆拓土，蔚然而成天下強國。

韓昭侯　周顯王時期韓國之君，曾任申不害為相，使韓國國力漸盛。

韓宣惠王　韓昭侯之子。

韓襄王　韓宣惠王之子。

燕文公　周顯王時期燕國之君，首起支持蘇秦「合縱」之策，是蘇秦遊說成功的第一個諸侯王。

燕易王　燕文公之子。

燕王噲　燕易王之子。

燕昭王　燕王噲與子之亂政後即位執政的燕國之君。

魯景公　周顯王時期魯國之君。

魏　孟　蘇秦謀士，名字臨時所取。

惠　蘭　張儀之妻，名字臨時所取。

張老爺　張儀之父。
張太太　張儀之母。
張　婆　張城的接生婆。
蔡管家　張府管家。
范管家　張府安邑城店鋪經營主管。
姜先生　張府延聘之教師。
淳于生　齊國遊士。虛構人物。
張老伯　桂陵老伯，虛構人物。
景　頗　楚王之臣。虛構人物。
白面客　魏國遊士。虛構人物。
髯子客　魏國遊士。虛構人物。
黃鬚齊士　齊國遊士。虛構人物。
年少齊士　齊國遊士。虛構人物。
高髻士　齊國遊士。虛構人物。
黑面士　魯國遊士。虛構人物。
峨冠士　齊國遊士。虛構人物。
介老伯　綿山守山者，介子推後裔。虛構人物。

第一章　生於憂患

1　呱呱墜地

「老爺！老爺！」

周烈王七年（西元前三六九年）正月二十五，天寒地凍，滴水成冰。天還沒亮，隨著一個婢女一陣急促的叫喊聲，魏國河東張城的張氏府中，頓然雞鳴犬吠，全家老小都被這突如其來的叫喊聲驚醒。

張老爺聞聲，立即披衣而起，大聲問道：

「何事驚慌？」

「老爺，太太肚子痛得厲害，恐怕是要生了。」

「那還愣著幹啥？還不快快叫人去接張婆？」

張婆是張城遠近聞名的接生婆，張太太前面所生的五個女兒都是她接生的。

婢女這才如夢方醒，立即去找張府的蔡管家。

蔡管家聞之，一骨碌爬起，差點從被窩裡滾下來。手忙腳亂地穿上衣裳後，就一邊揉著惺忪的睡眼，一邊奔出了大門。

就在蔡管家出門之際，張老爺也隨婢女奔到了張太太房內探視。

此時，張太太正捧著肚子在床上打滾，聲聲痛喊：

「痛！好痛啊……！」

張老爺見太太痛成這樣，只有乾搓手的份，急得在房內團團轉。

一大幫婢女、嬤嬤見老爺在房內團團轉，更是心慌不已。

過了好一會，還是一個年長的嬤嬤開了口：

「老爺還是房外去吧，這裡有我們下人侍候太太就好了。」

張老爺見嬤嬤這樣說，覺得也是，自己在這團團轉，也是無濟於事。還是眼不見，心不慌。

張太太已經生過五胎了，不是第一胎第二胎，何以張老爺見太太肚子痛還如此緊張呢？這是有原因的。他不是為太太肚子痛著急，而是急她那肚子裡的孩子。太太生了五胎都是丫頭，這一次，據有經驗的老婦人說，恐怕十有八九是個男娃了，因為這次的胎像不同以往。以前幾胎，太太的肚子到了六七個月就隆起很大，但從側面看，都像是個圓丘。這次不同了，肚子雖然不大，但從側面看，卻顯得小而尖。如果這次真能生個男娃，那麼張家就算香火有繼了，列祖列宗九泉之下也就安心了。

走出房內，張老爺又在堂屋中踱來踱去，心情顯得異常急燥不安，一會兒伸頭到外面看看張婆來了沒有，一會兒又踱到太太房門外側耳聽聽太太的叫喚之聲。

終於，約一頓飯的時辰，張婆一路小跑地來了。

「轉什麼轉？急有什麼用？還不快快叫人燒水備湯？」

張婆一進門，看見張老爺團團轉的樣子，就開口喝叫。

張老爺一聽，這才知道現在不是團團轉的時候，而是應該準備接生用的開水了。

張老爺正要叫婢女，張婆又說道：

「還有剪刀燙好，乾淨布多準備一些，都生了五胎了，這些都是老規矩了，你們家人是怎麼回事？每次生個孩子都慌得沒神。女人生孩子，不就像母雞下蛋，有什麼好慌的？」

張老爺被張婆教訓了一頓，雖然臉面上掛不住，但心裡明白，張婆說得對。於是，趕緊把一大幫圍在太太房內的嬷嬷、婢女叫出來訓了一頓。然後，又把張婆吩咐的話向她們重述了一遍。

那幫嬷嬷、婢女被老爺一頓教訓，這才意識到：大家都這樣看著太太叫痛而在一旁乾著急，其實一點作用也沒有，反而該做的正事都還沒做。

愣了一會，大家便一窩蜂似地跑出了太太房內，燒火的燒火，備湯的備湯，煮剪刀的煮剪刀，生炭火的生炭火，尋淨布的尋淨布，好一陣忙亂。

畢竟是人多，不大一會兒，兩個婢女就將燒好的一大盆艾草熱湯，小心翼翼地抬著進了太太房內，然後又退出房來。

緊接著，一老一少的兩個嬷嬷進了房內。年長者在前，年少者在後。年少者手裡托著一個大木盤，裡面放著一把燙好的剪刀與一疊乾乾淨淨的白布。

張婆自進了房內後，就不斷地用雙手在張太太的肚皮上摩挲，想順好胎位，再讓張太太使勁。摩挲了好大一會，張太太的叫喚聲漸漸小了。

張老爺側耳在房外偷聽，見太太的喊聲小了，遂定了定神，知道張婆果然是有辦法的。

然而，就在張老爺在門外感到鬆了一口氣時，突然房內又聽到太太殺豬似的嘶喊，而且一陣緊似一陣，嚇得張老爺又慌了神，遂又在房門外團團轉了起來。

原來，張太太這次卻是「寤生」了。孩子不是頭先出來，而是先出來了一隻小腳。

張婆一看，也頓時緊張起來，而圍在張婆旁邊的兩個嬤嬤，則更是嚇得面無人色，連忙閉上了眼睛。因為她們都是女人，都知道逆產意味著可能母子俱亡。

然而，就在兩個嬤嬤嚇得閉眼的瞬間，張婆立即穩下神來，毫不猶豫地把孩子即將伸出的小腳猛地往裡一推。隨著孩子的小腳進去的同時，張婆的整個一條臂膊差不多都從張太太的下面進去了。張太太殺豬似的嚎叫了一聲，就沒聲音了。

等到兩個嬤嬤驚嚇得又睜開眼睛時，只見張婆正閉目屏息，在張太太裡面攪動呢。兩個嬤嬤一見，更是驚愕得目瞪口呆，再次嚇得閉上了眼睛。但是，不一會兒，昏死過去的張太太突然發出了一聲撕心裂肺的叫喊。伴隨這突乎其來的叫喊聲，孩子的頭慢慢露出來了。

當兩個嬤嬤再次睜開眼睛時，張婆正輕輕捏住孩子的頭，氣定神閑地將孩子一寸一寸慢慢地引了出來。

「哇！哇！哇！」

隨著孩子一陣嘹亮的呱呱墜地之聲，張太太流血不止，再次昏死過去了。

張婆見此，立即將孩子交給旁邊的年長嬤嬤，順手從年少嬤嬤手中的的托盤中拿起幾塊乾淨白布，死死地捂住了張太太的陰部，想止住汩汩而出的鮮血。

過了好一會，血不流了。張婆又用手試了一下張太太的鼻息，確認沒有生命危險。便吩咐年長嬤嬤，讓她用熱水搓了一塊乾淨的白布，給張太太的下身略略作了一下清潔。然後，再幫張太太掖好被褥，好讓她靜靜地休息一會。

在張婆安頓張太太的時候，年長嬤嬤已經手腳麻利的將孩子洗好了澡，然後用早已備好的熱烘烘的小被子給孩子裹好，平平整整地放在了張太太的旁邊。雖然像張婆那樣的手段接生，這個老嬤嬤是想也不敢想，甚至連看也不敢看，但是給孩子洗澡、包裹，她倒是在行的。

張婆忙好一切後，突然一屁股坐在了房內冰冷的地上。那個早已驚呆的年少嬤嬤，此時才知道放下手中的托盤，一把將張婆扶了起來。

扶起了張婆，年少的嬤嬤這才醒悟過來，今日不僅自己嚇得失了魂，其實張婆自己也嚇壞了。過了好一會，張婆被年少嬤嬤在她心口一陣亂拍之後，才慢慢地睜開了眼睛。

平靜了一會，張婆突然一拍大腿，向剛才那個給孩子洗澡，並給孩子包裹的年長嬤嬤問道：

「生了個啥？」

年長嬤嬤聽張婆這樣一問，這時也才若有所悟，竟然因為剛才的驚嚇，而忘了看孩子是男是女了。遂連忙將孩子的包裹解開，低頭一看，不禁驚喜道：

「男娃！男娃！男娃！張家有後了。」

就在年長嬤嬤驚喜的話音剛落，張婆與那年少嬤嬤還來不及說句「謝天謝地」之類的話，張太太竟然聞聲半張了眼睛。

張婆一見張太太突然清醒過來，立即明白其盼兒心切的心情。遂連忙讓年長嬤嬤從炕邊抱起孩子，讓她看了看。

張太太半睜著眼，看了一看，就又睡過去了。

卻說張老爺在外等了大半天，先是聽到太太喊聲漸小，後又聞一聲慘叫，再接著，又沒聲了。心頭不由得一陣陣緊張，不知發生了什麼事。以前好像都不似今日這般，此次會不會有什麼不測？是太太有生命危險了？還是孩子有什麼問題了？

越想越緊張，在堂屋裡轉了幾圈後，張老爺又忍不住踱到了太太的房門外，將耳朵緊貼著太太的房門，想細聽裡面的動靜。當他剛把耳朵貼到門縫上，就聽到「哇！哇！哇！」一陣清亮的嬰兒啼哭之聲。他先是被嚇了一大跳，接著，馬上定下神來，知道孩子平安降生了。

「謝天謝地！」

張老爺一邊拍著自己的胸口，一邊自言自語道。

過了好一會，隨著一聲「吱呀」開門之聲，張婆一腳踏出了門外，差點和門外時而側耳偷聽，時而來回踱步的張老爺撞個滿懷。

「恭喜老爺，張家香火有繼了。」

張老爺一聽此話，知道是生了個小子。突然之間，他竟有一種頭暈而立地不穩的感覺，渾身顫動，就像是在打擺子似的。

張婆見張老爺好像沒有反應，遂提高聲調道：

「母子平安！還不謝老嫗救命大恩？」

這時，張老爺才從驚喜中清醒過來，連連作揖打恭道：

「張婆大恩，何敢忘哉？」

張婆會意地笑了笑，遂將張太太生產的驚險之狀略略講述了一遍，直把張老爺嚇得目瞪口呆。好半天，張老爺才從驚嚇後怕中清醒過來。

就在這時，正好蔡管家走了過來。

張老爺連忙高聲道：

「管家，快將謝儀奉上！好事成雙！」

張婆一聽就明白，張老爺這是在跟他的管家打暗語呢，要酬謝自己雙份謝儀，不禁心中一喜。但是，一喜過後，張婆看了看張老爺那副得意的樣子，又覺得心裡不爽。心想，這個吝嗇的傢伙，謝儀不備一份，而備兩份，原來他是有心要見機行事。如果今天不是生了個小子，而還是個丫頭，那自己也就只能得一半的謝儀了。

雖然心裡這樣想著，但是，當蔡管家托出金光閃閃的金子送上來時，張婆還是情不自禁地激動起來，一邊忙不迭地接著，一邊口中念念有詞道：

「張氏祖上有靈，福祚綿綿！老媼謝儀好事成雙，得之心安，得之高興呀！」

就在張婆捧著金子，笑咪咪地出了張府大門的同時，張老爺則笑得合不攏嘴地進了太太的房內。

進房一看到炕邊小包裹裡睡著的孩子，張老爺迫不急待地趨前抱起。左看右看，看個沒完沒了。看得幾個嬤嬤都過意不去，連忙提醒道：

「老爺，太太這次可受苦了！」

張老爺一聽，這才醒過神來，連忙將孩子遞給一個嬤嬤，轉過身來看著躺在被窩裡像死去了一樣的太太，如同勞軍似地說了一句：

「讓你受苦了！」

說著伸出手來，撫了一把太太的額頭，又為她掖了掖被子。可是，太太連眼睛都沒睜一下。

張老爺心裡大概也明白，太太可能不滿意自己看重的只有自己的兒子，根本沒把她的死活放在心上，進得門來，先不問她的平安，也不慰勞她的辛苦，而是一個勁地看兒子。但轉念一想，也許太太太累了，早已睡過去了，根本沒有跟自己計較那麼多。再說，生個兒子，也不是自己一個人的願望，也是她多少年來一直努力的心願，她大概是滿意地睡著了吧。

張老爺見太太不吱聲，連忙自己找話，對圍在房內的嬤嬤婢女們道：

「快把娃兒放在被窩裡，別凍著了。」

話音未落，又道：

「快，快，快給房內再添個火盆，要燒得旺點，讓屋子暖和些，太太剛剛生產，體弱畏寒。」

其實，嬤嬤婢女們都明白，老爺這話是說給太太聽的。包括假裝睡著的太太在內，誰的心裡都明白著，老爺其實是怕凍著了他的寶貝兒子，只是大家誰也不說破，也不敢說破老爺的心思而已。

嬤嬤婢女們出去備火盆了，張老爺卻並沒有離開太太的房內，他站在炕邊，目不轉睛地看著睡在太太旁邊的兒子，眼睛瞇成了一條縫。侍候在房內的嬤嬤婢女，人人都能感到老爺心裡的那個高興勁，大家也理解：老爺已經年近半百，現在才盼到這個兒子，不容易呀！

不大一會兒，一個嬤嬤與一個婢女抬著一個大火盆進來了。火盆裡的木炭還在熊熊燃燒，熾旺的炭火，映得冬日灰暗的房內一片通亮，也映得張老爺及整個張府上下人等的心裡亮堂堂的。

2　彌月之喜

張老爺心裡亮堂了，心情也格外開朗了起來。從此，這個一向嚴肅的張府主人也好像變了個人似的，不再像從前那樣一本正經，道貌岸然了，對下人奴婢也親切起來了。這個本來猶如死一般沉寂、沒有活氣，讓人壓抑得透不過氣來的張氏大院中，從此多了許多歡聲笑語。

歡樂的時光總是過得比較快的，一轉眼，就到了二月二十五，是孩子滿月的時候。

這一天，一大早，張府就開始熱鬧起來。城裡的，鄉下的，張府的許多親朋故舊，都大一擔小一擔地送來了各種各樣的賀儀賀禮。還有張府的鄰居，也都各各有賀儀賀禮相奉。

張府上下，從張老爺、張太太，到蔡管家以及嬤嬤、婢女、雜役，個個臉上洋溢著喜悅的笑容，未言先出笑聲，大家個個忙成一團。堂上堂下，到處都燒了旺旺的火盆，整個張府如沐和煦的陽春之中。

時近正午，張府慶祝孩子彌月之喜的筵席開始了，整整擺了三十個食案。

「今日乃犬子彌月之喜，承蒙各位親朋盛意、高鄰厚誼，大家不辭嚴寒，不畏道遠，百忙之中來賀，老夫不勝感激！現略備幾盞水酒，還望各位放懷痛飲，以盡其興！來，來，來，老夫先敬各位一盞！」

說完，張老爺自己一仰脖子，就滿飲了一大盞。

接著，大家都頻頻舉盞，共賀張老爺喜得貴子、張府福祚綿綿。

張老爺滿飲一盞後，又舉盞繞席，一個食案一個食案地向親朋、高鄰敬酒。

喝了約一個時辰，嬷嬷抱著孩子出來了，逐個食案地將孩子展示給大家看，就像現寶似的。大家看過孩子，就議論開了：

「瞧，那眼睛多像張老爺！」

「你瞅，那眼睫毛，活脫脫地就如太太一個模子出來的。」

「這孩子可是個福相呀，耳垂厚實，額頭寬廣，鼻直口方，這都是老話所說的福祿廣遠的體貌啊。你再瞅，那個眼睛，雖然小，但是亮而有神，老話說，叫做『小眼聚光』，這可是聰明的孩子呀！」

張老爺雖然知道大家這些話都是些逢迎討好的話，但聽著還是心裡非常受用的，樂得嘴巴都合不攏。於是，不斷地穿梭於眾人之間敬酒勸飲。真是那句老話，人逢喜事精神爽。雖然不知喝了多少盞了，但張老爺好像一點醉意還沒有。人說，喝酒喝精神，看來一點也不假。張老爺自己清楚自己，平時自己酒量並不大，心情不好時，喝個幾盞就爛醉如泥，今天真是怪了！

又喝了一個時辰光景，突然有一個老者站起來道：

「張老爺，這孩子取個什麼名字啊？」

一句話，就把大家的興趣提起來了。

是啊，彌月之喜時，也是孩子正式命名公布的時候。張老爺一聽，這才想起還有這一層。以前生的都是丫頭，也沒正式辦過慶祝喜筵，更沒有想到要有什麼命名儀式什麼的。現在不同了，這可是張家唯一的一個傳承香火的兒子，這命名不能不慎重其事啊！

想到此，張老爺連忙站起來道：

「老夫老而得子，歡喜得都昏了頭了，自從孩子出世，大家都是『寶寶』『寶寶』地叫著，還真的沒想到取個正式的名字呢！各位親朋高鄰，既然今日承蒙大家提起，還望大家替老夫想一想，給賜個合適的名字吧。」

說完，一揖到地，算是拜託了大家。

這下，可熱鬧了。

本來，人都有給他人取名的愛好，現在有了這個機會，哪能不各展其能呢？於是，有給孩子取名為「張延祚」的，也有給孩子取名「張福」、「張慶祿」的，等等，不一而足。

張老爺聽了，覺得都很好，可是，到底取哪個名字，卻一時難以取捨定奪。

就在此時，突然張府在魏都安邑管理張家店鋪的范管家也匆匆趕回來了。他先向老爺恭賀得子之喜，然後又向大家報告說：

「老僕剛從安邑而回，告訴大家一個好消息，魏王統率魏國之師，大敗韓師，斬首三萬，魏國可是又振了一次威風啊！俺回來時，城裡正萬人空巷，都在慶賀魏王得勝而歸呢！」

張老爺一聽，頓然來了靈感，立即站起身來，清了清嗓子，激動地說道：

「承蒙各位賜名，都非常合適。只是剛才聽了舍下老僕報告魏師大勝韓師的消息，老夫突然有個想法，今天是各位共賀犬子彌月之儀，又是俺魏國大振國之威儀之時，不如就將犬子取名『張儀』，張俺大魏之威儀，各位以為如何？」

大家一聽，連忙稱好。

是啊，兒子是他的兒子，他命個什麼名，應該都是好的。這個大家心裡都明白著。

3　百日之災

周烈王七年三月二十一，正是春日和煦，春風拂面的好天氣，張老爺抱著他的寶貝兒子，來到後院花園，一邊欣賞滿園春色，一邊走在繁花茂葉之下，想讓孩子，也讓自己好好透透氣，呼吸一下新鮮的空氣，同時也讓寶寶多曬曬太陽。

大約才半個時辰，張老爺就覺得累得不行了，手臂酸麻，孩子快要從自己的手上掉下來了。雖然已經生了五個女兒，但他卻一次也沒伸手抱過她們。因此，他壓根兒就不知道抱孩子也是一件非常辛苦的事。大概在他的印象裡，抱孩子是一件簡單的事，平時看到家裡的嬤嬤婢女，抱孩子抱一天也是若無其事的。今天，他看見天氣好，這才心血來潮，從嬤嬤手上接過孩子，抱到園中透氣曬太陽，也想體驗體驗抱孩子的天倫之樂。可是，才抱了一會，他就體會到了抱孩子的甘苦。回到屋裡，張老爺立即把孩子又交到嬤嬤手上。然後，甩著酸麻的手臂，一個勁地說：

「酸煞我也！酸煞我也！」

張太太看了，抿嘴偷樂，一幫婢女也笑得轉過身去。

正在此時，突然蔡管家急急跑進屋內，大叫道：

「老爺，老爺！」

「何事驚慌？」

正在甩手臂的張老爺聽到蔡管家的叫喊，立即停止甩臂揮腕。

「老爺，快出門去看，天狗食日了。」

張老爺跑出門來一看，果然剛剛還是一輪明晃晃的太陽，高高掛在朗朗晴空之上，現在說沒影就沒影兒了。而天空中並沒有什麼烏雲，好像這太陽也不是被烏雲遮卻的樣子，看來真是天狗食日了。

看了半日，愣了半日，張老爺不禁喟然長歎一聲：

「唉，不知又要發生什麼大禍了？」

過了三天，為張家在魏都安邑管理店鋪的范管家急急趕回了張城。

張老爺一見他行色匆匆，知道肯定有什麼事，未等他開口，劈頭便問：

「出了什麼事？」

「魏、趙交戰，魏師大敗。」

「兩國交戰，總有勝有敗，哪有常勝不敗之師？」

「老爺，這次不對，趙師都打到了俺魏都安邑附近的涿澤了。」

「啊？都打到俺大魏的涿澤了？」這下，張老爺有點急了：「張城距涿澤近在幾百里之內，如果俺大魏的軍隊抵敵不住，往右打到魏都安邑，魏國就要亡國；而往左打到張城，則俺們就逃而無路了。」

「是啊，老爺說的對，張城西面緊鄰大河，真的是逃而無路！」未及范管家說完，張太太也急了：「俺們家還有一個未滿百日的孩子呢！」

正在張老爺、張太太都急得六神無主時，范管家又補了一句道：

「老爺、太太，還有一個壞消息。」

「什麼壞消息？快說啊！」張老爺與張太太幾乎是同時脫口而出。

「這次俺們魏王也被趙師圍住了。」

「啊？俺魏王也被趙師圍住了？」

張老爺這下可更急了，要是魏惠王死在亂軍之中，或是被趙國所虜，這大魏不就等於亡國了嗎？這如何是好？

張老爺急得在屋內團團轉，張府全家老小也慌成了一團。如果要逃難，家裡有個不滿百日的孩子，逃難怎麼逃法呢？

「你知道俺魏王現在怎麼樣了？」張太太突然問道。

「不清楚。」

「不清楚，那趕快回去打聽啊！」張老爺一邊說，一邊連連跺著腳。

范管家無奈，剛跑得上氣不接下氣地回來，現在連水也沒喝一口，又要急切地趕回安邑了。

在惶惶不可終日的驚慌中，張府上下老少苦熬了五天，終於等來了范管家的再一次回報：

「老爺，魏王被俺大兵解了圍，已經安然回到安邑了，趙國之師也已撤回了。」

張老爺聽了終於長長出了一口氣。

張太太與眾嬤嬤及婢女們，則摸摸胸口，也吁出了長長的一口氣。

慢慢地，生活又恢復了平靜，張老爺的眉頭也漸漸地舒展開來。他認為，這次魏國的大難，大概就是應驗了前些日子天狗食日的天象之禍了。既然大禍過了，天下也就太平了。

日子在一天天過去，平靜，也平淡。張城平靜如水，張府平靜如水。

一轉眼，又是快兩個月過去了。

周烈王七年五月初七，張府又熱鬧起來。

這一天，是張家的孩子滿百日的日子。雖然百日之慶，不必再像上次彌月之喜那樣大肆鋪張地請客宴賓，但是家庭內的歡慶還是免不了。所以，一大早，嬤嬤、婢女們就忙開了。

快到日中時分，慶祝孩子百日的家宴開始了。

張老爺舉盞正要開口說話之時，突然，在安邑為張家管理店鋪的范管家又跌跌撞撞地回來了。

張老爺見此，立即放下手中的酒盞。

未等張老爺開口，太太倒是先開口了，問道：

「范管家，你是趕回來要喝寶寶百日的喜酒吧，看把你趕得……！嬤嬤，快給范管家添個酒盞來！」

只見范管家擺了擺手，上氣不接下氣地說道：

「老爺，太太，不好了，秦國發生瘟疫了，一村一村地死光，現在秦國之民都在往俺大魏這邊逃過來了。」

「啊？秦國發生瘟疫了？真的？」

張老爺與張太太幾乎是異口同聲道。

「是，千真萬確，現在都逃到魏國河西之地了，成千成萬。魏王怕秦國之民逃過大河，把瘟疫傳到俺魏國河東之地，已經下了死命令，有渡河而東的秦民，格殺勿論，務必要把秦國逃難之民阻擋在魏國河西之地。」

張老爺明白，魏王這是棄卒保帥啊。河西之地本來就是秦國之地，是俺大魏強大之後硬是以武力從秦國手裡奪來的，這河西之民本來也就是秦國之民，不讓秦國之民過河，就是要保住魏國之民。

不僅張老爺聽了這個意外的消息驚呆了，太太及張府上下人等都一時大驚失色。大家都知道，自己這張城，就是鄰河的第一道防線，如果秦民渡過河來，首先就可能進入張城。如果這些人已經染上瘟疫，俺這張城一城人不都難逃一劫嗎？

范管家見張老爺驚呆了，張太太驚呆了，張府老少尊卑一個個都驚得愣在那裡，遂連忙提醒道：

「老爺，太太，別愣著了啊！俺家還有個才百日的少爺和五個小姐，還有一大家子人呢，得有個準備啊！」

張老爺這才清醒過來，半天才自言自語道：

「是得有個準備，但是往哪逃呢？」

范管家聽了張老爺的自言自語，接口道：

「老爺，俺安邑城裡有店鋪，有房子，不如就到安邑躲個一月半月吧。魏王也在安邑，總是安全之所吧。」

張老爺一聽，覺得范管家這話有理，默默地點了點頭。頓了頓，又對大家說道：

「酒就不喝了，孩子百日之喜的儀式也就算辦過了。大家趕緊吃幾口飯，然後準備準備，俺們就往安邑城裡去吧。」

草草吃完飯，全府上下就忙開了，套車的套車，收拾細軟的收拾細軟。

約一頓飯時光，大致收拾妥當。張老爺吩咐留下一直為張家打理家務的蔡管家，還有兩個婢女和一個年歲大而經不起折騰的老嬤嬤看家護院，自己則與范管家一起，帶著全家老小，坐著五輛大車，直奔魏都安邑而去。

張家一走，張城的許多人家都知道了消息，也紛紛跟著逃難。

看著沿途加入逃難的隊伍愈來愈龐大，張老爺確信此次瘟疫非同小可，早點到達安邑就會多一份安全。於是，他命令張府的車隊人不眠馬不休，起早摸黑，急急而行。可是，這下就苦了太太和許多女眷。特別是他那個才滿百日的寶貝兒子，畢竟太小，哪裡受得了這長途顛簸。加上五月初夏，早晚還有些涼，孩子大概受了點風寒，沒到安邑，就開始發燒與咳嗽了。

這下，可嚇壞了張太太：

「這秦國的瘟疫還沒來，俺們的孩子倒是病了，要是路上有個三長兩短，俺這張家唯一的命根子……」

張太太話雖沒說完，但張老爺卻明白她的意思，如果孩子有什麼意外，逃難能保住張家再多的人命又有何用呢？

其實，太太當初也是主張逃難的。但事到如今，大家互相埋怨也是無益，張老爺只得隱忍。

還好，不幾日張家車隊就進了安邑城。

進了城，張老爺和張太太總算心情穩定了些。因為進了城就會有辦法，畢竟魏都就是魏都，要找看病的郎中也會比張城容易的。

安頓未穩，張老爺立即吩咐管家去找郎中。不過，安邑城中的郎中雖多，但換了好幾個，才百日的孩子不知被灌了多少湯藥，還是高燒不退，咳嗽也不止。

這下，張老爺、張太太就更急了。張太太沉不住氣，開始埋怨起范管家：

「都是你出的餿主意，如果不逃難，孩子也不會生病。你看，現在怎麼辦？」

范管家一句話也不敢說，只得像一隻無頭蒼蠅成天在安邑城裡到處打聽郎中。

真是皇天不負苦心人，其時名醫扁鵲正好來到安邑。范管家好不容易找到他，千請萬求道：

「神醫啊，您去救救俺張家唯一的命根子吧。如果這個孩子救不過來，俺這條賤命就是死一百回也償不了的啊！」

扁鵲問明了來龍去脈後，立即隨范管家來到張家臨時居住的張家店鋪之中，「望、聞、問、切」之後，開出一副方子，讓范管家照單抓藥。並鄭重吩咐道：

「藥用文火慢煎兩個時辰，每日服三遍，連服三日，保準無憂。」

張老爺見是天下神醫扁鵲，知道他的話準沒錯。於是，照其吩咐，親自督促嬤嬤、婢女仔細煎藥，一個細節也不放過。

終於，三天後，孩子的燒全退清，咳嗽也止了。張老爺、張太太，還有闔家老小尊卑，都遙望扁鵲去的方向跪地而拜，口稱：

「感謝神醫，及時救了俺的孩子！張氏列祖列宗，九泉之下都要感謝神醫啊！」

第二章 破蒙之教

1 安邑延師

人言：「大難不死，必有後福。」

張老爺和張太太都是知道這句話的，雖然他們不知道這孩子長大後，到底有什麼樣的後福，但是他們心裡明白，這孩子是經過神醫救活的，想必命是大的了。

一轉眼，就到了周顯王六年（西元前三六三年），張家唯一的寶貝兒子也長到了七歲。

這年的正月三十，張老爺與張太太在家閒聊，說到應該給孩子請個先生，教他念書寫字了。其時，正好在安邑城內管理張家店鋪的范管家還沒走，就連忙跟張老爺建議道：

「老爺，要給公子請先生，可要請一個有名望的，才能教好俺家公子。破蒙之教可不能馬虎啊！」

張太太一聽，連忙點頭道：

「范管家說的極是。」

張老爺沒作聲，他大概在想：這個還要你說，俺還不比你們這種下等人明白。

「老爺，你快想想看，俺這張城地面，到底是哪一個先生最好，俺就請他吧。」

張太太見張老爺半天不言語，便催促道。

其實，不必張太太催促，張老爺就已經在想這個問題了。可是，想了半天，覺得張城這方圓幾十里地，也沒有聽說過有什麼特別有名的先生。

又過了老大一會，范管家見老爺不言語，心想：老爺大概找不到什麼好先生吧，不如俺給老爺薦一個吧。

「老爺，俺聽說安邑城中有一個極有名的先生，姓姜，齊人，據說還是姜太公的後裔，早年做過齊國太子的先生，後來得罪齊王，來到了俺魏國，現居安邑，城裡很多有錢人家都爭延為師。」

張老爺一聽，連忙道：

「那你怎麼不早說呢？」

「老爺不說少爺延師破蒙的事，小人豈敢多嘴？」

張老爺不吱聲了，心想，也是，自己沒提，怎麼怪他呢？

「要是俺們去請他來張城，不知他肯不肯屈就？」

「不過，老爺，小人可有一句話說在前頭。」

「什麼話，你儘管說。」

「這位姜老先生課蒙，可是個極嚴的。」

「嚴？嚴好啊，嚴師出高徒嘛。」

「小人聽說，安邑城裡的很多人家都爭延過這位老先生，不過都是做不久的。」

「為什麼？」

「這位老先生對不聽話的童子，罰起來可是不講情面的。不僅站、跪、餓飯是常事，而且還要打呢，下手又極重。很多人家捨不得孩子被打，常常延聘不久就找個藉口把他給辭退了。」

張太太一聽，連忙說：

「那俺們也不能請了。老爺你也知道，俺們家這個孩子，都被寵壞了，他哪裡肯聽話？萬一這個老先生手下不留情，把俺孩子打得重了，有個三長兩短，那可怎麼辦？」

「婦人之見！」

沒等張太太說完，張老爺就打斷了她的話。

接著，張老爺又對范管家道：

「明天，你就回安邑城裡，就將那位姜老先生給俺請來吧。」

「老爺，這……」

「這什麼？」

「老爺，小人恐怕沒有那麼大的本事，能夠將這位老先生請得來的。」

張老爺一聽，倒感意外。連忙問道：

「難道這位老先生還拿什麼大架勢不成？」

「老爺說的是，這位姜老先生架子大，脾氣也大，小人是個目不識丁的粗人，怎麼能夠跟他咬文嚼字呢？」

「這也倒是。」

「老爺，少爺課蒙是大事，依小人之見，還是屈老爺大駕，隨小人一起進城，去請這位姜老先生才是。」

張太太見范管家說過這位老先生極嚴，又愛打人，就心疼孩子，對進城請這位尊神沒什麼積極性，便一言不發。

「好吧，明天要是天氣好，俺就隨你一道進城，去請這位姜老先生。」

2 姜公施教

周顯王六年二月十五，張老爺在范管家的陪同下，終於將安邑城內的姜老先生請到了張城的張府。

「快，快，快！快告訴太太，就說安邑城裡的姜老先生請到了。」

張老爺一下車，就大聲地知會嬤嬤、婢女們。他這是說給姜老先生聽的，讓他知道張家重視他這位先生。

不一會，張太太就領著張家的寶貝小張儀出來了。

張太太見姜老先生峨冠博帶，一臉的正經，不言不笑。於是，連忙襝衽一拜，道：

「先生旅途辛勞了！」

接著，將孩子推到姜老先生面前，道：

「寶寶，快與先生見禮！」

姜老先生一見，連忙正眼來看他的這個學生。只見這孩子紮了兩個朝天髻，眼睛小小，卻很有神的樣子，一張小嘴的嘴皮好像特別薄。人言：小眼聚神，嘴薄善言，姜老先生不禁心裡嘀咕道：

看來這個孩子將來不簡單，要教好這個孩子也不那麼容易。

孩子本來就怕見生，一見姜老先生那種奇怪的眼光，連忙縮到母親背後，躲了起來。

張老爺見此，覺得這樣相見，好像對先生不夠尊重。於是，就對張太太說道：

「你帶孩子下去吧，擇日正式行禮，拜見姜先生。先生一路辛勞了，還是先休息休息吧。」

說著吩咐范管家道：

「你先去叫人準備熱水，讓先生沐浴更衣，然後再設薄酒給先生接風洗塵。」

范管家領命，唯唯而退。

隔日，良辰吉日。張老爺將族中與兒子張儀年齡相仿的五個孩子都聚集起來，大人與孩子都穿戴整齊，一起來到張家明堂正廳。

張老爺先將姜老先生請到堂上，並請他居中面南坐定，然後令五個孩子一齊跪下行拜師之禮。禮畢，張老爺陪姜老先生來到張家院中東首一間房中，約有十二張席子大小。這房子不僅寬敞，而且整潔明亮。

姜老先生抬眼四周看了看，見這房子的選擇與收拾都是頗費過一番心思的，心知張家確是非常重視孩子的教育。情不自禁間，默默地點了點頭。

張老爺見姜先生滿意，寒暄了幾句，便拱手退出，讓他開始授課。

姜老先生並不忙，先慢慢坐在席上，然後拿教鞭在坐案前敲了敲，這叫「靜坐」。

果然，先前還是交頭接耳的五個孩子，立即個個將小手擱在席前書案，正襟危坐，眼光直視先生。

姜老先生掃視了五個孩子一眼，然後又手扶席前書案，慢慢地站立起來，從旁邊的一個囊橐裡拿出一塊大大的白布，上面寫著一個「人」字。

「這個字像什麼呀？」

五個孩子左看右看，沒有一個說得出。

姜老先生似乎也不著急，良久才啟發式地說道：

「好好看看字形，到底像什麼？」

過了一會，小張儀跪直了身子，怯生生地回答道：

「好像一個人在跑步。」

「對了，這個字就是『人』字。」

說著，他走過來，摸了一下小張儀的頭，算是鼓勵。

然後，姜老先生又慢慢地踱回到自己的案前，先並足站直，道：

「看好！」

孩子們於是都把眼光聚到先生身上。

姜老先生慢慢叉開雙腿，然後收攏雙手，緊貼於身體兩側。

「看，這像不像『人』字啊？」

五個孩子朗聲高喊：

「像！」

「好，下面你們都站起來，照先生的樣子做一次。」

於是，孩子們來勁了，紛紛學樣。

學了一會，姜老先生又道：

「都坐下，每人都在案上學寫幾遍。」

那時沒有紙與筆，要真的寫字，那得拿刀在竹簡上刻劃，這個，六七歲的孩子還不行，一不小心會劃破手的。

所以，姜老先生讓大家學寫，孩子們都明白什麼意思，便不約而同地將小手指伸到舌頭上，沾了口水，在席前案上學著比劃起來。不一會，每個孩子的書案上都弄得口水縱橫。

過了一會，姜老先生又從囊橐中拿出另一塊白布，上面寫了一個「大」字。

「這個字像什麼啊？」

姜老先生指著白布上的字，問五個孩子道。

五個孩子左看右看，好半天沒人猜得出。

「再想想，剛才不是學過『人』字了嗎？」

小張儀立即明白過來，忙跪直了身子，答道：

「是一個人拿著一根棍子。」

「不是拿著棍子，再想想。」

小張儀低頭想了想，再次回答道：

「是一邊一個手。」

「這下對了。大家看著。」

說著，姜老先生又開雙腿，伸直了兩隻手臂，道：

「看，像不像？」

「像！」五個稚嫩的童音頓時響徹了整個屋子，傳到了張家的院子裡。

「那麼這個字是什麼字呢？」

好久，五個孩子都說不出。

「你們看。」

姜老先生說著，又收攏雙腿，雙手緊貼兩腿，成「｜」字狀，道：

「這樣的人是不是很小啊？」

「是！」孩子們齊聲答道。

「那麼張開雙腿，伸開雙臂，是不是人變大了呢？」

「是。」

「那麼，這個字是什麼字啊？」

「大人。」五個孩子異口同聲地回答道。

「不對，『大人』是兩個字。再想想。」

又是小張儀，眨了眨眼睛，答道：

「是『大』。」

「對了！」

姜老先生又走過去，又在小張儀頭上摸了摸，算是獎勵。

接著，姜老先生又依舊讓五個孩子起立模仿自己剛才所做的動作，然後在各自的書案上用手指沾口水比劃一番。

看看差不多了，姜老先生又從囊橐中拿出第三塊白布，上面寫著一個「小」字。

「看看，這個像什麼？」

五個孩子看了半天，沒看出像什麼。

「好好想想。」

「像雞爪。」一個比張儀大一歲的孩子回答道。

大家哄堂大笑。

姜老先生卻沒有笑，仍是一臉正經的樣子。他沒有批評那個回答的孩子，因為這「小」字確實像雞爪之形。

待孩子們笑聲平息後，姜老先生又並足立定，然後兩隻手臂略略向身體兩側抬起，啟發道：

「大家看，像不像布上的字啊？」

「像！」五個孩子同聲答道，聲音比先前更加響亮。

「那麼，是什麼字呢？」

沉默了好久，沒有一個孩子能夠回答得出。

姜老先生還是不急不慌，靜靜地看著五個孩子。過了好久，他又把眼睛掃向了小張儀。

小張儀見先生這樣看自己，知道先生是對他寄予希望。於是，更加局促，不斷地搔首，不停地轉動著他那小而有神的眼睛。

過了一會，他張了張小嘴，好像要說，又好像不敢說的樣子。

姜老先生見此，忙鼓勵道：

「張儀，說吧。」

「是『小』字吧。」

「又說對了，一個人把伸直的雙臂往下垂下，不就變小了嗎？」

接著，五個孩子又是一陣肢體模仿與口水比劃。

過了一會，姜老先生拍了下教鞭，五個孩子停止了比劃與說話。

「再看，這個字像什麼？」

只見姜老先生已經張掛起了第四塊白布，上面寫了一個「天」字。

姜老先生話音剛落，那個比張儀大一歲的孩子馬上開口了：

「大頭。」

那孩子冒失的回答，又引得其他四個孩子的一陣哄笑。

姜老先生不僅沒笑這個屢屢說錯的孩子，而且走過去，在他頭上摸了一下，以示鼓勵。因為在姜老先生看來，這個孩子雖然不及小張儀聰明，但是，他上課積極回答問題，精神可嘉，是孺子可教之類。再說，此次他說「天」字是「大頭」，認為「大」字上的一橫是「頭」，這已經與「天」的造字本義不遠了。

接著，姜老先生指著「天」字上的一橫，順勢啟發道：

「有點像了，再想想。人的頭頂上是什麼呀？」

「是房樑。」那個比張儀大一歲的孩子又開口了。

大家又是一陣哄笑。

姜老先生搖搖頭，沒言語。

「人的頭頂上是天。」張儀道。

「對了，人的頭頂上就是天。那麼這個字是什麼字呢？」

「是『天』字。」

這下，大家都明白了，於是異口同聲地回答道。

姜老先生點點頭，表示滿意。

接著，姜老先生又從囊橐裡拿出第五塊白布，上面寫著一個「休」字。

「看看，這個字像什麼？」

孩子們又開始猜了，猜了半天，沒有一個人猜得出。

姜老先生於是指著「休」字的「人」傍，啟發道：

「看看這邊像個什麼？」

幾個孩子看了半天，看不出來。因為在合體字中的「人」，不像單體的「人」那樣易於辨認，而是略有變形。

看孩子們回答不出，姜老先生乃啟發道：

「像不像一個人側身歪著頭啊？」

「像。」孩子們聽先生這麼一說，覺得越看越像，於是齊聲答道。

「那麼，這邊又像什麼呢？」

姜老先生又指著右邊那個中間一豎，上半截是彎曲向上，下半截彎曲朝下的「木」字傍啟發式的問道。

「是棵樹。」看了半天，沒有人能答出，最後又是小張儀朗聲回答道。

「不錯，回答得好，是棵樹，樹就是『木』。」

「先生，俺知道了，這個字叫『人木』。」又是那個比張儀大一歲的孩子的回答。

姜老先生笑了笑，道：

「要說一個字。一個人歪著腦袋靠著一棵樹幹什麼啊？」

「睡。」還是那個比張儀大一歲的孩子搶著回答道。

「意思差不多了。但是，人睡覺不是靠樹睡啊。這個字不念『睡』。想想看，與『睡』的意思相近的，還有什麼字？」

「先生，是『休』。」張儀眨巴著小眼睛道。

「對了，是『休』。好了，現在大家可到院子裡依木而『休』了！」

這時，一直躲在屋外偷偷觀看姜老先生教學的張老爺，知道老先生的課告一段落了，於是情不自禁地暗暗點了點頭，趕緊隱身而退。

五個孩子則像出籠的鳥兒一般，從屋子裡跑出來，在院子裡奔跑，有的還靠著院中的大樹，體會剛才先生所說的「人依木為休」的意味。

3　皮肉之苦

張老爺自從偷聽了姜老先生的第一堂課後，從此就放下了懸著的一顆心。他打心眼裡佩服姜老先生的那種獨特的識字教學方法，真是從未見識過。孩子們跟他學識字，不僅不以為苦，反而興趣盎然，樂此不疲。

張老爺不僅自己對姜老先生放心，而且還經常跟太太說姜老先生如何如何了得，說得繪聲繪色。這樣，張太太也跟著對姜老先生有了好印象。原來，她聽范管家說過，姜老先生喜歡打孩子，心裡一直不放心，現在看來是多慮了。因為姜老先生到張家執教已經兩年多了，還從未見他打過自己的孩子，也未打過別的孩子，孩子們每天下課後都是高高興興的。只是自從跟姜先生學習識字後，張家的牆上，只要是小張儀搆得著的地方，都裡裡外外都被他用樹枝或尖物歪歪斜斜地劃滿了字。張老爺不管，不加禁止，張太太也就隨他去，嬤嬤、婢女們就更是不管了。

然而，到了第三年，平靜的生活開始打破，張老爺與張太太都開始鬧心。

這一年的春天開始，姜老先生要教孩子們拿刀在竹簡上刻字了。兩年過去，孩子們雖然已經識了不少的字，但光識字，不會刻字，那是不行的。現在孩子也大了些，大多已在九歲以上了，可以教他們拿刀動刀了。

姜老先生先教孩子們怎樣一手拿刀，一手握住竹簡，然後再從上到下，由右往左，一個字一個字地刻，一行一行地刻得整齊。

姜老先生非常認真，手把手，一個孩子一個孩子地示教。可是，八九歲的孩子，要他們長時間地跪坐案前一刀一刀地刻劃，他們是沒有那個定力的。結果，沒刻幾個字，不是把手弄破，就是一片竹簡刻不了幾個字，而且還歪歪斜斜，不成樣子。不僅如此，還有孩子互相之間用刀逗鬧著玩，非常危險。於是，姜老先生終於開始打人了。

小張儀雖然聰明過人，但並不比其他四個孩子聽話，也是個調皮淘氣的大王。結果，常常挨姜老先生打手心。

有一天，小張儀拿著刀在另一個孩子的臉上比劃，要給他刺字。姜老先生一見大怒，一時性起，下手打得重，結果把小張儀的左手手心都打腫了。

下得課來，小張儀捂著被打得紅腫的手，哭哭啼啼地向他娘告狀。

張太太一見兒子手心打成這樣，不問情由，立即埋怨道：

「這個老先生下手也太不知輕重了，怎麼把孩子打成這樣？怎麼就這樣狠得下心來？難道自己沒有孩子嗎？」

張太太一邊含著眼淚，捧著兒子的小手在嘴邊吹來吹去，一邊嘴裡嘟嘟囔囔埋怨個沒完沒了。正在此時，張老爺突然從外面進來了。

張老爺見他們娘兒倆都眼淚汪汪，不知發生了什麼事，就問道：

「幹嘛娘兒倆都哭呢？」

張太太見問，遂一五一十地向丈夫訴說姜老先生打兒子的事。一邊說，還一邊大聲地哭。

張老爺畢竟是男人，並不像太太那樣容易動感情，而是先轉向兒子道：

「先生為何要打你？」

小張儀開始不說。張老爺知道，姜老先生不會無緣無故地打孩子，肯定是兒子不聽話或做了錯事。於是，窮追不捨。最後，小張儀才支支吾吾地說出了實情。

張老爺一聽，連聲說道：

「打得好！打得好！把手打斷才好！先生教你們刻字，你不認真也就罷了，怎麼能拿刀在別人臉上比劃呢？萬一把別人眼睛碰了，或是別人把你眼睛戳破，變成了一個瞎子，怎麼辦？打斷了手，總比瞎了眼好吧。」

張老爺的一番話，不僅說得兒子無言以對，自知理虧，就是張太太也是大感慚愧。

從此，小張儀上課時挨了姜老先生打，就再也不敢向他娘告狀了，當然更不敢跟他爹說了。

可是，過了不久，五月的一天，倒是姜老先生氣呼呼地來向張老爺、張太太告狀來了。

遠遠望見姜老先生那氣鼓鼓的樣子，張老爺就知道肯定是自己的寶貝兒子闖禍了。

待到姜老先生走近，張老爺、張太太都突然聞到一股很濃的糞便臭味。

「看看你們寶貝兒子幹的好事！」

姜老先生一邊氣呼呼地說著，一邊抖動著寬大的袍袖，轉過身來，讓張老爺與張太太看全身上下沾滿的糞便。張太太聞著姜老先生滿身的臭氣，想捏住鼻子，但又不好意思，自己的兒子幹的好事，現在還嫌先生身上臭，這豈不讓姜老先生更加憤怒嗎？

張老爺忙問道：

「姜老先生，這到底是怎麼回事？」

「你們的寶貝兒子把糞坑上的那塊擱板，用刀割得要斷不斷，老夫不知，如廁時就像往常一樣踩了上去，結果就掉進了糞坑。」

「先生怎麼知道就一定是俺的孽子所為，而不是別的孩子呢？」

「糞坑的擱板上還刻著『張儀』兩個字呢，你們可以去看。」

「先生，要是擱板上刻著『張儀』的名字，倒有些值得懷疑了。是不是別的孩子幹的，故意誣栽孽子呢？」

「那把你兒子找來問一下，不就知道了？」姜老先生見張老爺跟自己講理，就更加生氣了。

張老爺見姜老先生動了氣，也覺得自己失言了，現在不是跟姜老先生講理的時候，應該先讓姜老先生洗個澡，換掉身上的衣裳，再把孩子們都找來教訓一頓。

想到此，張老爺立即吩咐道：

「蔡管家，快吩咐燒水，讓先生洗澡，換衣裳。」

蔡管家連忙轉身去辦。

「還有，派人把那幾個小畜牲都找來。」

過了約一頓飯功夫，姜老先生洗好澡，換好新衣裳，重又來到了張家廳堂之上。

此時，張太太還在堂上，她正著急呢。如果這事果然是兒子所為，免不了要有一頓好打。雖然還沒打，她已經在心痛了。

就在姜老先生來到堂上之時，張老爺也手裡拿了根棍子來到了堂上，擺出了一副非常氣憤要打人的架式。

張太太一見丈夫手裡拿的棍子那麼粗，待會真要打起來，這不要把寶貝兒子打死啊。於是，就開口道：

「這孩子是該打了，但是，這麼粗的棍子打起來……」

姜老先生知道張太太捨不得了，於是連忙打圓場道：

「張老爺也不必用那麼粗的棍子打孩子，老夫倒是帶有一個很好的責罰孩子的東西，是從南方帶來的一把細竹枝，就在老身房裡，不妨拿來一試。」

於是，張老爺吩咐蔡管家從姜老先生房裡取來了這個姜老先生的「法器」。

姜老先生接在手中，對張老爺、張太太道：

「你們看，這種細竹枝，枝上節點極密，打在孩子屁股上，道道紅印，孩子會痛得大叫，但父母大可不必心痛，它只傷皮肉，不會傷筋動骨，打不壞孩子的。」

張太太一聽，心裡放下了。

不一會，五個孩子終於被幾個家僕像押罪犯一樣地押上了廳堂。

「都給我跪下！」

五個孩子一到，張老爺就咆哮道。

於是，包括張儀在內的張氏家族的五個孩子就一字兒跪在了堂上。

「張儀，是不是你把茅坑的擱板給刻斷了，故意害先生的？」張老爺先從自己的兒子問起。

「俺沒！」

「不是你幹的，怎麼上面還有你的名字呢？」

「有俺的名字，就更不是俺幹的了。」

「為啥？」

「哪有那麼蠢的人，自己幹了壞事，還自己刻下自己的名字？」

張老爺一聽，雖然臉上不動聲色，依然擺出不依不饒地憤怒情色，但心裡卻為自己兒子的聰明伶俐與能言善辯而得意。

張太太一聽，則不僅在心裡得意，還臉露得色地偷眼看了看姜老先生。

「既然你說不是你幹的，那麼是誰幹的？好好招來，免得皮肉受苦。」

「俺沒幹，是誰幹的，俺也不能亂說，不能冤枉了好人。」

張老爺見兒子說得理直氣壯，還不願為了自己脫身而亂咬別人，顯得蠻有正義之氣，雖然心中不免對兒子的話多少有點相信，但仍然聲色俱厲地吼道：

「好，你不肯說，俺看你是嘴硬還是皮肉硬。來，蔡管家，把他衣裳給脫了。」

「是。」

蔡管家看了看太太，戰戰慄慄地奉命把張儀的衣裳給褪下了。

「給我打屁股。」

說著，張老爺將姜老先生的那把細竹枝遞到蔡管家手上。

張管家接著細竹枝，看看張老爺，又看看太太，然後才走過去，在張儀的小屁股上輕輕打了一下。張儀渾身一顫，但沒哭。

張老爺見此，忙從蔡管家手裡搶過那把細竹枝，自己動手，狠狠地朝張儀的屁股上抽下去。這一下，張儀果然像殺豬似地大哭大叫，又蹦又跳。

「老實說，到底是不是你幹的？」

「不是。俺沒幹！」

連打了好幾下，張儀仍然不肯承認。張老爺覺得，大概真的不是自己的兒子所為。現在，打也打了，罵也罵了，姜老先生面子上也可以說得過去了。

瞅了瞅姜先生，見他仍是氣鼓鼓，張老爺只得轉向其他四個孩子，繼續審問。可是，問來問去，他們都推說自己沒做。無可奈何之下，張老爺只得吩咐蔡管家道：

「就像我剛才打孽子一樣，把這四個小崽子給我一個個打，狠狠地打，俺就不信他們是鐵嘴銅牙。」

可是，一陣抽打過後，仍然毫無結果。

張老爺見姜先生不聲不響，只得再回過頭來打自己的兒子。雖然下手比剛才更重了，但兒子仍然不肯承認。

「可能真的不是他幹的……」

「還是老夫來吧。」

沒等張太太說完，姜先生已經起身從張老爺手上接過細竹枝，親自上陣了。

張太太一見，心中頓時緊張起來。但是，看看張老爺，她又不敢說什麼。

出乎張太太意料，姜先生並沒有去打她的兒子張儀，而是從孩子堆中揪出那個最小的孩子，厲聲問起：

「是你幹的嗎？」

「不是。」

沒等那孩子話音落地，姜先生手裡的那把細竹枝已經重重地落了下去。打不到五下，那孩子就連忙求饒了：

「先生不要打了，俺說。」

「誰幹的？」

「不是俺，確實是張儀幹的。」

「是張儀幹的，他何以要自己刻自己的名字呢？」

「他跟俺們說，只要大家都說沒幹，先生找到他，他也可以把事情推掉。」

「他是怎麼跟你們說的？」

「他說，找到他，他就說，天下沒有那麼蠢的人，自己做了壞事，還留下自己的名字。」

這下子，事情終於水落石出了。

張儀見無法再狡辯，只得又重新領受他爹的一番痛打。直打得滿地打滾，苦喊改悔，才在姜老先生的討饒下，被他娘領回了房裡。

這一頓打，作用真大。從此之後，無論先生怎麼嚴厲，五個孩子都不敢再起算計之心了，大家刻竹簡的功夫很快進步了。

第三章 立志為遊士

1 浪蕩張城

光陰似箭，日月如梭。一轉眼，十年過去了。

經過姜老先生十多年的嚴格教育，張家原來那個玩劣不羈的小子張儀，早已經出落成一個凛凛一軀，堂堂一表的美男兒。

如今的張儀，不僅博古通今，嫻熟諸侯各國不同形體的文字，操觚執刀，信手萬言，而且「天地君親」之類的大道理，也說得頭頭是道。尤其是他為人的靈活機警，還有巧舌如簧的善辯能力，令張城的人們真是佩服得五體投地。

一次，張儀與三個夥伴到張城一家有名的包子鋪吃包子。包子鋪的老闆是個出了名的小氣鬼，也是個精明過頭的生意人，但他的包子做得確實味道好，只要吃了一次，準會讓你放不下，下次還想再來。

這天，張儀剛走到店鋪前，就見鋪前掛了個大牌子，上書「今日肉包一錢一個」。

「這個老傢伙，裝什麼鬼？平常不就是一錢一個嗎？好像今日格外便宜似的，這不是故意誘人上鉤嗎？」

看著牌子上的字，張儀情不自禁地脫口而出，旋即神祕地一笑。夥伴們不解，問道：

「你笑什麼？」

「今日俺得作弄一下這個老傢伙。」

說著，就往旁邊的一家店鋪跑去。夥伴們更加糊塗了。

沒等夥伴們明白過來，張儀已經回來了，還伸出一隻食指在大家面前晃來晃去。

「你的手指怎麼黑乎乎的？」

「這個，你們就不懂了。跟我走。」

走到那塊牌子前，只見張儀朝著那只黑乎乎的食指吐了點口水，在「一錢一個」的「個」字前的「一」字上，用那個蘸了炭墨的手指加了一豎，牌子上的「一錢一個」便變成了「一錢十個」了。

「噢，原來如此！」

同伴們這時才真正明白過來。

「還愣著幹什麼？進去吃包子啊，今天大家可以敞開肚皮吃個夠！」

張儀一邊說著，一邊帶頭走進了店裡。

不大一會，四人各吃了十個大肉包子。臨了，四人一邊打著飽嗝，一邊抹著油嘴，虛張聲勢地呼喝起老闆：

「掌櫃的，快過來結賬！」

老闆聞聲，忙不迭地跑過來，笑咪咪地說道：

「來了，來了，張少爺。」

「來，給。」

說著，張儀排出一個大錢，放在桌上，起身便走。其他三人也有樣學樣，各自排出一個大錢後，也魚貫出了店鋪。

「哎，慢著！」

老闆稍一愣神後，立即追出門外，一把抓住張儀的衣袖，滿臉通紅地說道：

「怎麼吃了十個肉包子，就付一個大錢？張少爺，你也不是一次兩次到小店吃包子了，怎麼今天不懂規矩了？」

「老闆，俺又沒少你錢，你怎麼抓住俺呢？俺還有事呢。」

張儀裝出一副莫名其妙地懵懂模樣，認真地看著老闆問道。

「張少爺，你是真糊塗，還是假糊塗？」

「俺是真糊塗！俺吃飯付了錢，你卻不讓俺走人，這是何道理？」

「你還問俺何道理呢，你今天吃了幾個肉包子？」

「十個。」

「那你付了多少錢？」

「一個大錢啊！怎麼，有什麼不對嗎？」

「張少爺，你是讀書之人，難道還不會算賬嗎？」

「俺當然會算賬，『一錢十個』，俺吃了十個包子，付你一錢，一點也沒錯啊！」

「什麼？『一錢十個』，誰說的？」

「是你的招牌上寫的呀，你自己看。俺們是看見你招牌上寫著『今日肉包一錢十個』，這才進來吃的，不然俺們今天還沒打算要吃你的包子呢。」

「怎麼？俺招牌上是寫著『今日肉包一錢十個』嗎？張少爺，你是讀書人，不會不識字吧。」

「俺當然識字。」

「那好，張少爺既然識字，俺們就到招牌前看清楚了。」

說著，老闆就拽著張儀來到了門前招牌前。

不看不打緊，一看，老闆頓然傻眼了。原來，招牌上果然是寫著「今日肉包一錢十個」。

想了想，老闆覺得不對，連忙說道：

「肯定是你們在俺招牌上動了手腳，你們讀書人別仗著識字，就欺負人。」

「俺們是讀書人，怎麼會不懂道理，會為了幾個包子要在你的招牌上動手腳？你也太小看俺們讀書人的氣節與品行了。」

看著張儀裝出十分無辜與憤怒的樣子，老闆更是氣不打一處來：

「你們不要狡辯！俺是老闆，一個包子多少錢，難道還會寫錯？」

「你也沒寫錯，就是這樣的。你想想，你的肉包子賣了多少年了，誰不知道你的肉包子一錢一個，如果今日不是特別便宜，還是如往常一樣，仍然是一錢一個，你何必費事寫出個招牌招徠顧客呢？」

聽張儀這樣一說，老闆頓時啞口無言了。

就在老闆無言以對，正愣在那犯傻的當兒，張儀已帶同三個夥伴揚長而去了。

2 安邑遊學

周顯王十八年（西元前三五一年），張儀十九歲，真正是已經長大成人了。但是，父母雙親卻也垂垂老矣。

張太太看著寶貝兒子整天無所事事，遊手好閒，還時不時地惹出些麻煩，真是既著急又犯愁，但又無可奈何，只得時時唉聲歎氣。

而張老爺呢？則常常坐在院中那棵古柏下發呆，撫今追昔，獨自慨歎。當初兒子出生時，老人們都說這個孩子會發家，會使張氏家族中興。可是，自從兒子來到這個世上，天下就沒有太平過。伴隨著魏惠王不斷地對外戰爭，魏國強大的國力日益受到削弱，張氏的家道也隨著日益衰落。

周烈王七年，兒子出世時，秦國大疫，禍及魏國河東，張家只得隨眾逃難，被折騰得夠嗆。接著，魏國與韓、趙先後戰於馬陵、濁澤，抽丁抽捐，張氏因是魏王室庶支和大戶人家，家財更是被折耗了很多。

周顯王元年（西元前三六八年），齊國大兵伐魏，魏與之殊死相搏，終敗於齊，齊取魏之觀而去。

周顯王三年（西元前三六六年），魏與韓聯合伐秦，結果兵敗於洛陰，損兵折將。

周顯王四年（西元前三六五年），魏起兵伐宋，宋雖小國，卻是一個富裕且頑強的國家，雖然最終魏伐取了宋之儀台，但魏國的國力也受到了不少損傷。

周顯王五年（西元前三六四年），魏又與秦開戰。秦派大將章蟜率兵與魏師戰於石門，斬魏師之首六萬，魏國元氣大傷。

周顯王七年（西元前三六二年），魏又與秦戰於少梁，結果魏太子被秦所虜。也就在這一年，魏又與韓、趙戰於澮。其年夏，大雨三月，魏國大歉，餓莩遍地。

周顯王八年（西元前三六一年），魏與趙戰，取趙皮牢。也就在這一年，魏惠王重臣公叔痤病故。公孫痤病故前，向魏惠王鄭重推薦衛國之士公孫鞅，要魏惠王舉國而聽之。魏惠王不聽，結果，公孫鞅逃秦。其時正值秦孝公即位求賢之時，公孫鞅遂重任於秦孝公，從此為秦國變法，終致秦國迅速富強崛起，成為魏國大患。

周顯王十二年（西元前三五七年），魏又與韓戰，取韓之地朱。

周顯王十四年（西元前三五五年），魏起兵侵宋黃池，宋與魏殊命相搏，終復取之。

周顯王十五年（西元前三五四年），魏起大兵圍攻趙都邯鄲，久攻不下。秦國乘機起兵，與魏戰於河西之元里，斬魏師之首七千，取少梁。

周顯王十六年（西元前三五三年），魏師苦戰一年多，終於攻克趙都邯鄲。趙國向齊求救，齊王派孫臏為軍師，田忌為大將，出兵救趙。結果，孫臏用計，大敗魏將龐涓於桂陵，魏國八萬大軍全軍覆滅，從此大傷元氣。

經過這一系列的戰爭，魏國日益變得國衰、師疲、民貧，張家自然也不例外，原來的家底早已經耗空。到兒子十八歲時，也就是周顯王十七年（西元前三五二年），秦孝公起用衛人公孫鞅為大良造，率兵大舉伐魏，一度攻入魏國河東之地，並打到了魏都安邑。魏惠王向秦求降。張城居魏河東第一道防線上，受到的戰爭衝擊最大，由此張家更是徹底地變得赤貧了。

「老爺，老爺，有人來俺家為少爺提親了。」

周顯王十八年（西元前三五一年）初春的一天，張老爺像往常一樣，正坐在古柏下發呆，突然一個婢女急急地從屋裡奔到院裡，一邊奔，一邊興奮地喊著。

張老爺一聽，突然一激靈，幡然醒悟：

「是啊，應該給兒子討個老婆了。」

回到屋裡，張老爺跟提親者見了面，了解了一下情況，又與張太太一番商量，覺得是到時候了。不如利用趁此送上來的機會，讓兒子早日拜堂成親。這樣，一來可以借此拴住兒子的心，也希望他從此成熟起來；同時，也好讓張家早日添丁添口，給這個沒落的家族添點活氣。

主意已定，老夫妻翻箱倒櫃，求親拜友，終於結結巴巴地籌集了一筆錢，給兒子成了親。

張儀還真爭氣，春上娶的媳婦，年末就添了個大胖小子。消失已久的笑容，又開始蕩漾在張老爺與張太太的眼角眉梢。張家有了第三代，香火的傳承不成問題了。

張儀自從做了父親之後，好像真的長大了，不僅不再出去遊逛惹事，而且不時深鎖眉頭，好像心思重重。張老爺與張太太幾次問他有什麼心思，他也不肯說。

周顯王十九年（西元前三五〇年）的新年過後，張儀終於向爹、娘主動開口了：

「爹，娘，俺張家現在不比從前了，俺年紀輕輕，整天在家守著，也不是個事。俺想到安邑城裡遊學，看看有沒有機會，也要振興一下俺張家的門楣。再不濟，俺也好跟范管家學學如何打理安邑城裡的店鋪生意，也好圖個日後的生計。」

張太太聽兒子說出這番話，不禁喜出望外。而張老爺則忙接口道：

「有理，男兒當自強！想俺張家也算是魏王室的一支，如今淪落到如此貧窘的地步，俺心裡也不是滋味。兒哇，若你能有個出人頭地的時候，俺張家列祖列宗九泉之下也都心安了。只是安邑是大城，千萬別惹是生非，一切謹慎從事，你就好自為之吧。」

「兒會謹記教誨的！」

正月十五，在爹、娘的千叮嚀萬叮囑下，在妻兒依依不捨的相送下，張儀一大早就離開了張城，向魏都安邑進發了。

張城離安邑並不算太遠，不多日，就到了。

在安邑待了幾天，張儀就覺得非常無聊。因為老管家范掌櫃，每天起早摸晚，為了一點蠅頭薄利，忙得不可開交，根本顧不了他。百無聊賴之中，他只好每天往安邑城內最熱鬧的地方去閒逛。一天，他如往常一樣，逛到日中時分，體乏腹饑時，又低頭往平日經常光顧的那家小店吃麵。因為那店裡的麵，味道合他的口味，價錢又便宜。

吃好了麵，張儀又低頭走在了安邑的大街上。走到一家頗是熱鬧的酒肆門前，只見裡面人頭攢動，熱鬧非凡，他便一邊走，一邊顧盼張望。突然，「砰」的一聲，張儀只覺眼前金星四射，頓時便有一種立地不穩的感覺。定了好久，才知道剛才是頭撞到什麼地方了。摸摸頭，沒破，沒血，只是覺得額頭有些疼痛而已。

正在張儀發愣之時，只聽有人大聲斥責道：

「你沒長眼睛啊？怎麼這樣走路？」

聽到這句吼聲，張儀這才徹底清醒過來。定睛一看，面前正站著一位陌生人，正一邊揉著額頭，一邊整理著頭上的高冠。

張儀連忙作揖打恭，賠罪道：

「在下一時失神，冒犯先生，萬望恕罪。」

那人見張儀這樣說，也就不好意思再抱怨了。整冠既定，他又仔細打量了一下張儀，見是士之打扮，遂和緩了語氣，順口問道：

「先生莫非也是遊士？何以失神如此？」

張儀一聽這話，就知道這人自己就是個遊士了。於是，立即接口道：

「先生也是遊士吧。聽先生口音，好像不是魏人。」

「正是。在下乃齊國遊士，今至安邑，欲干謁魏王。」

張儀聞聽，心中大喜。心想，這下可遇見同道了。何不結交於他，也好討教一二？

想到此，張儀又連忙作揖拜禮道：

「在下乃魏國張城之士，姓張名儀。今至安邑遊學，不意冒犯得罪於先生。如蒙先生不棄，欲請先生酒肆一敘，以求教於先生，不知先生肯賞光否？」

那人見張儀已經自我介紹了身份，遂也還之以禮，自道姓名道：

「在下姓淳于，人稱『淳于生』。既為同道，又承先生不棄，酒肆一敘，亦在下所願也。」

張儀一聽，心中大喜，到安邑這麼長時間，今天總算交到第一個朋友了。

入得酒肆坐定，二人遂就聊開了。

很快，張儀就弄清了眼前這位淳于生的身份，原來他還是齊國名士淳于髡的族人，來到安邑，是為了遊說魏惠王，想在魏國弄個一官半職。可是，等了很久，還沒見著魏王呢。

淳于生非常健談，一邊啜著酒，一邊暢談著魏國的歷史與現狀，並一針見血地指出了魏國現在面臨的問題，直說得張儀這個地道的魏國人目瞪口呆，慚愧不已。

說完了魏國，淳于生又說大齊的威風。最後，說到了齊國當朝一人之下、萬人之上的大紅人——成侯鄒忌。

「鄒忌？鄒忌何人？」張儀聽淳于生說話中那種贊賞的口吻，不禁好奇地問道。

「鄒忌，先生也不知道？先生太孤陋寡聞了。」

淳于生話剛一出口，就覺得有些不好意思了。

沒想到張儀並不在意，道：

「先生說的是，在下確是孤陋寡聞！從小到大，俺都未出過遠門，除了出生百日之時，為躲避秦國大疫而從張城逃難到安邑外，長到這麼大，都未到過什麼大城。所以，對外面的事，什麼都不知道。」

「哦，原來如此。怪不得你不知道齊相鄒忌了。」

「不過，俺的先生倒是齊國人，聽說還是姜太公的後裔，在俺家教了俺十多年。可是，他從未跟俺說過什麼鄒忌。」

「噢，他在你家待了十多年，那怎麼可能知道鄒忌呢？鄒忌的發跡，也就是最近沒幾年的事。」

「那麼，他是個什麼樣的人？又是怎麼發跡的呢？兄長可否說來一聽？」

淳于生見張儀有興趣，更加神采飛揚了：

「鄒忌，他開始也跟俺們一樣，只是一個遊士。」

「哦，他也是一個遊士？」張儀也來勁了。

「是的。他本來也是一個不名一文的窮遊士，只因遊說俺齊王成功，立即官任齊相，第二年還被封為成侯呢。」

頓了頓，不等張儀插話，淳于生又接著說道：

「你知道前幾年齊、魏桂陵之戰吧。」

「當然知道，桂陵之戰，俺大魏八萬大軍被齊國殺得一個不剩，俺大魏之民哪個不痛徹心肺？」

「你知道這桂陵之戰的齊國主帥是誰嗎？」

「聽說是齊國名將田忌。」

「對了，是田忌。田忌功勞大吧，而且田忌還是齊王室的人，但是見了鄒忌也得敬讓三分。」

「鄒忌有這麼高的地位？」

「那當然。這就是俺之所以敬佩鄒忌的地方。」

「那麼，他是怎麼從一個遊士就一步登天的呢？」

「這個說來，就要話長了。」

張儀見他要賣關子了，於是，忙給他倒上一盞酒。

淳于生滿意地點點頭，端起酒盞呷了一口，然後又慢條斯理地說開了：

「鄒忌本也是一個沒有任何身份的遊士，可是，彈得一手好琴。他打聽到威王也有此好，而且還彈得不錯，於是就以獻琴為名，要求見威王。」

「那麼，威王見他了嗎？」

「當然見了。不見，怎麼有他今天一人之下、萬人之上的顯赫地位呢？」

「那麼，鄒忌就把他的琴獻給威王了？」

「嗨，威王哪會要他的琴呢？威王的名貴之琴多著呢！」

「哦，俺明白了，你是說鄒忌是以獻琴為名，找機會遊說威王，是吧。」

「哎，這就說對了。不過，鄒忌見了威王后，還真的是給威王露了一手，彈得還真不錯。威王大悅，於是就把他給留下了，置於右室，以便隨時與他切磋琴藝。」

「接著呢？」

「過了沒幾天，威王獨自在內室撫琴而自我陶醉。鄒忌聽到了，就推門入室，豎起大拇指誇道：『大王的琴彈得真好！』」

「威王聽了很高興吧。」

「噯，還高興呢！威王頓時勃然大怒。」

「為什麼？是不是因為鄒忌打斷了他彈琴，敗了他的興致？或是因為他突然破門而入的緣故？」

「這倒不是，而是別有原因。」

「什麼原因？」

「威王見鄒忌突然闖入，立即棄琴按劍，厲聲呵斥道：『先生既未見寡人撫琴之容，亦未察寡人撫琴之勢，何以誇好呢？』」

「哦，威王這是在說鄒忌不該刻意奉迎，是吧？」

「對了，就是這個理。」

「那麼，威王何以不喜歡別人奉承自己呢？一般來說，做人君的，都是喜歡臣下奉迎的呀。」

「這你又不知了！威王剛剛即位執政時，九年間都是醉心於撫琴自娛，朝政一委於卿相大夫。結果，齊國不治，諸侯並伐，政局大亂。於是，威王開始清醒了。他召來即墨大夫，跟他說：『自從大夫居即墨為政，誹謗之言日至。然而，寡人密遣使者，訪察於即墨，但見田野辟，民豐足，官無事，民無訟，一派安寧和諧的景象。大夫政績如此好，卻遭人日日譭謗，這都是因為大夫不奉迎寡人左右，以求自譽之故。』於是，立即封他以萬戶侯。然後又召來阿大夫，跟他說：『自你上任為阿大夫，稱譽之言，不絕於寡人之耳。然而，寡人派人訪視阿之民情，則田野不辟，民貧而苦，一派凋蔽的景象。昔日趙攻我之甄，你不能救。衛伐取我薛陵，你則不知。像你這種不稱職的官員，卻天天有人稱譽，這都是因為你以厚幣賂賄寡人左右之故。』於是，立烹阿大夫，凡左右曾為其稱譽者，一併烹殺之。由此，朝野肅然。而後，傾起大兵，西擊趙、衛，大敗魏師，圍魏惠王於濁澤。惠王無奈，乃獻觀地以求和解，趙國則歸還齊之長城。自此以後，威王不僅聲威震天下，而且也使齊國吏治為之一變，大小官吏人人不敢文過飾非，務盡其誠。齊國由此大治，諸侯聞之，莫敢舉兵向齊者二十年。」

「哦，原來威王是因為早先曾受臣下矇騙，這才那樣痛恨奉迎飾非之徒。」

「對了，就是因為這個原因。」

「那麼，鄒忌無故奉迎威王，威王棄琴按劍，是否要殺鄒忌呢？」

「確有此意，不過，鄒忌以善說而化險為夷了。」

「怎麼化險為夷？」

「鄒忌見威王動怒，立即解釋道：『琴的大弦，就像一國之君；琴的小弦，就像滿朝人臣；撫弦之緊舒，就像政令之施行；大弦小弦相和鳴，就像春夏秋冬四季。今臣聞大王之琴，大弦之音寬和而溫，小弦之音廉折而清。大王之撫弦，攫之深，釋之舒。大弦小弦，勻諧而鳴；弦之音，舒緩相間，大小相益，回往而不相害。以此，臣知大王之鼓琴善哉！』威王信而服其說，轉怒為喜道：『先生善解琴音也。』」

張儀聽到此，情不自禁地點點頭，從心底感佩鄒忌的善說。

淳于生則又喝了一口酒，頓了頓，繼續說道：

「威王話音未落，鄒忌立即反問道：『大王為什麼只說臣善解琴音呢？臣之所言，治國家、安人民，道理皆在其中矣！』威王一聽，又勃然作色道：『如果說五音配合之理，那確實就像先生所言；若說治國家、安人民，又何必說盡在絲桐之間呢？』鄒忌立即接口分辯道：『大王沒有理解臣的意思！大弦寬和而溫，就像是國君；小弦廉折而清，就像人臣。撫琴之法，攫之深，舍之舒，就像施行政令。大弦小弦調撫有度，勻諧而鳴，弦音舒緩相間，大小相益，回還而不相害，則就如春夏秋冬四季變化。琴音繁複而不亂，是國家昌盛大治之象；琴聲渾沌而銳直，則是國危將亡之兆。所以說，琴音調而天下治。治國家、安人民，可見之於五音也！』威王大悅，連聲贊道：『言之有理！言之有理！』」

張儀聽淳于生說到此，也不禁脫口而出道：

「說得好，答得妙！」

「過了三個月，威王就任鄒忌為齊國之相。」

「哦，那麼快？真是一步登天啊！」

「是啊！也因為如此，當時齊國有很多士人不服呢。」

「那麼，是哪些人不服呢？」

「齊國有個地方叫稷下，讀書人都喜歡在那裡議論國家政事。聽說鄒忌鼓琴而見威王，說五音而受齊國相印，許多齊國之士議論紛紛。稷下先生淳于髡有弟子七十二人，他們本來就看不起鄒忌，聽說此事後，更是意有不平。恨怨之餘，大家想出一個辦法，就是決定去找鄒忌辯論，用一些隱語微辭去為難他。」

「結果怎麼樣？」張儀急切地問。

「於是，大家商量好，輪番去見鄒忌，與之辯難。鄒忌見是淳于髡的弟子，不敢輕慢，對他們執禮甚恭，應答謙卑溫和。而淳于髡的弟子見了鄒忌，則態度倨傲，言辭輕狂。但是，結果一個也沒難住鄒忌。淳于髡聞之，遂親自出馬，往見鄒忌。」

說到此，淳于生突然停了下來。

張儀正聽得入神，見他不說了，遂連忙起身又給他斟了一盞酒，並連聲催促道：

「結果怎麼樣？」

淳于生喝了口酒，不緊不慢地說道：

「淳于髡一見鄒忌，劈頭便說：『先生鼓琴而授相，真是善說啊！』」

「淳于髡這話好像有點吃酸。」張儀插口道。

「是！鄒忌知道淳于髡意有不服，遂對淳于髡禮之愈恭，辭之愈謙。淳于髡說：『髡有陋見，願陳之於先生之前。』鄒忌再拜道：『忌謹受教，願先生明以教我。』淳于髡見鄒忌對己執禮甚恭，乃贈鄒忌八個字：『得全全昌，失全全亡。』」

「什麼意思？」張儀這下不明白了。

「這話說得微妙，其意是說，人臣事君之禮全具而無失，則必然身名獲昌；人臣事君之禮全失，則必然身敗名裂。這是教導鄒忌，不要因為威王重用而忘乎所以，失了君臣之禮。」

「有道理。」

「淳于髡其意是想考察一下鄒忌的領悟力，未曾料到，鄒忌立即領悟，並回敬道：『先生之言，乃金玉之論，忌謹受教，自當銘刻於心！』淳于髡見此，遂又說了一句：『豨膏棘軸，所以為滑也，然穿孔若方，則不能運也。』」

「什麼意思？」張儀又不明白了。

「這話是說，以棘木為車軸，而以豬油潤之，可謂至滑而堅；然穿成一個方孔，則無法運轉，寸步難行。其意是告誡鄒忌，為人臣不可逆理反經。」

「這話也說得好。」張儀不禁評論起來。

「鄒忌明白淳于髡的意思，遂更為謙恭地答道：『謹受令，忌知之，事王自當每事順而從之。』淳于髡遂又說道：『弓膠昔幹，所以為合也，然不能傅合疏罅。』」

「什麼意思？這個淳于髡怎麼說話這麼難懂？」張儀又迫不及待地問道。

「他這是故意以隱語微辭考驗鄒忌的領悟力。他這話的意思是說，作弓之法，以膠塗抹於弓杆之上，而納之於檠中，這是以勢令其結合。膠與弓杆雖然可以勢暫合，但時間久了，還是不能常傅合於疏罅隙縫。」

「俺還是不明白這話是什麼意思？」

「老兄當然不會明白了，不然你就是齊國之相，而不是鄒忌了。淳于髡的話，是弦外有音，說的是，為人之臣，不能凡事都拘泥於禮制法式，事事一味順從人君，而是應該彌縫得所，也就是善於消彌調和君臣、君民之罅，從而治國家而安人民。」

「明白了，有道理。」張儀點頭稱是。

「鄒忌明白淳于髡的意思，立即答道：『謹受命，忌自當順萬民之意，從君王之心。』淳于髡又說：『狐裘雖敝，不可補以黃狗之皮。』」

「這話好懂了，就是說，狐裘雖破敝，也不能用黃狗之皮來補，因為二者不相配。」

「這話不是那麼簡單，你聽鄒忌是怎麼回答的。鄒忌聽了淳于髡的話，立即答道：『謹受命，忌請謹擇君子，毋雜小人於其間。』意思是說治國輔君要善於選用人才，不可使英才與庸才相雜，魚目混珠。」

「哦！」張儀慚愧地應了一聲。

「淳于髡又說：『大車不較，不能載其常任；琴瑟不較，不能合成五音。』」

「這話又有什麼微言大義呢？」張儀這次不敢擅自亂解了。

「這話表面上是說，車琴各有常制，應該時時校正調整。車軸常常校正，才能保證發揮其載人載物之常任；琴瑟常常調校其弦，才能保證其合成五音，發出和諧美妙之聲。實際上，這話別有用意，是告誡鄒忌治國安民的道理：法律禮法要調整有度，才能維護國家安定，萬民和諧。鄒忌明白淳于髡的微言大義，立即答道：『謹受命，忌請謹修法律而督奸吏。』」

說到此，淳于生頓了頓，喝了一口酒。

「接著，怎麼樣？」張儀又催促道。

「淳于髡說畢，快步而出。到門口時，回頭對其僕從說：『此人，非常人也！老夫跟他說了五句隱語微言，他應答我就像響之應聲。此人不久必受封矣！』果然不出淳于髡所料，一年後，齊威王即封鄒忌於下邳，號曰『成侯』。」

淳于生說到這裡，那種贊賞豔羨之情不禁形之於色。而張儀聽了，也大為動心。

二人相視一笑，心照不宣。

沉默了一會，張儀又問道：

「那後來呢？」

淳于生呷了口酒，看了看張儀，遂又繼續說了下去：

「鄒忌被封成侯後，愈發謹慎，輔佐威王更是克盡心力。而威王呢，則在齊國大治二十年後，日益變得獨斷專行，不大容易聽得進臣下的逆耳忠言了。為此，鄒忌非常焦慮，日夜思索，想找個有效的辦法對威王好好進諫一番。」

「想到辦法沒有？」

「最後當然是想到了。你大概還想像不到，這個鄒忌不僅能言善辯，又擅長彈琴，而且還是一個男美子，身長八尺有餘，形貌俊朗，舉止飄逸，言語爾雅，為人溫婉有儀。」

張儀聽到此，情不自禁地坐直了身子，整了整頭巾。

淳于生一見，不禁啞然一笑。張儀也明白他這是什麼意思。

啜了一口酒，淳于生又接著說道：

「一天，鄒忌清晨起來，穿朝服，整朝冠，窺鏡而對其妻說：『我與城北徐公，誰美？』其妻脫口而出：『徐公之美如何能比夫君？』鄒忌一聽，沉吟片刻。他知道，城北徐公乃齊國有名的美男子，天下公認，無人可及。雖然自己也感覺不錯，但總覺得好像還沒有城北徐公那樣為世人公認之美。這樣一想，他開始懷疑妻子的話。於是，他又去問他的愛妾：『我與城北徐公，誰美？』沒想到愛妾也不假思索地說：『君之美，非城北徐公可比！』」

「接著呢？」張儀急切地問道。

「這樣，鄒忌就有點相信她們的話了，遂信心滿滿地上朝去了。第二天清晨，鄒忌梳洗已畢，正要上朝，突然有客從遠方而來。鄒忌遂與之坐談片刻，忍不住又問客人道：『我與城北徐公，誰美？』客人也不假思索地答道：『徐公遠不及君之美。』俗話說：『三人成虎』。問過三人，大家都異口同聲地說自己要美於城北徐公，於是鄒忌開始相信自己確實要比城北徐公美。又過了一天，城北徐公來訪，鄒忌仔細打量徐公，又開始沒自信了。此後的幾天，鄒忌搬來銅鏡，反復自照，最後確信：自己遠不及徐公之美。」

淳于生說到此，看了看張儀。張儀正張大嘴巴，聽得入神呢。

「於是，鄒忌心裡就翻騰開了，他不明白，為什麼自己明明不及城北徐公之美，而妻、妾與客人都說自己美過徐公？數日之間，夜深人靜，鄒忌都輾轉難以成眠。有一天夜裡，鄒忌突然寢而思之，終於想明白了其中的道理：妻子說他美，是因為愛他；愛妾說他美，是因為怕他；客人說他美，則是因為有求於他。」

「這話有道理，天下的女人都是這樣，總是認為自己的丈夫是天下最美的，聽說越人有句話，說：『情人眼裡出西施。』鄒忌的妻子認為鄒忌最美，倒是出於真心。至於鄒忌之妾與客人，則都是說了違心話。鄒忌能看到這一層，實在是有自知之明，確實是個明白人！」

淳于生一聽張儀說出這番話，頓然眼睛一亮，沒想到才跟他說了這麼一會，他就明白多了，心想，眼前這個魏國書生不簡單！

頓了頓，在張儀的催促下，淳于生又說了下去：

「第二天一大早，鄒忌就衣冠整齊，入朝見威王，並開門見山地說道：『臣自知長得遠不及城北徐公美，然臣以此試問於臣妻，臣妻說臣比徐公美；臣又以此問臣妾，臣妾亦以為臣遠美於徐公；昨有客訪於臣，臣又以此詢之於客，客亦言城北徐公不及臣之美。臣思之不解，夜不成眠，乃悟其理：臣之妻誇我，是愛我；臣之妾誇我，是畏我；臣之客誇我，欲有求於我。』威王不解，不知今日鄒忌為何說這些沒頭沒腦的家務瑣事。鄒忌知道威王的意思，於是話鋒一轉道：『今齊國之地，方圓千里，城池一百二十有餘，宮中美人及左右，莫不愛王；朝廷之臣，莫不畏王；四境之內，莫不有求於王。由此觀之，大王所受之蔽，遠甚於臣也。』」

「這個類比好！」張儀不禁脫口而出地評論道。

「說得好！俺們齊威王也是這樣說的。於是，威王立即下令，傳諭全國：『群臣、吏民，能面刺寡人之過者，受上賞；上書諫寡人者，受中賞；能謗議朝政於朝市者，聞之於寡人之耳者，受下賞。』」

「結果怎麼樣？」張儀急切地問道。

「王令初下，群臣進諫，門庭若市。數月之後，偶有進諫。一年之後，群臣、吏民雖欲諫王，無有可進之言。由此，齊國大治。燕、趙、韓、魏諸國聞之，皆朝於齊。此即鄒忌所謂『戰勝於朝廷』之策！」

3 負笈東遊

自從聽了淳于生有關鄒忌鼓琴而相的故事後，張儀心裡就翻騰開了。他明白，自己現在這樣孤陋寡聞，天下大勢什麼都不知道；如何遊說，也從無經驗，要想吃遊士這碗飯，取卿相尊榮，那是不可能的。

考慮再三，他決定先回張城，向爹娘稟報自己的想法，然後到齊國稷下，跟淳于髡之徒學習幾年，等長了見識，再審時度勢，出山遊說諸侯，為張家取卿相尊榮，以光宗耀祖。

想到做到，張儀立即告辭范管家，急急趕回了張城。

回到張城，張儀將安邑所見所聞，向爹娘盡述一遍。又向爹說了淳于生關於鄒忌鼓琴授相的奇事，神情中流露了無限的贊賞之情。

張老爹明白兒子的意思，沉吟半日，默默地點點頭，但沒說一句話。

張儀見此，只得將要出口的話又咽了回去。

又過了幾天，張儀在家待著鬱悶，就跟妻子閒聊，說到自己的想法。沒想到他的妻子卻非常支持，大大出乎他的意料。

受到妻子的鼓勵，張儀第二天就鼓起了勇氣，跟他爹開了口：

「爹，兒想負笈東遊，到齊國稷下遊學，希望學成後，有朝一日也能像鄒忌那樣，取卿相尊榮，為俺張家光宗耀祖，也不負爹娘養育兒多年的辛勞與期望。」

張老爹沉默了一會，然後幽幽地說道：

「儀兒說的是，爹明白你的用心，你能有這份上進之心，爹打心眼裡高興！果有成功之日，不僅爹娘與有榮焉，就是俺張氏列祖列宗，九泉之下也是欣慰不已的。」

張儀聽到這，心裡非常高興，以為爹這就是同意了。

不意，張老爹接著話鋒一轉道：

「儀兒，你想遠到齊國求學交遊，這是求上進，是好事。但是，你也知道，俺家現在不比從前了，一下子拿不出許多盤纏給你。要是沒有足夠的盤纏，你一人在外，爹娘又如何放心得下呢？俗話說：『在家千日好，出外一時難』呀！」

張儀聽他爹這樣一說，頓然像七月正午烈日下的樹葉兒，一下子蔫了。

過了一會，見兒子垂頭喪氣的樣子，張老爹心有不忍，又緩和了語氣，說道：

「儀兒，這樣吧，你稍等時日，讓爹想想辦法，能不能把俺家的那幾畛薄地賣了，給你湊夠了盤纏用度，你再走吧。」

張儀一聽，簡直要哭出來了。

三個月後，張老爹賣了幾畛薄地，七拼八湊，終於給張儀籌了足夠他三年的開銷用度。周顯王十九年六月二十八，張儀告別爹娘，也告別又有三個月身孕的妻子，吻別了還不到一歲的兒子，揮淚上路，向著東齊而去。

輾轉六個月，張儀從魏國張城出發，道經魏都安邑，八月中旬，向東行進，到達韓國西部與魏國交界的魏城恒。然後入韓境，越少水，十月中旬到達魏國東部與韓國東部交界的魏城高都。十一月中旬在汲越河水而東，十二月初八，至魏之桂陵。

道經桂陵，時當寒冬臘月，北風凜冽。桂陵隘道兩旁，懸崖壁立。滿山枯樹古枝，在寒風中發出蕭瑟淒厲之聲。桂陵道中，當年白骨露於野的慘象雖然不見於眼前，但一想到當初齊、魏桂陵之戰，八萬魏國兒郎戰死桂陵的往事，張儀還是不寒而慄，彷彿桂陵道旁的枯木寒枝，就像是一具具魏國士卒的枯骨乾屍，令他寒徹骨髓。淒清的桂陵山道中，本就少有行人，加上寒冬臘月，就更是前不見人，後不見影。越想心裡越發毛，張儀下意識地低下頭，儘量目不斜視，加快腳步，往前緊趕，希望早點走出這個令人毛骨悚然的桂陵隘道。

也許是因為心裡緊張，腳步就不免快了不少。幾天前，聽人說差不多要走一天的桂陵隘道，張儀在離日落還有兩個時辰之前，就早早地走完了。

出了隘道，往前又走了一段，張儀發現前面有個大村落。於是，就急急往那個大村落走去，想早點借宿個人家。可是，心裡想快，腿腳卻酸痛得抬不起來。大概是過隘道時的那種緊張感過去了，情緒一放鬆，頓時便有疲勞感上來了。

三步一停，十步一歇，堅持著，忍耐著，終於在日落前走近了那個遠望中的大村落。徘徊於村口一會，張儀找了一家門戶較大的人家求宿。院門沒關，只是虛掩著。張儀輕輕一推，門就「吱呀」一聲開了。

「有人嗎？」

張儀輕輕地對裡面喊了一聲，沒人應。張儀想，大概院子太大，屋宇太深吧。於是，再提高了一點聲音，喊道：

「家裡有人嗎？」

還是沒人應聲。沒辦法，張儀只得推門而進，走過院子，進到二門口。二門也沒關，開著。

「家裡有人嗎？」

站在二門口，張儀又對裡輕聲叫了一聲。

這次，終於有人答應了：

「誰呀？」

隨著聲音，慢慢走出了一位鬚髮皆白的老者。

張儀一看，連忙恭身施禮道：

「老人家，在下乃張城士子，欲至齊國遊學，道經桂陵，天晚想在貴府借住一宿，不知老人家行得方便否？」

「後生，請進吧。張城離這遠啊，大老遠來此，不易啊！」

張儀見老者這樣說，知道借宿沒問題了，於是一顆懸著的心也就放下了。

坐定後，張儀開口道：

「打擾老人家，還不知老人家尊姓大名呢。」

「老夫姓張。」

「啊，老人家也姓張，還跟晚生是本家呢。」

「這麼說來，咱們幾百年前應該是一家人嘍！」

說著，二人還真的敘起了家系淵源。越敘越親近，原來老人家也是魏王室的一個庶支，論起輩份尊卑，張儀得稱他爺爺了。

於是，張儀就改口道：

「爺爺，這桂陵隘道，莫非就是前些年齊、魏桂陵之戰的所在吧？」

「正是。別說了，這一仗，俺大魏真是敗得慘了。」

「俺也聽說，俺大魏八萬大軍被齊師殺得一個不剩。」

「是啊！這要說起來，都要怪那個龐涓啊！」

「爺爺，怎麼說要怪龐涓呢？」

「娃兒，你大概不知道，這個龐涓是個好逞能鬥強的人。據說，他早年師從齊人鬼谷子，習學兵法陰陽。出山後，就到俺魏國，得到了俺大魏惠王的信任，任之為將。魏王起兵攻伐趙都邯鄲，意欲吞併趙國，也是龐涓出的主意。結果，邯鄲一年多都沒有攻破，魏國則元氣大傷。但是，魏王在龐涓的慫恿下，欲罷不能，執意要不惜一切，拚死也要攻破邯鄲。眼看邯鄲就要攻破之時，趙王遣使出城，向齊威王求救。」

說到此，張老爺爺不禁深深歎了一口氣。

「怎麼了？」張儀問道。

「唉，趙國向齊國求救，這就壞了大事。齊威王怕俺大魏吞併了趙國後，就要向東攻伐齊國，於是就答應了出兵。」

「這樣，田忌就率兵助趙了，是吧。」

「田忌雖然是齊國名將，但並不可怕，俺大魏名將也多得很，不輸給田忌。齊王派田忌出兵時，給田忌派了一個軍師，叫孫臏。」

「孫臏何人？」張儀沒聽說過孫臏，就打斷張老爺爺的話問道。

「孫臏，就是那個齊國兵家孫武的後裔。」

「孫武又是何人？」

「娃兒，孫武也不知道？你這還要到齊國遊學啊？」

「爺爺，孩兒從小沒出過門，孤陋寡聞，只是今年到安邑遊學三月，聽了齊國遊士淳于生說到鄒忌鼓琴拜相封賞的事，這才起念東游齊國，欲遊學稷下，希望將來也能像鄒忌那樣，取卿相尊榮，也好光耀一下俺張家的門楣。」

張老爺爺捋捋銀白的鬚鬚，點點頭道：

「娃兒有志氣！既然有此志向，當然就要知道更多的世事了。剛才俺說到的孫武，那可是個了不起的人啊！娃兒，你知道《孫子兵法》嗎？」

「好像聽人說過，沒讀過，不知道說些什麼。那麼，爺爺，您就給孩兒講講吧，也好讓孩兒多長些見識。」

張老爺爺頓了頓，又捋了捋鬍鬚，然後接著說道：

「孫武乃齊人，著有《兵法》十三篇。一百多年前，齊國還是一個弱國小國，而南方的吳國則是一個大國強國。孫武聽說吳王闔廬雄才大略，喜歡調兵遣將，運籌帷幄，常與其他國家作戰。於是，孫武就以所著《兵法》十三篇求見吳王闔廬。吳王讀後，大為贊賞，遂召孫武來見，態度頗為恭敬地說道：『先生所著十三篇，寡人都看過了。可否為寡人勒兵小試一番？』孫武說：『可以。』吳王又問：『以宮中婦人試之，如何？』孫武又說：『可以。』於是，吳王遂挑選出宮中美女一百八十人。孫武將之分為二隊，以吳王寵愛的二姬為隊長，令眾女皆持戟上陣。分立已畢，孫武問道：『你們都知道前心、後背與左右手嗎？』眾女答道：『知道。』孫武又問：『既然知道，那麼就聽我的號令，不得有違。我說前，你們就看自己前胸；我說左，你們就看自己的左手；我言右，你們就看自己的右手；我言後，你們就看自己的後背。』婦人皆言：『諾。』約束既定，孫武乃設鈇鉞刑具，三令五申其號令。於是，擊鼓號令：『右』，眾婦人大笑。孫武道：『約束不明，申令不熟，這是為將者之罪。』於是，自責其罪。然後，又三令五申其號令，擊鼓號令：『左』，眾婦人又大笑。孫武道：『約束不明，申令不熟，乃為將者之罪。今既已明令而仍不遵守號令，則就是吏士之罪了。』於是，喝令推出二隊長斬之。吳王從臺上看到，見孫武欲斬二愛姬，大驚失色，急忙遣使向孫武求情道：『寡人已知將軍能用兵矣！寡人非此二姬，則食不甘味，寢不安席，望將軍勿斬！』孫武回道：『臣既已受命為將，將在軍，君命有所不受。』」

「結果怎麼樣？」張儀急切地問道。

「結果，孫武不受吳王之命，斬吳王二姬以號令諸美人。又用其次者為二隊長，再次擊鼓而號令之。諸婦人驚懼，遂左右前後跪起皆中規矩繩墨，無人敢出聲喧嘩。於是，孫武乃遣使報吳王道：『整兵已畢，大王可下來閱兵了。只要大王有所號令，雖赴水火亦可矣。』吳王道：『將軍罷兵回館舍吧，寡人不願閱兵了。』孫武道：『大王徒好其名，不能用其實。』吳王雖心有不悅，然終知孫武善用兵，遂任之為將。後吳王西破強楚，入郢都；北威齊、晉，顯名諸侯，皆賴孫武之力。」

「那麼，孫臏呢？」張儀聽到此，又追問道。

「孫臏，乃孫武五世孫，生於阿、鄄之間。孫臏曾與龐涓俱學兵法於齊人鬼谷子。龐涓學成，事魏惠王為魏將，而自以為才智不及孫臏。於是，暗中派人召孫臏至魏。孫臏至，龐涓懼怕孫臏賢於己，若為魏王所知，則恐奪了自己魏將之位。遂用私刑，斷孫臏兩足，且施以黥刑，使其隱而不能見人。」

「龐涓這不是嫉賢忌能嗎？」張儀聽到此，不禁脫口而出。

「孫臏被刑數年，隱而不得見於世。後有齊國使者出使魏都，孫臏知之，祕密求見。齊國使者驚歎其才，遂偷偷將其載回齊國。齊將田忌聞之，召見孫臏，與之接談，大悅，遂留置府中，待為上賓。當時，田忌與齊諸公子馳逐騎射，時有輸贏。孫臏見田忌之馬與諸公子之馬的足力相差不遠，於是，就對田忌建言道：『君不妨重金下注，臣可保君致勝。』田忌信其言。未久，齊王與諸公子馳騎逐射千金。臨場，孫臏對田忌面授機宜：『今君與大王及諸公子逐射，以君之下駟與彼上駟競逐，以君上駟與彼中駟競逐，以君中駟與彼下駟競逐。』田忌依其言，結果三局結束，田忌一不勝而二勝，終得齊王千金。」

「果然智慧過人！」張儀情不自禁地歎道。

「由此，田忌逾益敬重孫臏，認為此人非常人也，遂薦之於威王。威王問其兵法，大奇，遂任之為師。也就是大前年的事，魏圍趙都邯鄲欲破，趙求救於齊。威王欲以孫臏為將，往救邯鄲。孫臏不肯，辭謝再三，說：『臣乃刑餘廢人，不可任之為主將。』威王乃任田忌為主將，以孫臏為師，居輜車之中，為田忌出謀劃策。齊兵出，田忌欲引兵長驅入趙，以解邯鄲之圍。孫臏獻策道：『解雜亂紛糾者，要善於以手解之，不可握拳而擊之；阻他人鬥毆者，要善於居中止之，不可插手而搏之。不然，相鬥雙方怒益熾，鬥逾猛，終不可解。二敵抗衡，避其實，而擊其虛，則其鬥自解矣。今魏、趙相攻，輕兵銳卒必竭力於外，老弱之眾必疲乏於內。君不若引兵疾奔魏都大梁，據其要路，沖其方虛，魏軍必撤邯鄲之圍，而回師大梁。如此，我師一舉而可兩得，邯鄲之圍可解，魏師銳氣可挫。』」

「果是好計！田忌聽從了嗎？」張儀插嘴道。

「自然是聽從了。結果，龐涓聽說齊兵徑直往攻魏都，立解邯鄲之圍，回師往救大梁。而就在龐涓率師回救大梁時，孫臏讓田忌伏兵於魏之桂陵隘道，出其不意，盡覆八萬魏師於桂陵。那個慘啦，老夫實在不忍再提！」

說完，張老爺爺搖頭唏噓不已，張儀則心情久久不能平靜。這一夜，張儀差不多沒有合過眼，一直輾轉反側到天明。

第二天，一大早，張儀揉著惺松、通紅的眼睛，告別張老爺爺，又往東而去了。

由桂陵出發，沿著濮水北岸往東北，十二月底到達魏國東部與齊國西部交界的魏城垂都。周顯王二十年（西元前三四九年）正月十二，入齊境，至齊城廩丘，然後往北，至阿。再東渡濟水，至曆下，三月底才到達齊都臨淄。

到齊都臨淄後，張儀先向人打聽淳于髡先生。得知淳于髡不在臨淄城內，乃在城外的稷下學宮。於是，張儀又輾轉幾日，找到稷下學宮，終於見到當初在安邑城內聽說的淳于髡先生。

可是，拜見了淳于髡先生後，張儀卻聽不懂齊國話，沒法向淳于髡先生請教，要做淳于髡先生的弟子，看來一時還不容易，首先要過語言關。過了幾天，又見淳于髡先生的七十二弟子個個態度高傲，張儀實在有些受不了。只見這些人整日聚談，爭論不休，據說是在談論齊國朝政，張儀一句也聽不懂。

待了十幾天，張儀覺得在稷下學宮遊學，並不適合自己，不僅自己聽不懂他們的話，無法學到什麼。而且看這些人的樣子，好像多是華而不實之徒，自己這點盤纏不能虛耗在此。想來想去，他突然想起桂陵借宿時，聽張老爺爺說到的鬼谷先生。既然孫臏與龐涓都是他的弟子，自然此人是了不得的人物。又聽說鬼谷先生既講兵法陰陽，又講縱橫遊說。如此，何不師事鬼谷先生，無論是習學兵法陰陽，還是習學縱橫遊說之術，都是實用之學啊。

打定主意，張儀遂告別淳于髡先生，又向臨淄城中而去。在臨淄城裡，他千方百計地向各路不同之人打聽，終於得知鬼谷先生的下落，原來鬼谷先生正遠在齊國北部濱海的三山授徒呢。

打聽到往三山的路途，張儀就立即出臨淄城，往齊國東北部的濱海之地而去。可是，三山是個偏僻之所，雖然離臨淄並不太遠，但沿途人煙稀少，往往不知路徑，結果不知走了多少冤枉路，行行重行行，輾轉四個月，歷盡無數艱難險阻，才最終找到了鬼谷先生所居之三山。

上得山來，張儀驚奇地發現，三山真是一個好地方，山雖不甚高，但古木參天，清幽異常。天晴之日，站在山上往北極目遠眺，海天一色，心情開朗極了。張儀心想，怪不得鬼谷先生找到這樣的一個地方，常居此所，遠離塵世，自然能夠寧靜致遠。

不僅三山的風景絕佳，讓人塵慮頓消，而且三山之上，聚集了來自操持各國不同口音的數十名遊士，也讓張儀感到興奮，在稷下學宮時那種因語言不通而游離於淳于髡眾弟子之外的孤獨感沒有了。大家都是來自五湖四海，說話不同，舉止行為方式也各有不同，生活習慣也有很大的差異，因此，初來乍到的張儀，反而覺得新鮮有趣。

不久，張儀就結識了一個與自己一樣操河洛口音的學兄，他就是從周都洛陽來的蘇秦，已經跟鬼谷先生學習了兩年了。

上山十天後，張儀就聽了一次鬼谷先生的講論。鬼谷先生還是與他第一次見到的那樣，銀白的長髮披於肩上，長過三尺的銀鬚飄灑胸前，總是微閉雙目，一副仙風道骨的模樣，讓人一見就不禁肅然起敬。

張儀今天是第一次聽鬼谷講論，心裡充滿了期待。可是，等了半天，鬼谷先生也沒說幾句話，而且都是一聽就讓人一頭霧水的話，加上有濃厚的齊國口音，張儀是一句也沒聽懂。可是，其他人好像都聽懂了，於是，開始議論起來。鬼谷先生則端坐閉目，作一種亦或養神，亦或靜聽之狀。聽著眾弟子的爭論不休，偶爾睜開眼睛，插上一二句。

講論結束後，張儀急切地央求蘇秦，要他給自己講解今天鬼谷先生的話，以及眾弟子的爭論。蘇秦於是就耐心地跟張儀解說，不僅講師父之言的微言大義，講各位師兄弟對師父之言理解的差異，還講師父說的東齊之語與河洛之語的差異，另外還講到從來自各國的師兄弟那裡聽來的有關各國的不同風俗習慣與世道人情。直講得張儀目瞪口呆，不禁從心底深刻感到：真是不出門不知天下之大，不學習不知學問之廣。於是，在心裡不斷慶倖，幸虧在安邑遇到了淳于生，聽了他的故事，這才起念要出門遊學。

由此，張儀只要有機會，就向師兄蘇秦請教，也向來自各國的師兄弟們學習請益。如此這般，在蘇秦等師兄弟們的的幫助下，不到一年，張儀就逐漸熟悉了鬼谷先生的東齊之語，也對其他學兄的五方之言有了一些了解。

語言一通，就一通百通了。一年後，張儀不僅可以自由地用東齊之語與師父交談，求學問道；而且也與各位師兄，特別是與蘇秦相處甚歡，感情日深。在與大家的朝夕相談，晨昏切磋之中，學業不知不覺間大為精進。

學到第二年時，張儀終於有了一種茅塞頓開之感，很多事情好像在一夜之間就明白過來了。在三山之上，他不僅懂得了許多兵法陰陽，也學到了許多縱橫遊說之術，還了解了許多世道人情。

正當張儀學得漸入佳境，也與蘇秦交情日深，難捨難分之時，第三年的頭上，蘇秦就告別師父下山了。

送別蘇秦後，張儀又在三山之上跟師父習學了兩年。

第四章　南遊大楚

1　辭別師父

周顯王二十四年（西元前三四五年）八月二十，一大早，張儀就起來了，獨自來到師父經常與各位師兄弟們一起講論切磋學問的草堂之前，徘徊良久，無語默默注視著草堂敞開的門扉，還有那空無一人的草堂內的許多蒲團。

突然一陣風從草堂之頂吹來，使張儀不禁一顫，情不自禁間，他抬頭向三山的山頂與山腰、山腳望去，只見滿山已是層林盡染：往下望，山腳下還是深黛一色；看山腰，則是青黃相雜，五彩斑爛；望山頂，已是赭赤一片。

「啊，已是初秋了。」張儀不禁自言自語道。想到初秋，張儀頓感身上有了一絲涼意。於是，不自覺間抬頭看了看天空。

「啊，好高，好藍！不登高山，不知天之高也；不臨深淵，不知地之厚也；不學先王之道，不知學問之大也！」

由天高想到了學問之大，張儀不禁為這些年來的苦學而深感欣慰，如果不來三山，師從鬼谷先生，說不定自己現在還在張城的小天地裡自高自大，自作小聰明呢。

呼吸著初秋三山之上清新而有一絲涼意的空氣，張儀又依依不捨地回首望了一眼那間師父講論兵法陰陽與縱橫遊說之術的草堂。想著四年來的歲歲月月，往事歷歷在目。

踏著山道上不時飄落的秋葉，張儀一步步地向著草堂之左的那間茅舍而去。

「春種秋收，而今也是俺學成下山，收穫多年苦學成果的時候了。」張儀一邊這樣想著，一邊就低著頭走近了那間茅舍。

當他抬起頭來，正準備抬手叩門之時，這才發現茅舍的門早就開了。

「師父！」張儀輕聲對裡面喊了一聲。

見沒人答應，張儀遂伸頭向裡張望，發現師父已經不在屋內了。

「這一大早，師父去哪裡了呢？」

站在師父的屋前愣了好一會，張儀想到，師父可能下山到海邊了。因為以前聽師兄蘇秦說過，師父常有一早就下山到海邊獨坐沉思的習慣。於是，他就想也下山一趟，到海邊找找師父。

想到此，張儀就不自覺間地邁開了步伐，輕快地下了山。三山本就不甚高，一頓飯的功夫，張儀就下得山來，來到了山腳下的海邊。

站在海邊，張儀向四周張望，卻沒見到師父的蹤影。但是，看著一平如鏡、蔚藍如黛玉的平靜海面，襯著藍藍的天，真正是那種人們經常形容的海天一色，渾然一體的景象。

看著看著，張儀頓然心懷豁然開朗起來。正在此時，突然遠處的海面上飛來一群展翅盤旋的海鷗。牠們飛得那樣自由自在，時而低回，擦著碧波掠過；時而騰飛，直沖雲霄。張儀突然想到一句話：「天高任鳥飛，海闊憑魚躍。」於是，不禁脫口而出道：

「天下之大，大丈夫何愁不能取卿相尊榮！」

「何以取之？」

突然背後冷不丁有人說出了這樣一句話，把張儀嚇了一跳。張儀急忙回首，發現竟然是師父站在了自己身後。

「師父，徒兒一大早就起來，到您舍前，不意您已經離開屋子了。」

「你是要與老夫告辭下山，要到諸侯各國去取卿相尊榮吧。」

張儀被師父這麼一說，立即臉紅到了脖子跟，半天答不上來半句。

「老夫早就料定你今日要來告辭下山，故而一大早就下山在此等你。」

張儀見師父這樣一說，頓然驚訝得目瞪口呆，師父竟然這麼神，心想，別在師父面前耍什麼小聰明了。於是，就實話實說道：

「師父，徒兒已在山上跟您習學了四年有餘，不知自己對師父之所教真正明白了幾分？所以，徒兒想下山試試。如果不能成功，說明徒兒這些年還沒有真正弄懂師父之所教，那麼徒兒就會再上山向師父求教，重新好好習學，參悟師父之所教，以期終能遊說諸侯成功，取卿相尊榮，以不負師父這些年來耳提面命、諄諄教誨之苦心。」

鬼谷先生沒吱聲，張儀偷眼瞅了瞅師父，看不出師父心裡在想什麼。

沉默了一會，鬼谷先生道：

「『知己知彼，百戰不殆』，此乃百年之前孫子所言。你知自己所長在縱橫遊說，而不在兵法陰陽，已可謂『知己』也。」

張儀見師父如此了解自己，心裡更是佩服得不得了。連忙道：

「師父過譽，徒兒實在說不上算是『知己』，還請師父明言點撥。」

「今天下之勢，熙攘不止，何以得安？」

「縱成必霸，橫成必王。」

「何為縱？何為橫？」

張儀見師父一個問題接著一個問題，心想，這是師父有意要在自己下山之前考較自己平時所學，遂連忙答道：

「合眾弱而攻一強，是為縱；事一強而攻眾弱，是為橫。」

鬼谷先生點點頭。

張儀見此，自以為得意。

「縱合、橫連，何由致之？」

「說人主也。」

「何以說人主？」

「揣其意，摩其情也。」

「如何揣意？」

「揣意者，必以其甚喜之時，往而極其欲也；其有欲也，不能隱其情。必以其甚懼之時，往而極其惡也；其有惡者，不能隱其情。情欲必出其變……」

「何為摩情？」

張儀正興致勃勃地背誦師父所著之《揣篇》時，不意師父又提出了一個問題。張儀心想，師父這是在考察自己對他的學說熟悉的程度，所以才這樣連珠炮似地不斷提問。於是，又背誦師父的《摩篇》道：

「摩者，揣之術也。內符者，揣之主也。用之有道，其道必隱。微摩之以其索欲，測而探之，內符必應；其索應也，必有為之。故微而去之……」張儀正欲還要背誦下去時，鬼谷先生又開口了：

「摩之精髓，為何？」

張儀一愣，道：

「精髓？師父之所著不皆為精髓之言嗎？」

鬼谷先生不以為然地搖搖頭，然後轉身而去。

張儀一看，頓然不知所措，愣在了那裡。

正在張儀悵然若失，一時還沒反應過來之時，只聽鬼谷先生好像自言自語地說了八個字：

「摩之在此，符之在彼。」

「摩之在此，符之在彼。摩之在此，符之在彼。」

張儀站在那裡，嘴裡不斷地重複著「摩之在此，符之在彼」八個字。良久，他突然想起了《摩篇》確有這八個字，於是脫口而出，又背了出來：

「摩之在此，符之在彼，從而用之，事無不可。」

又念叨了幾遍，張儀頓然有了一種茅塞頓開的感覺，心裡一下子亮堂了許多。

可是，但他回過神來，想找師父再問些什麼時，師父早就飄然而去，不知所終了。

2　夜宿竹枝坡

站在山下海邊，張儀傻了好大一會。

就在這時，起風了，原來平靜的海面開始洪波湧起。接著，隨著風愈來愈緊，一股股浪頭排空而來，不斷摔打在岸邊的岩石之上，卷起朵朵雪白的浪花。站在海邊的張儀，此時頓覺有一種地動山搖之感。

望著海面上湧動的波濤，聽著浪擊岸岩之聲，張儀心裡也如此時的大海，上下翻騰，不能平靜。「下得山來，辭別師父，到何處一試身手呢？」張儀不禁在心裡不斷自己問著自己。

想了半日，還是沒有主意。心想，要是剛才問問師父，讓師父點撥一句，那該多好啊！可是，現在到哪裡去找師父呢？就是找到師父，他也未必肯明說。既然師父那麼神，連自己今天要來告辭下山的事，都能事先料定，並且早早就在山下海邊等自己，那麼如果自己真的要再去找師父問問該去哪個諸侯國遊說的事，師父也肯定會料到，必定會躲避不見的。

想到此，張儀只好依依不捨地回首仰望了一眼生活了四年有餘的三山，極目眺望了高得遙不可及、藍得一塵不染的秋日天空。就在這時，濁浪排空的海面上，又飛來了一群迎風搏浪的海鷗。看著海鷗勇敢搏擊風浪的雄姿，張儀終於抖擻起精神，義無反顧地向東而去了。

周顯王二十四年九月十五，張儀從三山往西南，行進到齊國東北部的一個小城夜邑。

十一月初，相繼往西渡過膠水與濰水，十一月底到達濰水西岸的齊國大城淳于。

十二月底，往西北，到達劇。

周顯王二十五年（西元前三四四年）二月底，過牛山，經稷下，最終到達齊都臨淄。

到齊都後，張儀本來想在齊都求見齊威王，意欲一試身手。可是，一打聽，還是那個成侯鄒忌為相，而且剛剛發生了田忌襲齊事件，原因就是田忌不服鄒忌，二人相鬥，田忌不敵鄒忌，遂鋌而走險，企圖以武力奪取齊國政權，徹底扳倒鄒忌。結果，田忌謀事不密，未成其事，只得逃亡他國了。

張儀一聽這個消息，遂徹底斷了遊說齊威王的念頭。心想，田忌還是齊王室的貴族，又在齊、魏桂陵之役中立下汗馬功勞，田忌都不得重任於齊國朝廷，自己恐怕連見齊威王一面也是不可得了，遑論遊說齊威王，而取卿相尊榮了。

周顯王二十五年三月初五，張儀盤點了一下身上的盤纏，發現當初爹娘給自己備下的三年用度，還有八成沒有動。因為在三山之上，雖生活四年之多，但並不像住在臨淄城內有什麼消費，所有吃住都是靠自己親自動手，自己種菜，自己種地打糧，自食其力。因此，這些年他著實省了所有的吃、住、用的全部費用。不僅如此，三山之上的四年多，通過勞動，也強健了他的筋骨，還修煉了他的心性。

手中有錢，心裡不慌。張儀略作思忖，覺得如果現在就這樣回張城老家，一來一事無成，羞於見爹娘、妻兒，二來張城離臨淄距離遙遠，如果回家，差不多這筆盤纏到家也就沒了，爹娘的血汗錢就這樣浪費在自己往返東齊的路上了，實在太可惜了。在三山之上，曾在師父那裡見到過一幅天下山川形勢圖，知道從臨淄往南，穿過魯、宋二國，就可以到達南方大國楚國了。

想來想去，現在唯一可以有用武之地的地方，恐怕就是南方大國楚國了。不如到楚國，放手一搏，說不定能夠成功，那就可以挾大國之威風而顯赫於世了。

主意打定，張儀立即離開齊都臨淄，往西南，先至齊國濟水之東的大城曆下。然後，沿濟水東岸往西南行進，到達齊長城北部的平陰。

周顯王二十五年六月初九，由平陰往南，過齊長城，折往東南，過泰山，再往南過陽關隘口。八月初六，入魯國境內，八月十五到達魯國之都曲阜。

在曲阜，張儀略作停留，向人打聽了如何向南進入楚國境內的路線。接著，又繼續向南進發了。

周顯王二十五年十月底，出魯國之境，過齊國之任城後，張儀又進入了宋國之境。十一月中旬，到達宋國北部大城單父。十二月底，渡丹水，到達宋國西南戰略重鎮睢陽。

周顯王二十六年二月初十，張儀出宋境，過魏國南部之境，進入了楚國北境之苦縣。然後，往西南，先後越鴻溝，過洧水，渡潁水，於四月十二到達楚國北部重鎮召陵。

在召陵，張儀又向人打聽好往楚都郢的最便捷路線。然後，繼續向西南進發，沿著楚、魏交界的魏國南部邊城郾、舞陽，再過楚國防禦魏國的北部長城——楚方城，於周顯王二十六年（西元前三四三年）八月初六，到達楚國北部重鎮宛。

十月初三，到達楚長城——方城西南端的重鎮穰，此處是楚方城的西部防禦秦國的戰略要地。在穰，張儀雇了一隻楚國的小船，從漢水上游支流湍水由北往南順流而下，沿途經過鄧、鄢陵。周顯王二十六年十二月二十八，船行至藍田，船夫不願再走了，說要過年了。張儀無奈，只得棄船上岸，想到藍田城內住下，過了年再說。

可是，棄船上岸後，走了大半天，還不見藍田城的影子。走著，走著，天就漸漸要黑下來了。這時，張儀就有些緊張了，心想，這楚國人生地不熟的，如果今天進不了城，這荒郊野外，如何過得了夜呢?說不定要被虎狼野獸吃了，不要說遊說楚王而取卿相尊榮，恐怕連屍首也回不了張城老家。

想到此，張儀不禁緊張地看了看四周連綿起伏的群山。由於心裡緊張，腳下不覺就快了起來。一會兒，轉過一道山梁，突然眼睛一亮，前面的一個河灣內有一個偌大的村落映入了眼簾。

看到這個河灣內的大村落，張儀緊張的心情頓然放鬆了許多。於是，不禁邊走邊打量起眼前的這個村落來了。只見這個村落坐北朝南，村後有一條湍急的溪流，流到村子時，突然分成兩股，向南分流而去。整個村子後有群山，以及奔流於群山之間的大溪，左右被分流的二溪挽抱。沿著左右二溪，是由北往南綿延伸展的群山，兩邊的山勢整體上呈現出北高南低之走向，好像左右二溪一樣，緩緩向南而去。

再看整個村落，夕陽西下，掩映在綠樹叢中的村舍，家家炊煙嫋嫋，戶戶白牆黑瓦，真如一幅畫兒一樣!完全與他在北國所見的情景不同，張儀不禁心中欣欣然。

邁著輕快的步伐，一會兒就走進了村落之中。可是，走到村口，張儀就猶豫起來了，到底到哪一家求宿呢?這大過年的，楚國的風俗習慣不知肯不肯留宿陌生的過路人?如果不肯，那麼怎麼辦呢?想到此，張儀心裡又打鼓了。

左右張了張，望了望，張儀發現有一戶人家的房子特別大，還有與眾不同的大院牆。張儀心裡一亮，想道:莫非這是一個大戶人家，或是做官人的宅府。這樣的人家，往往是有供下人們住的偏房或耳房，根據以往的經驗，向這樣的人家借宿，一般都比較容易。再說，自己是個讀書人，也不像歹人，如果是個讀書人家或做官的人家，也是比較容易說話的。不然，語言不通，恐怕借宿打擾的事，說了人家也不懂。

想到此，張儀不自覺間就走到了那個大戶人家的門前。院門沒關，張儀輕聲對裡面叫了一聲：

「請問家裡有人嗎？」

沒人應聲。於是，張儀又叫了一聲：

「請問家裡有人嗎？」

這一次，終於有人應道：

「麼人？」

張儀一聽「麼人」，不禁一愣，「麼人」是什麼意思？

正在一愣的當兒，已經走出一個青衣小帽的男人，腰裡還繫著一根什麼帶子。只見他以驚奇的目光，仔細地打量了一下張儀，又重複了剛才的那句話：

「麼人？」

張儀聽不懂楚國話，猜猜他說的兩個字，知道大概就是「何人」的意思吧。於是，就自我介紹道：

「俺是魏國士人，天黑無處投宿，想在貴府借宿一夜。」

那人瞪大眼睛，很明顯是不懂張儀的北國之語。愣了一會，他指了指門口，意思是讓張儀等在那裡。然後，轉身走過院子，到正屋裡去請示主人了。

不一會，就從屋裡走出一位老者。張儀定睛一看，只見這位老者，年約七十，鬚髮皆白，臉堂紅潤，真正就是人們常說的那種鶴髮童顏的樣子。再看他的舉止神態，頗具幾分仙風道骨，倒與師父鬼谷先生有點神似，張儀頓然感到有一種親切之感。

未及老者走近，張儀連忙趨前幾步，迎了上去，恭恭敬敬地先向老者深施一禮，儘量打著天下通語，對老者道：

「小生乃魏國張城士人張儀，從齊之鬼谷先生習學縱橫遊說之術，今欲往楚都遊說楚王，一展平生之所願。今天天色已晚，不得進城，有緣來至貴府門前，還望老丈開恩借宿一夜，明日早早進城。」

老者見張儀儀表堂堂，說話溫文有禮，又聽是齊人鬼谷先生的弟子，要去楚都做「干謁王侯」的大事業，於是就從心裡有了好感，連忙恭身答禮，以天下通語說道：

「既為士人，承蒙不棄，不妨將就一夜吧。」

張儀一聽，喜從天降，連忙又是深深一揖，道：

「謝老丈借宿之恩。」

其實，豈只是「借宿之恩」。進了門，就到了掌燈時分，此時正是晚飯時間。於是，張儀又得到了老者的「賜飯之恩」。

飯畢，張儀再次起身向老者躬身施禮，感謝一飯一宿之恩。

老先生大概是因為喝了點酒，精神正好，見張儀是讀書人，談吐不俗，遂在昏黃的燈光下，又與張儀聊起了天下大勢。說著說著，突然說到了魏國桂陵之戰大敗的事。張儀不禁感慨道：

「都是因為齊人孫臏用計，才使魏國八萬兒郎葬身於桂陵隘道啊！」

老者搖搖頭，不以為然地說道：

「桂陵之敗，亦非全是齊人用兵之故，楚國出兵救趙，亦是其因。」

「楚國出兵救趙？」張儀以前沒聽說過楚國出兵的事，所以不解地問。

「是。魏師圍攻邯鄲甚急，趙侯料定終究抵敵不住，遲早要城破國亡。遂連忙派出兩路使臣，一路往東到齊國，一路往南到楚國。楚王接到趙侯求救之請，急召群臣問計。令尹昭奚恤向楚王進言道：『大王不如不發兵救趙，而坐視魏國強大。魏國強大，則必割趙地甚多。魏求多割趙地，則趙必不從。趙不從，則必倚城死守。如此，魏、趙二虎相爭，終必兩敗俱傷。』楚王以為然。楚將景舍出而反對：『大王，不然！令尹有所不知，魏師攻趙，有所懼者，乃楚師掩其不備，而襲之於後。今楚不救趙，趙必有亡國之憂，而魏無懼楚之慮。如此，則無異於楚、魏共伐趙國。趙師敗績，魏割趙地必多，豈有魏、趙兩敗俱傷之事？且楚不救趙，魏必大獲全勝，不挫兵鋒而深割趙地。趙見國之將亡，而不見楚兵相救，必怨楚深矣。趙怨楚，則必與魏媾和，而反打楚國主意。今為大王計，大王不如少出兵，以為趙國之援。楚師既出，趙必自恃有楚之勁旅，而與魏國堅戰到底。趙師堅戰，魏師必怒甚。又見楚國救兵少，不足懼，必不解邯鄲之圍。如此，趙、魏相持既久，必兩傷而自弱。齊、秦，皆虎狼之國，見楚助趙，而趙、魏相持不下，齊、秦必東西合擊，魏國必破。』」

「結果如何？」張儀從來也沒聽說過這麼多事情，於是，急切地問道。

「楚王以為然，乃令景舍為將，出奇兵以救趙。最終，魏師雖破趙都邯鄲，而楚師則乘機攻取了魏國睢水、濊水之間的大片土地。」

「哦，原來是景舍之計，魏國才終至失敗。」張儀如夢方醒。

「魏王不知是景舍之計，以為是楚國令尹昭奚恤之策，遂深恨於昭奚恤。戰事既畢，魏王遣魏國名臣江乙為使，入楚為臣，以離間楚王與令尹昭奚恤君臣之交。」

「魏國名臣江乙？」張儀沒聽過這個人的名字，遂不解地問。

「江乙可是個有名的說客！若非楚王賢明，令尹望重，幾乎就中了江乙的離間之計。」

「哦？」張儀情不自禁地「哦」了一聲，內心則充滿了慚愧，真是孤陋寡聞，連魏國的名臣與說客江乙也不知道。

「江乙為魏使，至楚，見楚王道：『臣入楚境，聞楚有俗諺說：「不隱人之善，不言人之惡」。大王，果有此言？』楚王道：『確有此言。』江乙又問：『楚俗「不言人之惡」，白公之亂何以不成？』」

張儀不知何為「白公之亂」，遂連忙問道：

「何為『白公之亂』？」

「唉，別提啦，那是楚國一段不堪回首的往事，楚國因為此亂，差點就亡了國。」

「啊？有那麼嚴重？」張儀又追問道。

「那是一百多年前的事了。楚平王太子建，因少傅費無忌讒害，先被貶居城父，後避費無忌的進一步加害而逃亡至宋。宋亂，又逃至鄭，終被鄭人所殺。太子建有子名勝，在吳。楚惠王時，平王之長庶子子西為楚令尹，召公子勝，使居吳境，號為白公。白公好兵，禮賢下士，常思對鄭用兵，以報鄭國殺父之仇，令尹子西、司馬子期認為不可。後來，晉伐鄭，子西、子期發兵助鄭，受鄭人之賄而回。白公大怒，陰結死士，襲殺子西、子期於朝堂之上，劫楚惠王，自立為王，楚國大亂。後幸得平王時司馬沈尹戌之子葉公子高率兵平亂，白公戰敗自殺，惠王復位。」

「哦，原來如此。」張儀心中大為慚愧，心想，自己太孤陋寡聞了，對楚國歷史竟然一無所知，這如何去遊說楚王。

老者又接著說道：

「楚王見江乙說到『白公之亂』，觸及楚國痛史，遂大為不悅地問道：『何以言之？』江乙從容應答道：『楚俗「不言人之惡」，則白公何有禍亂之名，白公之罪從何而出？如果是這樣，臣剛才的冒昧之言，其罪亦可免矣。』楚王默然。江乙見此，又說道：『昭子相楚，貴極人臣，擅權獨斷，左右皆言無有此事。眾人一辭，如出一口。莫非此亦楚俗「不言人之惡」所致？』」

「江乙這話，是否在說昭奚恤不是沒有罪，而是楚國群臣依楚俗『不言人之惡』，不說而已？」張儀連忙解讀江乙的弦外之音道。

「正是，這就是江乙的厲害。」

「那麼，楚王聽從了嗎？」

「當然不會聽從。但是，過了幾天，江乙還不死心，又以求見楚王為名，遊說楚王道：『昔有人，養有一狗，凶而猛，善守門戶，其主愛之。一日，狗向井中便溺。鄰人見之，就想登門告其主人。狗知其意，當門而吠，欲齧之。鄰人懼怕，遂不得入告其主。邯鄲之難，楚若進兵大梁，必取之矣。昭奚恤受魏人寶器，阻大王用兵于大梁，臣居魏知之，故昭奚恤常深恨於臣，唯恐臣見大王而言其事。』」

「昭奚恤果受魏人寶器？」張儀追問道。

「昭奚恤反對楚出兵救趙，是事實；但未有諫阻楚王攻伐魏都大梁之事。楚王對此，心如明鏡，遂不聽江乙之言。江乙屢屢譏害昭奚恤，而楚王終不聽，江乙以為乃自己勢單力薄之故。遂心生一計，想為當時正在楚國的魏國山陽君求封。如果楚王聽而封之，則山陽君必感恩戴德於他；如果昭奚恤諫阻，山陽君必銜恨於昭奚恤，而與自己同仇敵愾。」

「那麼，江乙是怎麼拉攏山陽君的呢？」張儀又追問道。

「一日，楚王大會群臣，山陽君與江乙亦參列其間。江乙巧辭而為山陽君求封，振振有辭道：『今魏、楚結好，魏王令臣與山陽君俱事大王為臣。山陽君乃魏室宗親，德高望隆，大王何不封山陽君于楚，以示楚、魏永世為好？』楚王覺得言之有理，遂答言：『諾。』昭奚恤知此乃江乙之陰謀，遂勸諫楚王道：『山陽君無功于楚，不當封。』楚國群臣亦多附和之，楚王遂廢前言。求封之事雖未成，江乙卻由此深得山陽君之心，二人遂結成共惡昭奚恤之盟。」

「江乙之計，果然厲害！」張儀又不禁脫口而出，評論道。

老者接著道：

「雖然楚王終不為江乙之言所惑，然昭奚恤貴為令尹，相楚年久日深，位高權重，勢傾朝野，楚王深知之，亦心憂之。一日，楚王大集群臣，昭奚恤稱病未入朝。楚王見昭奚恤未入朝，感慨系之，乃問群臣道：『寡人聞北方甚畏昭奚恤。誠如此，為之奈何？』群臣聞之，莫敢應對。江乙心知楚王心中之憂，乃應聲而對道：『大王，臣聽說有這樣一個故事：虎乃獸中之王，饑而覓食，得狐。狐從容對虎說：你不敢吃我。虎怪而問之：為何？狐說：我奉天帝之命，而為百獸之長。現在你要吃我，這是逆天帝之命。如果你不信我言，不妨我為你先行，你隨我後，看百獸見我敢不四處奔逃？虎以為然，遂隨狐後，行於山中。百獸見之，皆奔走如飛。虎不知百獸之畏己而逃，以為畏狐也。』」

「江乙為何跟楚王講這樣的故事？」張儀不解地問道。

老者沒有回答張儀的問題，繼續說道：

「楚王與群臣皆莫名其妙，怪而異之。江乙續又說道：『今大王之地方圓五千里，帶甲雄兵百萬，而專屬之於昭奚恤。大王說北方諸侯皆畏昭奚恤，非也！其實是畏大王之甲兵，猶如百獸之畏虎也。』」

「此喻甚妙！」張儀不禁脫口讚道。

「江乙『狐虎之喻』，昭奚恤事後聞之，憂慮甚深。遂求見楚王，陳情道：『臣朝夕事大王，唯大王之命是從，治國理政，克盡心力。而魏人入我君臣之間，無是生非。為此，臣深以為憂，食不甘味，寢不安席。臣之憂，非為一己之權位，亦非畏魏人之讒言。臣之所憂所懼，乃魏人離我君臣之交，而諸侯又聽其離間之辭，以為大王所寵信者皆奸佞小人。今魏人於外散布中傷微臣之言，於內離間大王與臣之交，臣知獲罪于大王之日近矣！』楚王知其意，乃撫慰再三：『寡人知之，大夫何患之有？』」

「結果呢？」張儀又忍不住問道。

「楚王與令尹君臣之交如初。江乙知道已無所作為，不久遂離楚返魏。」

「如此說來，而今楚王之廷，莫非仍為昭奚恤一人獨擅其寵？」

老者點點頭。

張儀遂又問道：

「老丈何以知楚廷之事甚詳？」

話一出口，張儀馬上意識到此話問得唐突了。

然而，老者並不以為忤，莞爾一笑道：

「老夫即為令尹同僚，今春始致仕回鄉。」

「哦！原來如此。」張儀這才恍然大悟。

從掌燈時分說到夜半時分，張儀突然想到，今天不僅向老者求了宿，又擾了一頓晚飯，還與老者談了這麼久，竟然忘了問老者尊姓大名。於是，連忙起身致歉道：

「今日驚擾老丈如此之甚，尚未請教老人家尊姓大名，實在失禮之至！」

老者達觀地呵呵一笑，道：

「後生何必拘於細禮？老夫姓景名頗。」

「失敬，失敬！景姓可是楚國高姓尊氏啊！」

張儀這話，倒是實話，不是奉迎之言。在楚國，凡是位高權重之職，不是屈氏，就是昭氏，或是景氏。

張儀知道老者姓景，又是與楚國當今權傾朝野的令尹昭奚恤曾同朝為官，心想，看來眼前這位老者該是一個非同尋常之人。而今無意間求宿至他門下，這也是冥冥之中有緣了，千萬不能錯過這種絕無僅有的機會，得好好借重一下眼前的這位老者。

想到此，張儀對老者更是敬重有加，遂謙恭地對老者說道：

「景大人，小生乃一介書生，涉世未深，才疏學淺，莫非景大人今日賜教，小生於大楚朝廷之事，乃至楚國歷史及風土人情，可謂一無所知。今幸得求宿至大人府上，蒙大人允宿、賞飯、賜教，實乃小生今生之大幸。而今，小生欲至楚都求其溫飽，不知何以得遂其願，還望大人賜教！」

景頗見張儀說得誠懇得體，心中對其頗有好感，遂答道：

「今日已晚，容老夫三思，明日為你籌一策，可否？」

張儀一聽，連忙答謝。

3　遊食令尹府

第二日，景頗又留張儀相談，並且告訴張儀道：

「以當今天下情勢論之，不是遊說楚王之時，遑論取卿相尊榮之想。老夫以為，目今不若托身令尹府，以圖日後。老夫與令尹大人尚有多年同僚之誼，若令尹不棄舊情，老夫可薦一書，溫飽之事當無憂也。」

張儀聽景頗願給令尹昭奚恤寫信推薦自己，真是始料不及，大喜過望，遂連忙倒身跪拜，道：

「小生能得大人之薦，實是榮幸之至！大人之恩，小生沒齒不忘！他日小生若有得志之時，粉身碎骨，亦當思報大人之恩於萬一。」

景頗見張儀施此大禮，連忙俯身扶起，道：

「後生何出此言？你遇老身，亦是有緣。」

張儀起身，又是千恩萬謝了一番。

之後幾天，景頗不僅繼續留張儀在家中過年，對飲相談甚歡。有時，還帶張儀出門，繞著村旁二溪閒步，指點村落周圍風水景致，解說村落何以名為「竹枝坡」之故，以及景氏何以五世卜居於此的因由。

直到正月初五，景頗才依依不捨地送張儀出村，並指點了如何至楚都郢的路線。

帶著景頗大人給令尹昭奚恤的書信，張儀一步三回頭地告別了景頗，走出了這個令他終生難忘的竹枝坡。

走出竹枝坡，張儀沿著來時路，順利來到上次上岸的漢水之濱，很快就雇妥了一條小船。於是，由漢水順流而下，於周顯王二十七年（西元前三四二年）二月底，到達雲夢澤畔的竟陵。

在竟陵，略作停留，張儀又繼續乘船由雲夢澤直抵楚都郢。入郢都時，恰值周顯王二十七年三月初三，春雨綿綿。在北國，這一天是祭拜祖先的寒食節。不過，楚國人似乎這一天並不拜祭祖先。

張儀來到人地生疏的楚國之都郢，來不及感傷，也顧不上思念遠在北國的爹娘、妻兒，便急匆匆地揣著景頗大人的帛書，一路走一路向行人打聽令尹昭奚恤大人的府第。

找了半天，終於找到昭奚恤令尹府上。可是，令尹府的值衛聽張儀是北國口音，說的話又聽不懂，所以幾次要趕他走開。

張儀無奈，只得從懷中掏出景頗大人的帛書，遞給值衛看。值衛一見是景頗大人的帛書，加上以前常見景頗大人來令尹府，心中猜測，眼前這位北國書生一定是景大人的朋友了。於是，值衛不敢怠慢，指指門口，示意張儀等在那裡別動，然後轉身拿著景大人的帛書向令尹大人稟報去了。

不一會，值衛就興高采烈地出來了。見了張儀，微笑著向他招招手，然後徑直帶他去見令尹大人了。

令尹大人已經看過景大人的薦書，情況已然了解。見張儀進來，只是上下打量了一番，隨便用天下通語問了他一些情況，便吩咐旁邊的一個侍從，帶張儀下去了。

從此，張儀便以令尹府的食客身份，優遊於令尹府中，溫飽已是不愁了。

轉眼就是半年過去了，在令尹府出出進進，張儀著實長了不少見識，也了解了不少楚國朝廷內政以及楚國的世俗人情，語言上的障礙也少多了。

周顯王二十七年九月的一天，令尹府突然來了一個客人，自稱是令尹大人的故舊。令尹一聽，連忙傳進。

主客見禮畢，客人道：

「令尹大人，今有郢人屈氏湖濱之宅，在下願出高價購之。」

令尹一聽，不假思索地回答道：

「屈氏不當服其罪，故其宅不可處置，君亦不可購之。」

客人連忙應道：

「令尹大人言之有理，在下知道了！」

說完，客人連忙告辭而去。

其時，張儀正陪侍令尹左右。見客人來去匆匆，臨走臉有悅色，他覺得其中有問題。略一思忖，便明白了其中的道理。於是，連忙向令尹進言道：

「令尹大人，屈氏之訟，三年不能決斷。楚國律法規定，涉訟者若決之有罪，則其宅可沒公，他人自可購而得之；涉訟者若決之無罪，則其宅不得沒公，他人不可購而得之。」

令尹一聽，先是一楞，然後情不自禁地點了點頭，沒想到眼前的這個北國年輕人對楚國的律法還挺熟悉的。

張儀見令尹點頭，遂接著說道：

「屈氏之訟，之所以三年不能決斷，乃因牽涉甚多。今客來，以欲購屈宅之事而請命於大人，儀以為客之意不在得屈氏之宅，而在測大人之意。今大人言屈氏不當服罪，其宅不可得之，則客必以大人之意訴諸主事者。如此，則三年懸訟可決矣。」

令尹一聽張儀的這番分析，立即明白了客人來詢購屈氏之宅的用意。心中不禁一喜，幸虧張儀提醒，不然自己差點就中了他的套。如果將來屈氏之訟有差錯，主事者則可以將責任推到我令尹身上。本來，朝野上下已有不少人說我令尹獨斷專權了，如果在此問題上真出了問題，倒成了政敵扳倒我令尹之把柄。不行！

想到此，令尹立即對旁邊的侍從道：

「快，快，將客人速速追回！」

不大一會，客人就被追回來了。

令尹一見客人，劈頭便問：

「君為奚恤故舊，奚恤任君職事，君何以設彀以欺奚恤？」

客人故意裝出一臉無辜的樣子，回道：

「在下豈敢欺大人？」

「君非欺奚恤，請命而不得，何以面有悅色而去，非欺而何？」

客人一聽令尹揭出了老底，遂只得默認。

由此一事，令尹始知張儀非平庸之輩，從此遂對他另眼相看，漸漸器重起來。隨著張儀在令尹府中的地位逐漸提高，令尹府中的其他食客也就跟著對張儀敬重起來。

一轉眼，就到了周顯王二十九年（西元前三四〇年）的臘月，就要過年了。屈指算來，這已是張儀第三次在楚都郢過年了。

一天，令尹見張儀獨自一人呆呆癡癡，好像有什麼心思，遂關切地問道：

「張儀，何事獨自沉思？可否說來一聽？」

張儀囁嚅了半天，最後才吞吞吐吐地道出了心思：

「儀蒙大人深恩，出入相府，衣食無憂。然爹娘、妻兒遠在北國張城，不知今日如何？」

「思鄉之情，人皆有之。不若將寶眷接至郢都，如何？」

「儀荷大人之恩深矣！如此，來日何以報得大人之恩於萬一？」

不久，令尹就派人往魏國張城，替張儀去接妻兒眷屬。因為是楚相派人去接，輕車快馬，取官道，不到一年功夫，就於周顯王三十年（西元前三三九年）的十月初，將張儀妻兒接到楚都郢。

張儀見到久別的妻兒，真是百感交集。他既打心眼裡感激令尹大人的知遇之恩，感戴他善解人意、體諒自己苦衷之情；又覺得這些年來真是愧對了爹娘與妻兒，自從周顯王二十年（西元前 349 年）離家往東齊遊學以來，至今已是整整十年沒有回家探視過爹娘了，也不知他們二位老人家如今怎麼樣了。相別多年的妻子蕙蘭，雖仍是舊時的模樣，但卻明顯要比以前老多了，憔悴多了。至於眼前的這個兒子，他壓根兒就認不出來。

面對妻兒，張儀突然凝噎無語，一時不知該說什麼好了。

好久，還是妻子蕙蘭先開了口，她將兒子推到張儀面前道：

「快叫爹啊！你不是整天在家喊著要爹嗎？」

孩子從沒見過張儀，他不相信眼前這個峨冠博帶的男人就是他爹。他娘將他往他爹面前推，他卻往他娘身後躲。

張儀一見，更是感慨萬分：

「這是繼兒吧，都快十二歲了吧。」

「啥？這是嗣兒，今年十歲。」

「嗣兒？」張儀弄糊塗了，兒子出生後是自己給取的名，爹娘當初早早讓自己娶媳婦，就是為了延續張家香火，所以兒子出世後，自己就給取了個「張繼」的名兒，怎麼現在變成了「嗣兒」了呢。

「繼兒在張城念書呢，爹娘不讓兩孫兒都來楚國，把繼兒給留下了。」蕙蘭見張儀不明白，遂解釋道。

可是，張儀還是一副不明白的樣子，蕙蘭不免有些生氣了：

「你咋這樣健忘，連自己的兒子也記不得了？你往東齊遊學時，俺不就懷上嗣兒三個月了嗎？嗣兒的名，是爹給取的。」

蕙蘭這樣一說，張儀終於想起來了。這樣算起來，嗣兒十歲就對了。再仔細端詳一番，嗣兒長得確實像自己，也有些像蕙蘭。

這時，張儀真的是有些不好意思起來了。

沉默了一會，張儀突然想起，剛才蕙蘭提到爹，於是連忙問道：

「爹、娘如今咋樣了？」

「爹、娘都還康健，只是家境愈來愈不濟了。」

夫妻又相敘了一會，相府的管家就領張儀全家到了相府西院的一處小屋，裡外共兩間，簡單的生活用具也齊備。張儀明白，這就是令尹大人給自己的家了。雖然簡單了點，但一家能夠在楚都，特別是在相府有一個獨立的空間，一家團圓並生活在一起，這已是天大的恩情了，其他門客都還沒有這個待遇，應該知足感恩了。

有了個家，有妻兒相伴，張儀在楚都郢的生活就再也不感到孤單了，再加上有令尹大人對他的信任器重，他甚至有時會有一種錯覺，似乎楚國就是自己的故鄉。

在相府中游食的門客生涯，雖然平淡，但卻生活平靜，無憂無慮。漸漸地，張儀已安於現狀。當初告辭鬼谷先生下山時的那種奮發向上的豪情早就沒有了，意欲取卿相尊榮的想法，則更被拋之九霄雲外了。這樣，日子也就覺得過得特別的快。一轉眼，又是三年多過去了。

然而，周顯王三十四年（西元前三三五）的五月，張儀本想繼續下去的平靜生活終於被打破了。五月初八，正是南國初夏時分，不冷不熱，是楚國最好的時節。午飯後，張儀正在相府西院的那個小屋，與妻子蕙蘭、兒子張嗣閒聊，說到明日要出城遊玩，因為郢都的大街小巷這些年都遊玩得差不多了。

正在這時，相府管家突然駕臨他所住的小屋，這讓張儀大感意外。大家都知道，相府管家在相府可是個重要的人物，那是怠慢不得的。於是，張儀連忙起身，笑臉相迎，施禮讓座。

沒想到，管家一本正經，不但臉上沒有一絲笑容，而且一擺手，說道：

「不必了，令尹有事要召張先生，請隨老僕走吧。」

張儀一聽，以為令尹大人真有什麼大事要請自己出謀劃策。心想，如果真有令尹大人為難的事，而自己能夠替令尹大人出謀劃策得好，為令尹大人賞識，說不定令尹大人一高興，就給弄個一官半職也不一定呢。

這樣想著，張儀心中不禁暗喜，遂興沖沖地跟著管家出了門，並且走得飛快。

然而，萬萬沒想到，等著他的並不是什麼好事，更不是加官進爵的機會，而是飛來的橫禍。這正應了一句老話：「閉門家中坐，禍從天上來。」

那麼，這禍又從何而來呢？

原來，這天一大早，令尹大人還如往常一樣，起床後就徑直走到了書房，他要去看一看並摩挲一下他的寶貝——荊山之玉。這塊玉可是了不得的寶物，乃是二百多年前楚康王時代一個玉人獻給楚王的寶物，一共有兩塊。後來，令尹的先祖昭氏因為有大功，楚康王乃將二玉留下一塊，另一塊就賞給了令尹的先祖。因此，這塊荊山之玉，對於令尹來說，不僅僅是個價值連城的寶物，更是楚王表彰昭氏于楚國有大功的證物，顯示了昭氏家族在楚國的特殊地位。可是，今天早晨令尹進書房後，卻突然不見了他的荊山之玉，這可是比要了他的老命還要嚴重的事。

於是，他立即喝令管家封鎖相府大小門戶，相府上下，除了令尹夫人的房裡以外，所有老小尊卑人等的房裡房外，包括身上，都是徹底搜了個遍。可是，無論怎麼搜啊查啊，盤問或拷打婢僕人等，就是見不到那塊荊山之玉的影子。

時近中午，突然有門客向令尹進言道：

「而今相府上下都已搜遍，我等下人身上房內也都搜了幾遍，況且我等之人都是單身孤影，就是偷了大人之玉，也是無處可藏。大人何不查查魏人張儀，今唯有張儀所居西院在相府之外，未曾搜得。大人亦知張儀之為人，貧而無行，與大人至酒樓飯肆，還時時不忘袖些飯食酒肉之類回家以饗妻兒，更何況大人之玉？或許張儀已經竊得大人之玉遠走高飛了。」

令尹一聽，覺得也有道理。於是，便令管家到相府西院察看，如果張儀果真走了，那就證明這玉就是他偷了。如果沒走，那就傳召他來盤問一番，也好弄個水落石出。

就這樣，張儀被傳召到了相府大堂之內。

等到張儀隨管家來至相府大堂，見到令尹大人正盛氣而待，又見大堂之上還站滿了幾乎相府內的所有門客與婢僕人等，就覺得情形有些不妙。

正當張儀感到納悶不解之時，令尹突然斷喝一聲：

「張儀，你可知罪？」

張儀一頭霧水，回答道：

「大人，張儀不知罪從何來？」

「果真不知？」

「果真不知，請大人明教！」

「今晨府中荊山之玉不翼而飛，你可知之？」

「大人不言，張儀何以知之？」

令尹以為張儀故意在跟自己繞彎子，自以為聰明，自以為能言善辯，就敢頂嘴。於是，氣不打一處來，立即喝令管家道：

「來人，縛而笞之。」

沒等張儀回過神來，身上的衣服早已被幾個惡僕褪光，並且被綁到了一個長條案上。

張儀被綁，仍然不知就裡，乃高聲喊道：

「令尹大人，張儀究竟犯有何罪？」

令尹並不回答他的問題，只是對那幾個惡僕一揚手，就見鞭兒雨點似地落在了張儀身上。

那幾個惡僕一邊抽打，還一邊罵道：

「打死你這個忘恩負義的魏國豬！」

打了約一百多鞭，張儀早就被打得昏死過去。於是，管家令人端過一盆清水，兜頭潑在張儀頭上。過了一會，張儀終於醒了過來。

管家見此，忙開口道：

「張儀，令尹大人待你何等恩義，沒想到你竟偷了大人的鎮府之寶，如今不僅不認錯悔過，反而跟大人巧言詭辯，你還是人嗎？」

張儀見管家這樣如此坐實自己就是偷玉之人，遂忍不住又辯解道：

「大人待張儀恩重如山，情同父母，張儀妻兒老小亦賴大人恩德而活之，張儀乃讀書之人，豈能忘恩負義，而竊大人心愛之玉？」

令尹聽了張儀這番話，覺得也有道理，話也說得入情入理，其情可憫。但是，他仍然沒有吱聲。

管家見張儀又在狡辯，又見令尹沒有答腔，於是又令幾個持鞭惡僕繼續抽打。

沒打多久，張儀又被打得昏死過去了。管家再讓人潑水。

過了好一會，張儀再次醒來，但身上已是血肉模糊了。

忍著劇痛，張儀再次申辯道：

「大人，張儀妻兒尚在相府，張儀楚國亦無親人，若張儀果真竊了大人之玉，張儀將藏匿於何處？大人何不遣人至張儀所居西院一搜，豈不水落石出，真相大白？」

令尹一聽，這話也說得有理，張儀寄居自己府中，在楚國又無親無故，即使真是偷了自己的荊山之玉，他也藏不到哪裡去，何不一搜他所住西院小屋。

想到此，令尹立即吩咐管家道：

「遣人至西院一查。」

過了約一頓飯的時辰，搜查的人回來了，稟報道：

「大人，都搜了，沒見任何玉石。」

令尹一聽，覺得可能冤枉了張儀。心想，張儀雖然有些好貪小利，但也是因為人窮志短，他有妻兒要過活。一個讀書人，如果不是沒辦法，他也不會每次酒食之後要偷偷捎些剩飯餘食回家。他知道不忘妻兒，也還算是一個有良心的人。自己既然待他不薄，他也口口聲聲感恩戴德，看來也不是一個忘恩負義的人。再者，景頗大人跟他無親無故，卻肯向自己推薦他，也多少能說明張儀確實不算那種負義忘恩之輩吧。

雖然心裡這樣想，但令尹嘴上卻不便承認自己的錯。於是，不了了之地說：

「抬回西院。」

管家心知其意，遂喝令那幾個持鞭的惡僕再做一回好人，將張儀抬回了西院那間小屋。

卻說張儀之妻蕙蘭，先是見丈夫被相府管家叫走，不明就裡。後又見來了一大幫人到家裡翻箱倒櫃，問他們卻什麼也不說，院裡院外，屋裡屋外，恨不得掘地三尺，也不知到底找些什麼。等到那幫人走後，她開始覺得情況有些不妙了。於是，一直摟著嚇得不知所措的嗣兒，焦急地等在小屋門外，等著丈夫回來問個究竟。如果丈夫萬一有個什麼三長兩短，這叫她們娘兒倆怎麼辦啊？楚國離張城不知多遠，自己就是手上有錢，也不知怎麼回到魏國張城啊。

正當蕙蘭急得不知所措而又望眼欲穿之時，就見西院的門兒開了，接著是四個大漢抬著一個什麼東西進來了。

待到他們走近，這時她才看清楚，原來丈夫被綁在一個長條案上，被打得血肉模糊。她不看不要緊，一看就嚇得昏過去了，好在兒子的哭聲使她很快醒了過來。

張儀看著嚇昏過去的妻子醒了過來，先是對她一笑。張儀不笑也罷，一笑更是讓蕙蘭萬箭穿心，因為他那笑不僅讓人看了無限心酸，而且要起雞皮疙瘩的，比哭還難看。

揮袖擦了擦眼淚，蕙蘭連忙動手將綁縛丈夫的繩索解開。然後從鍋裡舀了一瓢熱水，倒在一個瓦盆裡，再從瓦罐裡舀了大半瓢涼水兌了兌。最後，從床上拿起一件衣服，將其撕扯成幾塊。然後，先拿一塊放在瓦盆裡浸了浸，再擰開，輕輕地替張儀擦拭，張儀疼得不斷地大叫。

蕙蘭一邊擦，一邊用嘴輕輕地吹，希望能夠減輕丈夫的疼痛，嗣兒則嚇得閉上了眼睛。血跡全部擦拭乾淨後，蕙蘭又拿起那幾塊被撕碎的乾布，在張儀的血口處輕輕掖著，不讓血繼續湧出。一切處置妥貼後，蕙蘭叫兒子過來幫忙，將張儀抬到床上躺好。

張儀在床上躺定後，蕙蘭一邊替他掖被，一邊埋怨道：

「唉！你不讀書遊說，何以受此無端之辱？還算祖宗積德，沒有被人打死。」

張儀笑著對蕙蘭道：

「嗣兒他娘，你看俺舌頭還在不？」

「都打成這樣了，還在說笑。舌頭當然還在，不然你怎麼還跟俺說話呢？」

「舌在，足矣！」

蕙蘭輕輕地在他嘴巴上打了一下，嗔怪地說道：

「再說，看你遲早不被人打死！」

第五章　北歸故里

1　穰城聞變

無端被令尹昭奚恤懷疑竊玉，並差點被辱打至死，張儀好多天都憤恨難平。

然而，不幾日，就聽相府中傳出消息，說相府中的荊山之玉找到了。張儀一聽到這個消息，連忙硬撐著想從床上爬起，但是努力了幾次，都未成功，卻痛得額頭上沁出大顆的汗珠。

妻子蕙蘭一見，連忙制止道：

「嗣兒他爹，別動，你傷還沒好呢，快躺著。」

「俺想去見令尹，要他還俺一個清白。」

「嗣兒他爹，俺看你真是讀書讀得昏了頭，他是令尹，你算啥，他錯了，他肯向你認錯？就是認錯了，又怎麼樣？」

張儀一聽，妻子這話沒錯，是這個理兒。於是，只得再次躺下。

又過了幾天，相府的管家突然帶著幾個人送了一些衣食之物過來，說是令尹大人的意思。

張儀一見管家，恨得牙癢癢，但是想到「在人屋簷下，不得不低頭」的老話，遂強忍著滿腔的憤恨，強作歡顏道：

「感謝令尹大人之恩。」

又過了約半個月，張儀終於能夠下床走動了。

周顯王三十四年（西元前三三五年）六月初五，張儀經過許多天的前思後想，終於決定離開楚國，先將妻兒送回張城再說。

那麼，怎麼走呢？是不告而別，還是禮節性地拜別令尹呢？張儀又躊躇了半天。不告而別，好像不行，自己既然住在相府，要回魏國，不與主人，而且是楚國一人之下、萬人之上的令尹打聲招呼，那怎麼行呢？如果要辭別，那就得擺出尊崇有禮的樣子。可是，自己心裡實在是恨怨不平，如何能違心地擺出那副虔誠感激的樣子呢？

在屋裡踱來踱去，好久，張儀終於想通了。要回魏國，不僅不能不辭而別，而且要鄭重其事，擺出虔誠感激的樣子，不能在令尹面前有絲毫的恨怨之情表露出來。不然，不要說離開楚國，恐怕連相府的門也是出不了的。君子報仇，十年不晚。

打定主意，張儀便鄭重其事地出門求見令尹去了。

一見到令尹，張儀瘸著一拐一拐的腿腳，快步趨前，倒身跪倒叩拜道：

「承蒙大人深恩，儀得以多年隨侍大人，受耳提面命之教甚多；又得大人仁厚之愛，為儀接得妻兒至郢，使儀得以全家團圓，盡享天倫之樂。大人於儀之恩，可謂山高水長，儀將長記心田，永志不忘。」

令尹見張儀如此一說，內心更是慚愧不已。

張儀接著又道：

「儀追隨大人七年有餘，殷切之情，天地可鑒！一旦而別，實不相忍。然儀之老父老母遠在魏國張城，風燭殘年，朝不保夕。儀乃張氏之獨苗，不能長相承歡爹娘膝前，父母百年之時亦當見上一面，以盡人子之道，以慰爹娘之心。」

令尹見張儀說得如此深情，覺得張儀不僅是個有情有義之人，還是一個仁孝之人。遂心中大生好感，於是答道：

「先生心情，我已知之。你可速速回魏，待令尊令堂百年而後，再至楚都。」

說完，叫過管家耳語一番。

張儀不知何意，他怕令尹會有什麼招數。

不大一會，管家托過一盤金子。

令尹道：

「致送五十金，以作路資，區區之意，略表老夫之情。」

張儀連忙謝道：

「謝大人深恩，他日若有投效機會，定當捨命前驅。」

辭別得金，乃是張儀始料不及。但辭別所獲得的效果，正如張儀所料。

一回到所住的相府西院，張儀就急急收拾行裝，然後立即攜妻挈子離楚回魏。

為了早點離開這個傷心之地，不在路途中耽誤任何一點時間，張儀決定，還是按照來時路，舍車登舟，入雲夢之澤，至竟陵，再沿漢水逆流而上。

輕舟熟路，逆水而上。四個月後，也就是周顯王三十四年十月中旬，張儀與妻兒所乘之舟到達了漢水上游支流湍水之濱、楚長城——方城南端的重鎮穰。

結束連續幾個月的舟船生活，張儀與妻兒舍舟登岸，長出一口氣，進了穰城。他們本是北國之人，不習慣於舟船生活，所以到達穰城後，張儀決定還是在此好好休息幾天，然後再雇車馬北行。

在一家叫做「南北客棧」的旅店住下後，張儀與妻兒都覺得好累好乏，於是，就先痛痛快快地睡了一天一夜。

第二天，閑來無事，張儀就攜妻兒到穰城閒逛。日午時分，三人都覺得有點餓了，就信步走到一家門面不大的小飯鋪裡坐下，想略略吃上一頓好些的飯菜。

店裡人不多，三人坐定後，幾個已經吃好的客人，付過飯錢就出去了。這時，店裡就剩下張儀一家三口。

一碗麵下肚，張儀覺得意猶未盡。正好嗣兒說還不夠，於是，張儀又對店主道：

「老闆，再來三碗麵。」

「好哉！」老闆一邊操著南腔北調答應著，一邊順手從灶臺邊抓起一大把麵，放在了沸騰的水中。

就在這時，門外又進來了兩位客人，一個滿臉大鬍子，一個面皮白白淨淨。二人一進門，便高聲喊道：

「兩碗麵，一壺酒，再來兩個小菜。」

「小二，拿壺酒，先來一盤小菜。」老闆一邊給張儀下著麵，一邊吩咐著夥計。

話音未落，店小二就手腳麻利地給二位客人送上了一盤小菜，一壺酒。

這時，店老闆也端上了張儀要添的三碗麵，張儀與妻兒又呼啦呼啦地吃了起來。

「唉，此行往楚都謀生，不知結果如何？」鬍子客喝了一口酒，好像很感慨。

白面客一聽，也歎了一口氣，接著感慨了一大通：

「若非俺魏王錯用龐涓，俺大魏何至於一敗於桂陵，二敗於馬陵？如今俺大魏師弱民貧，我輩讀書之人，也連累淪落到如此地步，只得背井離鄉，四處求生。遙想當年，李悝為相，俺大魏富敵天下，兵強馬壯，天下誰與匹敵？」

張儀從他們剛才一進門時那句吆喝中所透露的口音，就猜出這二位應該是魏國人。現在又側耳細聽了一會他們說話的內容，就更確信無疑地肯定他們是魏國人，而且還是和自己一樣，也是讀書人，想靠遊說討生活的。

於是，張儀就停下了手中的筷子，側耳繼續留心傾聽他們的談話。

「魏、齊二陵之戰，實乃龐涓好逞其能，魏王為其蒙蔽所致。」鬍子客道。

「邯鄲之圍，虛耗國力，致有桂陵覆軍殺將之禍。龐涓被虜，不思其過，反積妒成恨，再起戰端，馬陵之難，禍實起於龐涓。」

聽到這裡，張儀忍不住了，忙側臉相向，突然岔開二位陌生客的話，唐突地問道：

「二位是從魏國來吧？」

二人一聽張儀操的是河洛之語，知是魏國人，遂異口同聲地答道：

「正是。」

「適才二位所言馬陵之難……」

張儀想知道他們所說的「馬陵之難」究竟是什麼回事，話還沒完全問出口，就被白面客截斷道：

「唉，兄亦是魏人，何以不知馬陵之難？」

「弟本孤陋寡聞之人，羈絆楚都七載有餘，楚、魏遙遙，何以得聞北國之事？」

「哦！」白面客應了一聲，方知其中因由。

鬍子客立即接口道：

「六年前，兄當在楚都逍遙吧。」

白面客接口道：

「六年前，龐涓慫恿魏王聯趙攻韓，戰於南梁。韓國告急，求救於齊。齊宣王即位未久，猶豫不能決，遂召群臣集議。群臣皆言當救。宣王問早救有利，還是晚救有利？張丐主張不如早救，晚救則韓師大折，必投降魏國。韓國降魏，必危及於齊。宣王以為然。但是，田臣思不以為然，諫止宣王道：『不可！韓、魏二師接戰之初，雙方銳氣未挫，我若出兵，是我代韓抵當魏國兵鋒。我師受創，則反要聽命於韓。大王也知道，魏國素有滅韓之志。韓、魏交戰，韓國支撐不住，必東求於我大齊。屆時，大王可答應韓國之請，但不要急於出兵。等到魏、韓二師力戰俱疲，我師則承魏師之弊，一鼓而破魏。如此，則國可重，利可得，名可尊矣。』宣王甚以為善，乃依計而行。遂陰告韓國使者，齊將出兵救韓。韓使歸國，告之韓昭侯。昭侯自恃有齊國為後盾，乃奮力抗魏。可是，五戰五不勝。遂又急遣使者再至齊國，要求齊宣王出兵。」

說到這裡，鬍子客接口道：

「那時，齊國名將田忌已歸國。齊王遂命田忌為將，孫臏為師，起十萬大軍，往救韓國。然而，田忌率師出征，不救韓國，而直走魏都大梁。龐涓聞之，恐魏都有失，遂捨韓而急救大梁。齊師急過大梁，而西至韓、魏邊界。孫臏建言田忌：『魏國之師，素以悍勇著稱於天下，然有狂妄輕敵之弊。自古以來，善戰者皆因其勢而利導之。我師不如以怯懦誘之。《兵法》曰：『百里而趨利者，必蹶上將；五十里而趨利者，其軍半至。』」

「此言何意？」張儀雖然跟鬼谷先生學過兵法，但未聽說過此言，遂問道。

白面客解釋道：

「此言輕兵冒進，軍隊必不能全數到達，若遇大敵，則必損兵折將。」

鬍子客又續前話道：

「孫臏又進言道：『今我齊師入魏地，可先為十萬灶，明日為五萬灶，又明日為三萬灶。』」

「此乃何意？」張儀又忍不住問道。

白面客又插話了：

「此乃『減灶誘敵』之計也。」

鬍子客再續道：

「龐涓行軍三日，見之而大喜，說：『我早就知道齊師怯懦，入我魏境三日，逃亡之卒過半矣。』遂棄步軍，率輕銳之騎急進，力逐齊師。」

「結果如何？」

鬍子客道：

「孫臏計日而待，估計龐涓之師日暮將至馬陵。馬陵道狹，而旁多阻隘，可伏大兵。乃斫大樹，削其皮，露其白幹，書『龐涓死於此樹之下』八字於其上。令齊師善射者萬弩，夾道埋伏，約之曰：『暮見火舉，則萬弩俱發。』龐涓果然夜至馬陵道中，見斫木之白書，乃鑽木舉火。讀其書未畢，齊師萬弩齊發，魏師陣腳大亂，自相踐踏而死傷大半。龐涓自知智窮兵敗，遂自刎而死。刎前自歎道：『遂成豎子之名！』齊師則趁其亂，大破其軍，覆殺魏師十萬之眾，虜魏國主將太子申而歸。」

「虜魏太子申而歸？」張儀聽到此，不禁大驚失色。

「是。」鬍子客見張儀吃驚不信的神色，遂肯定地回答道。

「太子申乃魏國儲君，而且不諳戰事，魏王何以派太子申為主將而領兵？」張儀又問道。

鬍子客道：

「這也是魏王聽從龐涓之請而作的決定。」

白面客插話道：

「本來，魏王沒有讓太子申領兵的打算。只是齊師自東來，直走大梁，龐涓慌了手腳，唯恐救之不及。這才急遣使者，從南梁而往報魏王。魏王聞之，亦覺事態嚴重，遂悉起境內之眾，任太子申為主將，迎擊齊師。」

「然後呢？」張儀又急切地追問。

白面客見此，故意停了下來，呡了一口酒，又往嘴裡送了一口菜。然後，才又不緊不慢地說了下去：

「太子申領兵將出，有客諫魏公子理之傅：『何不使公子泣告於王太后，諫止太子之行？成，可樹公子理之德；不成，公子理則為王儲矣。太子年少，不習於兵事。田忌、田盼，乃齊國宿將；

孫臏，是齊國最善用兵者。太子若領兵出征，則戰必不勝，不勝則為齊人所擒。先生若使公子泣告太后，諫止太子之行，大王聽從，公子必受封；大王不聽，太子必敗。太子敗，公子則必立為太子，後必為魏王也。』公子理之傅一聽，覺得有理，遂使公子理泣告王太后。王太后諫之於魏王，魏王終不聽。」

張儀聽到此，不禁搖頭歎氣。

鬍子客又插話道：

「太子無奈，只得領兵出征。大軍行至宋國外黃，外黃之客有徐子者，求見太子，口稱：『臣有百戰百勝之術。』太子問道：『可否說來一聽？』徐子道：『臣願陳陋見。』太子道：『先生請言。』徐子道：『太子親領大軍攻齊，若大勝，破齊而並莒，則富不過有魏，貴不過為王。若戰而不勝，則萬世無魏矣。此臣之百戰百勝之術也。』太子道：『先生之言，莫非是教我回師而不戰？』徐子道：『太子果然睿智過人！』太子道：『諾，我必尊先生之言。』徐子道：『可惜，而今太子雖想回師，亦不可得矣。魏國勸說太子領兵出征者，皆欲太子與齊人力戰，希望以此建功而取富貴。縱使太子決意回師，眾人亦恐不從，故曰終不可得矣。』太子思之良久，決意回師。但是，禦車者對太子說：『兵出不戰而還，與臨陣脫逃者無異。』太子無奈，只得繼續領兵與齊人力戰。結果，兵敗馬陵，為齊人所虜，十萬魏師無一生還。」

鬍子客說完似乎無限感傷，不斷地長籲短歎。

白面客則握拳擂得食案咚咚響，食案上的那盤小菜也被震得在食案上傾翻。

張儀則唉聲歎氣，不住地搖頭。

張儀之妻蕙蘭不懂這三個男人咬文嚼字的說話，見他們那樣激切悲憤的樣子，更是如墜五里霧中。

張儀之子嗣兒，則更是不知爹究竟為什麼與那兩個陌生男人說得那麼投緣，只是目瞪口呆地看著他娘。

良久，蕙蘭敲了敲食案，提醒張儀道：

「快吃麵，都涼了。」

張儀這時才清醒過來，於是忙三口兩口，胡亂扒拉掉碗裡的麵條。然後，付了賬，告別那兩個陌生客，攜妻帶子，回到了下榻的「南北客棧」。

2　召陵之夜

回到客棧後，張儀還是心情久久不能平靜。

那兩個魏國遊士的話，讓他徹底明白，如今大魏的強勢不再，自己回到魏國恐怕更是無有用武之地。十八年前（周顯王十六年，西元前三五三年），魏國攻伐邯鄲，如果不是齊國出兵相救，魏師敗於桂陵，趙國早就不復存在；六年前（周顯王二十八年，西元前三四一年），魏師伐韓，如果不是齊國再次出兵相助，韓國恐怕也就被魏吞併。這次，魏師再次失利，兵敗馬陵，魏將龐涓戰敗自殺，太子申被齊人所虜。這魏國元氣都已傷盡了，還有什麼指望呢？

想到此，張儀心裡不禁暗暗打定了主意：不如現在就到齊國去遊說一次齊宣王。既然齊國能夠打敗魏國，那麼齊國就是強者，齊王就是明主了。既是明主，那麼只要自己遊說得好，說不定齊王能聽從。如果這樣，那麼自己這一輩子就有著落了。再說，自己在外遊學、遊說十多年，現在還是一事無成，如果就這樣回到張城，實在心有不甘，不僅自己覺得毫無顏面，爹娘在張城鄉親們面前也會抬不起頭來的。

檢點了一下身上的盤纏，張儀發現還剩餘不少。另外，還有辭別楚國令尹昭奚恤時，他所贈的五十金都還沒有動用。有了這些錢，到齊國一趟，一家三口在齊國生活幾年也夠了。

周顯王三十四年（西元前三三五年）十月十八，張儀攜妻兒從楚國穰城出發北上。

十二月中旬，往東北，到達楚國方城之南的重鎮——宛。然後再往東北，越楚長城——方城，到達魏國南部與楚方城交界的重鎮——葉。由葉再往東，至魏國與楚交界的另一南部重鎮——舞陽。再往東北，到達楚、魏交界的魏國東南重鎮——郾。

由郾往東北，出魏國之境，於周顯王三十五年（西元前三三四年）四月初六，到達楚國北部重鎮——召陵。準備再往東北，過宋境，入齊。

行至召陵，張儀攜妻兒入城略作休整，畢竟妻兒受不了太長時間的路途顛簸。

召陵歷來是兵家必爭之地，也是南來北往的必經之路，因此召陵街市也就格外的熱鬧繁華，人流熙熙攘攘。這裡，南北雜居，什麼人都有，可謂是南腔北調，什麼方音都能聽到。至於生活習慣，飲食習慣，也是各種各樣，五光十色。還有來自南國北國的各種消息，不經意間，便從南來北往的過客嘴裡溜出。因此，人稱「坐召陵而知天下事」。

張儀攜妻兒來到召陵一條南北大街，看見一家旅店豎著「通衢客棧」的招幌，就信步走了進去。進到店裡，這才知道，這家旅店門面不大，縱深卻不小，大小客房數十間，頗具規模。張儀與店主間聊了幾句，便要了一間大點的房間，以便一家三口都能住下。

晚上草草在客棧旁邊的小食鋪吃了點東西，一家三口就收拾被褥，準備就寢，想早睡早起，明天出城趕路，往齊國進發。

可是，頭還沒碰到枕頭，張儀就聽隔壁屋內好像有許多人在爭論，聲音好響好大。因為各間客房之間都是僅以木板簡易隔開，隔音效果不好，所以隔壁房裡有人說話，鄰屋都能聽得非常真切。

張儀見鄰屋爭論聲愈來愈大，情不自禁間便將耳朵附到了隔板上。側耳聽了幾句，覺得好像說的是東齊之語，因為在東齊遊學了近五年，東齊之語他已經相當熟悉了。

「嗣兒他娘，你與嗣兒先睡，隔壁說話者好像是齊人，俺去向他們打聽一些齊國的消息。」張儀說完，就起身帶上了門扉，往隔壁齊國客人的房內而去。

來至齊國客人房門口，發現房門沒關，敞開著呢。張儀偷眼往裡一看，發現有三個人，正在一邊飲酒，一邊爭論個不休。張儀一見，便知這三人肯定都是些遊士，他們的作派與自己在齊都稷下學宮時所見到的那些淳于髡之徒一般無二。

張儀不禁心中一喜，心想，與這些從齊國來的遊士談談，知道些齊國的情況，屆時遊說齊王時也能對症下藥。否則，齊國的情況一無所知，如何遊說齊王？反正，自己在楚國待了這麼多年，楚國的情況已經知道不少。加上，在楚國穰城時遇到兩個魏國遊士，魏國的情況也了解到一些。天下大國楚、齊、魏三國情況皆知，也算天下大勢盡在我心矣。如此，遊說起來就可頭頭是道，縱論天下大勢就能侃侃而談，起碼在氣勢上可以先鎮住齊王。

想到此，張儀遂一邊探頭向齊客屋內張望，一邊輕輕地在門上拍打了幾下，打著不很地道的齊語，高聲說道：

「敢擾諸位，請問諸位莫非齊國之士？」

三位齊客正說得熱鬧，突然聽到一個陌生客探頭問話，立即停止了爭論，齊刷刷地將目光聚到了眼前這位不速之客身上。

張儀見此，又重複了剛才的那句問話。雖然齊語說得還是不標準，但三位好像都聽明白了，而且幾乎是異口同聲地回答道：

「正是。」

張儀一聽，心中大喜，心想，猜對了，不妨自報家門，把自己遊學齊國的經歷，也與他們說說，套個近乎。

「在下乃魏國張城人士，曾遊學稷下，後至齊之三山，師事鬼谷先生習學縱橫之術。」

三位齊客見張儀說曾到齊國稷下學宮遊過學，還師事過齊人鬼谷先生習過縱橫術，不禁喜上眉梢。既然大家都是一路人，自然在心理上就有一種親近感。

「既為鬼谷先生弟子，若蒙不棄，不妨入而聚談。」其中的一個年長者發出了邀請。

張儀一聽，心裡更是大喜。於是，忙不迭地脫履入室。

年少齊客見此，連忙起身，給張儀騰出了布團。

張儀謙讓了一番，還未坐定，另一位齊客，看上去鬍鬚有點黃，就立即拿過一個酒盞，並順勢向盞內倒了半盞酒，遞到張儀面前，道：

「不嫌，請飲了此盞薄酒。」

張儀連忙接盞在手，一飲而盡，以示敬意。

沒等張儀放下酒盞，年長的齊士又開口了：

「敢問客人尊姓高名？至齊有何貴幹？」

「在下姓張名儀，今無以為生，欲至齊遊說齊王，以謀溫飽。只是因為居楚多年，未諳齊國之事，故冒昧打擾諸位。」

黃鬚齊士應聲說道：

「至齊何益？我等齊國之士尚且不能為齊王所用，而今離齊而往楚，就是為了謀個溫飽生計。」

年少齊士接口道：

「而今的齊國，只是一士專寵的天下。」

張儀連忙追問道：

「敢問專寵者何人？」

「鄒忌。」黃鬚齊士道。

「鄒忌乃天下名士，亦是齊國賢臣，天下誰人不知？」張儀脫口而出。

「此乃陳年舊事矣！想當初，鄒忌鼓瑟而見威王，朝服窺鏡，以妻妾客人奉迎之喻而諷威王納諫，齊國大治，人皆稱之。後得威王之寵，遂排斥異己，擅權獨斷。今之鄒忌，非昔之鄒忌也！」

年長齊士不以為然地說道。

未等年長齊士言盡意足，黃鬚齊士就接口說道：

「猶記得七年前，魏國傾起大軍圍困趙都邯鄲，趙王告急於威王。威王問計於群臣：『魏師攻邯鄲甚急，趙王求救於寡人，諸位以為當救不當救？』群臣眾口一詞，皆言當救之。唯鄒忌不以為然，力排眾議道：『不如不救。』段幹綸起而反對，說：『不救，則於我不利。』威王問其故，段幹綸慷慨陳辭道：『魏師下邯鄲，則趙國必亡。趙亡，則於齊何利？』威王以為然，乃決意起兵。鄒忌見無力改變威王決定，遂又建言道：『齊師出，可屯軍於邯鄲之郊。』段幹綸認為不可，乃陳其利害道：『解邯鄲之圍，而屯軍於邯鄲之郊，則魏、趙之師必休而不戰。如此，邯鄲雖不能破，然魏師亦無重挫之危機。故齊兵既出，不如逕攻魏之襄陵，以使魏師首鼠兩端，疲弊不能兩顧。縱使邯鄲城破，魏亦師老兵疲，齊師承其敝，必能大破之。如此，則趙破魏弱，我大齊可收兩利矣。』威王道：『善哉！』乃命田忌為將，孫臏為師，起兵南攻魏之襄陵。七月邯鄲拔。齊師承魏之敝，大破魏師於桂陵，覆軍殺將八萬有餘。由此觀之，鄒忌實非賢臣。」

黃鬚齊士言猶未了，年少齊士接口道：

「鄒忌非但不賢，實乃妒賢忌能之輩。昔田忌敗魏於桂陵，鄒忌懼其功高而危及其相位，乃設計陷害之。田忌憤恨難平，乃鋌而走險，以兵襲齊。惜謀而不密，事不成，亡奔於外。威王卒，宣王立，乃召田忌歸國，任之為將。鄒忌深以為患，日夜憂之。宣王二年，魏師伐韓。鄒忌之客公孫閈知鄒忌之意，乃獻計於鄒忌：『公何不建言大王，以田忌為將，以定伐魏之計？大王允請，戰而勝之，論功行賞，則是公之謀略；戰而不勝，田忌僥倖不死，亦得敗將之名，追究責任，則有屈撓之罪。齊之軍法：斬敵首者拜爵，屈撓敗北者腰斬。如此，公之大患何愁不除？』鄒忌以為然。當其時，適逢魏師攻韓甚急，韓侯告急於齊。鄒忌乃進言於宣王，以田忌為將，出兵救韓。宣王允請，乃以田忌為將，以孫臏為師。兵出齊境，孫臏獻計，入魏境三日，逐日減灶，誘龐涓及魏師夜入馬陵道中，大破十萬魏師，龐涓自刎，虜魏太子申而歸。」

張儀在楚國穰城時，已經聽魏國兩個遊士說過齊魏馬陵之戰的結果，但不知鄒忌卻是此次伐魏的主謀人。遂脫口而出道：

「真是人算不如天算！鄒忌本來是出於妒賢忌能，最終卻成就了田忌之功。」

年長齊士則接口道：

「先生有所不知，田忌伐魏之功成，大禍亦至矣。」

「何禍之有？自古即有成法：有功者賞，有罪者罰。」

年長齊士立即岔斷張儀的話，說道：

「田忌伐魏大獲全勝，率師將歸齊。孫臏密對田忌道：『將軍有成大事之志否？』田忌不解，問道：『先生之言何意？』孫臏道：『將軍若欲成大事，則勿解兵而入齊。可使疲弊老弱之卒守於華不注。華不注，乃天下之險隘，車不得方軌，馬不得並行，百人守險，雖千萬人不得過也。使老弱疲弊之卒守於華不注，必能以一當十，以十當百，以百當千。然後，背倚太山，左臨濟水，右憑巨防，輜重車馬密至高宛，使輕車銳騎逕沖臨淄之雍門。若此，齊國君位可正，而成侯可逐出齊境。不然，將軍最好不要解兵回齊。』田忌無心齊王之位，唯恨鄒忌弄權而已。遂不聽孫臏之言，將軍隊解散，逕入臨淄。」

「田忌解兵入臨淄，結果如何？」張儀急切地問道。

黃鬚齊士接口道：

「鄒忌聽說田忌凱旋歸來，急召公孫閈而謀之：『田忌三戰三勝，今將入臨淄，為之奈何？』。

公孫閈問：『解兵否？』鄒忌說：『已解兵。』公孫閈放聲大笑道：『公無憂矣！』遂密遣心腹之人，持十金，詐言是田忌之人，往市中求卜，告卜者道：『我乃田忌之人，吾主三戰三勝，聲威震天下，今欲成大事，故來卜，以問其吉凶。』求卜者出，公孫閈令人將卜者與問卜者一起捕獲，帶往朝廷去見齊王，要求他們當面對質。田忌聞之，頓足長歎，深悔沒有聽從孫臏之謀。徘徊臨淄城外良久，懼而不敢入，最後只得亡奔於楚。」

張儀聽到此，突然想起，前幾年確曾聽說過有楚將來奔，原來是名將田忌。遂暗暗地點點頭。

黃鬚齊士又接著說道：

「田忌出奔楚國，鄒忌深以為患，恐其日後借楚國之力，而復位於齊。當其時，有成周遊士杜赫來見，探知鄒忌之憂，乃自請於鄒忌道：『公不必憂慮，臣請出使楚國，為公留田忌於楚，可否？』鄒忌大悅，乃厚賄杜赫。杜赫至楚，對楚王說道：『齊、楚二國之所以結怨交惡，實為齊相鄒忌之故。鄒忌與田忌水火不容，今田忌奔楚，鄒忌恐田忌藉楚之力而復位於齊。為楚之計，大王不若封田忌於楚之江南，以示田忌不復返齊也。如此，鄒忌從此無患，必投桃報李，以齊國之力而厚事於楚。田忌，乃亡奔之人，今得楚國之封，必感恩戴德於大王。他日若能重返齊國，田忌亦必以齊國之力而厚事於楚。此乃楚善用二忌之道也。』楚王以為然，遂封田忌於江南。」

「所以說，今之齊，乃一士之天下也。」一年長齊士立即接口總結道。

張儀聽完三個齊國遊士的話，已然了解鄒忌為人的本相。看來，此時再往齊國，料亦無所作為，不如就此打消了往齊遊說齊宣王的念頭。

3　大梁之歎

告別隔壁三位齊士，回到自己的客房，已是午夜時分。看著熟睡的妻兒，想著剛才三位齊士的話，張儀卻一點睡意也沒有。本來計畫好的齊國之行，如今不能進行下去了。那麼，下面該怎麼辦呢？難道就要這樣回張城老家？

思來想去，一夜無眠。第二天起來，張儀覺得頭腦昏昏，心情愈發的壞，於是就獨自一盞接一盞地喝起了悶酒。

妻子蕙蘭見此，已然猜到其中的原因，肯定是因為昨夜與鄰屋之人談話後，觸動了什麼心思，才會這樣。老話說「知夫莫若妻」。作為妻子，蕙蘭知道張儀心裡的苦，所以開始她也不制止他喝酒，也不問他。但見他越喝越多，越喝越凶時，遂忍不住勸道：

「嗣兒他爹，有啥心思，有啥苦處，就說出來吧，別悶壞了身子。實在不濟，俺們回張城老家種地還不成嗎？俺們母子也不想你為將為相了，俺們回家自種自食，兩個兒子也大了，也能幫點手，做點事，何愁不能溫飽度日呢？」

張儀雖然喝得多了，但並不糊塗，見妻子這樣說，差點眼淚都要掉出來了。但是，他是男人，他不能在妻子與兒子面前落淚，那樣妻兒還有什麼信心呢？

「嗣兒他娘，俺沒啥心思，也沒啥苦處，只是好久沒有喝酒了，昨夜見齊人豪飲，就想也痛快地豪飲一回而已。俺喝得好像多了點，想好好睡一覺，你帶嗣兒出去吃點東西吧。」

說完，指了指包袱，示意蕙蘭自己取錢，就和衣躺下了。

一覺醒來，睜眼看到蕙蘭與兒子正守在自己身旁，張儀不好意思地問道：

「俺睡到啥時辰了？」

蕙蘭指了指外面道：

「太陽都偏西了。」

「哦？」張儀忙一骨碌從鋪上爬起，伸了個懶腰，又問道：「你們娘兒倆飯吃過嗎？」

「你醉成這樣，俺們何來心思吃飯？」

張儀一聽，忙說：

「要餓壞的，怎麼這麼傻呢？俺只是多喝了點，睡個覺，何來如此擔心，連飯也不吃呢？再說，俺們現在還沒到沒飯吃的份上。留得青山在，不怕沒柴燒，明天俺們還要趕路呢。快，快，俺們出去吃飯。」

蕙蘭聽張儀說「留得青山在，不怕沒柴燒」，就知道他剛才喝酒確實是有心思的。心想，既然他說了這個話，那麼他是想通了。

於是，三人一同到客棧旁的小飯鋪好好吃了一頓。張儀又恢復了常態，跟蕙蘭還說笑幾句，兒子見此，也高興起來。

周顯王三十五年（西元前三三四年）四月初八，一大早，張儀就與客棧老闆結清了賬，昨天委請老闆雇的一輛驢車也已等在了客棧門口。於是，三人就登車出發了。

上了車，張儀才告訴妻子道：

「嗣兒他娘，俺們這就不往齊國去了，你們娘兒倆也受不了這種顛簸之苦。不如俺先回張城，看看爹娘，再看看繼兒。往後的事兒，俺們再作計較吧。」

「這樣最好！」蕙蘭道。

「俺昨天問過人了，回張城，先往北，至俺大魏新都大梁，再折向西，越韓而過，就到俺張城了。」

「俺不知道那麼多，你決定的總沒錯。」

其實，張儀是跟妻子有所隱瞞的。如果真的想回張城，應該直接往西，入魏境，過韓，就到張城了。張儀心有不甘，不想就這樣回到張城，所以藉口說回張城要經過大梁，目的是想去大梁碰碰運氣，看能否遊說得了魏王。如果成功，那麼自己的人生也就有了轉機，也就不負爹娘與妻兒之望了。

從楚國召陵出發，往北越過楚、魏之界，就進入了魏國之境，然後再北渡潁水與洧水，就到了魏國東部大城安陵。再往北，至林。然後，繞道逢澤，於周顯王三十五年九月十一，三人終於到達魏國新都大梁。

一入大梁，張儀是無限的感慨。魏都本在西部的安邑，離自己的家鄉張城很近。可是，由於魏惠王好戰，屢與鄰國結怨，兵戈相向。長期與鄰為壑，結果讓虎狼之秦屢屢鑽了空子，十幾年間，不僅使魏國失去了河西之地，沒了戰略屏障，甚至連本土的河東之地，也屢屢被強秦蠶食。最後，竟然連魏都安邑也朝不保夕，只好遷都，偏安於大梁了。

張儀曾遊學於安邑，對於安邑當時的繁華，印象非常深刻。而今，才十多年過去，魏已不是昔日之魏，魏都亦不是安邑了，而是眼前的這座新都大梁。雖然大梁也是繁華無比，但因心中有安邑，對眼前繁華的大梁，張儀就益發的感傷。

而蕙蘭和嗣兒，畢竟是婦道人家與娃兒，也從未到過魏國舊都安邑，所以就不可能有張儀那種觸景生情的滄桑感慨。他們到了大梁，看到繁華的街市，熙熙攘攘的人流，都覺得新鮮有趣，東看西瞧，興味盎然。加上到處聽到的都是家鄉之語，更是倍感親切。楚都郢之繁華與獨特的南國情調，雖然並不輸給魏都大梁，但到處聽到的都是楚聲楚語，對於他們來說，只有陌生、孤獨、隔閡之感，所以不時會湧起一種離鄉背井的苦澀之感與深深的懷鄉思親之情。

陪妻兒在大梁街市略走了一遭後，張儀先去找了一家價格還算便宜的客棧，將妻兒安頓停當。第二天，他就藉口去會朋友，獨自往大梁鬧市的酒肆去了。因為這種地方南來北往的人多，最能打聽到各種消息，對於這一點，他在外這麼多年，已經算是很有經驗了。

從客棧出來不久，張儀就轉到了大梁的一條主要繁華大街上。一邊走，一邊看，最後駐足於一家名曰「新都」的酒肆前。只見酒肆規模相當大，裡面人頭攢動，熙熙攘攘，就像一個買賣市場一般熱鬧。張儀心想，這個酒肆倒是不錯，生意興隆，想必南來北往之客肯定很多。於是，就邁步走了進去。

進去後，放眼一望，客人滿滿，一座難謀。正在為難之際，店小二指了指西北角道：

「廊邊尚有一座，客人不嫌，可與三位異國之客共席。」

張儀定睛一看，果然，西北角緊靠廓邊的一張食案，坐了三位客人，正在把酒談天，興味正濃呢。張儀心想，這倒好，正好借此機會聽聽這三位異國之客談些什麼。說不定，他們就是到魏國遊說的遊士呢。如果這樣，倒是消息不會少的。

想到此，張儀就朝西北角的那個廊邊之席走了過去。

「三位若不介意……」

張儀指著餘下的一個坐布團，言猶未完，一個峨冠博帶之人就拍著那個坐布團道：

「客人請便。」

張儀遂在那個空布團上坐下，伸手從案上拿過一個酒盞。那個說話的峨冠之人順勢給張儀斟上了一盞酒。

張儀連忙欠身謝過，然後仔細端詳了他那高聳的峨冠，又聽他剛才說話中帶有的濃重的齊國口音，於是就猜到他可能是齊國的遊士。因為在稷下遊學過幾日，這種裝束的齊國遊士到處都是。於是，張儀就順口問了一句：

「客人莫非齊國之士？」

「先生何以知其為齊國之士？」

旁邊一個束著高髻的瘦高個接口反問道：

「在下曾遊學稷下學宮，後在三山事鬼谷先生習學縱橫之術數載。」

「哦！」另一個胖點的黑面之人，連忙說道：「先生乃是鬼谷先生弟子，失敬！失敬！」

張儀見黑面人知道鬼谷先生，就知道他也是遊說之徒了，且聽他的口音好像不是魏國之人，遂問道：

「敢問先生為何處之士？」

「在下來自魯國。」黑面之士答道。

張儀遂轉向那個束著高髻之士，謙恭地問道：

「不知這位先生又是何處之士？」

高髻之士應聲答道：

「在下為楚人。」

張儀點點頭道：

「聞先生之言，有楚人之音。」

高髻楚士立即接口反問道：

「先生莫非遊歷過楚國？」

張儀點點頭，但是心中卻有無限的悵恨。他怕三位遊士要問到自己遊楚的經歷，勾起自己不愉快的回憶。又怕他們萬一問出口，不說吧，就失禮了；實說了被楚相鞭笞的事，則又好沒面子。於是，連忙轉移話題，先發制人地問三位遊士道：

「三位高士何以至魏？」

峨冠齊士接口道：

「聞先生口音，應當是魏國人吧。魏王卑禮厚幣，以招天下賢士，先生何以獨不知此事？」

張儀一聽，心中一驚，心想，還有這事？怪不得有這些異國遊士雲集於魏都大梁，自己倒是孤陋寡聞了。於是，興味盎然，急切地回答道：

「在下遊齊、居楚，已歷十餘載矣。魏國近事，知之甚少，尚望諸位見教。」

高髻楚士接口道：

「魏師失利於馬陵，魏王痛自反省。聞秦孝公曾下令求賢，得衛人公孫鞅，為秦變法，遂有今日之強。所以，援秦孝公之例，亦下令求賢。天下之士聞之，趨之如騖，遂雲集於大梁。騶衍、淳于髡、孟軻，皆天下名士，亦至大梁矣。」

張儀一聽，這才明白是怎麼回事。又聽高髻楚士說到騶衍、淳于髡與孟軻等人，他更是來了興趣，遂連忙問道：

「騶衍、淳于髡、孟軻果真都來遊說過魏王？」

「當然，這還有假？」黑臉魯士道。

「三人如何遊說魏王，先生可否為在下詳述之？」張儀想了解一下他們三人是怎麼遊說的，也好從中學些技巧，遂追問道。

峨冠齊士道：

「騶衍乃齊國名士，目睹天下為人君者多喜淫侈，不能尚德，遂作《終始》、《大聖》之篇十餘萬言。其語閎大不經，必先驗小物，推而大之，至於無垠。然其學說，要而言之，必止於仁義、節儉，及君臣、上下、六親行事之準則。齊威王時，其學說在齊國很有影響。騶衍聞魏惠王求天下賢士令，遂不遠千里，自齊至魏。惠王聞之，親迎於大梁之郊。可是，交談之後，魏惠王覺其見解迂大不切實際，不中其意。於是，就沒有用他」

峨冠齊士說到此，張儀便急切地問道：

「那麼，淳于髡遊說魏王，結果又是如何？」

峨冠齊士見張儀對自己的講述如此有興趣，遂更來了精神，接著說道：

「淳于髡乃齊國第一名士，為人博聞強記，學無所主。生平敬慕齊國先賢晏嬰之道，故其諫說君王之術，皆以承君王之意、觀人主之色為要務。淳于髡聞魏惠王求天下之賢士，遂離齊至魏。剛到大梁，就有客引薦給惠王。惠王久聞淳于髡大名，遂摒斥左右，獨坐而恭迎之。可是，兩次召見，淳于髡皆終其席而不發一言。惠王乃召客而斥之：『先生極稱淳于髡其人，言管仲、晏嬰亦不及之。然其見寡人，終其席而無有一言，寡人一無所得。如此之人，寡人如何親之任之？』客退，以惠王之言報之餘淳于髡。淳于髡莞爾一笑，從容說道：『此不出髡所料。承蒙先生薦引，髡得以兩見魏王。前見魏王，其志在駿騎之驅；後復見魏王，則其志在絲桐之聲。故髡見魏王默然也。』客遂以淳于髡之言報惠王，惠王大駭，感歎道：『淳于先生真聖人也！前次來見，有客獻良馬於寡人，寡人未及察看，適淳于先生至；後復來見，有客獻琴於寡人，寡人未及調試，又適淳于先生來。淳于先生來見，寡人雖摒退左右，禮之恭謹，然情繫琴馬，心有旁騖也。』」

「果有此事？」張儀將信將疑地問道。

峨冠齊士並不答張儀之腔，繼續說道：

「過了兩天，淳于髡第三次來見，惠王與之接談，三日三夜，而無倦意。惠王大悅，欲以卿相之位授之，淳于髡堅卻不受，謝而去之。惠王無奈，乃送安車駕駟，束帛加璧，黃金百鎰，親送至大梁之郊。」

峨冠齊士說完，那個沉醉之態，得意之色，如同自己就是淳于髡似的。

張儀聽完，既深深敬佩淳于髡之善說，又為他謝絕尊榮之位而可惜。

沉默了一會，張儀突然想到高髻楚士說到魯人孟軻也來遊說過魏惠王，於是又追問道：

「孟軻說魏王，結果如何？」

因為孟軻算是魯國人，於是黑臉魯士就接過張儀的話岔，說道：

「孟軻乃仲尼之徒，祖述仲尼之說，推崇唐、虞、三代之德。游齊，稱仁義而說宣王，期年而不見用。今聞魏惠王求天下賢士，乃離齊至魏。惠王見之，執賓主之禮甚恭，急切請教道：『寡人不佞，兵三折於外，太子虜，上將死，遺笑於天下，羞愧於宗廟社稷。今國庫空虛，民不聊生，寡人不知計之安出。今先生不遠千里而來，辱臨弊邑，不知將何以利吾國？』孟軻不悅，回答道：『世間尚有仁義在，大王何必只言利？今王言：「何以利吾國」；大夫言：「何以利吾家」；士庶之人言：「何以利吾身」。如此上下交相爭利，則國必危矣！萬乘之國，若有弒其君者，必為千乘之家；千乘之國，若有弒其君者，必為百乘之家。王若行仁，則天下無有遺其親者；王若行義，則天下無有忘其君者。王言仁義可也，何必曰利？』」

「魏王以為如何？」張儀急切地問道。

高髻楚士語似不屑地說道：

「此乃迂闊之論，如何能中魏王之意？當今之世，秦用商君，富國強兵；韓用申不害為相，變法圖強；齊威王、齊宣王用孫臏、田忌之徒，諸侯東面而朝齊。今天下以『合縱』、『連橫』為務，皆以攻伐爭霸為賢，孟軻以仁義說魏王，豈能得魏王之心？」

張儀點點頭，似乎意有所得。

這時，店小二過來，先拿開案上的那個快要空了的酒壺，換上了一個灌滿的酒壺，然後再給四人各斟了滿滿一盞。

於是，四人幾乎同時舉盞在手，啜了一口。

接著，張儀又開口問道：

「請問三位高士，諸位遊說魏王，結果又如何？」

峨冠齊士見問，先歎了口氣，然後不無憂慮地道：

「我輩時運不濟，至大梁，魏王已任惠施為相矣。今魏王聽惠施之言，三度入齊，至今未歸，故我等尚未見魏王一面。」

「惠施為魏相？」

惠施，乃宋人，為名家代表人物之一，這個張儀早就聽說。但魏惠王任惠施為魏相，張儀沒想到，故有此問。

高髻楚士見張儀有問，遂接口道：

「馬陵之戰不久，宋人惠施至魏。魏王聞惠施賢能，乃召而問之：『齊，魏之寇仇也！昔桂陵之戰，田忌殺我八萬健兒；今馬陵一役，又覆我師十萬，殺龐涓，虜太子。此恨一日不雪，寡人死不瞑目！今魏國雖弱，寡人常思傾起魏境之兵而攻之，先生以為如何？』惠施從容答道：『不可！臣聞之，王者得法，霸者知謀。魏有今日之敗，皆因疏於法而遠於謀。昔魏結怨於趙，而與齊戰；今構怨於韓，復與齊戰。戰而不勝，國無守戰之備，大王又欲悉起魏境之兵而攻齊，此非臣所謂『得法』、『知謀』也。大王必欲雪二陵之恥，不如折節變服而朝於齊。大王朝齊而不朝楚，則楚王必怒。楚遷怒於齊，大王復遣遊士以挑之。如此，楚必伐齊。齊與魏戰久矣，今已師老兵疲；楚則養精蓄銳，兵鋒正健。齊、楚兵戎相見，齊必為楚所敗。此乃大王借刀殺人、借力使力之上策也。』」

「果為好計！」張儀不禁脫口而出。

高髻楚士接著說道：

「魏王以為然，乃遣使報於齊，言魏王願折節變服，以人臣之禮朝於齊王。」

「齊王不知其中有詐？」張儀又問道。

峨冠齊士接口道：

「魏王之使至齊，未見齊王，先見靖郭君田嬰。田嬰與惠施相善交厚，遂允魏王之請。齊臣張丑不以為然，諫阻田嬰道：『不可！齊與魏戰，若無勝負，得朝見之禮，而與魏媾和，出兵伐楚，則可以大勝；今齊與魏戰，覆其十萬之軍，殺其主將，擒其太子。魏乃萬乘之國，今臣服於齊，居秦、楚二國之上，秦、楚必疑齊有謀霸天下之心。且楚王之為人，好用兵而務其虛名。今靖郭君許魏王以臣禮見齊王，楚王必遷怒於齊。齊之大患，必楚也。』田嬰不聽，最終還是答應了魏王之請。前年與去年，魏王兩次入齊，朝齊王於齊之平阿、甄。今年，又朝齊王於齊之徐州。」

高髻齊士言罷，不勝唏噓頓足。

張儀聽完，不禁默然。他知道，如今楚、齊、魏三大國，皆無可為矣。楚有令尹昭奚恤，一手遮天，豈有他人插足之份？齊有鄒忌為相，還有靖郭君田嬰。鄒忌之專權，在召陵時已經聽三位齊國之士說過。而靖郭君田嬰之威權，天下無人不知。他是齊威王之少子，齊宣王之弟。齊王之廷有此二人，哪有其他遊士立足之地？而魏國呢？雖然魏惠王戰敗後反躬自省，有思賢之心，也有求賢之舉，可是眼下他已經任命了宋人惠施為相，那麼其他遊士如自己，是否還有機會呢？

從「新都」酒肆回到下榻的客棧，張儀想了很多。從今天三位遊士的話，他感到此次遊說魏惠王的事，恐怕也不那麼樂觀了。甚至他已經開始感到絕望了，想馬上就回張城老家，免得白費盤纏，白費精神，起碼不會因為遊說失敗而再受一次精神打擊。

可是，想了一夜，還是覺得應該等魏惠王從齊國徐州回來再說，因為現在各諸侯國王之中，也只有魏惠王下了求賢令。既然下了求賢令，就不至於拒絕遊士求見與遊說的。這也是自己目前唯一的直接能遊說君王的機會，居楚七年多，連這樣的機會也沒有。說不定，時來運轉，說得好而為魏惠王賞識，儘管不可能像惠施那樣，成為魏國之相，但若能謀個朝臣之職，也就人生有著落了。

打定主意，張儀就在大梁耐心等待。每天還是到那個「新都」大酒肆，與各路遊士閒聊，探聽各種消息，然後仔細分析揣摩，就等魏惠王回來時，就去遊說他了。

十一月初七，魏惠王終於從齊國回來了。張儀一聽，心中大喜，急忙在心裡做著遊說辭的腹稿準備，準備第二天一大早就去求見魏惠王，去一試自己的遊說功夫。

十一月初八一大早，張儀就早早起來漱洗，穿戴整齊。

妻子蕙蘭怪而問之：

「今天要往哪裡去？咋如此講究起來了呢？」

張儀不想讓蕙蘭知道，他怕萬一遊說不成，又惹得妻子也跟著傷心一番。俗話說得好，「事不知，心不煩」。蕙蘭不知道自己要去遊說魏王，即使遊說不成，有什麼煩惱與苦悶，自己一人獨吞就好了，那樣也就不必帶累妻子了。

於是，張儀就信口胡謅了一句道：

「昨日遇見一個故舊，相約今日再敘，自然當穿戴整齊，方顯禮貌。」

說完，關照了一下妻兒吃飯的事，就逕自出門了。

可是，當他來到魏王宮前，請求門禁官通報魏惠王時，卻被告知：

「魏王今日不見客。」

張儀本來是帶著滿腔的熱望而來，一聽這話，頓時傻在了魏王宮前。傻了好大一會，終於清醒過來。又想了一會，他在心裡說服了自己：肯定是因為魏惠王旅途勞頓，需要好好休息一下，才有不見客之說，這也是可以理解的。看來是自己太心急了，不應該急在一時，也得讓魏惠王休息幾天才是。

這樣一想，張儀心裡又開朗了。於是，又回到下榻的客棧，繼續等待。

過了三天，張儀再去魏王宮求見魏惠王，門禁官告訴他的還是那句話。張儀無奈，只得再回客棧。

又過了三天，張儀想，這下魏惠王該休息好了吧。於是，再去魏王宮求見。得到的回答，仍然如前兩次一樣，沒有一字半句的不同。

這時，張儀就開始納悶了，情緒遂陡然低落下來。

恍恍惚惚，張儀毫無目標地走在大梁的鬧市上，喧鬧的車馬人聲，好像全然充耳不聞。不知不覺間，又走到了那家平時與他國遊士飲酒聚談的「新都」酒肆前。酒肆還是一如往常的人頭攢動，熱鬧非凡。

不自覺間，張儀又信步走了進去。剛要在一個空席前坐下，身後好像有人在叫自己。轉過身來一看，發現原來是第一次遇見的那三個遊士。

張儀於是就朝他們坐的地方走過去，又一起坐下飲酒閒聊起來。

談了一會，張儀忍不住，便問道：

「聞魏王已自齊返魏，三位可曾見過魏王？」

峨冠齊士忙接口道：

「如何能見魏王？魏王病矣。」

「魏王病矣」，張儀一驚，心想，怪不得門禁官總是那句話，說魏王不見客。那麼，這三位是怎麼知道魏惠王病了的消息呢？

「兄何以知魏王病矣？」

「大梁何人不知？」高髻楚士道。

張儀這才知道，自己竟然是這樣的孤陋寡聞。於是，就不好再往下問了。

此後的日子，張儀不僅隔三差五地到魏王宮去問魏王情況，還經常到「新都」酒肆來打聽消息。

十二月初二，一大早，張儀起來漱洗已畢，正準備要到魏王宮再去探探消息。一出客棧大門，這才發現漫天大雪鋪天蓋地兜頭而來。再看地上，早已積有厚及足脛的大雪，肯定是昨夜就已經下起來了。

看著漫天大雪，張儀就更加憂上心來。老話說：「大雪紛飛下，柴米皆漲價。」這住店的日子，看來也要每天所費不少了。

想到此，張儀還是冒著漫天大雪向魏王宮而去。他想，這樣的天氣，相信不會有任何遊士去求見魏王的。說不定，魏王一感動，就接見了自己。要是再說得讓魏王賞識，說不定今天就是自己時來運轉之日。

一邊走，一邊想，因為心裡揣著滿心的希望，也就不怎麼感覺到寒冷。街上的行人特別少，積雪又深，這一趟倒是費了平日的兩倍的時間。直走到日中時分，才艱難跋涉到了魏王宮。

到了魏王宮，張儀找了好半天，才找到門禁官，原來是天冷雪大，他們已經蜷縮到了宮門背後了。

「官爺，今日大雪，諒無他客求見魏王，可否煩請官爺為在下通報一聲，就說有魏張城之士張儀，乃齊人鬼谷先生弟子，聞大王求天下賢士，至大梁候見已數月矣。」

門禁官早已就認識了張儀，見他這麼大的雪還來求見魏王，心想，做個遊士真的不容易，也怪可憐的。於是，想了想，忙向張儀招了招手，示意張儀靠近。

張儀見此，立即上去。

門禁官對著張儀附耳言道：

「實不相瞞，魏王自齊返魏，即一病不起，三天前已駕崩矣。」

張儀不聽則已，一聽頓然如五雷轟頂，腦子裡一片空白。

「俺見先生之意至誠感人，遂告以魏王駕崩之事，望先生不可為外人道也。」門禁官又囑咐了張儀一句，就又蜷縮到宮門後去了。

在大雪中呆立了好久，手腳早已凍得沒有知覺了，加上突然聽到魏惠王的死訊，張儀這時連腦子裡也好像沒有知覺了。好久，好久，才從驚愕中清醒過來，不禁悲從中來。因為這一下，連唯一的一次遊說魏惠王的機會都沒有了，何以取卿相尊榮？

回到客棧後，張儀還是神思恍惚，時時發呆。妻子蕙蘭雖然隱隱約約猜到他此次到大梁的意圖，但他不說，她也不便再問他，怕給他增加心理壓力。今天看到張儀這個樣子，終於忍不住了，問道：

「嗣兒他爹，你咋的啦？」

「魏王駕崩了。」張儀終於言不由衷地說出了真相。

這下，蕙蘭算是徹底猜到了，原來丈夫這些日子，天天早出晚歸，有時早起穿戴齊整，就是為了去遊說魏王的。而今魏王死了，他變成了這個樣子，可見他此趟大梁之行是有計畫的，不是像他在召陵所說的那樣，是為了回張城老家，必須路經大梁。

第二天，雪越下越大，街上的積雪已經深及牛目了，很多居民的房子都被厚厚地積雪壓塌，甚至大梁的城郭也受到了大雪不同程度的毀壞。大梁城中已經開始人心浮動起來，糧、菜都不能進城，城裡人的生活愈來愈困難了。

第三天，客棧裡的客人都在議論紛紛，說魏王已經死了好多天了，安葬之日就擇定在明日，今天已經派人清道除雪，又在山上開棧道，以為出殯之用。

張儀一聽，連忙湊到人堆裡去聽。只見一個白鬚老者道：

「明日為魏王出殯，實非明智之舉，群臣多有異議。有老臣諫曰：『雪大如此，道不得通，此時為大王出殯，民必困苦之，官費又恐不足，願太子從群臣之請，緩期更日。』奈何太子不聽，曰：『為人之子，以勞民與官費不足之故，而不舉先王之喪，不義也。諸卿幸勿復言。』」

「如此說來，魏王明日一定要出殯？」一個客人插嘴問道。

老者點點頭，然後深歎一口氣。

旁又有一客問道：

「老丈何以知之甚詳？」

「老夫之弟，即為魏王之朝臣也。」老者斬釘截鐵地回答道，以示其消息的可靠與權威。

「哦！」大家不約而同地應了一聲，便散去了。

第二天，一大早，很多客人就起來了，要去看魏王出殯。可是，到了日中時分，也不見動靜。於是，大家就去問店主：

「昨日那位白鬚老者呢？」

店主告知大家：

「哦，老者不是住店之客，就在隔鄰而住。莫急，他每日必來小店與客人閒話。若有一日不與店中客人說些朝中之事，定然不自在。」

於是，大家都等著那位老者，希望他再來發布朝中的消息。

果然，日午之後，老者來了。

店客見此，一湧而上，七嘴八舌地問了起來。

其中，有一位黑臉客人，一見老者，劈頭就毫不客氣地反問老者道：

「老丈昨日有言，今日太子要為魏王出殯。今時已過午，為何尚不見動靜？」

老者捋了捋飄於胸前的白鬚，不緊不慢地回答道：

「昨日群臣進諫，太子不聽。群臣集議，乃請惠施往諫。惠相從群臣之請，往見太子，曰：『先王卜葬之日定否？』太子曰：『定矣。』惠相從容諫道：『昔周武王之祖王季，葬於楚山之尾，欒水沖蝕其墓，而見棺之前槨。文王曰：「嘻！先君欲見群臣百姓，故使欒水露其槨。」於是，出其棺而陳於朝堂，百姓皆見之，三日後更葬。此文王之義也。今先王卜葬之日既定，而雪大如此，深及牛目，難以出行。太子為卜葬日之故，執意明日為先王出殯，豈不嫌民有急葬之議？臣請太子三思，緩期更日！臣以為，今雪大如此，必是先王有不忍之心，有扶社稷、安百姓之意。緩期卜葬，既為文王之義，今太子何不效法之？』太子以為然，乃從惠相之請，已更擇吉日矣。』」

老者說罷，捋鬚一笑。

眾店客聽完，「哦」了一聲，如夢初醒。

而張儀聽完，則在心裡深深一歎。

因為他心裡比誰都明白，惠施乃魏惠王所任之相，今太子如此聽從惠施之言，太子即位而為魏王，則必倚重惠施。惠施乃為名家，自己則為縱橫家。前賢有言：「道不同，不相為謀。」新魏王有名家之惠施，必不用縱橫家之言，自己哪有機會為新魏王重用呢？

第六章 二度出山

1 不速之客

周顯王三十五年（西元前三三四年）十二月初八，大梁的積雪開始消融，張儀的希望也隨著消融的雪水，付之東流了。

無奈之下，張儀只得攜妻挈子，一大早就離開了大梁。因為這大梁再住下去，不僅毫無意義，而且還要白白消折已經不多的盤纏。到時沒錢了，就上不著天，下不著地了，豈不要一家三口凍餒於街頭，成了孤魂野鬼？

頂著深冬臘月凜冽的寒風，張儀一家三口，坐著一輛雇來的驢車，一步三滑地往西而去。越過魏境，到韓國東部鄰近魏國的大城華陽時，已是臘月三十了。

在華陽，在一個家家歡聚，戶戶團圓的氣氛下，張儀一家三口蜷縮在客棧裡度過了一個冷冷清清的大年夜。對著客棧裡昏黃的油燈，喝著從客棧旁小酒店沽來的一壺冷酒，看著形容憔悴的妻兒，張儀不勝感傷，差一點，他的眼淚都要掉下來了。此時此刻，這種心境，恐怕是善解人意的妻子蕙蘭也是不能體會得到的，只有他自己知道。

因為是大過年的，客棧中的客人不多，顯得特別冷清、孤寂。於是，張儀就想早點離開。可是一問店老闆，才知道，此時要雇車很難，必須等到正月初五以後，才有可能雇到車。無可奈何之下，張儀只得與妻兒一家三口繼續待在客棧，計畫一到正月初五，就立即雇車往西而去，早些回到張城老家，不說別的，起碼可以讓爹娘少一日記掛。

在客棧的幾天，實在悶得發慌，張儀就與客棧裡僅有的幾個店客閒聊，知道華陽離韓都鄭不遠，如果雇車，也就是三天的路程。閒聊中，張儀還知道了有關韓國朝政的許多事情，知道了韓都鄭的繁華。

這樣，張儀心裡又活動開了。心想，既然韓都這麼近，要去也費不了幾個盤纏，何不到韓都鄭去碰碰運氣？如果時來運轉，說不定能夠遊說得了韓昭侯，那樣不就人生有著落了？

打定主意後，張儀就等正月初五。

可是，出乎張儀意料之外的事又發生了。正月初四一大早，張儀就見店老闆與店裡的幾個店客在嘰嘰喳喳地說著什麼，好像很神祕的樣子。

張儀連忙湊過去，這才知道，韓昭侯就在正月初一駕崩了。據說，韓昭侯這幾年因為賢相申不害過世，韓國政局不穩，一直心憂意亂。前年，又遇百年不遇的旱災，顆粒無收，人民流離失所，餓莩遍地。而就在此時，韓昭侯因為一時糊塗，聽信了術士之言，又做了一件不明智之事，在鄭城興師動眾修建了一座高門，希望改變韓國的國運。結果，修建高門加重了人民的負擔，更是引發韓國民眾怨聲載道。楚國大夫屈宜臼聽說韓昭侯作高門之事，公開宣示諸侯道：「昭侯不得過此門也。」韓昭侯聽到，心裡大為不悅。此時，韓昭侯執政已經二十五年，人也老了，身體就更差了。再加上去年九月，魏惠王要帶他一道前往齊國徐州，朝見齊宣王。結果，年老體衰的韓昭侯從齊國回來後，就因旅途勞頓，身體不支，而一病不起，正月初一就大歸而去了。

張儀聽到韓昭侯過世的消息以及韓國近些年來的變故，知道韓國已是一個沒有什麼可以發揮大作為的國家，再加上韓昭侯剛剛去世，新君還得為昭侯辦喪事，一時半刻也不會接受什麼遊士遊說的。看來，到韓都鄭遊說韓國之君的事只能徹底死心了。想到此，張儀不禁長歎一聲，惆悵地回到自己的客房之中。

周顯王三十六年（西元前三三三年）正月初五，一大早，張儀就帶著妻兒，坐著客棧老闆幫助雇來的一輛驢車，沖著撲面而來的刺骨寒風，往西而去了。

行行重行行，往西經韓之成皋，東周之鞏，周顯王小朝廷洛陽，西周之河南，三月初到達韓國西部與魏國西部交界的大城澠池。

在澠池，張儀一家三口略作休整後，就再度出發往西直行。越過韓國之境，進入魏國西部。周顯王三十六年七月初，終於回到闊別多年的魏國張城老家。

九月中旬，張儀回到張城才兩個多月，就聽說魏國又與秦國開戰了。當然，這次不是魏師主動出擊，由河西西進，攻打秦國，而是秦師襲伐魏之河西重鎮——雕陰。據說，這次秦王起用了魏國河西陰晉人公孫衍為大良造，命其率兵東伐。公孫衍曾事魏惠王，官至犀首（將軍），後至秦遊說秦惠王。衛人公孫鞅（商君）謀反被殺後，公孫衍逐漸為秦惠王所重任。秦惠王此次用公孫衍為將，用的是以魏人而制魏的謀略。很快，魏師就被秦師打得大敗，河西戰略重鎮頃刻間易手，魏國河西之地由此更加岌岌可危了。

十月底，又有人從東部傳來消息，說齊宣王正在燕國之權對燕用兵，鏖戰正酣，楚威王親率大軍乘機向齊國徐州逼近。齊宣王派大將申縛率軍迎擊，結果齊軍不敵楚師，大敗於徐州。

張儀一聽，知道這就是魏相惠施之計奏效了。心想，惠施果然厲害，這是借刀殺人之計啊！遂不得不從心底佩服惠施。

也因為如此，從此他更加意志消沉了。因為他意識到，在這個亂世之中，確實是強手如林，強中自有強中手，自己看來根本就算不得什麼遊士。不如趁早收了心，老老實實地種地吃飯。

沉靜下來的張儀終於返樸歸真，老老實實地跟人學著種起了地。兩年下來，他逐漸學會了扶犁耙地，整地鋤草，以及春播秋收的全部農活。如今的張儀，從表面上已完全看不出他曾是個讀書人。特別是從他那黧黑的皮膚，粗燥如乾樹皮的雙手，沒有人不把他視為一個地地道道的日出而作、日落而息的農夫；根本不會把他與整日想憑三寸不爛之舌遊說君王，而取卿相尊榮的遊士聯繫起來。

心靜如水的張儀，在張城過著平靜如水而又心安理得的農夫生活。夏天，農活之餘，他會與妻兒一起，躲在田間樹蔭下，啃一個大大的西瓜，就感到了無比的滿足，那種感覺比做君王還要暢快。冬天，寒冷的北風呼嘯著吹過屋頂，他與妻兒坐在熱烘烘的被窩裡，圍著几案嗑點葵花籽兒，那種快樂也是讓他滿足得不得了。

然而，就如平靜的水面總會被風兒吹起漣漪一般。張儀這樣平靜、安祥的農夫生活，才剛剛過了兩年多，就突然被一個意外的過客打破了。

周顯王三十九年（西元前三三〇年）三月初二，張儀無事可做，正在院子裡靠著南牆孵太陽，仲春的太陽懶洋洋地灑滿張家破敗的院落，灑在他破舊的老棉襖上，灑在他滿是皺紋的臉上，他覺得好適意，正眯著眼睛舒服地享受著這人間的至福。

「請問，屋裡有人嗎？」

突然聽到有人這麼輕聲喊了一句，張儀立即睜開眼睛，慌忙從牆根邊爬了起來，走到院門口，發現院外門口正站著一個陌生人。張儀仔細端詳了一番眼前的陌生人，覺得他的樣子像是個讀書人，於是就問道：

「客人莫非他鄉之士？」

客人見張儀跟自己說話打的是天下通語，且文縐縐的，於是，連忙答道：

「正是。」

「仙鄉何處？今欲何往？」

客人立即對答如流道：

「敝鄉趙之邯鄲，今欲往秦都遊說秦王，過張城，路經府前，口渴求飲。」

「既為邯鄲遠路之客，若蒙不棄，進來飲壺淡酒何妨。」

「如此，打擾老伯了。」

張儀一聽眼前這位遊士竟稱自己為老伯，不禁莞爾一笑。心想，俺看起來有這麼老嗎？於是，也不說什麼，權充一回老伯，將他引到院中。

院中樹下有一張小案，太陽暖洋洋地照著小院，也將金色的光線灑在小案上。請客人在案前坐定後，張儀連忙進屋，從灶間捧出一個大瓦罐，放在案上後，又進屋去拿酒盞。擺放停當，張儀就先給邯鄲之士斟了一盞，道：

「先生請。」

邯鄲之士接盞在手，就先飲了一口，作品嘗狀，然後贊道：

「好酒！」

張儀知道這不是真話，連忙道：

「先生見笑，寡味薄酒，不成敬意，望先生海涵。」

「聽老伯談吐，便知是飽學之士。」

「今實乃一農夫耳。」大概是因為很久沒有與讀書人對飲清談了，突然有了這種情境與情調，張儀一高興，不知不覺間便在言語中透出了讀書人的口氣。

邯鄲客一聽，不禁面露一絲不為人察覺的得意之色。從張儀的話中，他已然解讀出，眼前的這位老伯可能就是他此次要找的張儀，他說今天就是一個農夫，說明以前不是。他今天之所以要討水喝討到這裡，是因為他已經打聽好了，這裡就是張儀的府上。於是，他又啜了一口酒，環顧了一下張家的院落，道：

「觀老伯院落規模，當原為一世家吧。」

張儀一聽，不禁歎了口氣道：

「今非昔比矣。」

邯鄲之士接口道：

「老伯所言極是。而今天下紛擾，黎庶不寧，我輩讀書之人亦舉步維艱矣。」

張儀見他如此感歎，乃接口問道：

「先生何以捨邯鄲繁華之地，而往西秦僻遠之國？」

邯鄲之士又歎了口氣，道：

「老伯有所不知，今邯鄲乃為一士之天下也。」

張儀不禁好奇地問道：

「何等之士，有此能耐？」

「洛陽之士蘇秦也。」

「蘇秦？」張儀一聽，不禁頓然目瞪口呆起來。

邯鄲之士立即發現了張儀的這種表情，接著說道：

「蘇秦，乃齊人鬼谷先生高足。聞秦孝公乃天下明君，遂西遊秦都，欲以連橫之術說孝公。至秦，孝公卒，乃說秦惠王。書十上，不見用。留秦期年，裘敝金盡，面有菜色。遂含恨離秦，步行數千里，北游於燕。說燕侯以『合縱』之術，燕侯資以金帛車馬，南游於趙。說趙王於華屋之下，抵掌而談，深得趙王之心，乃任之為趙相，爵封武安君。趙王又飾車百乘，資黃金千鎰、白璧百雙、錦繡千純，命其往游山東六國諸侯，以成『合縱』之盟。蘇秦奉命，乃西遊魏、韓，東游齊，南游楚，三年而『合縱』成。遂自任縱約長，並相六國。」

張儀都聽呆了，呵呵，蘇秦竟然身兼六國之相，這是多麼的威風啊！於是，不自覺間便脫口而出道：

「蘇秦乃吾師兄也。」

邯鄲之士一聽，終於徹底放心了。心想，眼前的這位，就是自己奉蘇秦之命要找的師弟張儀，一點也錯不了了。

想到此，邯鄲客不禁心花怒放。但是，他忍著了，不讓喜悅之情形諸於色。接著蘇秦的話，不動聲色地說道：

「老伯既與蘇秦為同門兄弟，何不往邯鄲與蘇秦一見？今蘇秦已當道，老伯若往相見，必能獲其薦舉。」

張儀聽了，點點頭。

邯鄲之士見張儀點點頭，知道已經說動了張儀。心想，蘇秦交待的任務算是完成了，該走了，言多必失，如果讓張儀識破是蘇秦激將之計，那麼就前功盡棄了。

又喝了幾口酒，說了一些閒話，邯鄲之士便以要趕路為由，告辭出門去了。

2　邯鄲之辱

邯鄲之士走後，張儀心裡就翻騰開了。蘇秦與自己同事鬼谷先生為師，如今蘇秦以合縱之策說山東六國成功，身兼六國之相。自己與蘇秦同事鬼谷先生習學縱橫陰陽之術，蘇秦能夠成功，難道自己就不行？蘇秦能夠成功遊說六國之君而身兼六國之相，自己即使比他差很多，難道就不能遊說成功一個諸侯國之君，弄個一官半職？

前思後想，張儀愈益覺得現在是應該出去遊說的時候了，不能再這樣安於做農夫的現狀了。如果要做農夫，何必當初要遠至東齊，跑到齊國偏僻的海濱三山之上，師事鬼谷先生五年，習學縱橫陰陽之術呢？如果最終不能憑口舌之功而取卿相尊榮，那當初爹娘給自己花的那麼多錢，不就白費了嗎？如此，爹娘在九泉之下有知，何以得安？張家從此就這樣淪落下去而不能復興了嗎？再說，爹娘已於前幾年相繼過世了，現在如果出遊，也不必再顧念老父老母了。兩個兒子也都快長大成人了，也得給他們討個媳婦了。如果以目前的家庭經濟狀況，恐怕過幾年要給兩個兒子討媳婦的錢，也是湊不上的。

當他最終在心裡說服了自己，決定要重操舊業，去遊說人主後，卻又突然想到這樣一個現實的問題：如今山東六國已是蘇秦一人的天下，剛才那個來討水喝的邯鄲之士都不得不離開故土邯鄲而遠走西秦，自己要是出遊，該去哪裡呢？現在唯一可能有作為的地方，就是去秦國，與剛才的那個邯鄲之士一樣。因為師父鬼谷先生所教的「縱橫」術，一為「縱」，一為「橫」。現在蘇秦「合縱」成功，捏合了山東六國。那麼，要想有作為，就只剩下說秦王，實行「連橫」之策，去與山東六國的「合縱」之策對抗。

想到此，張儀終於決定，也像剛才的那位邯鄲之士一樣，西行去遊說秦王。

打定主意後，張儀開始準備西行的盤纏。可是，東湊西湊，與妻子商量了好多天，還是覺得往西秦的路太遠，盤纏恐怕湊不齊。

這一下，張儀又開始打退堂鼓了。因為除了盤纏的問題，他還想到另一個問題，那就是蘇秦當初的教訓。蘇秦當初也是主張「連橫」的，所以要去秦國遊說秦惠王。可是，最終卻失敗了，而且非常慘。蘇秦那麼能說，在秦國留了一年，上書十次，弄得裘敝金盡，狼狽不堪，最終還是不得不放棄自己的主張，掉頭東還，改變主意，由主張「連橫」助秦，而變為合山東六國為縱而對抗秦國。自己如果操持「連橫」之策說秦王，難道還能勝過蘇秦？

左思右想，張儀最終還是失去了信心。

妻子蕙蘭看見張儀整天那種眉頭深鎖的樣子，知道他最終還是不安心于在張城務農終其一生的。於是，就提醒丈夫道：

「你不是說蘇秦是你師兄嗎？既是師兄弟，他總會念些同門之誼。他都做了六國之相，難道還不能在六國之中隨便給你薦一個職差？」

張儀不吱聲。因為這個道理他是明白的，如果自己能拉得下臉皮，求到蘇秦門下，一般總會沒問題的。可是，都是同門師兄弟，他實在是低不下這個頭，矮不下這個身，說不出沒志氣的話。畢竟是男兒，畢竟是堂堂之士。

人言：「知子莫如父，知夫莫如妻。」妻子蕙蘭是個善解人意的女人，見張儀不吱聲，就知道他是拉不下面子，說不得下氣的話。於是，就勸慰道：

「男子漢，大丈夫，能伸也要能屈。」

這話說得好，一下子就把張儀給說醒了。心想，是啊，臉皮厚一下，就能謀個職差，總比如今在張城這種僻遠之處蟄居一輩子強啊。如果將來有機會，自己也可以另外再謀前程，不必一輩子都靠蘇秦之庇。

沉吟了一會，張儀終於堅定地點了點頭。

周顯王三十九年三月初八，張儀一大早就準備停當，早已雇好的一輛驢車，已經等在門外了。告別妻兒，深情地看了一眼張家破敗的院落，張儀便登車出發了，目標直指趙都邯鄲。

從張城出發，往東北而行，三月中旬，到達魏國河東大城命瓜。然後，再往東，三月底到達魏國舊都安邑。

由安邑再往北行，先至曲沃。然後又往東北，越過魏、韓邊境，入韓後不久就到了韓國西北部大城皮牢。由此再往東，到達韓國中北部少水西岸的大城晉。再由晉東越少水，往東北而行，四月中旬到達韓國東北部毗鄰魏國東部邊境的重鎮——長子。

由長子往東北，到達韓東北部毗魏的另一重鎮——屯留。然後出韓境，入魏境，四月底到達魏國北部潞水西岸的大城路。

在路稍事停留後，東越潞水，再往東北而行，出魏境，入趙境。五月中旬，在趙境之東越漳水，到達趙國漳水東岸之城涉。然後繞道趙國長城西南端，到達趙都邯鄲西北部的戰略屏障——武安。

由武安，再往東南而行，終於在周顯王三十九年（西元前三三〇年）六月初八，到達趙都邯鄲。

趙都邯鄲，對於張儀完全是一個陌生之城，以前從未到過。不過，入邯鄲後，一問武安君蘇秦的相府，人人知道。

「請問，此處可是武安君蘇秦之相府？」張儀來到蘇秦的相府，向門者問道。

「正是。」

「可否煩請通報武安君，說有故人來見？」

「客人請稍等。」

說著，門者轉身入府。

不大一會，門者出來，回道：

「武安君已經出門，入朝理政去了。」

張儀一聽，覺得非常奇怪。心想，蘇秦在不在府中，門者應該是最清楚的啊。既然剛才自己一說是蘇秦故人，他就立即進去通報，那就說明蘇秦確實是在府中的啊。蘇秦堂堂一個趙國之相，爵封武安君，出門入朝問政，難道不走正門，而走後門不成？不然，門者何以不知？

呆立了一會，張儀突然想到，莫非沒有給門者行些見面禮，他故意刁難？這種侯門相府的奴僕都是壞得很的。

想到此，張儀無奈，不得不在袖中摸索了好一會，心疼地拿出一小塊碎金。然後，恭恭敬敬地遞了上去，說道：

「這是俺的一點心意，請笑納！」

沒想到，門者並不動心，連忙推辭道：

「使不得，俺家相爺規矩多，門者不得收受客人之禮，請客人不要難為俺們小人。」

張儀一見，這就納悶了。心想，難道蘇秦真的不在府中，確是從後門而出，或是蘇秦出門之時，這個門者不知？

門者見張儀站著發愣，遂對張儀道：

「客人明日再來吧。」

張儀無奈，只得縮回手，將捏在手裡的那塊小碎金重又放回袖中。然後，怏怏地離開了蘇秦的相府。

一邊走，張儀一邊想，自己與蘇秦是同門師兄弟，當初在齊國三山之上，同事鬼谷先生，與蘇秦朝夕相處，與他的感情相當不錯，蘇秦想必不至於一闊臉就變吧。大概今日他真的不在相府之中，而是到朝中理政去了。

想著想著，他突然想到，剛才跟門者只說了是蘇秦的故人，沒說自己的姓名，真是太粗心了！是不是蘇秦因為有求於他的人太多，想見他的客人為了順利達到求見目的，就故意冒充他的故人，就避而不見呢？如果是這個原因，那是可以理解的，也是有可能的啊！

想到這裡，張儀站住了。他覺得應該再回去，跟門者說清楚自己的身份以及自己與蘇秦的關係。

可是，當他轉過身來，才走了幾步，就覺得這樣並不妥當。因為此時再回到蘇秦相府，跟門者說明了自己的姓名與身份，如果蘇秦此時真的在府中，門者恐怕也不願再做通報的，不然他不就自打自己的嘴巴，剛才的話便變成說謊了嗎？

於是，張儀便重又轉過身來，繼續漫無目的地在邯鄲的大街上走著。雖然邯鄲的街市並不遜於魏都大梁的繁華，但此時的他卻一點心思也沒有。因為袖中只有為數有限的盤纏，不比當初在大梁，因為懷中有楚國令尹相贈的五十金，心裡不慌。本來，他想今日若是能夠見到蘇秦，那麼一切都能解決了，至少吃住肯定沒問題，偌大的相府，還沒有他的吃住？而現在沒見著蘇秦，今天只得自己掏錢，吃住客棧了。

這樣想著，抬頭一看，已經走到了一個無名小客棧前。於是，抬腿就走了進去。反正只住一夜，越便宜越好，對付著一夜，明日就要再去見蘇秦了。

一夜無話。第二天一大早，張儀就早早地起床，漱洗已罷，沒吃早飯就匆匆地沿著昨日走過的路途，找到蘇秦的相府。

到了相府門口，見相府大門還關著呢。張儀心中大喜，心想，門還沒開，這下蘇秦總不會又入朝問政去了吧。今日再清楚明白地報上姓名，說清楚自己與蘇秦的關係，相信一定是能見到蘇秦的。

只要見到蘇秦，一切都好辦了。

於是，就上去抓住相府大門上的銅門環，使勁的敲了幾下，他怕輕了，相府院深，侍者聽不見有人敲門之聲。一邊敲著門環，一邊想著蘇秦見到自己的親熱情景。

敲了好一會，終於有人來開門了。一看，不是昨日的門者，而是一個年紀輕些的門者。

「客為何人？何以大清早就來敲打相府之門？」

張儀連忙道：

「在下乃武安君故人，姓張名儀，魏國張城人氏，昔與武安君於齊之三山，同事鬼谷先生為師。」

年輕門者連忙躬身施禮，堆出滿臉笑容道：

「如此失敬了，原來客人是相爺的同門師兄弟。」

「正是。」張儀也不謙虛地答道。

「可是，今日相爺已經出門，天未亮，趙王之使便來相府有請相爺，說趙王有急事要召相爺相商。」

「哦！」張儀不自覺地應了一聲。但立即臉上露出了失望的表情。

正在失望之際，突然昨日的那個年長的門者遠遠走過來，說是隨相爺入宮，現在回來。張儀這時終於認定年輕門者的話是實，於是只得又轉回客棧去了。

如此五日，張儀接連到蘇秦相府求見，都因種種不同原因，而始終沒有見到蘇秦。這時，張儀不禁開始懷疑蘇秦是不是真的是有意躲避自己。如果不是，何以連續五天求見，總是不能見到一面呢？

畢竟張儀也是一個有血性的男人，也是一個自尊心很強的讀書人。憑他的個性，如果不是因為現在家境困窘，如果不是實在仕出無門，要他如此三番五次地去求人，他是怎麼樣也拉不下面子的。如今為了自己的前程，為了妻兒的溫飽，他好不容易放下了士的尊嚴，在妻子蕙蘭的慫恿下，厚顏至趙都邯鄲來見師兄蘇秦，沒想到竟然這麼難見一面，真是老話所說的那樣：「侯門深似海。」

帶著深深的失望，在自尊心受到嚴重損傷的情況下，張儀終於決定離開邯鄲，回到張城老家，去當他的農夫。

六月十三，天剛矇矇亮，張儀就起床了。找到店主，結清了五日的房錢，就走出了客棧，準備步行出城，再在城外小鎮雇輛驢車，這樣好節省一點錢。如果在城中雇車往魏國張城，恐怕懷中的這點盤纏，是到不了張城的，因為一路還有吃住之費用，想省也是省不了的。懷中無錢，心裡就慌。加上以前在外闖蕩了許多年，早已知道了生活的艱辛，學會了精打細算。不過，這也是被生活逼出來的。

帶著滿懷的失意與惆悵，張儀背著一個破舊的包袱，在尚顯微涼的仲夏之晨，垂頭喪氣地走在冷清無人的邯鄲大街之上。

走了好久，終於望見邯鄲西城之門，張儀不禁長長歎了一口氣，好像是為快要出城而慶幸，又好像是為此次邯鄲之行的失望而歎息。

「噠，噠，嘚！」突然身後傳來一陣有節奏的馬蹄之聲。

張儀情不自禁間，回頭望了一眼，見有一騎棗紅馬正從遠處疾馳而來，他以為這是趙王之使有公務要急急出城的。於是，連忙躲讓到一邊。

就在這時，棗紅馬已如疾風似的刮過張儀的身旁。沒等張儀回過神來，棗紅馬又兜頭回來了，並在張儀面前突然停住了。接著，從馬上跳下一位騎士。走到張儀面前，先深施一禮，然後從容說道：

「先生請留步，武安君知先生已求見多次，均未能與先生相見，深以為歉。故武安君昨日決意推卻今日之朝政，吩咐小人今日一早就到先生下榻之客棧，有請先生往相府一敘。可是，一大早小人奉命往客棧去請先生，這才知道先生已經辭店出城了，遂快馬疾馳而追先生至此。幸得追及先生，不然小人就無法向武安君覆命了。」

張儀這時才定睛看清楚，眼前的這位騎士，正是前幾日見到的那位年輕的門者。

張儀一聽，心想，不管前幾日蘇秦不見自己是什麼原因，今日既然他派門者快馬相追，以禮相請，那麼這也是好事。不管怎麼樣，能夠見蘇秦一面，總是有益無弊的。

想到此，張儀便在騎士陪伴之下，一同往相府而去。

到了相府，騎士將馬交給其他侍者，就陪張儀進了相府。穿過相府深邃的庭院，來到相府的正廳之上。

一入相府正廳，張儀舉目一望，只見大廳雕樑畫棟，氣宇軒昂，氣派不輸於一般小國諸侯的王宮大殿，便不禁十分感慨。心想，同是鬼谷先生的弟子，如今蘇秦這麼成功，身兼六國之相，爵封武安君。過的是錦衣玉食如帝王般的生活，威儀聲名卻不知要勝過多少諸侯國之君。而自己同樣也遊學東齊，同樣也到處遊說，但十餘年間，不僅連一個諸侯之王也沒見著一面，而且隨楚相昭奚恤遊食，在楚國混了七年之後，結果卻被楚相視為竊玉之賊，被屈打鞭笞幾死。而今只是一個農夫身份，蟄居張城，實在無法求得妻兒溫飽，只得來求蘇秦，真是慚愧之至也。

正在張儀發愣之時，那位陪伴的騎士，開口道：

「先生在此稍等片刻，小人這就去通報相爺。」

騎士說請張儀稍等片斷，張儀也以為很快蘇秦就會出來見自己的。可是，騎士走後很久，張儀左等右等，等了約有兩頓飯的時辰，也沒見蘇秦的影子，甚至連那個陪伴的騎士本人也不見了蹤影。

張儀開始有些急躁了，心想，這到底是怎麼回事？真是奇怪！連續五天求見不得見，今日要離開邯鄲，卻被快馬追回，請到了相府。而到了相府，卻連主子與僕人都不見了蹤影，自己就這樣被晾在了這裡。

越想，張儀就越覺得事有蹊蹺，自尊心再次受到了極大的刺激。於是，他想離開這裡，算了，不求這個為侯為相的師兄了。

然而，當張儀正要起身離去之際，大廳的各個門都同時打開了，一大幫隨從、侍者，男的，女的，好像安排好了似的，不約而同地從打開的各個門裡走進了大廳，然後依序各自站立於不同的位置之上。

張儀知道，蘇秦大概馬上就要出來了。果然，不大一會兒，大廳內側的中門打開，四個美得令人眩暈的美人簇擁著一個峨冠博帶的男人出來了。

那男人好像看都不看廳上的所有人一眼，就在四位美女的攙扶下，坐上了廳上正中的一個高高的臺案之前。然後，右手一揮，廳上所有的人都立即跪下。接著，十餘位侍者模樣的年輕女子，從側門托著食案魚貫而入，眾人連忙在各自的案前坐定。隨著那十幾個女侍不斷的進進出出，不大一會兒，所有人的食案前都有了一份食物。

就在這時，只見那高高在上的男人，左手一揮，廳內立即響起了悠揚的琴瑟之聲。張儀猜想，這大概就是弦歌鼎食了。眼前這情景，不就是傳說中的帝王排場嗎？

隨著琴瑟之聲響起，所有的人都低頭吃起食案上的食物，大廳中靜得鴉雀無聲。

張儀仰望廳上那個高高在上的男人，他幾乎不敢相信眼前這個威風八面的男人，就是十多年前與自己在齊國三山之上朝夕相處的師兄蘇秦。他那排場與威儀、作派，簡直與帝王沒有兩樣。這個人是蘇秦嗎？

張儀不禁懷疑起自己的眼睛，是否看錯了人。但是，不論怎麼看，他都可以確信自己沒有看錯人，眼前這位威風八面的人，確確實實是當年的師兄蘇秦。只是因為他如今闊起來了，做了六國之相，又爵封什麼武安君。所以，到現在為止，他也沒拿眼看一下自己這個貧困潦倒的師弟。

看看高高在上的蘇秦，以及他那不可一世的作派，張儀不禁感慨萬千，心裡像打翻了的五味瓶。而環顧周圍埋頭進食的眾人，比比他們食盤中的食物與自己食盤中的食物，張儀則既悲哀又憤怒。眾人的食盤中都有魚肉之類，而他的食盤中，則只是些粗劣的飯菜，連一塊肉皮與一根魚骨頭也找不到。甚至他還發現，自己的食具也與大家不一樣，是一種非常粗劣的碗具，比自己家平常用的碗具都不如。更令他氣憤的是，別人面前都是有食案的，食盤是放在食案上的，而他的面前則沒有食案，食盤是直接放在席子上的。

看在眼裡，氣在心裡，張儀感到從未有過的屈辱，遂屈腿長跽，正準備起身離去。然而，就在他一挺身的瞬間，不經意又瞥見那高高在上的蘇秦。此時，他正由四個美人侍侯著一邊飲酒吃肉，一邊面有得色地欣賞著堂上所有婢僕男女，津津有味地享受盤中美餐的滿足情狀。於是，更加憤怒了，下意識地掀翻了面前的那個食盤。

就在張儀掀翻食盤而發出「當」的一聲響的瞬間，廳上的琴瑟之音也突然中止了，大廳上的所有人都停止了進食。

「張儀何在？」

突然，那個令張儀非常陌生的師兄蘇秦終於開口了。

「張儀在此。」張儀不禁脫口應道，連他自己也不知道為什麼要應答這一句。

「兄至邯鄲多日，我已知之。兄求見於我，其意我亦知之。以兄之材能，取卿相尊榮亦遊刃有餘。為兄取富貴，薦兄於六國之君，非我不能也，實不願為之。」

剛才的那一番蔑視與羞辱，張儀已經難以忍受了，現在又聽蘇秦的這番話，不禁憤怒至極。遂脫口而出道：

「兄不念同門之誼，而出此言，何意？」

「今兄潦倒至此，兄知其原因否？」蘇秦不答反問道。

「以武安君之見？」張儀亦不無諷嘲地反問道。

「無他，皆因兄既無人之恒心，亦無士之志望。」

張儀一聽，覺得蘇秦這是故意在找理由，不願幫他，還要挑他的不是。遂怒不可遏，拂袖而起，道：

「儀念同門之誼，故不遠千里，遠涉萬水千山，拜謁於君，以求薦一職以為溫飽。未料君屢避儀而不見，今又召儀而辱之。爾今爾後，儀縱使凍餒至死，亦不復求武安君矣！」

說完，張儀看也不看蘇秦一眼，就起身出了相府。

3 看雄鷹展翅

憤怒至極的張儀，出了相府，就低頭直奔邯鄲西城之門而去。

他想早點離開這個傷心、傷感之地，回到自己的老家張城，還是過回自己已經習慣了的農夫生活。雖然必須每日面朝黃土背朝天，土裡刨食，辛勞辛苦；雖然當農夫沒有榮華富貴，不能光宗耀祖，但是，自己可以不必看別人的眼色，不必在人前摧眉折腰，低聲下氣，忍羞忍辱，使自己心裡滴血。

然而，骨氣是骨氣，現實是現實。當張儀負氣離開蘇秦相府，出了邯鄲城後，就知道了骨氣這東西，其實在衣食溫飽面前實在是不堪一擊的。

仲夏午後的太陽曬在頭頂之上，無遮無擋，加上早飯沒吃就離開了客棧，中午飯因為受不了蘇秦的羞辱也沒吃一口，這時的張儀已經感到全身乏力，腿腳也開始提不起來了，遂不由自主地一屁股坐在了路邊。

此時，他最大的心願是有一個饃饃吃，或是有碗稀稀的米糊喝喝也行。這樣想著，他覺得越發地餓了，肚子咕咕直叫，恐怕連幾十步遠的路人也能聽到了。

坐了好大一會，他已經沒有氣力與心思去生蘇秦的氣了，此時他最想解決的便是肚子的問題。

遂不得不從路邊地上爬起來，繼續沿著大路往前走，希望前面有戶人家，能討點吃的。

走了大約兩三里地，發現前面有片小樹林。因為實在走不動了，遂不由自主地又在路邊樹下坐了下來，想歇歇暑，也歇歇腿。

突然，一陣風過，隨即從樹上掉下一個什麼果實，正好重重地砸在路邊的一塊石頭上。

張儀一看，不禁眼睛一亮，這不是野沙梨嗎？抬頭向身後一望，這才發現身後的這片樹林，竟然全是野沙梨林。他知道，野沙梨雖然有些酸酸的，不及白沙梨甘甜可口。可是這種野沙梨，人也是可以吃得的。

精神為之一振後，張儀就近爬上了一棵野沙梨樹。這種野沙梨樹，本就不高，爬上去一點沒困難。不一會，就從樹上採得了七八個比較大的野沙梨，就著破舊的袍袖，揩了兩揩，便狼吞虎咽地吃了起來。雖然酸不溜嘰的，但正好解渴。等到七八個野沙梨下肚，張儀頓然感到神清氣爽，渾身便覺得有了氣力。

看了看太陽，已經快要偏西。雖然夏天日長，但恐怕再有兩個時辰，也就日落夜暮了。於是，張儀趕緊從地上爬起，背上破包袱，又急急往前趕了。

走著走著，突然覺得頭頂好像刮過一陣風。抬頭一看，原來是一隻蒼鷹，正從自己頭頂飛過。張儀情不自禁地站住了，呆呆地看了好一會。只見那只碩大的蒼鷹正往西飛去，越飛越高，越飛越遠。漸漸地，就不見了蹤影。

「要是自己也是一隻蒼鷹，那該多好，可以一飛沖天，可以自由自在，可以搏擊長空。」眼望遠去的蒼鷹，張儀不禁在心裡自言自語道。

雖然變身蒼鷹是不可能的，但蒼鷹的那種搏擊長空，志在蒼穹的志向，一個有志男兒也是應該有的。這樣想著，他突然有了靈感，為何不學蒼鷹往西而去，去西秦，說秦王。既然蘇秦能夠說得了山東六國之君，而今爵封武安君，身兼六國之相，難道自己與他同一個師父門下出來的，他能行，俺就不行？

越想越不服氣，越想越恨蘇秦。一想到今天在蘇秦府中所受到的羞辱，彷彿又見到蘇秦那種得意傲人的小人嘴臉，不禁恨得咬牙切齒。心想，你蘇秦不是敗在秦惠王手裡嗎？你不是裘敝金盡，差點凍餒餓死於秦，成了異鄉之鬼嗎？俺就偏偏要去遊說秦惠王，說得他信用了俺。然後，慫恿秦惠王接受俺的「連橫」之策，破了你蘇秦的「合縱」之策，讓你蘇秦還當得成當不成六國之相，還做得了做不了你那個狗屁武安君？

張儀這樣想著，不禁一股浩然之氣油然而生，腳底好像生風，健步如飛起來。不多一會，就走出了三四里地。

打定主意後，張儀又邊走邊在袖中摸索，盤算著往秦國去的盤纏。結果，越算心裡越虛，覺得無論如何，懷中的這點盤纏都是到不了秦國的。於是，又開始洩氣了。現實再一次擊碎了他的理想，也消解了他剛才油然而起的男子漢骨氣與血性。他再一次想到，是否應該回到張城老家去種地，就此死了遊說君王而取卿相尊榮之心？

可是，轉念一想，又覺得回張城也不容易了。一來，回到張城，如何向妻兒交待，妻兒今後的生計怎麼辦？二來，即使妻兒可以交待，可以理解，但張城的父老鄉親那裡，他這張臉往哪裡放？前一次在外遊學、遊說十幾年後狼狽回家，張城的人不知在背後說了多少令他難堪的話，爹娘過早地離世，何嘗不與他們心裡鬱悶有關呢？

越想越煩，真是到了上天無路，入地無門的絕境。於是，腳步再一次慢了下來。又慢慢地，無精打采地往前走了二三里地，一輪紅日開始在前面的山口慢慢沉了下去，夜暮就要降臨了。看看前不著村，後不著店，張儀開始著急起來了。

正在此時，突然身後傳來「噠，噠，噠」馬蹄擊地的清脆之聲，與「哐啷，哐啷，哐啷」馬車車輪滾過地面的聲音。張儀急忙轉身而望，並不自覺地伸出了手作招呼之狀。

「籲——」。

隨著車夫長長的一聲「籲」聲，那輛疾馳的馬車就在張儀面前戛然停住了。

「客人何事相招？」一個讀書人打扮的人打著東齊之語問道。

張儀見問，又見他是讀書人打扮，還說著東齊口音，遂心裡定了不少。於是，連忙用天下通語答道：

「在下乃魏國張城之士，出城匆匆，未及賃車。今天色將晚，恐日暮不能到達前方客棧，故揚手相招先生之車……」

未及張儀把求託的後半句話說出，那讀書人似乎非常善解人意地說道：

「既同為士子，如蒙不棄，不若登車，與在下同行，如何？」

張儀一聽，真是大喜過望。心想，真如俗話所說：「天無絕人之路」。遂一邊道謝，一邊連忙登上馬車。對眼前這位齊國之士，他是既感激，又倍感親切。心想，畢竟都是士子，有同類相惜之情。

上得車來，齊國之士給張儀騰出一個空，二人遂並肩而坐。兩個本是互不相識的陌路之人，如今就這樣奇妙地成了同車並驅之友了。

「駕！」

待張儀坐定後，馬伕甩了一個響鞭，馬車就急急往前而行了。

伴隨著馬伕清脆的鞭聲與車後滾滾的煙塵，坐在車中的齊國之士便開始與張儀攀談起來了。

「在下姓魏名孟，曾事鬼谷先生習學縱橫之術。」齊國之士自我介紹道。

張儀一聽這位齊國之士也曾事鬼谷先生為師，習學縱橫之術，心中又是一喜，這不成了同門師兄弟了嗎？遂連忙接口道：

「如此說來，先生與儀乃同門兄弟也。」

齊士魏孟吃驚得睜大了眼睛，將信將疑地問道：

「果然？」

「果然。」張儀確定地點點頭。

「先生何年至齊，事鬼谷先生為師？」

「顯王二十年，乃十九年前之事。」

「如此說來，先生算是孟之師兄。」說著，魏孟連忙在車中略一欠身，以示對師兄之敬。

「先生何年至三山事鬼谷先生？」張儀也反問了一句。

「顯王三十二年，至今已七年有餘。」

張儀點點頭，心想，這樣算來，魏孟確實算是自己的師弟了。

知道了魏孟與自己的師兄弟關係，張儀心裡頓時放鬆起來，坐在魏孟的車裡，心裡就踏實多了。

「師弟此行，意欲何往？」張儀又問道：

「往秦。」

「往秦？」

「正是。」魏孟確定地回答道。

「為何捨齊而往秦？」

「師兄難道不知今日山東六國之情勢？」

張儀當然知道，如今山東六國已經在蘇秦的捏合下，建立了六國「合縱」之盟。自己此行就是因為蘇秦的成功，而去求他薦職，以謀溫飽的。結果，卻惹了一肚子的氣。不過，此時此刻他不想說這些，於是故意裝著不知，反問魏孟道：

「今日山東六國情勢如何？」

「蘇秦昔以『連橫』之術說秦王，書十上，裘敝金盡，終不見用於秦，大困而歸。遂改弦易轍，轉以『合縱』之策而遊說山東六國之君。北說燕，得燕侯之資；又說趙王而悅之，趙王任之為趙國之相，爵封武安君，飾車百乘，資黃金千鎰，白璧百雙，錦繡千純，命其為趙國之使，以約諸侯。蘇秦奉命，乃西說韓、魏，東說齊，南說楚，三年而『合縱』之盟成。遂北報趙王，自任縱約長，身兼六國之相。今日之山東，乃蘇秦之天下矣。」

說完，魏孟不勝感歎，似有不滿之意。

這話也觸動了張儀之痛，於是二人都陷入了沉默。

過了好一會，魏孟突然問張儀道：

「師兄何以至邯鄲？」

張儀一聽，不說不行了。遂先歎了一口氣，然後恨恨地說道：

「儀與蘇秦本有同門之誼，同事鬼谷先生於三山之上，朝夕相處三載有餘。後蘇秦先儀而下山，周遊諸侯各國。儀後蘇秦二年辭別師父，往楚欲說楚王。至楚，說楚王未成，得楚國令尹昭奚恤之賞，遂得游食於令尹府，七年有餘。後令尹府中失荊山之玉，疑儀所竊，鞭儀而幾至於死。儀遂辭楚而往齊。道經召陵，聞齊士言齊相鄒忌專擅之事，遂息念而轉往魏都大梁。聞魏惠王求天下之賢士，遂居大梁，欲見惠王而說之。不意，惠王往齊朝見齊王未歸。歸則一病不起，未久即駕崩。儀又聞宋人惠施已任魏相，知魏已無用武之地矣。遂西歸，欲回老家張城。行至韓都鄭，欲說韓昭侯，以謀溫飽。適昭侯崩，新君未立。乃歸張城，為農夫數載，心靜如水，不復作取卿相尊榮之想。後有一趙國之士，行經舍下，渴而求水，言及蘇秦已合六國而為縱，爵封武安君，身兼六國之相。儀思昔與蘇秦之誼，乃起念而往邯鄲，欲謀一職，以求溫飽。不意，蘇秦得意傲人，先避而不見，後召儀百般辱之。故儀負氣而辭蘇秦，未及賃車便出邯鄲矣。」

張儀說到此，激動之情難以掩抑。

魏孟聽到此，深沉地點點頭，未有一言。

過了好一會，魏孟道：

「師兄今欲何往？」

「儀以為，今日諸侯之君，皆不可輔之而有為，唯秦王可輔之而成功業。況今之天下，能苦趙、苦六國者，唯秦一國而已！故儀欲西遊咸陽，說秦王，以『連橫』之策而取天下。」

魏孟立即接口道：

「師兄之想與孟不謀而合。如此，不若同往咸陽，說秦王，取卿相，如何？」

張儀一聽，心想這倒好，這下可以一直搭他的馬車，資費倒可省了不少。遂脫口而出，回答道：

「如此，儀求之不得也！」

魏孟一聽，連聲稱好，面露一種不為人察知的神祕微笑。

說著話，不知不覺間，就到了前面一個小鎮上。

「籲——」。

馬伕「籲」的一聲帶住了馬韁後，馬車就在一個客棧前停下了。

入得店來，魏孟向店主要了一個二人大間，另外再要了一個馬伕的下人小間，且一併預付了三人一宿與早晚二餐之費。

張儀見魏孟替自己代付了住宿與今夜與明早二餐之費，連忙說道：

「承蒙載乘厚誼，已是感激不盡，為何又讓魏兄代償食宿之費？」說著便要從袖中摸錢。

魏孟連忙止住，道：

「師兄何拘區區之細節？孟自處，亦一室；與兄同宿，亦為一室，並無多費，何妨？且與兄同處一室，尚可對臥夜話，何樂而不為？」

張儀聽魏孟這樣一說，倒是覺得寬了心。心想，也有道理，反正他一個人也是要住一室，如今和自己同住，也是一室，確實沒有多費他的錢。再說，如果他想省錢，也不能與他的馬伕同居一室。

於是，張儀就不再推託了。

第七章　西說秦王

1　過東周

一夜無話，第二天早上，在客棧中匆匆吃了早飯後，張儀與魏孟又驅車出發了。

從此，每日如此，都是日出而行，日落而息。每到客棧食宿時，都是魏孟搶先付了費用。開始幾天，張儀甚是過意不去，慢慢地，時間長了，次數多了，張儀也就漸漸坦然了，真的不再拘於這些生活小節了。

周顯王三十九年六月十五，到達邯鄲之西的趙國西部大城武安。在此，張儀與魏孟向人打聽了往秦的最便捷而可靠的幾條路徑，然後商量了一下，決定選擇先往南，再往西，行走人煙密集的大城，走官道大道，車馬可以及時得到補充，這樣可以保證快點早點到達秦都咸陽。

二人計議已定，六月十五，便又乘車出發了。在武安之西，繞過趙之長城西北端，然後往南過漳水，入魏國之境。再往南，越洹水。六月底，到達魏國東北部大城安陽。

由安陽，再往南，至蕩陰。然後，南渡淇水，到達朝歌。八月初八，到達汲。

由汲，往南行，行有一日，渡河而南。然後，往南，至酸棗。再繞道韓國東部防禦魏國的長城，九月底，經陽武，到達韓國長城南端的魏國之城中陽。

由中陽往西，就進入了韓國之境。十月初八，到達韓國東部大城華陽。出華陽，再往西繞道敏山、少陘山、浮戲山、嵩高山，十一月底，再往西到達韓國中南部重鎮——九里。

由九里，再北折到東周之境。準備由東周，經周都洛陽，再過西周，入魏，然後渡河而西，就可入秦了。

東周，其實算不得一個國家，而只是一個分天下共主周王的地盤而成的小朝廷。它的出現，源於周烈王（西元前四四〇——前四二六年）。周烈王執政期間，封其弟揭於王城，是為河南桓公。後桓公之孫惠公又自封其少子班於鞏，因在王城之東，遂號為東周。而河南惠公本在王城，因而號為西周。而當時的天下共主周王，仍以成周（洛陽）為都。周顯王二年（西元前三六七年），趙與韓二國，已是尾大不掉的諸侯王，為了進一步削弱周顯王的勢力，遂硬生生地將周一分為二，即在王城的西周與在鞏的東周。從此，天下共主周顯王就成了抱有空名的天下共主，周廷實質上是由西周與東周兩個小朝廷分而控之。

周顯王三十九年十二月十二，張儀與魏孟乘車入東周之境。到了東周小朝廷之都鞏時，卻意外地發生了一個小插曲。

就在這一年的十月，即張儀尚未入東周小朝廷鞏之前的兩個月，東周之主周文君剛剛免去了楚人工師藉的東周相之位。然後，代之以魏國張城人呂倉為相。呂倉雖然沒有跟張儀見過面，但他在魏國做過朝臣，曾聽說過張城人張儀事齊人鬼谷先生為師，習學縱橫陰陽之術，行走諸侯各國之事。東周本就是彈丸之地，東周之都——鞏更是小而又小之城，來幾個外人、生人，差不多全城人都會知道的。張儀與魏孟乘車入鞏，自然瞞不了東周之相呂倉。

呂倉聞張儀入鞏，遂派人至張儀下榻的客棧，召張儀到相府相見。張儀不知就裡，但既是東周相相請，不能不走一趟，因為自己現在就在他的地盤上，主人之命，豈可不從？

來到相府，見到呂倉，張儀連忙謙恭拜禮道：

「魏張城之士張儀拜上呂相，不知大人相召有何見教？」

呂倉連忙恭身答禮，道：

「先生免禮，倉亦為魏國張城人，與先生乃為同鄉。先生乃天下辯士，倉聞先生駕幸東周，實乃喜出望外，故遣人相召先生。如有怠慢不敬之處，深望先生見諒！」

「大人過譽！儀乃鄉野之人，無名遊士，游天下諸侯十餘載，終無所成，今尚不得溫飽，慚愧慚愧！」

「先生不必過謙，今倉召請先生，實有求於先生也。」

「大人見笑矣！大人何人哉，儀何人哉，大人何以有求於儀？」

呂倉連忙請張儀坐定，然後徐徐道來：

「周君免工師藉之相，以倉代之。國人不悅，周君乃有憫憫之心。」

張儀一聽，就明白了呂倉的意思。呂倉這是怕周文君迫於東周民眾的壓力，同情工師藉被免相之苦悶，再次復用工師藉。如果這樣，那麼呂倉的這個東周之相也就做不成了。張儀心想，這倒是人之常情，誰不想為卿為相，誰願意做上了一國之相，而又再失去其位呢？呂倉請自己來，莫非是要自己遊說周文君，穩住他的相位？

張儀正在這樣想著的時候，呂倉又說道：

「先生若不嫌東周乃彈丸之地，倉有意薦先生於周君。」

張儀一聽，心有所動。心想，如果能夠在東周謀個一官半職，雖然沒有大的作為，但是可以作為一個歷練的機會，對今後成功地遊說秦王，說不定會有所助益。

想到此，張儀連忙回答道：

「如此，儀則深謝大人舉薦之恩。」

呂倉點點頭，臉上露出欣慰的笑容。其實，在他心中，張儀只是他的一個棋子兒，舉薦張儀在東周之廷為官，可以擴大自己的勢力，鞏固自己的相位。

卻說張儀告別呂倉，回到下榻的客棧，魏孟連忙問道：

「東周之相召師兄何為？」

「周文君免工師藉東周之相，民有怨懟之言，周文君遂有憫憫之心。呂倉恐周文君意有反覆，免其相，復工師藉之相位。今聞儀至東周，遂相召，意欲薦儀於東周之君。」

「呂倉何以獨薦師兄於東周之君？」

張儀一聽，以為魏孟對呂倉只薦自己，而不薦他而不高興，遂解釋道：

「呂倉乃魏之張城人，呂倉之薦儀，乃出於同鄉之誼。」

「非也！呂倉薦師兄，其意不在此，而在固己之相位也。」

張儀早已知道這一點，遂點點頭，同意魏孟的說法。

接著，魏孟又說道：

「東周乃彈丸之地，不足以師兄一展宏志，有所作為。師兄之志，乃在說秦王，以『連橫』之策輔秦而霸天下，破蘇秦六國『合縱』之約。今為區區之小利，而臣於東周之君，惜矣！」

張儀一聽，覺得有理，遂堅定地點點頭，說道：

「兄之言，金聲玉振，與儀意合。儀以呂倉為同鄉之人，不便卻其盛意，故允之。」

魏孟見張儀如此說，遂不再言之。

第二天，呂倉遣人來客棧相請張儀，言東周君有召。張儀遂立即隨來人往見東周之君。來到周文君之殿，張儀與周文君見禮畢。接著道：

「臣乃僻遠鄉野之人，今過東周而得見周君，何其幸哉！」

周文君道：

「先生乃天下賢士，寡人久聞大名，今先生辱臨寡人之廷，故相召，望先生有所教于寡人也！」

「周君何人哉，臣何人哉？豈敢言教，周君若有吩咐，臣自當效命前驅。」

「寡人免工師藉之相，代之以呂倉，國人議之，群情洶洶，為之奈何？」

張儀一聽東周之君問到這個問題，心中早有定見了。因為昨日呂倉找到他，目的就是要他就這個問題遊說周文君，以打消周文君的疑慮，不要為國人之議所左右，繼續任呂倉為相。張儀心想，既然呂倉求托了自己，又向周文君薦了自己，所以今日才有周文君問計於自己的事。看來，得為呂倉好好周說一番了。

想到此，張儀便不慌不忙，從容不迫地說道：

「一國之政，民必有誹之者，有譽之者。然忠臣之為政，必令誹議在己，而譽聲在君。昔宋平公時，皇國父為宋之大宰，為平公築台，有違農時，礙於農事。宋相子罕諫平公，請俟農事之畢而築台，平公不允。民大怨，築台者謳歌曰：『澤門之晢，實興我役；邑中之黔，實慰我心。』『澤門之晢』者，乃謂大宰皇國父；『邑中之黔』者，言宋相子罕也。子罕聞之，乃自請免其相，而親任司空，親任築台之事。執笞督工，鞭其怠惰者，曰：『我輩小人，皆有居室闔廬，以避燥濕寒暑。今汝輩為吾君築一台，何以為苦，何以有怨？』築台之民謳歌乃止。後平公之台成，民皆誹議子罕，而稱頌平公。」

周文君知道這個典故，說的是二百多年前宋國賢相子罕，為了平息民眾對平公妨害農時而大興土木之怨，代國君受過的佳話。張儀說到這樣善於為君代過受怨的臣子，周文君當然高興了。於是，笑咪咪地點點頭。

張儀知道這個典故說到了周文君的心坎上了，遂又繼續說道：

「昔齊桓公於宮中設七市，聚伎女七百，日游於市，執鞭而為婦人御車，國人皆非之。管仲為相，聞國人非議桓公，乃為三歸之家，娶三姓之女。出則朱蓋青衣，歸則置鼓鳴鐘。庭有陳鼎，富奢可比王者，以此而掩桓公之非，自求分謗於己。」

張儀說的這個典故，乃是三百多年前的事了，周文君也是熟悉的，桓公雖有荒淫奢侈不經之事，但不失其為明君，終成「春秋之霸」，那是因為有管仲為相之賢。所以，張儀說到管仲為桓公分謗之事，周文君非常贊賞，遂頻頻點頭。

張儀見此，遂總結道：

「《春秋》記臣弒君者，數以百計，皆是為民稱譽之臣。故大臣得譽，非國家之福也。諺云：『眾庶成強，增積成山。』以國家言之，大臣譽多威重，擁眾必多，其勢必大，終則威震其主，必生篡逆之心也。」

周文君一聽，默然良久，然後深深地點點頭。

張儀知道，周文君肯定明白了自己的意思，讓周文君認為東周之民群情洶洶，為前相工師藉鳴不平，正是說明工師藉乃弄權沽名之逆臣，不可再用。

張儀的這個目的達到了，最後周文君堅定了決心，沒有再復工師藉之相位，而是任呂倉為相不變。

辭別時，周文君贈張儀以三十金。但是，沒有像他預先想像的那樣，封他一個什麼官職。這一點，令他有點懷疑呂倉的為人，是否他僅僅是要自己遊說東周之君，固其東周相之位，並沒有舉薦自己在東周為官。

其實，呂倉倒不是這樣的人，他確實是鄭重其事地向周文君舉薦了張儀。只是由於兩個原因，最終使周文君放棄了起任張儀之想。一是呂倉召張儀相見，欲薦之為官時，前相工師藉知之，遊說周文君，說：張儀是個詭辯之士，好攻毀他人，不可重用。二是秦國的右行秦曾至東周，向周文君獻策，認為東周困於大國之間，不如暗中結交二周的辯士，遊說秦王，讓秦國做東周的保護傘，以保東周處大國之間而無患。周文君今日見張儀如此善於機辯，知道他終有一天會為秦王重用。於是，決定不留張儀在東周，而是資助他三十金，以結張儀之心，讓他西游秦王，以為東周之利。

卻說張儀得金回到客棧，魏孟見之，乃問今日東周之君相召之事。張儀將其與東周君的問答，一一盡述之。魏孟一聽，心中大喜，不禁在心底為張儀的善辯而驚歎不已。

接著，魏孟又問道：

「周君今日以何官而授師兄？」

「未授一官半職。」

「何以如此？」

「雖未授官，然致儀三十金矣。」

魏孟點點頭，未置一言。

在鞏逗留二日，第三天，張儀與魏孟又離鞏而起程往西了。

臨行前，呂倉出城相送，亦致送二十金，以表心意。

張儀拜而受之，辭別而去。

往西行有三日，至天下共主周顯王之都洛陽。

然而，將入洛陽城時，因說話口音明顯不似成周洛陽之人，周吏遂不讓張儀與魏孟二人入城。

張儀乃問其原因：

「我等皆為讀書之人，不曾作奸犯科，為何不能入城？」

周吏回答道：

「周王有令：『非周人，不得入城！』二位是客，故不得入城。」

張儀爭之道：

「我輩非客，乃主人也！」

周吏見張儀強辯，遂故意問其洛陽街巷之名，張儀與魏孟皆未到過成周洛陽，因而答不出周吏之問。於是，周吏將其拘而囚之。

周顯王聞知其事，乃命周吏執張儀而見之，問道：

「爾非周人，而自謂非客，乃主人也，寡人願聞其詳。」

張儀脫口而出道：

「臣少而誦《詩》，《詩》曰：『普天之下，莫非王土；率土之濱，莫非王臣。』今大王乃天下之王，我則為天子之臣。臣至洛陽，何以為客？故臣曰：『主人也。』」

周顯王一聽，不僅對張儀的機辯暗自欽佩，而且對張儀引《詩》如此推重他這個天下共王感到無比的欣慰。要知道，如今的天下，有哪一個諸侯，把他這個天下共主當回事，只有眼前的這個張儀還尊崇他這個天下共主的地位，認為普天之下，都是他周顯王之土；普天下之人，都是他周顯王之臣。他心裡這個高興啊，真是無以言表。

於是，令官吏禮而待之，最後恭而敬之地送張儀出了洛陽城。

2　說秦王

出了洛陽城，張儀與魏孟又繼續往西而行。經西周之廷河南，於周顯王三十九年十二月二十八，到達韓國西部與魏國西部接壤的戰略重鎮——澠池。

因為馬上就要過年了，所以魏孟建議，別再趕了，就在澠池城中過完年再說。雖然張儀在東周得到東周君資助三十金，又有東周相呂倉相贈二十金，但是過東周之後的所有食宿之費，魏孟仍然不讓張儀支付。同樣，在澠池過年，也是一切由魏孟包攬了。

周顯王四十年（西元前三二九年）正月初二，張儀與魏孟又出發了。出澠池城，往西入魏國西部之境，沿河之南岸往西行。經魏國河南重鎮陝、曲沃，入秦國所據之天險——函谷關。

過函谷關後，先至秦、楚交界的湖，然後再西行，經魏河西之地陰晉，再入秦境之武城、鄭縣、戲，然後北渡渭水，三月底終於到達秦都咸陽。

到咸陽下榻已定，第二天一大早，張儀就急急起身，往秦王宮求見秦惠王。

這時的秦惠王，已非昔日的秦惠王。當初，即位伊始，蘇秦來秦遊說，他因憎惡商鞅而嫉恨天下所有的遊士，故而拒絕了蘇秦的遊說。而今，蘇秦已經改變了主張，合山東六國而成「合縱」之盟，其矛頭之所指正是秦國。因此，他如今的當務之急，就是廣攬天下賢士英才，為秦所用，尋求破解蘇秦「合縱」之盟的妙計良策。

聞說張儀求見，又聽說他是蘇秦同門師兄弟，曾同事齊之鬼谷先生，也是專門習學縱橫陰陽之術的遊士策士，秦惠王心中大喜。心想，這個張儀如果可堪重用，倒是一個「以毒攻毒」的好人選，用他來破蘇秦的「合縱」之盟，那是再合適不過了。只是還不知道這個張儀到底如何。於是，立即傳召張儀晉見。

張儀萬萬沒想到，像秦這樣的萬乘之國，像秦惠王這樣雄才大略之主，竟然這樣容易就能見到，真是時來運轉了。

帶著激動的心情，張儀「蹬，蹬，蹬」幾個健步，就爬上了秦王宮高高的臺階，然後在門禁官的導引下，登堂入室，見到了一路上一直在心中揣想著的秦惠王。

與秦惠王見禮畢，張儀就直接上題道：

「臣乃魏之張城僻遠窮鄉之人，聞大王雄才大略，志存高遠，有席捲天下之志，併吞八荒之心，包舉宇內之願，故不揣固陋，釋鉏耨而謁大王。」

張儀的這幾句說得謙恭有禮，而又鏗鏘有力，同時還恰到好處的吹拍了秦惠王。秦惠王一下子就被吸引了，認為眼前的這位魏國遊士不簡單！於是，情不自禁間便深深地點了點頭。

張儀一見，深受鼓舞，遂接著說道：

「今天下有七雄，秦、楚、齊、魏、趙、韓、燕。秦自孝公而始，廣攬天下賢士而用之，變法圖強，國力日盛。楚處南國，襟三江而帶雲夢，地廣、人眾、物饒，且有形勝之優，亦為天下之強國。齊臨東海之濱，地盡平原，沃野千里。臨淄一都之富，已可敵國。自威王任鄒忌為相，百業興，國大治，諸侯朝之。魏自李悝變法，國富民強，天下獨步，西割秦之河西之地，北圍邯鄲，南伐韓，東與齊戰。魏王逢澤之會，挾十二諸侯而朝天子，乘夏車，稱夏王，勢逼周王。趙之為國，北有燕，南有河漳，西有恒山，東有清河，有名山大川之限，地方二千里，帶甲數十萬，車千乘，馬萬匹，粟可支十年，乃山東之雄國也；韓有關河之固，地理之利。且天下強弓勁弩皆從韓出，韓卒之勇，名聞天下。自昭侯任申不害為相，內修清明之政，外結諸侯之交，漸至強盛矣。燕雖小國，然僻處北國，東接朝鮮、遼東，北鄰林胡、樓煩，西有雲中、九原，南有嘑沱、易水，倚天然之形勝，而無有戰伐之事，不見覆軍殺將之禍。且燕有棗栗之利，民不待耕作，亦可得溫飽，故人稱『天府』也。」

秦惠王聽到張儀對七國歷史與形勢的分析如此周詳，且切中要害，不禁從心底佩服眼前的這個魏國書生，認為他確是有頭腦有眼光的人，遂又點點頭。

張儀察知秦惠王的表情，又接著說道：

「諺云：『天有陰晴，國有盛衰。』魏之為國，昔為天下之霸，今則不然也。顯王十五年，魏圍邯鄲，期年不拔，魏、趙俱困。顯王十六年，邯鄲城破，齊師救趙，直走大梁，圍魏救趙，大敗魏師於桂陵，覆軍殺將八萬眾，魏將龐涓亦為齊將田忌所虜。顯王二十八年，魏伐韓，意欲吞而並之。韓告急於齊，齊復以田忌為將，孫臏為師，出兵救韓，減灶誘敵，大敗魏師，魏師十萬之眾盡覆於馬陵隘道，魏將龐涓死，太子申為齊人所虜。魏之為國，至此元氣殆盡，師弱民貧，昔霸不再。顯王三十三年，魏惠王聽惠施之計，折節變服，東入齊，朝齊於平阿。顯王三十四年，魏惠王復入齊，朝齊王於甄。顯王三十五年，魏惠王三入齊，朝齊王於徐州。齊、魏徐州相王，楚王大怒。顯王三十六年，楚威王親率大軍，北伐於齊，大敗齊將申縛。山東三強齊、楚、魏，至此俱困矣。」

秦惠王聽到此，又點點頭。

張儀接著又說道：

「方其時，蘇秦北走燕，以『合縱』之計說燕侯。燕侯從之，資以車馬金帛，令其南游於趙。蘇秦至趙，說趙王於華屋之下，趙王大悅，聽其計，任之為趙相，爵封武安君。又為之飾車百乘，資黃金千鎰，白璧百雙，錦繡千純，為趙而遊說山東諸侯。蘇秦遂西說魏、韓，東說齊，南說楚，顯王三十七年，『合縱』之盟成矣。」

秦惠王見張儀說到蘇秦「合縱」成功之事，立即接口道：

「蘇秦欺寡人之國，欲以一人之智，而反覆於山東六國之間，『約縱』以欺秦，為之奈何？」

張儀見秦惠王已經開始問計於自己，心想，看來已經說動了秦惠王了。於是立即接口獻計道：

「蘇秦，乃天下無信之人。以三寸之舌，翻雲覆雨，說六國以為縱。雖無分寸之功，山東六國之君皆親拜之於廟，而禮之於廷，兼領六國之相，自任縱約長，其意在秦也。」

說到此，張儀故意停頓了一下。

秦惠王則急切地追問道：

「如此，為之奈何？」

張儀見秦惠王如此急切，遂不緊不慢地說道：

「今山東六國雖合而為縱，然蘇秦之合六國，猶拴群雞而棲於一架，終不能長久也。」

秦惠王一聽，覺得張儀的這個比方，真是妙不可言。心想，山東六國之間本就矛盾重重，昔日互相攻伐，結下深仇大恨，今日雖被蘇秦巧言令辭暫時說合到一起，但終究會因各自的國家利益而不能長久結盟，遲早還是要分崩離析、分道揚鑣的。

於是，秦惠王拈鬚而笑，心情似乎放鬆了很多。

張儀察知秦惠王這一微妙的表情變化，遂趁熱打鐵，進一步闡發其意道：

「六國結盟，乃苟合也。昔魏拔邯鄲，與趙結怨深矣；南梁之難，韓切恨於魏；齊伐燕之權，又奪燕十城，燕與齊不共戴天。齊一敗魏於桂陵，二敗魏於馬陵，魏國之衰，乃由齊也，魏切齒深恨於齊，不言而喻；楚師伐齊於徐州，齊蒙恥大矣，齊王焉能不耿耿於懷？」

聽張儀歷數六國之間的矛盾與宿怨，娓娓道來，如數家珍，秦惠王更是高興。

張儀頓了頓，接著說道：

「臣以為，為秦國計，大王不若兵取河西，士游山東，從而離間之，合縱之約可破也。」

秦惠王一聽，立即接口道：

「善哉！賢士可為寡人詳說之。」

張儀一聽秦惠王稱自己為「賢士」，心中大喜，遂馬上闡發其意道：

「秦、魏皆大國，毗鄰而居，互為勁敵。然今之魏，非昔之魏也，國衰師弱，已非秦之對手。秦、魏山水相連，大王若兵出河西，攻城掠地，燕、趙、韓、齊、楚雖與魏有縱約之盟，縱然出師相救，亦路遙遙而無期，救之而不及。如此，魏之河西之地，秦可蠶食而得之。魏失河西之地，地益狹，國益弱，必懼秦而退『合縱』之約。魏退『合縱』之約，必搖動五國之心。彼時，大王遣使東游五國，從而離間之，縱約必散矣。」

秦惠王聽到此，不禁拍案而起，道：

「善哉！」

於是，立即任張儀為客卿。

3　一諾明心

辭別秦惠王，出了秦王大殿後，張儀連忙趕回客棧。

魏孟一見張儀興沖沖地回來，臉上還帶著一種掩抑不住的喜悅之情，猜想張儀今天的遊說可能已經成功，遂連忙問道：

「今日說秦王，如何？」

「秦王已任儀為客卿矣。」

「果然？」魏孟吃驚地睜大了眼睛。

「果然。」

於是，張儀就將如何遊說秦惠王的話，一一說給魏孟聽。魏孟聽了，不住地點頭，臉上也現出了不可掩抑的喜悅之色。

良久，魏孟突然倒身於地，拜於張儀之前道：

「今先生已為秦王所用，小人可告辭東歸矣。」

張儀一見魏孟突然拜倒在地，又口稱「小人」，頓時如墮五里霧中，不知就裡。遂連忙問道：

「魏兄何出此言？知儀者，兄也。儀有今日，全賴兄之相助。今日儀取尊榮於秦廷，正欲報兄之德，兄何故離儀而去？」

「知先生者，非小人也；有德於先生者，亦非小人也。」

張儀一聽，更是一臉的茫然。

至此，魏孟這才從容揭開謎底道：

「知先生者，武安君也；有德於先生者，亦武安君也。」

「武安君？」張儀再次吃驚地睜大了眼睛。

「武安君憂秦伐趙，而敗『合縱』之約，以為今日天下之士，非先生莫能得秦之權柄，故設計激怒於先生。」

張儀一聽，一時回不過神來，瞪大眼睛，直盯著魏孟。

魏孟乃從容問道：

「先生何以至邯鄲？」

「儀游諸侯十餘載，大困而歸張城，釋書簡而執鉏耨，為農夫已數載，日出而作，日落而息，心如止水，不復有功名之念矣。不意前年有邯鄲之士，往遊西秦，道經寒舍，口渴求飲，偶言蘇君合六國以為縱，兼相六國，爵封武安君，說儀往邯鄲，求托蘇君。」

「先生知邯鄲之士，究為何人？」

「不知。」

「彼邯鄲之士，非他人也，乃武安君所遣之舍人。」

「噫，原來如此！」張儀一聽，方才恍然大悟。

「先生至邯鄲，求見武安君，為何屢屢而不得？」

「不知何故。」

「此乃武安君誡門者不為通稟之故。」

張儀聽了，又是一驚。

「先生屢求見而不得，屢求去又不得，何故？」

「不知。」

「此亦武安君遣門人故意而為之。」

張儀聽到此，方才頓悟，怪不得怎麼那麼巧呢？當初屢屢求見不得，正想離邯鄲而去時，卻總是有人出來挽留慰藉，使自己欲留不得，欲去不能。

想到此，張儀忙問道：

「如此，蘇君召儀而賜以粗食，且當眾辱之，亦為蘇君之計？」

「正是。」魏孟毫不隱諱地笑著答道。

張儀點點頭，似乎若有所思。

接著，魏孟又繼續說道：

「武安君召先生而辱之，先生憤而離去。武安君乃召小人，囑之曰：『張儀，天下賢士也，我不如也。今我先用於六國，實乃僥倖。觀天下之士，終能得秦之權柄者，唯張儀一人耳。然張儀家貧，無由以進。我恐其樂小利而不能成大事，故召而辱之，以激其志。今我往見趙王，說趙王發金幣車馬，使汝暗隨張儀，與之同宿同行，稍稍近就之，奉其車馬金錢，所欲用，為取給，而不告其情。』」

「如此說來，兄並非往說秦王之遊士？」

「正是。小人乃武安君之舍人，並非欲說秦王之遊士。今先生已見用於秦王，小人請告歸邯鄲，報之於武安君！」

張儀不禁大為感歎道：

「噫！儀入蘇君彀中而至今不悟，儀不及蘇君遠矣！儀新用於秦，何能謀於趙？煩兄為儀報蘇君：『有蘇君在，儀何敢出一言。武安君一日在趙，儀不敢謀一策。』」

「有先生一諾，足矣！」

說完，魏孟就拜別張儀出了客棧。出咸陽，直奔邯鄲去也。

第八章　執政為秦相

1　入秦第一功

目送魏孟出了咸陽城，張儀開始心裡不安了。

因為他萬萬沒有想到，原來自己能有今天，卻是蘇秦暗中幫的忙。是蘇秦設計激發了自己奮發有為的鬥志，也是蘇秦說服趙王發車馬金幣，並派魏孟隨行伴送自己到達秦都咸陽的。可是，由於自己事先並不知道這一切內幕，以致於今日說秦王時，以蘇秦為敵，並為秦王出了一個詳盡的破壞蘇秦「合縱」之盟的計策。

想到此，他不禁且愧且恨。

愧的是，自己與蘇秦為同門師兄弟，卻入蘇秦彀中而始終不悟，不是魏孟說破謎底，至今自己還被蒙在鼓裡呢，真是其智遜於蘇秦遠也！

恨的是，自己受了蘇秦潑天也似的大恩，卻給秦王出了一個破壞蘇秦「合縱」之盟的計策，要壞蘇秦的大事。想他蘇秦東奔西走好多年，好不容易說合了山東六國之君，做了六國之相，那也是非常不容易的啊！如果秦惠王將自己的計畫付諸實施，最終破了蘇秦的「合縱」之盟，那麼蘇秦的前程豈不就斷送在了自己的手裡了麼？那麼自己對蘇秦不就是恩將仇報了麼？

為此，張儀多少個白天，都是坐立不安；多少個夜晚，都是輾轉反側，不能成眠。雖然現在已經入住了秦惠王給他的客卿官邸，生活舒適，但他心裡卻並無一點幸福感與興奮感。

正當張儀處在不安與愧恨交集的心理煎熬之中而不能自拔時，周顯王四十年（西元前三二九年）四月初五，秦惠王已經按照張儀所提出的計畫開始行動了。秦惠王以十萬雄師，兵分兩路，一路繞過魏國河西防禦秦國的長城，渡河而東，攻入魏國河東本土部分的兩個戰略重鎮——汾陰、皮氏。另一路，則東出函谷關，圍住了魏國河南兩個戰略重鎮——焦、曲沃。

秦惠王的這一步棋，走得非常巧妙，讓張儀驚歎不已。因為秦國攻佔與合圍的這四個魏國重鎮，對於魏國來說，都是致命的，也是秦國得以卡住魏國脖子的狠招。皮氏處於河源地帶，在河源上游的西水與汾水匯合外，隔河與龍門山與龍門相望，是魏國得以控制河西上郡廣袤之地的戰略後方。汾陰則在魏國河東前沿，隔河西望，便是魏國河西防禦秦國的長城，還有一個長城邊上的河西戰略重鎮——少梁。魏國若要守住河西之地，就必須守住河西的魏長城與長城之北的重鎮少梁，以及長城之北、河源龍門山邊的龍門重鎮。而要守住河西的這些重鎮，關鍵在於有河東的皮氏與汾陰的後方支撐。如果連皮氏、汾陰都失守了，魏國不僅不能保住河西的廣大地區，甚至連河東的本土也要受到威脅。而河南的焦與曲沃，則是守護魏國河東本土的南部戰略屏障。如果焦與曲沃失守，秦兵就可渡河而北，佔領魏國河東地區與韓國西部之間的魏國西部本土。而魏國的另一個本土部分，則因為中間有韓國阻隔而無法策應西部河東本土。一旦河東本土盡失，那麼魏國就只有韓國東部包括新都大梁在內的東部本土了。如此，則大魏就不成其為大魏了。

周顯王四十年五月底，張儀獲得消息，秦師已經攻佔了魏國河東的皮氏與汾陰，虜降卒萬人，獲車百乘。又曠日持久地圍攻魏國河南重鎮——焦，最終亦迫使守衛的魏國將士投降了秦師。

魏國上下震驚，魏襄王星夜遣使往秦，向秦國求降。秦惠王允之，周顯王四十年七月中旬，秦惠王與魏襄王會於韓國南部的應。

魏襄王與秦惠王會於韓國之應，自以為保證了魏國的安全，可是這一步棋，卻激怒了另一個強國楚。楚威王認為魏是山東六國縱約之盟的成員，如今卻與秦國媾和，這是破壞「合縱」之約。於是，就以維護「合縱」之盟的理由，於周顯王四十年九月初，出兵北伐，攻打魏國。楚王這樣做，實際上有兩個目的，一是可以維護楚國在六國「合縱」之盟中的領導地位，因為誰都知道，名義上趙國是「合縱」之盟的發起國，實際上實力最強的楚國才是真正的領導者；二是可以制約秦國，不讓魏、秦聯合，對楚國構成威脅。

魏襄王知道，魏國剛與秦國打了一仗，喪師失地，國家元氣大傷，如果再跟楚國開戰，後果將不可想像。從歷史上看，曾經兩次打敗魏國的齊國，都敗在了楚威王手上，而且是被楚威王打到了齊國家裡。可見，跟楚國開戰，將必敗無疑。魏襄王無計可施，只得硬著頭皮，遣使向秦惠王求救。

秦惠王接報，召集群臣相商，討論是否要救魏國。結果，許多秦國之臣都認為不必出兵救魏，讓楚、魏相爭，俟其兩敗俱傷之時，再起兵承其弊，一舉而敗楚、魏，於秦更為有利。

魏襄王之使見秦惠王遲遲不予答覆，心裡著急，遂使出了最後一招，乃向秦惠王許諾：事成，將以魏國河西華山以南的上洛之地獻納於秦。

秦惠王早就覬覦魏國河西上洛之地了，一聽魏王之使有此許諾，遂心有所動。

這時，張儀看出了秦惠王的心思，他想迎合秦惠王，從而獲得秦惠王的進一步信任，最終掌握秦國的權柄。除此，他心裡還有一個自己的小九九在打著：如果秦國不救魏國，那麼楚國勢必會打敗魏國，魏國從此更弱，必然進一步死心塌地地投入秦國懷抱。那樣，蘇秦的「合縱」之盟勢必就真的要被瓦解了。而楚國若打敗了魏國，勢必會更為強勢，那麼也會造成山東六國在「合縱」之盟中的實力均衡，最終也要使蘇秦的「合縱」之盟破局。為了報答蘇秦之恩，目前還不能讓「合縱」之盟破局，同時自己也要在秦惠王面前有所表現，要立下功業，才能最終執掌秦國的權柄。

想到此，他便向秦惠王獻了一個一箭雙雕的妙計：

「大王，楚、魏相爭，秦不如助魏。魏戰而勝之，則必感戴大王之德。如此，魏必臣服於秦，必踐其諾而效上洛之地；上洛之地既效，魏河西之地亦為秦之囊中物矣。魏戰而不勝，師弱國貧，必不能守河西之地，秦亦可取之。」

秦惠王一聽，不禁拍案叫絕：

「善哉！」

「大王，秦助魏師，不必出兵，以秦取皮氏所虜魏師萬人，車百乘，資與魏師，可矣！」

秦惠王一聽，覺得張儀的這個計策更是妙不可言。心想，這個主意，無論怎麼看，都只贏不輸的。於是，立即拍板道：

「依卿所言。」

於是，秦惠王立即下令，將伐取魏國河東皮氏時所虜的魏兵萬餘人，車百乘，盡數交由魏襄王之使，讓他帶回魏、楚交戰的前線——陘山。

這些魏兵本就是魏國的精銳之卒，如今意外地回到魏國，上了楚、魏之戰的戰場，就格外英勇。

周顯王四十年九月中旬，楚、魏之戰分出了輸贏，楚國大敗。不久，楚威王也因此一病不起，第二年就嗚乎哀哉了。

楚、魏戰事已畢，秦惠王立即遣使至魏，向魏襄王索要當初應諾的河西上洛之地。

這時的魏襄王與魏國之臣，都覺得魏國不必給秦國上洛之地，認為魏師戰勝楚師於陘山，秦國未出一兵一卒，一車一馬，只是將所虜魏國皮氏之卒與車乘歸還給魏國而已，是魏國自己打敗了楚師。同時，魏襄王打贏了楚國，這時自信心也上來了。於是，就在群臣的慫恿之下，明確拒絕了秦國的要求。

秦惠王聞報，大為震怒。

張儀見此，心裡有點著慌。因為當初是自己獻計讓秦惠王支持魏國與楚國作戰的，且資以魏國降卒萬餘人，車百乘。如今魏襄王賴賬，秦惠王即使不責備自己，恐怕秦國其他大臣也要說自己的閒話，認為自己是魏國人，當初是出於助魏之心才那樣建議秦惠王的。如此，那麼自己在秦國就無法待下去了，好不容易掙來的大好前程就要就此斷送了。

越想越慌，情急之下，突然想出了一個主意，遂立即進獻秦惠王道：

「大王，何不遣使往楚，言於楚王：『楚、魏相爭，魏王許寡人以上洛之地，今戰勝，則背信而食言。寡人今欲與大王相會約盟，不知意下如何？如此，魏恐秦、楚和合，必予秦上洛之地。魏獻秦上洛之地，則是魏勝楚而失地於秦。若此，是大王以魏地而有德於寡人，寡人必遣使多齎財貨而獻楚。秦、楚和合，則魏弱。魏不出地，則大王攻其南，寡人絕其西，魏必危矣。』」

秦惠王一聽，不禁拍案而起道：

「善哉！」

遂立即發使而往楚都，以張儀所教之言遊說楚威王。楚威王此時因被魏國大敗，正氣悶大病在榻，聞秦惠王發使來請合盟，遂於憤怒之下答應了秦惠王之請。

緊接著，張儀又使人散播消息，言秦、楚合盟，欲夾攻魏國。魏惠王一聽，頓時慌了神，立即遣使至秦，拱手將河西上洛之地效納於秦。

秦惠王聽從張儀之計，不費一兵，不折一弓，就取得了魏國河西上洛之地，使秦國的東進擴張計畫得以有了實質性的進展。秦惠王是越想越高興，越想越得意，他為自己知人善用，外才秦用的策略大為成功而激動。同時，也從內心裡感佩張儀這個魏國遊士，為他的過人智慧所折服。

於是，周顯王四十一年（西元前三二八年）正月十五，秦惠王就力排眾議，任張儀這個才到秦國不到一年的客卿為秦國之相，全面執掌秦國的內政、外交大權。

2　龍門會

正月十五的夜晚，秦國的天空格外深邃蔚藍，月光靜靜地泄在秦國之相的相府，灑滿相府的院中，房中以及相府的每一個角落。

這是秦國深冬的月光，雖然顯得格外的皎潔，但卻透著陣陣寒氣，使得空曠的相府院落益發顯得格外的冷清。

十五的月光，本就易於誘發遊子的思鄉之情，觸動遊子對於世事人生的感歎。今日突然由一介書生飛升為天下第一強國的權相，又搬進這樣闊大的秦國相府，在這樣的月圓之夜，這叫張儀如何能安然、坦然地入眠？

雖然成為秦國之相，是他夢寐以求的理想，但他卻萬萬沒想到，這個一人之下、萬人之上的天下最強國的權相之位，在自己來秦不到一年的時間內，就這樣落到了自己的頭上，這太讓他感到突然了！

輾轉反側，終是不能成眠。張儀遂索性披衣而起，信步走到了清冷的院中。

舉頭而望遙遠星空中的那輪圓而清冷的月亮，張儀不禁思緒萬千，感慨萬千，想到了自己的前世今生。

望著遙遠不可及的明月，他首先想到了遠在趙國邯鄲的蘇秦，想到了他刻意安排的一個又一個激發自己奮發仕進的情節，想到他召辱自己的苦心，想到了他說服趙王發車馬金幣資助自己的恩情，想到了魏孟一路與自己相隨的情誼。於是，心裡暗暗下定決心，無論如何，即使是各為其主，即使是為了自己的前程，也不能做對不起蘇秦的事。最起碼，不能使蘇秦在趙國的地位受到動搖。雖然實行「連橫」之策，東向而併天下，是秦國的既定國策，自己不可能保證永遠不破蘇秦的「合縱」之局，因為在其位，就得為秦謀其政。但是，自己已經對魏孟承諾過，有蘇秦在趙一日，決不能讓秦王打趙國的主意，從而危及蘇秦的前程與地位。

望著秦國之空圓圓的明月，他又想到了遠在魏國張城的妻兒，不知他們現在怎麼樣？是不是已在夢中，還是倚窗而望明月，想到自己遠在他鄉的寂寞呢？要是他們知道了自己而今不再是一介無名書生，而是一躍飛登到秦國之相的高位，那他們會怎麼樣呢？會不會欣喜若狂，喜極而泣呢？還有，要是爹娘今日還健在，能夠看到自己有這麼一天，他們又會怎麼樣呢？雖然這已經不可能了，但是如果死去的爹娘，九泉之下有知，張氏列祖列宗神靈有知，他們會怎麼樣呢？是不是該安心了，感到非常欣慰了呢？

望著清冷的秦國之月，他想到了自己當初出遊諸侯各國時的一切世態炎涼，特別是想到了在楚都郢的往事：他隨楚國令尹昭奚恤游食七載有餘，到頭來，不僅沒得個一官半職，反而因為貧困而被昭奚恤及其相府上下疑為竊玉之賊，無故受辱，幾至被鞭笞而死。那一鞭鞭的抽打，鞭鞭帶血；那一盆盆的冷水，兜頭潑來，使他死而復醒；妻子蕙蘭為他擦拭傷口血跡的那一塊塊白布，塊塊帶血，痛在自己身上，也痛在妻兒的心裡。至今想起來還令他刻骨銘心，身體上的每一個神經似乎都還有痛楚之感。

想著在楚七載有餘的往事，一幕幕地從眼前掠過，張儀終於不能釋懷那種令其心裡滴血的屈辱感，於是血流沖腦，立即回房，裂帛為書，寫下了一篇給楚相昭奚恤的文檄：

大秦之相張儀昭告楚令尹昭奚恤：

往昔，吾從汝遊，我不盜爾璧，汝笞我幾死。今汝善守爾城則已，不然，吾將盜爾城也！

寫完了給楚相昭奚恤的文檄，張儀這才覺得憋了十多年的一口惡氣，總算一吐為快，心裡頓時覺得平靜了不少，渾身也通泰了。三更時分，終於沉沉睡去。

第二天，張儀正式開始執掌秦政的第一件事，就是遣使往楚，將昨夜寫給楚相昭奚恤的昭告送往楚國。

然而剛剛送走了文檄，張儀正籌畫大計，意欲一展拳腳，要有一番大作為時，卻聽說公孫衍已經離開了秦都咸陽，往魏國之都大梁去也。

張儀一聽，心裡「格登」一下，立即明白了其中的因由：肯定是因為秦惠王任命了自己為秦國之相，公孫衍覺得自己這個大良造已經不再是秦國的最高權力者了，秦惠王寵信的已經不是他，而是自己這個後來者。

不過，仔細一想，張儀也覺得可以理解，因為他知道公孫衍的經歷與在秦國的事功。

公孫衍，乃魏國河西陰晉人。早年侍魏惠王為犀首（將軍之類），人稱「犀首」。後見秦王用衛人公孫鞅變法圖強，公孫鞅以一個從魏國逃秦的衛國孽庶子，竟然被秦孝公親之任之，委以秦相之位，放手讓他實施新法，最終使秦國由弱變強，迅速崛起。公孫鞅也因此而被秦孝公爵封大良造，後又封以商、於之地，號為「商君」，成了權傾朝野的秦國第一號人物。公孫衍為人，十分機警。當他洞悉了天下情勢後，遂離魏往秦，遊說秦孝公，終贏得信任，成為秦國客卿。秦孝公死後，秦惠王即位，因做太子時與商鞅結下的矛盾，遂找理由車裂了商鞅。執政之初，還由於憤恨商鞅的緣故，秦惠王還一度排斥一切的遊說之士。當初蘇秦來遊說，就是在此背景下失敗而黯然離去的。也因為如此，這才有了蘇秦說六國，而成今日山東「合縱」抗秦之勢。當蘇秦「合縱」成功，投縱約書於秦，明確向秦發出挑戰之後，秦惠王終於認識到當初拒絕蘇秦「連橫」之策的錯誤，遂改變了政策，也調整了用人之策。恰在此時，公孫衍獻計，正中秦惠王下懷，於是秦惠王任之為大良造，與當年商鞅的職位相當。公孫衍上任，果然不負秦惠王期許，接連籌畫了一系列對魏國用兵的計畫，都取得了很大的成功。特別是周顯王三十八年（西元前三三一年）對魏國的雕陰一戰，虜魏國鎮守河西的大將龍賈，斬魏師之首八萬，魏國上下震動，國力徹底衰竭。第二年，魏惠王無奈，只得納河西之地於秦。

河西之地，原本就是秦國所有。早在春秋時代，晉國強大，強行奪占了秦國的河西之地。後來，晉為魏、趙、韓所滅，史稱「三家分晉」，晉國不復存在，原來晉國奪占的河西之地，就由魏國繼承。而魏國自魏惠王執政之後，任用李悝為相，變法圖新，國富民強，魏國逐漸成了當時的天下獨霸。為了遏制秦國自商鞅變法後迅速崛起之勢，魏惠王加強了對河西之地的控制。其中，最重要的一著，就是於周顯王十七年（西元前三五二年）魏國圍攻趙都邯鄲，被齊國大敗於桂陵之後，魏惠王鑒於魏與趙、齊決戰之時，秦國乘機偷襲魏國河西之地，與魏戰於元里，斬魏師之首七千，取少梁而去的教訓，派大將龍賈率師在河西修築長城，塹塞固陽，以抵禦秦國東進而威脅河西之地，同時保護魏國河東之本土。

雖然收復河西之地，是秦國幾代君王的心願，但長期以來，秦國一直未能實現這個願望。而自公孫衍為秦國大良造後，通過對魏的一系列戰爭，最終實現了秦國幾代君主之願，讓魏惠王放棄了河西之地，使之重新回到了秦國的版圖，這是何等之功勞！可是，而今秦惠王任他張儀為秦國之相，公孫衍自然感到失落，心有不悅。因此，公孫衍出走，張儀是可以理解的。

將心比心，推己及人，對公孫衍離秦往魏的心情寄予了一番理解之後，張儀突然想到，此次公孫衍離秦往魏，重新投效魏國，恐怕會有不利於自己在秦執政的嚴重後果。因為他清楚地知道，公孫衍的能耐不在自己之下，也不在蘇秦之下。如果公孫衍輔佐魏襄王，使魏國重新崛起，那麼不僅要威脅到秦國以及自己在秦國的地位，也會危及蘇秦在山東六國的布局平衡，從而動搖蘇秦現有的地位。為了自己的權位，也為保住蘇秦的既得利益，張儀覺得必須在公孫衍還未實現目標之前，就先下手，使公孫衍重振魏國的計畫胎死腹中。

想到此，張儀決定慫恿秦惠王再度對魏用兵。結果，張儀一說，秦惠王立即同意了他的伐魏計畫。因為這幾年秦國接連奪得魏國河西上洛等地，又伐魏國河東皮氏、汾陰以及魏國河南焦、曲沃成功。去年魏國在河西之地已為秦所據有的既存事實面前，不得不正式效納河西之地。於是，秦惠王東擴版圖的野心就愈來愈大了。

周顯王四十一年（西元前三二八年）三月，秦惠王聽從張儀之計，遣秦公子桑率十萬大軍，渡河而東，向魏國河東北部重鎮蒲陽發動了突然襲擊。魏國之師萬萬想不到，去年秦王與魏王剛剛約盟和好，沒過幾個月就又渡河而東，對魏開戰。在毫無準備的情況下，魏師大敗，魏國上下震動，魏國河東本土現今也面臨了巨大的威脅。魏襄王早已被秦國接連不斷地攻伐嚇怕，基於魏國河東本土都有不保之虞，還談什麼堅守河西呢？於是，最後索性將河西之北的上郡十五縣都效納給了秦國，這才阻止了秦國繼續東進的步伐。

秦惠王不僅得了魏國河西全部之地，而且還意外地得到了魏國河西之北的上郡十五縣，於是大為高興，從此，一切聽計於張儀。

周顯王四十二年（西元前三二七年）五月，秦國西部的勁敵義渠來朝，向秦惠王稱臣。

義渠，原為西戎之一支，分布於秦國之西的岐山、梁山、涇水、漆水之北地區。春秋時代，勢力日益坐大，並自稱為王，亦有城郭。因與秦國地近，一直與秦處於時戰時和的狀態，大為秦國之患。周顯王三十八年（西元前三三一年），義渠國內發生內亂，秦庶長操率兵平定之。義渠因此次之亂，大傷了元氣，勢力有所削弱。與此同時，自秦惠王五年（西元前三三三年）開始，隨著秦國接連伐魏的頻頻得手，特別是在張儀入秦後所策劃的幾次伐魏戰爭中，魏國的河西郡、上郡之地先後正式歸入秦國版圖，秦國勢力由此更加強大起來了。義渠遂在張儀為秦相、魏納河西上郡十五縣於秦後，迫於秦國如日中天的強大武力的背景下，終於選擇了向秦俯首稱臣。

義渠向秦稱臣後，張儀覺得秦國的後顧之憂，至此已經得以解除，遂向秦惠王建議道：

「大王，今義渠來歸，秦之西患已除；然魏之上郡新附於秦，宜經之營之，固其本基。」

「如何固其本基？」

「上郡，乃戎、狄雜處之地。戎、狄之性，勇悍好鬥，或城居，或野處，食糧少，金幣多，故其人勇於鬥，難以敗之。且上郡之地，地廣形險，戎、狄負其形利之便，多有不臣之心。」

秦惠王一聽，非常贊賞地點點頭。

張儀繼續說道：

「龍門，乃上郡之要塞，居河之上源，為河宗氏眾部族游居之所，亦為河源神聖之地。大王何不為臘祭，會戎、狄諸君於龍門，獵禽獸，慶豐收，祭鬼神，結戎、狄諸部之心，則上郡之基可固矣，秦之後患可去矣。」

「善哉！」

得到秦惠王的同意並贊許後，張儀便放手做去，積極籌備起了「龍門會」之事。他一方面派人四出與戎、狄諸部首領多方聯絡溝通，另一方面大規模地從秦國士卒中挑選勇兵悍卒，訓練他們射獵禽獸的技能，又發動廣大河源之地的民眾積極參與，操練臘祭的各種儀式。

經過一年多的各種積極準備，周顯王四十三年（西元前三二六年）十二月初八，秦國歷史上的第一次「臘祭」如期舉辦，秦惠王與秦國周邊的戎、狄眾部族的首領相會的「龍門會」也隨之登場了。

從十二月初一開始，來自上郡周邊的戎、狄諸部首領，率領各自的部屬，便陸續到達，總數有數萬人之多。張儀發動組織而來的秦國之民，也有近萬人的規模。

十二月初八，秦國的「初臘」以及秦惠王與戎、狄諸部首領的「龍門會」，便在河源地的龍門正式舉行了。

雖是隆冬臘月，天寒地凍，但從龍門山山腳，到龍門城的沿河地帶，聚集起來的數萬參加臘祭的秦民與戎、狄之人，燃起熊熊篝火，不僅驅除了嚴冬的寒冷，也燃起了臘祭狂歡的熱烈氣氛。

於是，一個個戎、狄蒙面之舞上來了，一個個秦國劍戟之舞也上來了。雖然這些起舞的秦民與戎、狄之民語言不通，但伴隨著秦缶之樂，戎、狄之音，翩翩而舞的秦民與戎、狄之人早已經打破了彼此的隔閡，沉浸於慶豐收、祭鬼神，盡情狂歡的喜悅之中。

與此同時，張儀安排好的獵禽獸的角力之爭也同時展開了。參加臘祭的秦國士卒與戎、狄諸君的部屬，圍繞龍門山，在上郡廣闊的河谷地帶，縱馬馳騁，彎弓射箭，各逞其能，展開了一場不露聲色的武力角逐。

結果，由於張儀事先的精心安排，加上秦國士卒事先經過訓練，秦國士卒獵獲的禽獸大大多於戎、狄諸部之人的收穫。

張儀建議秦惠王，將秦國士卒所獲之禽獸獵物，盡數賞賜給戎、狄諸部之人。為此，戎、狄諸部首領大為高興，戎、狄之民一片歡呼。

最終，臘祭在持續了十天之後，圓滿結束。秦惠王與戎、狄諸部之首領歡笑而盟後，也盡歡而去。

從此，秦國東西戎、狄之患盡除，上郡之基得固，河源之地太平矣。

3 立秦王

舉辦完秦國「初臘」，安排了秦惠王與周邊戎、狄諸部首領的「會龍門」後，張儀覺得心中的一塊石頭終於放下，這下可以輕鬆一下了。

因為就目前的情勢看，秦國四境基本安全了。西部的義渠君剛來稱臣，而今不會成為後患；西部與北部的戎、狄諸部，也因為剛剛舉辦的臘祭與「龍門會」而暫時可以放心。南部的勁敵楚國，大前年（周顯王四十年，即西元前三二九年）與魏戰於陘山而大敗，前年（周顯王四十一年，即西元前三二八年）威王又突然病逝，新君懷王剛剛即位不久，政局未穩，目前也不能構患於秦。至於東部的魏國，這些年接二連三的失敗，河西之地與北部的上郡已盡納之於秦，如今已國弱民貧，無力抗秦了。再加上去年（周顯王四十二年，即西元前三二七年），為了厚結魏國之心，使魏國死心塌地投懷於秦，張儀已經勸說秦惠王主動歸還了魏國河南兩個戰略重鎮——焦、曲沃。因此，無論從軟的方面，還是從硬的方面來看，目前魏國都不可能再成為秦國的東部之患。

想到此，張儀心中又醞釀起另一個計畫，這就是要效仿往昔魏惠王「逢澤之會」與齊宣王「徐州相王」的成例，會諸侯於咸陽，正式立秦惠王為王，以確立秦國在諸侯各國中的領導地位。

周顯王四十四年（西元前三二五年）正月十五，張儀正欲入朝晉見秦惠王，向他提出「咸陽相王」的計畫時，從齊國回來的密使急急來相府稟報情況。這個密使，是張儀為秦相之初，特意派到東方大國齊國的，目的是刺探齊國的情報，以為自己決策之用。

將密使延入內室，尚未坐定，張儀就迫不及待地詳細詢問起齊國近年來的情況。當密使說到「徐州之戰」齊師大敗，齊宣王發憤圖強，招賢納士的事，張儀表現出特別的興趣。因為他自己就是秦惠王所招納的賢士，知道一國之君重視招賢納士對於國家崛起的意義。於是，連忙問道：

「齊宣王所招賢士，究為何人？」

「徐州之戰後，齊宣王效法昔日齊威王之例，頒令全國，招賢納士，廣開言路。齊國之士顏斶聞之，叩齊王之宮而求見。齊宣王欣然見之，曰：『斶，前！』顏斶亦曰：『王，前！』」

張儀一聽，覺得奇怪，這個顏斶也真是無禮，齊宣王讓他趨前說話，這是禮遇與親切的表示啊，他怎麼反而讓齊宣王趨前，來跟自己說話呢？於是，就問道：

「齊宣王如何？」

「齊宣王不悅。左右皆怒，斥之道：『王為人君，汝為人臣。王曰：「斶，前！」汝亦曰：「王，前！」於禮不合。』」

「顏斶何以對之？」張儀急切地問道。

「顏斶答曰：『斶趨前近王，乃為趨炎附勢；王趨前近斶，則為禮賢下士。與其使斶有趨炎附勢之名，不如使大王有禮賢下士之譽。』」

張儀一聽，不禁頻頻頷首稱許，內心無限敬佩顏斶之善辯。遂又問道：

「齊宣王以為如何？」

「齊宣王勃然作色，厲聲曰：『王貴？士貴？』顏斶答曰：『士貴，王者不貴！』」

「齊宣王如何？」張儀替顏斶著急起來。

「齊宣王曰：『寡人願聞其詳。』顏斶遂從容說道：『善哉！昔日齊、秦交戰，秦王有令：有敢於柳下季之墓五十步而采樵者，罪死不赦！又有令說：有能得齊王頭者，封萬戶侯，賜金千鎰。由此觀之，齊王之頭尚不如死士之墓。故臣言：士貴，王者不貴。』」

張儀又情不自禁地點頭贊許，問道：

「齊宣王以為如何？」

「齊宣王默然，意有不悅之色。左右皆怒，斥之道：『顏斶來！顏斶來！大王據萬乘之地，鑄千石之鐘，立萬石之簴，對禮樂不謂不傾心。天下之士，仁者義者，皆趨之若鶩，爭相至齊，而為大王所驅使；智辯之士，莫不聞風而至，爭相遊說於王廷；東西南北之人，諸侯各國之君，莫有敢不服者。大王求萬物，無不備具；大王治天下，百姓無不親附。今天下之士，多若塵沙。其高者，乃稱匹夫、徒步，求生於壟畝之中；其下者，則處鄙野窮鄉，或守監門閭裡。今士之賤，不亦甚哉，何貴之有！』」

張儀一聽齊宣王左右如此作賤士人，頓有不平之意，脫口而出道：

「齊王左右無禮之極也！」

「顏斶不疾不徐，不慍不火，曰：『不然！斶聞大禹之時，禹帝合諸侯於塗山，執玉帛者有萬國。何以至此？厚德善教，貴士之力也。故舜帝起於壟畝，出於野鄙，而為天子。及商湯之時，諸侯亦有三千。當今之世，南面稱寡人者，二十四人而已。由此觀之，得士與失士，高下可知矣。今諸侯殄滅殆盡，士欲為監門閭裡之守，亦不可得矣。大王豈不聞《易傳》有云：「居上位者不行貴士之實，善而用之，而喜好士虛名以炫世，必入驕奢之歧途也。倨慢而驕奢，則凶必從之。」人主無貴士之實，而喜好士之名者，地必日削，國必益弱。無其德，而望其福者，必陷於困境；無其功，而受其祿者，必自取其辱。如此，禍患必大。古人有言：「矜功不立，虛願不至。」大凡幸樂其成，華而無實者，終不能成其大功。昔堯有九佐，舜有七友，禹有五丞，湯有二相三輔。古往今來，能成虛名，大行於天下者，未之有也。故古之賢主明君，皆不羞於亟問，不恥於下學，恭而敬之以待士。自古及今，能成其道德，而揚名於後世者，惟堯、舜、禹、湯數人而已。楚人老聃有言：「雖貴，必以賤為本；雖高，必以下為基。侯王自謂孤、寡、不穀，此非以賤為本乎？」孤、寡者，皆人困賤之謂也，而侯王以自稱，豈非下人而貴士哉？堯傳舜，舜傳禹，周成王而任周公旦，而世世稱為明主。此乃「君為輕，士為貴」之義也。』」

張儀聽到此，不禁為顏斶的善辯與淹通古今的博學而折服。心想，如果顏斶到秦國來遊說秦惠王，說不定秦惠王重任的不是自己，而是顏斶吧。遂又急切地問道：

「齊宣王以為如何？」

「齊宣王喟然長歎，曰：『嗟乎！君子豈可侮哉？寡人自取其辱也！及今聞君子之言，始知賤士乃小人之德。今寡人願執弟子禮，日日以求教於先生！有生之年，寡人願與先生同游，食必太牢，出必乘車，衣必麗豔。』」

「顏斶受之否？」

「顏斶堅辭不受，曰：『玉生於山，琢之磨之，則必破焉。破璞而出玉，非不寶貴也，璞不存矣。

士生於鄙野，舉而食祿，則為官也。食祿為官，雖名尊位顯，然士之形神不全矣。斶願告歸於鄙野。饑，然後食之，亦有食肉之香。安步以當車，無罪以為貴。清靜以致遠，貞正以為人，則可心安理得矣。今言國事者，大王也；盡忠直言者，顏斶也。今斶言已盡意矣，願大王賜歸鄙野，安行而返敝廬。』齊王慰留久之，終不為所動，乃拜別而去。」

張儀聽完，不禁深為顏斶的高風亮節所折服。於是，便又想起了早先幾年在魏都大梁聽到過的齊國名士淳于髡的故事。當時，淳于髡聞魏惠王求賢於天下，遂至大梁而說魏惠王，魏惠王大悅，虛卿相之位以留之，結果他也是不受而去。心想，怎麼齊國之士都這麼清高呢？

想到此，張儀對齊宣王求士的事更有興趣了。於是，又追問密使道：

「顏斶之後，尚有他人否？」

密使回答說：

「有。齊有修道之士，名曰王鬥，聞齊宣王有求賢令，遂往臨淄。宣王聞之，連忙讓謁者延入內廷。王鬥不進，告謁者：『今鬥趨庭見王，則為好勢；王出迎見鬥，則為好士。望大王三思。』謁者以王鬥之言告宣王。宣王曰：『請先生留步，寡人將迎之於中門。』遂出中門，迎王鬥於宮門之外。禮畢入座，宣王長跽而請教曰：『寡人奉先君之宗廟，守社稷，聞先生直言無諱，願先生明以教我！』王鬥對曰：『大王所聞有誤矣！鬥生於亂世，事亂君，何敢直言無諱？』」

張儀一聽齊宣王對王鬥如此之恭敬，王鬥卻當面指責齊宣王是亂君，於是，就為王鬥捏了一把汗，問道：

「齊宣王聞之，如何？」

「宣王忿然作色。沉吟有頃，王鬥曰：『昔先君桓公所好者有五：犬、馬、酒、色、士也。然桓公九合諸侯，一匡天下，天子授胙，立為太伯。今大王所好者，有四焉。』宣王聽王鬥將其與齊桓公相比，遂轉怒為喜，曰：『寡人愚陋，守齊國，唯恐有失，焉能所好者有四？』王鬥曰：『桓公好馬，大王亦好馬；桓公好狗，大王亦好狗；桓公好酒，大王亦好酒；桓公好色，大王亦好色；桓公好士，然大王不好士。故曰桓公所好者有五，大王所好者有四。』」

「齊宣王何言以對？」張儀急切地問道。

「齊宣王曰：『當今之世無士，寡人何好？』」

「王鬥何以對之？」張儀又問道。

「王鬥曰：『世無騏麟、騄耳，而大王之駟已備；世無東郭俊、盧氏之狗，而大王之走狗已具；世無毛嬙、西施，大王後宮已充。大王若好士，何患無士？』」

張儀情不自禁地點點頭，深為王鬥之善說而感佩於心。

密使繼續說道：

「宣王曰：『寡人憂國愛民，得士而治之，乃生平所願也。』王鬥曰：『大王之憂國愛民，不若大王之愛尺縠也。』」

「何為『尺縠』？」張儀不解地問。

「『尺縠』，是齊國的一種名帛。」

張儀「哦」了一聲，明白了。

密使遂又繼續說了下去：

「宣王不悅，問道：『先生之言，何意？』王鬥曰：『大王之冠冕，不使左右便嬖之人制之，而使工匠為之，何故？』宣王曰：『王者冠冕，唯工匠能之。』王鬥曰：『今大王治齊國，不用士而聽左右便嬖之人，故臣言：大王之愛民，不若愛尺縠也。』宣王聞之，且羞且愧，乃長跽而謝曰：『寡人有罪於國。』於是，聽王鬥之諫，舉士五人為官。今日齊國之治，王鬥舉士有功也。」

張儀聽到此，頓時陷入了沉思。看來，齊宣王勵精圖治，齊國又要重新崛起了。今後之天下，必是齊、秦爭霸之時代。如果齊國重新崛起成為事實，勢必會影響到魏國的態度，同時也會影響到蘇秦以趙國為軸心的「合縱」之盟的舊有格局。那樣，無論是對維護自己在秦國之位，還是維持蘇秦在山東六國現有的權位，都是有礙的。為了維護自己今日得之不易的權位，也為了報答蘇秦當日資助自己入秦之恩，如今之計，不若慫恿秦惠王正式稱王，籠絡住秦國周邊小國，拉住魏，韓，孤立齊國，從而實現維持目前東西平衡的局面。也只有如此，自己的秦相之位才能長久，蘇秦在山東之權位才能確保無虞。

想到此，張儀打發了密使，讓他繼續返齊刺探齊國情況。然後，就急匆匆地入朝面見秦惠王去了。

一見秦惠王，張儀就直接上題道：

「大王，今臣所遣密使自齊都歸，言齊宣王徐州敗後，發奮有為，效其先君威王之所為，張榜求賢，廣開言路，天下賢士趨之若鶩，齊國由此大治。臣以為齊宣王其志不在小，其稱雄山東、獨霸天下之心可見矣。」

「如此，為之奈何？」秦惠王急切地問道。

「臣以為，當今之計，大王莫若效昔之魏惠王『逢澤之會』、齊宣王『徐州相王』之成例，大會天下諸侯於咸陽，與魏、韓諸君相與稱王。如此，一則可振我大秦之威儀，二則可結魏、韓之心，成連橫之勢，以遏強齊崛起之勢，絕其西進伐秦之心。」

「卿所慮極是！卿自為之，可矣！」

得到秦惠王的同意後，張儀接下來就緊張地籌備起了「咸陽相王」的大事。

周顯王四十四年（西元前三二五年）四月戊午（初四），經過三個多月的緊張籌備，張儀策劃的秦惠王「咸陽相王」的儀式正式登場了。

參加秦惠王稱王儀式與「咸陽相王」活動的，除了張儀計畫重點所在的魏、韓二國之君外，還有來自秦國周邊的戎、狄諸部族的九十餘個首領，和剛剛歸順稱臣的義渠國之君，另外秦國南部毗鄰的巴、蜀諸國之君，也到場了。

大小諸侯會齊之後，張儀首先要求魏襄王與韓宣惠王比照周顯王三十五年（西元前三三四年）齊宣王「徐州相王」的前例，推尊秦惠王為王。同時，也承認魏襄王與韓宣惠王的王號，名之為「相王」。接著，張儀又援引周顯王二十七年（西元前三四二年）魏惠王「逢澤之會」稱王時「乘夏車，稱夏王」的規格，要魏襄王、韓宣惠王當場為秦惠王執鞭，駕御作為稱王標誌的馬車。最後，是大小諸侯國之君以及戎、狄諸部首領祝賀秦惠王為王的朝賀儀式。

第九章　內爭外伐

1　逐陳軫

秦惠王稱王儀式完成後，秦國的聲望如日中天，張儀在秦廷的地位也隨之如日中天。俗話說：「妒嫉之心，人皆有之。」張儀異乎尋常的飛升，並迅速得勢，自然引起秦惠王其他朝臣的不滿。然而，其他人不滿，也無奈張儀如何，因為他們自知確實沒有張儀的能耐，因此他們的妒嫉只能是放在心裡，表面上則還得奉承、奉迎，不然在朝廷還沒法混事呢。

但是，有兩個人不滿並妒嫉張儀的得勢，那是有理由的。他們不論是遊說機辯，還是治國用兵，其能力都是不在張儀之下的。這兩個人，不是別人，就是公孫衍與陳軫。

公孫衍，是魏國河西陰晉人，早在張儀入秦之前就已經是秦惠王面前的大紅人。蘇秦「合縱」成功，投縱約書於秦，秦惠王一籌莫展，滿朝文武手足無措之時，是公孫衍獻計，解除了秦惠王之憂，並親自率兵接二邊三地大敗魏師，迫使魏國割地求和。也因為功高，秦惠王封之為大良造之爵。這個爵位，在公孫衍之前，只有秦孝公封過為秦國變法成功的商鞅。得到大良造之爵位的公孫衍，正想著秦惠王能夠任之為相，繼續實施他為秦國「連橫」而取天下的方略大計之時，蘇秦為了破公孫衍之計，激將並資助師弟張儀來了。萬萬沒想到，就是這個同樣也是魏國人的張儀，一來就遊說秦惠王成功，並且不到一年就建功立業，被秦惠王任之為秦相。公孫衍至此，終於死心了。他知道，一山難容二虎，如果自己繼續在秦惠王之朝為官，有了張儀，就不可能有自己的前程了。況且張儀為了自己的權位，必然也會嫉恨自己的。於是，他知難而退，決定另圖前程。想來想去，他決定回自己的故國魏，因為他早先在魏惠王之朝官任犀首（將軍之類），對魏國的情況與官場也了解。再說，魏國毗鄰秦國，秦奪魏河西之地，魏、秦勢不兩立，投魏則可以以魏為軸心，展開與張儀的較量，可以與張儀一比高低，看看到底誰是老大。這樣，就在張儀被任為秦相的第二天，公孫衍就悄然離開了咸陽，往魏國去矣，而今已是魏國之將了。

陳軫，則與公孫衍情況有所不同。陳軫雖與張儀、公孫衍是一路人物，也是靠三寸不爛之舌而取富貴的遊說之士，但是他不是外來的遊士，而是秦國本土之士。他也知道，他沒有公孫衍那樣的事功，因此他覺得他沒有資格跟張儀相爭，於是就在張儀為相後，低調做人。

其實，說陳軫沒有事功，也不公平。只是陳軫長期負責的是與南方強國楚的外交工作，不像公孫衍伐魏那樣轟轟烈烈，斬敵首，陷敵城，為人所知。他做的是與楚國的外交斡旋工作，但對秦國的國家安全與全盤戰略絕對是有至關重要的作用的。自秦惠王執政以來，有陳軫與楚國折衝樽俎的功夫，秦、楚從未有過兵戎相見之事。秦國屢屢興兵伐魏東進，楚國並未乘機而伐秦，這就是陳軫的功勞，只是這些功勞不易為人所知所見而已。可是，別人不知不見，秦惠王卻是心中有數的。因此，陳軫在秦惠王心中還是相當有地位的，也是被秦惠王視為一個非常得力的幹臣的。

張儀畢竟不是一般人，他知道，公孫衍走了，自己秦國之相的權位，遲早要受到威脅的只有一個人，這就是一直看起來默默無聞的陳軫。陳軫其人，雖沒有自己與公孫衍那樣為秦攻城掠地的事功，但是陳軫的能力不在自己與公孫衍之下，而且陳軫是秦國本土之人。公孫衍是魏人，是客卿，曾為了秦國的利益，多次率師伐魏，攻城掠地，為秦國奪得了河西大片土地，傷害了自己的故國魏很深。然而，到頭來公孫衍沒有得到秦惠王進一步重用，而是用了自己這個同樣是魏國的遊士，這說明秦惠王用人的策略實在可怕。說不定，有一天他覺得自己沒有進一步利用的價值，就會將自己的相位奪了，換上別的人了。而目前最具潛力的人選就是陳軫，且陳軫秦國本土之士的背景，也是最能危及自己權位的一個因素。

想了好多天，張儀終於決定要攆走陳軫，才能真正放下心來，然後再大展宏圖不遲。不然，有陳軫在，自己辛苦為秦國的強大而作的努力成果，遲早都會落在陳軫手上。屆時，自己再轉事他國之君，已經無可作為了。

打定主意後，張儀決定找個適當的時機，不露痕跡地以陳軫與楚的長期往來說事，誣其通楚賣秦，那就可以逐出陳軫於秦了。

終於，機會來了。一天，秦惠王召張儀相商秦國的外交事務，於是，張儀乘機向秦惠王進言道：「陳軫馳走楚、秦之間，已有年矣。今楚不親善於秦，而親善陳軫。莫非陳軫馳走楚、秦之間，不是為國，而為自謀？臣聞之，陳軫素有離秦往楚之心，望大王深察之！」

秦惠王默然無語。

張儀見此，覺得不便再往下說了，否則就有故意進讒之嫌。反正點到為止，先在秦惠王心裡投下一個陰影就可以，相信以後再說的機會多的是，自己是秦相，單獨與秦惠王商議的機會很多。

張儀辭別而去後，秦惠王就開始猶豫了，心裡不得平靜。因為他覺得陳軫應該不是這樣的人，但是他又不能完全相信張儀作為秦相，會有意進讒言陷害於陳軫。陳軫雖然沒有張儀那樣的功業，但是這些年來一直奔走於秦、楚之間，秦、楚之間一直相安無事，也算是他的功勞了。如果楚國在秦國屢起大兵大舉進伐魏國河西與河東之地時，乘機舉兵北伐，偷襲秦之商、於之地，那是非常容易得手的。即使不能得手，也會牽制秦國的兵力，秦國很難伐魏屢屢得手的。

想到此，秦惠王決定召陳軫來問問，不管有沒有張儀所說的那種情況，君臣之間談談心，也是一種信任的表現，相信是會感動陳軫的。

於是，秦惠王立即密召陳軫來見。陳軫一到，秦惠王便直截了當地問道：

「寡人聞先生欲離秦而往楚，果有其事？」

陳軫見秦惠王如此問，知道肯定是張儀背後造謠中傷。於是，便不假思索地回答道：

「確有其事。」

「如此說來，張儀之言不誣。」

秦惠王此言一出，陳軫終於明白，自己的猜測不錯，果然是張儀在背後搗了鬼。於是，又對秦惠王道：

「臣欲離秦而往楚，非獨張儀知之，路人皆知矣。」

秦惠王一聽，心想，看來張儀跟自己說的話，不是空穴來風，也不是張儀故意造謠中傷，而是確有此事，張儀只是將大家都知道的事告訴了自己而已，況且張儀是秦國之相，這樣的事情也是應該稟報自己的。於是，心裡對張儀的疙瘩就此解開了。

正在秦惠王這樣想的時候，陳軫續又說道：

「昔殷王高宗武丁有一子，名曰孝己。後母病篤，孝己侍後母一夜五起，視衣之厚薄，枕之高下。天下人聞之，皆欲以孝己為子。昔楚平王有大夫伍奢，伍奢有二子，長曰伍尚，次曰伍員。平王信費無忌之讒，逐太子，殺太子太傅伍奢並其長子伍尚。次子伍員，字子胥，為人機智有謀，察知平王與無忌之計，遂出奔於吳。後助吳王闔閭伐楚，戰於柏舉，入楚都郢。其時，平王已亡，子胥乃掘平王之墓，鞭平王之屍三百，以報父兄之仇。後闔閭卒，其子夫差繼立為吳王。夫差伐越，一舉大破之，越王請和，子胥諫夫差不允，一舉滅越而絕後患。夫差不聽，乃與越媾和。後子胥屢諫夫差伐越，夫差終不聽。後吳太宰伯嚭受越人之賄，讒子胥於夫差，夫差信之，乃賜劍令子胥自刎。子胥刎前，喟然而歎，囑門人：『我死後，摳吾眼，懸於吳之東門，以視越人之入城滅吳也。』言迄，自刎。後九年，越人果滅吳。子胥侍吳王之忠，天下之人主聞之，盡欲以子胥為臣。」

秦惠王一聽陳軫說到孝己之孝與子胥之忠的典故，非常感動，知道陳軫是有委屈的。正想找句話來安慰他，陳軫續又說道：

「賣僕出妾，而售於閭裡，則僕妾必良；出婦休妻，而嫁於鄉曲鄰里，則其婦必善。何故？所售之僕妾、所出之婦人，良善與否，閭裡鄉鄰盡知道了。」

秦惠王一聽，覺得是這個理，遂情不自禁地點點頭。

陳軫接著又說道：

「軫若不忠於大王，楚王何能以軫為臣？忠而被疑，軫不往楚，欲歸何處？」

秦惠王終於明白了陳軫之心，也知道了他的委屈，遂連忙安慰道：

「寡人知之。」

經秦惠王再三慰留，陳軫覺得秦惠王還是信任自己的，於是決定暫時不離開秦國。

可是，過了不久，張儀又向秦惠王進言道：

「陳軫為大王之臣，而常以國情暗中輸楚。如此之人，儀不能與之共事，願大王逐之。若陳軫果往楚，則望大王殺之。」

秦惠王一聽張儀這話，覺得為難了。看來，一山真是容不下二虎的！張儀的話，說得非常明白，如果陳軫不離開秦國，那麼只好他離開。而張儀真的離開了，這秦國目前還少不了他。如果聽從張儀之言，真的逐出陳軫，似乎太冤屈了陳軫。可是，從目前的情況看，自己必須在張儀與陳軫這二虎之間作出一個選擇，確定到底是留哪一隻老虎在秦國這座山上。

可是，想了半天，秦惠王還是下不了決心。於是，就不置可否地回答張儀道：

「陳軫豈敢往楚！」

秦惠王口氣雖顯得惡狠狠，心裡實是不忍的。

打發了張儀後，秦惠王又立即密召陳軫來見。

秦惠王一見到陳軫，又開門見山地問道：

「諺曰：『良禽擇木而棲，良臣擇主而侍。』先生欲往何國，可明言以告寡人，寡人為先生約車治裝，以禮而送之。」

陳軫一聽，明白秦惠王的意思了，看來自己必須離開秦國了。於是，就果斷地答道：

「臣願往楚國。」

秦惠王一愣，沒想到陳軫還是說出了想往楚的想法。其實，他非常想聽到陳軫不是這樣回答，而是說願意留在秦，或是到楚國之外的其他諸侯國。如今陳軫都自己這麼說了，是想往楚，那麼就不能說張儀是有意讒誣他了。於是，不無失望地對陳軫道：

「張儀以為先生必往楚，寡人亦知先生欲往楚。先生不往楚，何所往哉？」

秦惠王這話實際上用是的激將法，表面是說你陳軫除了楚國就不會再有別的地方可去了。實際上是暗示陳軫，希望他能賭口氣，改變主意，不到楚國，而到別的諸侯國，以此證明自己能去的諸侯國多得是，不僅僅楚國才能重用他。

可是，出乎秦惠王意料的是，陳軫卻回答道：

「臣離秦，必往楚也。」

「為何？」秦惠王不解地問道。

「如此，則可順大王之計，遂張儀之願，亦可見臣坦蕩之心。」

秦惠王明白了，原來陳軫是故意要往楚，以此證明自己本來與楚國沒有什麼見不得人的交易，從而使張儀那些中傷他通楚的讒言不攻自破。於是，點點頭，表示會其意矣。

陳軫見秦惠王點點頭，明白了自己的意思，遂接著進一步申述道：

「昔楚人有一妻一妾者。人誘其妻，其妻詈之；誘其妾，其妾則許之。未久，楚人死。有客告誘者：『汝所誘之二婦，其夫已死，今二婦汝皆能娶之矣。願娶其妻，願娶其妾？』誘者曰：『願娶其妻。』客怪而問之：『其妻詈汝，其妾許汝，何以願娶其妻？』誘者道：『此一時也，彼一時也。彼時，其妻乃他人之妻，故願其許我也；今時，將為我妻，則願其為我詈人也。』今楚王乃明主也，昭陽乃賢相也。軫今為大王之臣，若常以秦之國情輸楚，則楚王必不留軫為臣也，昭陽必不與軫共事矣。今軫往楚，大王可觀楚王留軫為臣與否，昭陽願與軫共事與否，即可知軫事大王之心，明臣往楚之意。」

秦惠王一聽，更明白了陳軫之心。但是，既然陳軫與張儀不和，要讓二人同朝為官，同心協力為秦，已是不可能的事了。那麼，也就只好作個痛苦的選擇。

想了半日，秦惠王終於決定，為了秦國的大計，目前他必須選擇張儀，而只能委屈陳軫了。於是，乃厚賜陳軫，從陳軫之請，讓其往楚國去了。

陳軫剛剛離開，張儀就偵知情況，馬上入宮晉見秦惠王。

秦惠王知張儀此來何意，故意問道：

「賢相此來何為？」

張儀也不閃避，倒是直截了當地問秦惠王道：

「陳軫果然往楚？」

秦惠王見張儀問得這樣不避嫌疑，遂也直截了當地回答道：

「陳軫，天下之辯士也。寡人問其何往，軫熟視寡人，坦然應之：『軫必往楚。』寡人無奈何也。寡人乃問之：『先生必往楚，則張儀之言不誣。』陳軫言於寡人：『軫欲往楚，非獨張儀知之，路人皆知矣。昔子胥忠其君，天下人主皆欲以子胥為臣；孝己敬其母，天下父母皆欲以孝己為子。賣僕出妾，不出里巷而售者，必良僕善妾也；休妻出婦，而嫁於鄉里者，必為賢婦也。臣不忠於王，楚王何能以軫為臣？忠而見棄，軫不往楚，而欲何歸哉？』寡人聞其言，憐而從其請，軫已往楚矣。」

張儀聽出了秦惠王話中的弦外之音，心中頓有愧疚之意。但是，想到陳軫終於離開了秦國，心裡還是不免竊喜，遂告辭而出。

2　伐齊

回到相府，張儀心裡那個痛快啊，就別提了。

可是，沒等張儀心裡痛快幾天，煩心的事來了。

周顯王四十四年（西元前三二五年）十月二十七，張儀正欲入朝理政，突然派往齊國的密使快馬來報：

「相爺，魏將公孫衍遊說齊將田盼，已合兵伐破趙國。」

張儀一聽，心裡「格登」一下，這消息太突然了，一時呆住了。

好久，他才清醒過來，知道這是公孫衍故意破蘇秦舊有的「合縱」之局，另組新的「合縱」之盟的計謀。如此一來，那麼師兄蘇秦不就完了。於是，連忙追問道：

「武安君蘇秦何在？」

「齊、魏伐趙，趙國新君深責武安君，武安君今已離趙往燕矣。」

張儀心情一下子便沉重起來，想想蘇秦，好日子沒過幾年，就被這個公孫衍給破了局，現在六國之相沒得做了，趙國的武安君之爵更別說了。如今往燕投奔燕君，不知結果如何呢。

沉默傷感半日，張儀突然又高興起來了。心想，這下可好了，自己為秦實施「連橫」之策的時機到了。當初答應過蘇秦，有蘇秦在趙一日，就不會破他的「合縱」之局，不危及他在趙國的地位。自執政秦國以來，自己也恪守了這個諾言，雖然迫不得已對魏作戰過幾次，但始終沒有危及蘇秦的「合縱」之盟的根基，也沒有使蘇秦在趙國的地位受到一絲半毫的動搖，這也算對得起蘇秦了。如今，公孫衍破了蘇秦「合縱」之局，蘇秦又北走燕國，那麼自己完全可以放手做去，實施早已計畫好的以秦為中心的「連橫」之策，一來可以實現自己扶持秦惠王稱霸天下的宏願，進一步穩固自己在秦國的地位，建功立業，彪炳千古；二來可以破公孫衍之局，擠壓公孫衍這個冤家對頭的生存空間，同時也可以為師兄報一箭之仇。

想到此，張儀立即打發密使快馬回齊，再探消息。

「相爺，尚有一言相稟。」

「何事？」

「魏與齊合兵伐破趙國，今魏將公孫衍又移師伐韓矣。」

張儀一聽，更是氣得七竅生煙了。心想，這個公孫衍也太過份了。看來，他的野心不小。

於是，張儀一刻也不停留，立即驅車出門，往朝廷而去。他要面陳秦惠王新的情況，慫恿秦惠王出兵伐魏，再立新功。

因為密使來稟報情況耽擱了一些時辰，當張儀到達朝廷時，秦惠王與群臣早已集於大殿。

張儀見此，立即稟報秦惠王道：

「臣頃接密使之報，齊將田盼、魏將公孫衍合兵一處，已伐破趙國矣。今魏將公孫衍移師伐韓，戰猶酣也。」

秦惠王一聽，立即拈鬚而笑。

群臣一見，便猜到秦惠王的心思，他這是幸災樂禍呢，山東六國之間終於自己打起來了，這就不能「合縱」而威脅秦國了。

接著，便有很多大臣諫說秦惠王出兵東進，乘亂伐魏攻韓，攻城掠地。

見群臣紛紛進諫，張儀反而不吱一聲，他要聽聽大家都說些什麼，然後再出主意不遲。

就在這時，寒泉子開口了：

「大王，不可。年初『咸陽相王』，魏、韓二君共尊秦為王，今三國乃盟邦矣。今盟誓在耳，而起兵伐之，秦日後何以取信於諸侯？且魏、韓戰猶酣，若二虎之相搏，大王何不坐而觀之？為今之計，不如取道於魏、韓，出奇兵，千里奔襲，直搗齊境。齊無備，必重挫其銳氣也。如此，山東諸國皆可使臣服矣。」

寒泉子是秦國高士，向來都是深受秦惠王敬重的。秦惠王一聽他的話，覺得果然是高人高論。於是，脫口而出道：

「善哉！」

其他秦國之臣也是一片附和之聲。

秦惠王見此，乃轉而對張儀問道：

「賢相以為如何？若可行，寡人欲令賢相率師伐齊。」

張儀一聽秦惠王將要點自己率師東征齊國，心想，這種長途奔襲的戰事，恐怕自己應付不來。再加上齊國向來都是天下強國，不是魏、韓。如果失敗了，自己在秦國的權位就要不保了。這樣，反而是畫虎不成反類犬了。

正在張儀猶豫未應之時，寒泉子又開口了：

「大王，不可！善我國家，出使諸侯，請使張相；攻城掠地，則請使武安子。」

張儀一聽，真是打心眼裡感謝寒泉子。

而秦惠王一聽，更覺得有理，武安子是秦國名將，領兵出征，恐怕確實是比張儀要好，特別是長途奔襲，輕騎冒進，張儀這個書生恐怕不能勝任。

於是，秦惠王便當場決定，由武安子領兵。明日就出征，東進襲齊。

周顯王四十四年十月二十八，武安子領命，率輕騎五萬，東出函谷關，取道魏、韓南部之地，晝夜兼程，於周顯王四十四年十一月底，入齊國之境，兵指齊國西部與魏國東部交界的重鎮甄。

卻說齊宣王此時年事已高，他當初就不太同意田盼與魏將公孫衍合兵伐趙，只是公孫衍與田盼設計，說只借五萬之兵，所以就答應了。最後，他又覺得趙國乃強國，恐怕兵出失利，遂不得不再發重兵。結果，破了趙國。雖然破趙對齊有利，但他心裡卻時常有不安，他怕山東六國自蘇秦「合縱」成功後已經平靜了很久的局面一旦打破，就有不可收拾的後果。於是，破趙之後，他就特意派出很多密使，往各國刺探情報。

果然不出意料，周顯王四十四年十一月中旬，密探就探得情報，秦惠王正趁魏、韓交戰，不可開交之時，取道魏、韓南部，輕騎冒進，馬上就要到達齊國西部邊境了。於是，齊宣王立即召集群臣計議。最終，決定讓齊威王時就已經聞名的大將匡章領兵迎敵。

匡章領命出兵，十一月底，在齊國毗鄰魏國的西部重鎮甄，與秦將武安子率領的五萬精銳之師相遇。雙方合軍聚眾，立定軍門，紮營已畢後，匡章多次派使者與秦將武安子來往，同時又讓自己的將領變換旗幟，士卒改穿秦卒號服，雜於秦師之中。

齊師中負責偵察的「候者」，不知就裡，立即將此情況向齊宣王稟報道：

「匡章率齊兵投秦矣。」

齊宣王默然不語，不置可否。

又過了幾天，又有別的「候者」密報齊宣王，說匡章率齊兵降秦了。齊宣王聞報，似乎充耳不聞。如此者三次，「候者」也就不再稟報了。

這時，專門負責諫言的朝臣就奏請齊宣王道：

「候者數言匡章叛敵，異人而同辭，當不為誣，請大王發將擊之。」

齊宣王不以為然地說道：

「匡章不叛寡人明矣，為何發將而擊之？」

未過幾日，捷報傳來，齊師大勝，秦師大敗而去。

原來匡章用的是「以逸待勞」與「以假亂真」之計，出其不意，突然在秦師麻痹大意之時偷襲，利用天時、地利、人和的優勢，一舉大敗秦國悍將武安子所率秦國精銳之師，終使武安子血本無歸，倉皇西竄而去。

齊宣王左右此時便問齊宣王道：

「大王何以知匡章不叛？」

齊宣王從容道來：

「匡章有母啟，得罪其父，其父殺之，埋於馬棧之下。寡人使匡章為將而迎秦師，行前與匡章有約：『若師出而勝，全兵而還，寡人必更葬將軍之母！』匡章曰：『臣非不能為母更葬也！臣母得罪於臣父，臣父死之日，未囑臣為母更葬。今不得父命而更母葬，是欺死父也。故臣不敢為母更葬也！』為人之子，而不欺死父，豈為人臣，而欺生君哉？」

左右皆服。

3 伐魏

武安子大敗而歸，從此在秦國的日子自然不好過了。

而當初建議秦惠王派兵遠途奔襲齊國，並推薦武安子出征的寒泉子，自然日子也就更不好過了。

不過，武安子與寒泉子的日子不好過，卻有一個人的日子從此更好過了。

這個人不是別人，就是秦國之相張儀。

武安子與寒泉子都是秦國本土之士，一武一文，都是深受秦惠王所倚重的重臣。如果武安子此次襲齊成功，那麼武安子今後就有更多率兵東進的機會，立功封爵的機會也就更多，地位會更高。還有一層，武安子此次如果成功了，那麼寒泉子的計謀就證明是正確的，寒泉子今後就會更為秦惠王所倚重了。而今，這秦國本土之士中的一文一武，都因為此次的伐齊失利而失寵了，這對張儀這個客卿身份的秦國之相，壓力就小多了。最起碼，目前沒有更有力的競爭對手對自己構成強力威脅了，因為公孫衍自己識相，悄悄地走了，如今正在魏國為將，跟韓國作戰呢；陳軫不識相，但最終也被自己設計逼走了，如今大概遠在南國大楚望月思秦吧。

卻說秦惠王因為伐齊失利，暫時也收斂了不少。就這樣，秦惠王與張儀君臣二人現在誰也不提用兵的事了。雖然韓國被魏國之將公孫衍攻打得急了，有些挺不住了，幾次來秦向秦惠王求援。可是，張儀不吱聲，其他秦國之臣也不敢多言，大家都怕失敗了要擔責任，所以誰也不開口進言要秦惠王援韓伐魏。好在現在的魏國早已不是昔日的魏國了，實力已經不強了，跟韓國開戰了近一年，也並沒有滅了韓國。於是，雙方就這樣打打停停，耗在了那裡。

周顯王四十五年十月初五，陳軫首次以楚國使者的身份出使秦國。

秦惠王本就與陳軫有感情，陳軫也對秦國有感情，秦惠王也知道陳軫離秦往楚的委屈。所以，陳軫一到咸陽，秦惠王就立即熱情召見。

就當陳軫與秦惠王寒暄見禮畢，正欲分庭抗禮坐下相敘時，突然有韓國使者急急來見。

「韓王之使拜見秦王，魏師伐我，我抵死相敵已一載有餘，大王亦知道了。今魏攻之甚急，我師力有不支，韓王特遣臣求救於大王！」

秦惠王一聽，覺得韓國之使說得可憐，況且韓國之使至秦求救，至今已是第五次了。於是，就想答應下來。可是，剛要開口，卻又猶豫起來。

沉默了一會，秦惠王對韓國之使說道：

「且容寡人思之。」

說著，就示意左右侍臣，引領韓國之使暫時出了秦廷。

韓國之使退後，秦惠王對陳軫道：

「先生離秦而往楚，尚思寡人否？」

陳軫脫口而出道：

「大王聞越人莊舄之事否？」

「未聞。」

「越人莊舄仕楚，官至執珪。年老而病，楚王謂左右曰：『莊舄昔為越國細民，出身低微，今仕楚而為執珪，富貴極矣，尚思越否？』左右對曰：『凡人之思故土，皆在其病時。思越則越聲，不思越則楚聲。』楚王乃令人潛往莊舄之所而聽之，猶尚越聲也。今臣雖棄逐而至楚，豈能無秦聲哉？」

秦惠王一聽陳軫此語，大為感傷，遂更加了解陳軫對故國秦的感情。

沉默感傷了良久，突然秦惠王對陳軫說道：

「先生之心，寡人知道了。先生居楚而有故秦之心，乃秦之福也，亦為寡人之福也！今魏、韓相攻，期年不解，韓數請兵於寡人，而往救之。寡人之臣，或謂救韓為便，或曰勿救為便，寡人不能決。韓使今日來，先生亦已見之，已為五度矣。望先生為楚王籌策之餘，亦為寡人計之一二。」

陳軫見秦惠王說得至誠懇切，心想，雖然自己現在是楚王之臣，要為楚國謀取國家利益，但是今日魏、韓相爭，為秦王出計，而解魏、韓紛爭，並無礙楚國利益，不妨為秦惠王謀一計，也算是對故國盡一份情誼。再說，秦惠王也通情達理，並不為難自己，說要自己在為楚王籌策之餘，為其謀計一二，真是賢明之君，深知為人之臣各為其主的道理。

想到此，陳軫遂答道：

「大王聞卞莊子刺虎之事否？」

「未聞。」

「二虎爭牛，卞莊子欲刺之，舍下豎子諫曰：『兩虎爭食，爭則必鬥。鬥則大者傷，小者死，然後從而刺之，一舉必有雙虎之得矣。』卞莊子以為然，乃持劍卻立，靜觀二虎爭牛。終則大者傷，小者死。卞莊子遂刺其傷者，一舉果有雙虎之得。」

陳軫說到這裡，看了看秦惠王，見秦惠王似乎意有所悟，遂接著說道：

「今韓、魏相攻，期年不解，終必大國傷，小國亡也。大王何不俟其大者傷而伐之，一舉必有二功。此猶卞莊子刺虎也。」

「善哉！」

秦惠王終於主意已定，遂傳令打發了韓國之使，不發兵相救。然後，又令左右設酒備筵，就在大殿之上，盛情招待陳軫。

雖然陳軫今為楚王之臣，但是在秦惠王與陳軫二人心中，仍有君臣的情誼，所以，這個秦惠王為陳軫一人所特設的筵宴，二人對飲相敘，就顯得毫無隔閡，氣氛也是相當的融洽。

酒酣耳熱，秦惠王突然令左右搬過一張琴來，輕舒長袖，撫琴慨然而吟唱道：

有車鄰鄰，有馬白顛。未見君子，寺人之令。

阪有漆，隰有栗。既見君子，並坐鼓瑟。今者不樂，逝者其耋。

阪有桑，隰有楊。既見君子，並坐鼓簧。今者不樂，逝者其亡。

這是一首秦國人人熟悉的秦風民謠，秦惠王今日撫琴唱出這首秦風民謠，既有對陳軫寄予深切情誼之意，也是有借此秦腔民謠打動陳軫故國情懷之意。

而陳軫呢，一聽此曲，則立即明白秦惠王之意。秦風民謠很多，秦惠王今日特意選擇此首民謠，在酒筵中對他唱出，那是因為此首民謠的詞句，在此情此景中，是別有深意的。秦惠王借歌中「既見君子，並坐鼓瑟」、「既見君子，並坐鼓簧」的現成詞句，既自然而然地抒發了他見到故人的喜悅之情，又借此將故人比作君子，讚譽其人格的意味，也不言自明。還有，「今者不樂，逝者其耋」、「今者不樂，逝者其亡」的話，似乎又有勸慰之意，婉轉地傳達出這樣的意思：為君為臣，都有迫不得已的無奈，所以應該及時行樂。

想到此，陳軫更是無限地感慨。於是，也乘著酒興，上前為秦惠王撫上了一曲：

蒹葭蒼蒼，白露為霜。所謂伊人，在水一方，溯洄從之，道阻且長。溯游從之，宛在水中央。
蒹葭萋萋，白露未晞。所謂伊人，在水之湄，溯洄從之，道阻且躋。溯游從之，宛在水中坻。
蒹葭采采，白露未已。所謂伊人，在水之涘，溯洄從之，道阻且右。溯游從之，宛在水中沚。

陳軫所唱，也是一首秦風民謠，而且是一首在秦國家喻戶曉的情歌。它表達的是一個男子對他所心儀的女子的深切之情，強烈表現了該男子對其所追求的女子那種鍥而不捨的追求之志。

秦惠王是個明主，也是一個聰明絕世的主兒，他聽陳軫撫情唱出這首《蒹葭》的秦國情歌，立即明白陳軫的心志。知道陳軫這是有意借此情歌，將自己比作那個癡情的男子，而將秦國或曰自己這個秦國之君比作他心儀的女子，雖然追求得非常苦，但卻矢志不改其心志。秦惠王想到此，更是深切感動。

眼前，賓主二人，雖無君臣之份，而感情卻勝似君臣。在彼此明志見心後，相對而飲，其情更歡。於是，二人從日中直喝到日落，最後是大醉方休。

陳軫告別秦惠王回楚後，約有一個月的時間，十一月十三，秦惠王正無事而聽瑟觀舞，張儀突然急急進殿，稟報道：

「大王，韓師不敵魏兵，恐有亡國之虞。」

秦惠王一聽，心裡明白，此時正是陳軫所說的「大虎傷，小虎死」的時候了，該是秦國出手，一舉而獲「雙虎」之功的時候了。遂立即召集群臣，提出了自己的想法：

「今韓、魏相攻，期年不解，二國俱困，寡人欲起大兵，承二國之敝，渡河而擊魏。」

群臣一聽，都覺得可行，遂一片讚頌之聲。

張儀此時則更是積極，連忙附和秦惠王與群臣的意見道：

「大王慮之深矣，謀之遠也！臣願奉大王之命，效死於戰場，率師以伐魏！」

「賢相願領兵而往，善莫大焉！」

於是，秦惠王乃當廷任張儀為主將。

周顯王四十五年（西元前三二四年）十一月十四，張儀統秦師十萬，浩浩蕩蕩地出了咸陽城，東渡渭水，往函谷關方向而去。

十一月底，兵抵函谷關。

十二月初，前鋒直指魏國河南重鎮——陜。

由於魏國的主力都在東部與韓國鏖戰，西部的河南地區防禦力量嚴重不足，加上魏、韓相攻不是一天兩天了，已經一年有餘，秦國始終沒有出兵救韓，所以魏國防守河南之師就有些麻痹大意，根本沒有想到秦國此時會突然襲擊。因此，當張儀大兵突然從天而降時，魏國防守陝的將士根本來不及反應。結果，張儀所率秦師不費吹灰之力，一戰而勝，二日之內陝便易手，成為秦師囊中之物。

從此，陝由魏國防禦秦國的河南重鎮，就變成了秦國進一步向魏國河北擴張的跳板，魏國形勢更加吃緊了。

第十章 山東風雲

1 襄陵之役

魏、韓二國經過一年多的相攻，國力都消耗得差不多了，特別是魏國，輸得更慘。因為張儀率師伐陝，大敗魏師，又奪了魏國河南重鎮，魏國西部的河南與河北兩地，都直接受到了秦國的強大威脅。

周顯王四十六年（西元前三二三年）二月，南方大國之君楚懷王突然得到情報，聞知就在去年底，在魏、韓相攻一年有餘，二國俱困之時，秦惠王使張儀為將，乘魏國大困之時，率兵伐魏，戰於魏國西部河南重鎮——陝，大獲全功，得了個大便宜。

楚懷王心想，如今的魏國早已不是昔日的天下獨霸，也不是先王楚威王時代擊敗楚國於陘山的魏國了。何不趁魏國重創之時，也學學秦惠王的榜樣，趁火打劫，出兵伐魏，以一雪七年之前魏敗楚師於陘山的奇恥大辱呢？

想到此，楚懷王立即召見官任上柱國、爵封上執珪的楚國大將昭陽，問計道：

「寡人聞魏、韓相攻，一載有餘，二國俱困。秦王命張儀為將，兵出函谷關，直取魏之河南，取陝而去矣。」

昭陽點點頭，這個情報他也知道了。

「昔魏師與我戰於陘山，我師敗績，魏奪我潁水、汝水之地。今寡人欲承魏師之敝，起兵伐之，以雪陘山之恥，將軍以為如何？」

「大王之策是矣！昭陽願領兵而往。」

楚懷王見大將昭陽認為自己的決定是正確的，信心便更足了。於是，立即決定任昭陽為主將，起兵伐魏。

昭陽領命，立起楚國方城之內各鎮之兵，計有十萬之眾。集合已定，便開赴楚國東北與魏國東南交界的前線。

三月底，昭陽之兵，已至楚國東北部與魏國東南部邊境的楚國重鎮——召陵。

四月中旬，楚國十萬大軍就攻到了魏國東南部的重鎮——襄陵。

襄陵，乃魏國東南重鎮，也是防禦楚國與齊國、宋國的最前線。因此，襄陵的魏國之師也是魏師中最為精銳的。於是，楚、魏之師便在此展開了一場殊死的鏊戰。

就在此關鍵時刻，韓宣惠王聽說楚師伐魏的消息，心中大喜。想想魏國無故伐韓一年有餘，如果不是因為秦使張儀乘機偷襲魏國西部河南之地陝，從而阻止了魏國進攻韓國的步伐，說不定韓國已經被魏國滅了國。越想越恨，遂仇從心中來，惡從膽邊生，立即萌發了趁火打劫的念頭，決定派兵伐魏，以雪昨年之恨。

卻說韓宣惠王策劃已定，就立即派出軍隊向魏國西部河東之地開赴而去，意欲趁魏師與楚師激戰於魏國東南，無暇顧及魏國西部的河東之地時，來個突然襲擊，使其首尾不能策應，東西不能兼顧，從而大敗魏師。

然而，韓國的軍隊剛剛開赴不久，魏將公孫衍就從祕密管道得到了情報。因為公孫衍與韓國的關係太密切了，包括韓宣惠王以及韓相公叔都是與他過往甚密的。至於他在韓國安插的密探人等，更是多得不得了。去年他在與韓國交戰時，為了與魏相田需爭奪魏相之位，一邊與韓國交戰，一邊還在跟韓國之相公叔做交易，派人說服公叔故意讓他在伐韓中得手，以提高他在魏國的地位，結果韓相公叔還真的故意讓了一次。

公孫衍得到情報後，一邊親自坐鎮襄陵與楚師決戰，一邊派出兩路使者，往韓國之都鄭而去。因為魏、韓路近，不幾日，公孫衍的兩路使者都到了韓都鄭。

這兩路前往韓都的使者，一是成恢，二是畢長，都是公孫衍信得過的策士。成恢負責遊說韓宣惠王，畢長則專門遊說韓相公叔。

成恢一見到韓宣惠王，便開門見山地遊說道：

「聞大王欲掩魏之不備，傾起韓師，襲攻魏國河東之地，果有其事？」

韓宣惠王一聽，不禁一愣，心想，韓國軍隊剛剛才開撥，怎麼魏國就知道了？是誰洩了密？

不等韓宣惠王有更多的時間尋思，成恢又說道：

「今楚師伐魏於襄陵，韓欲襲魏之河東，魏之為國，危矣哉！大王亦知之，魏東受敵於楚，西遭襲於韓，魏必不支。魏不支，則楚師必進矣。」

韓宣惠王一聽，心中竊喜。心想，你們魏國現在也知道國之將危了？那麼，去年你們為什麼無故而伐韓一年有餘呢？

成恢看了看韓宣惠王的表情，知道此時他心裡想的是什麼。但是，成恢似乎並不在意韓宣惠王想什麼，又自顧自地繼續說道：

「魏受腹背之敵，力不能支，終必交臂拱手，而聽之於楚。楚、魏和合，則大王之韓必危矣。故臣以為，大王不如與魏講和，撤兵回師。」

成恢說到此，不禁抬眼看了看韓宣惠王，想看看他到底是什麼表情。可是，令成恢奇怪的是，說到這個地步，韓宣惠王竟然還是不動聲色，一向善於察顏觀色的成恢，此時也揣摩不出韓宣成王心裡到底是怎麼想的。

成恢沒辦法，只好恫嚇不成，便來利誘了：

「大王若撤兵回師，魏無後顧之憂，必與楚戰。戰而不勝，則大梁不能守。大梁不能守，魏國之地，韓何患無所取？魏與楚戰，戰而勝之，魏亦師老兵疲矣，大王承其敝而伐魏，何患不能多取魏國之地？」

成恢說完，韓宣惠王仍然不置可否。

成恢見話已說盡，只能到此為止。心想，韓宣惠王也許自己拿不定主意，畢竟到底是繼續對魏用兵好，還是撤兵以觀楚、魏相爭更有利，不是太易作出判斷的。可能韓宣惠王覺得這是件大事，需要召群臣商議一下才能決定吧。

想到此，成恢乃恭恭敬敬地對韓宣惠王道：

「臣言而盡意矣，願大王三思！」

說完，成恢就告辭而出，回驛館去矣。

就在成恢從韓王宮告辭而出後不久，韓相公叔又進了韓王之宮，求見韓宣惠王。公叔此來，目的實際與成恢是一樣的，也是為了說服韓宣惠王不要起兵伐魏的。

當然，公叔不是作為魏國的使者來說服韓宣惠王的。不過，實際上他是充當了魏將公孫衍的代言人了，只是他自己並不知道而已。

原來，就在成恢遊說韓宣惠王的同時，公孫衍派出的另一個使者畢長，則正在遊說韓相公叔。畢長見到公叔後，首先表明了自己是公孫衍之使的身份，然後，就直截了當地遊說公叔道：

「今楚師伐魏，公以為何故？」

公叔一聽畢長劈頭便問了自己這樣一個問題，心中不免好笑。於是便不假思索地脫口而出道：

「取魏地。」

「非也。」

「雪陘山之恥。」

「非也。」

公叔一聽，覺得奇怪了，楚國伐魏，不為取魏地，也不為一雪當年魏、楚陘山一戰喪師失地之恥，還有什麼事呢？於是，便反問畢長道：

「不然，楚何以伐魏？」

「昔魏公子高得罪於魏王，乃亡奔於楚。公子高屢欲復國，終不可得矣。今之魏，非昔之魏也。去年魏、韓相攻，韓大困，魏亦大困。秦承魏國之敝，舉師伐魏於陝，大敗之，今魏之困，已至極矣。」

公叔點點頭，認為確實是這樣。

畢長遂接著說道：

「今楚師伐魏，欲效秦之所為，承魏之敝，以兵臨境，其意不在取魏地，而欲使魏公子高復國也。公子高若復國，必唯楚是聽。」

說到此，畢長停下不說了，看了看公叔。

公叔乃促之道：

「如何？」

「魏公子高復國，聽命於楚，則韓國必危矣。楚乃大國，魏有楚國之助，必無韓矣。」

公叔聽到此，又默默地點點頭。

畢長見此，知道已經說動了公叔。於是，一鼓而下道：

「今為韓之計，韓不如撤兵回師，坐觀楚、魏之戰。楚戰而勝之，楚亦困矣，公子高復魏，終將無所為也。楚戰而不勝，則魏公子高不得復國，魏不聽於楚。魏困而不聽於楚，則韓無憂也。」

公叔聽到這裡，遂深深地點了點頭，說道：

「善哉！公叔將往說韓王也。」

正是因為畢長說動了韓相公叔，公叔遂立即往說韓宣惠王。

卻說成恢辭去後，韓宣惠王越想成恢所言，越覺得有理，覺得此時伐魏，終非上策。於是，就想著是否應該傳令撤回西伐魏國河東的韓國之師。

正當韓宣惠王猶豫不決之時，突然韓相公叔來了。

「寡人正欲召賢相，賢相不召而至，善哉！」

「大王何事欲召愚臣？」

「今魏王之使成恢來，說寡人撤兵回師，坐觀楚、魏之戰。寡人意欲允之，然韓師已出，故疑而不能決也。」

公叔一聽，心裡一下子便知道公孫衍的用意了。他是怕成恢不能說服韓王答應撤兵，所以在為遊說韓宣惠王而派出成恢的同時，又另派了畢長來遊說自己這個韓國之相，希望自己能夠最終說服韓宣惠王。公叔與公孫衍本有交情，又深知公孫衍並非等閒之輩，既然公孫衍那樣看重自己在韓宣惠王面前說話的份量，再說此次韓國出兵伐魏之舉，確是不及坐觀楚、魏相攻對韓國有利，不如賣一個人情給公孫衍，說服韓宣惠王撤兵。不過，說服歸說服，但看來不必告訴韓宣惠王有關畢長來遊說自己的內情。那樣，一來會使韓宣惠王反感，認為魏國將自己這個韓相與他這個韓王等量齊觀；二來會引起韓宣惠王的疑心，以為自己說服他撤兵，不是為韓國國家利益而來，而是替魏國著想。

想到此，公叔不露聲色地回答道：

「大王所慮是也！今楚、魏相攻，韓不如坐視之，令楚、魏久戰不下，二強俱困。然後，承其敝而伐之，韓必取利多也。」

韓宣惠王一聽，覺得這個想法與成恢的說法一致，也與自己的想法一致，看來是英雄所見略同。於是，韓宣惠王決心遂定，肯定地對公叔道：

「寡人諭之。」

遂立即傳令，撤回了正在開撥魏國河東的韓國之師。

雖然韓宣惠王撤回了欲伐魏國河東的軍隊，公孫衍的阻韓伐魏的計畫得以成功，使魏國避免了腹背受敵的窘境。但是，由於自公孫衍至魏國為將以來，先是聯合齊國之將田盼伐破趙國，接著又與韓國打了一年有餘。打到精疲力竭之時，又被秦國趁火打劫，偷襲了魏國西部的河南重鎮——陝，從而使魏國元氣傷到了根子上。如今又被楚國趁火打劫，落井下石，公孫衍雖然素有計謀，終是敵不過楚國大將昭陽的十萬楚國雄師。結果，苦戰了兩個月，楚師不僅攻陷了魏國東南的重鎮襄陵，還伐取了魏國東南八邑之地。

2　五國相王

周顯王四十六年六月初，陳軫至魏都大梁。

陳軫此次來魏，不是為楚國而出使魏國，而是以秦國之使的名義，替秦惠王出使齊國的，到達大梁，是路過。

那麼，陳軫何以現在又替秦惠王當使者了呢？那是因為陳軫「雙面人」的特殊身份。他本是秦人，在秦惠王之朝為臣。可是，張儀為秦相後，極力排擠他。秦惠王雖然知道陳軫對自己、對秦國的忠心，但為了用張儀之才，只得委屈陳軫，聽其遠走楚國為臣。但陳軫至楚做了楚懷王之臣後，仍不忘故國故君之情，秦惠王也從不以異國之臣待陳軫。去年，秦伐魏西部河南重鎮陝成功，就是陳軫使秦時，替秦惠王出的主意。不過，這個主意，卻使自己的死對頭張儀又乘機立了一次大功。

因為陳軫與秦惠王有此特殊的關係，去年又曾經以楚國之臣的身份替秦惠王謀了一個好計，所以今年四月陳軫再次以楚懷王之臣的身份使秦時，秦惠王便又想到了陳軫的好處，遂又委請陳軫以重任，想讓他此次也充當一次秦國之使，為自己出使齊國，以彌合秦與齊的裂痕。

秦與齊相隔甚遠，本來沒有多少仇恨，只是因為前年魏、韓相攻不下，韓國之使屢屢來求援之時，秦惠王便讓群臣集議。當時，群臣多傾向出兵救韓，但是秦國高士、也是秦惠王一直信用的重臣寒泉子卻提出了一個大膽的想法，讓秦惠王出兵不是救韓，而是乘機偷襲毫無防備的齊國。結果，秦惠王聽從了他的計策，派大將武安子取道魏、韓，千里奔襲齊國東部毗鄰魏國的重鎮甄，最後卻反被齊國大將匡章所敗。

事後，秦惠王為此深悔不已，認為此舉乃是大大失誤，可謂是「偷雞不成蝕把米」，秦國為此不僅損兵折將，還從此搞壞了與東方大國齊國的關係。於是，秦惠王痛悔之中，就在心裡常常想著陳軫，認為如果當初陳軫在，就不會有這樣的結局了。

因此，當陳軫這次再次以楚懷王之使的身份出使到秦國時，秦惠王便毫不猶豫地將出使齊國、彌合秦齊關係的重任，託付給了這個目前在楚為臣的陳軫。因為秦惠王相信，目前只有陳軫這個身份才能為齊國所接受，也只有陳軫之辯才，才能達成自己的外交目標。

就這樣，陳軫四月便受命從咸陽出發，經韓國，於六月初到達了魏都大梁。然後，準備再由大梁出發，往東到齊都臨淄，遊說齊王。

到大梁後，陳軫就打聽公孫衍的情況，得知他最近情況不妙，因為襄陵之戰的失利，加上這些年來與魏相田需相爭並不占上風，所以最近倒是賦閑在家，無所事事了。

陳軫曾與公孫衍在秦惠王朝中為臣多年，雖然二人沒有多少交情，但是公孫衍為秦國大良造時為秦國所立下的不世之功，陳軫是心中有數的。還有，公孫衍之所以出走至魏，與自己出走至楚，原因是一樣的，都是因為受張儀的排擠。因此，陳軫到了魏都大梁，就想到公孫衍，並引之為自己的同類，大有惺惺相惜之意。

因為這個原因，陳軫了解到公孫衍的近況後，就想見公孫衍一面，想與他談談心。可是，出乎他的意料，公孫衍卻拒絕與他見面。

陳軫是個善解人意的人，知道公孫衍不見自己，並不是與自己有什麼仇恨，或對自己有什麼成見，而是因為他個人目前處境不妙、心情不佳，羞於見到故人而已。

想到這一層，陳軫就越發想見公孫衍一面，一定要與公孫衍談談心。於是，他便以激將法，托人給公孫衍帶話說：

「軫至大梁，乃為公之事。公不見軫，軫將行矣。異日欲見軫，亦不可得矣。」

果然，公孫衍聽說陳軫此來，是為了自己的事而來。心想，既然他已經知道自己這些年的情況以及最近的處境，且明言說是為自己的事而來，想必見上一面，也是對自己有益的。畢竟陳軫不是等閒之輩，他的智慧不在自己之下，說不定能給自己出個主意，幫助自己擺脫目前的困境呢。

想到此，公孫衍立即決定前往陳軫下榻的驛館拜訪陳軫。然而，剛剛備好車馬，準備出門，公孫衍又停住了，覺得這樣不妥。因為陳軫是楚國之臣，雖然此次是以秦國之使的名義出使齊國，路過魏都大梁，但是無論是他的秦使身份，抑或楚臣身份，都是非常敏感的。因為秦、楚都是魏國的仇敵，都是使魏國喪師失地的強敵。加上，楚國大將昭陽剛剛在襄陵打敗了魏師，並奪得魏國東南之境八邑。魏襄王此時正恨著楚國與秦國呢，還有魏相田需又與自己為敵，爭鬥不已，如果此時自己主動到驛館拜訪陳軫，說不定會引起魏襄王的懷疑，也給田需讒言自己以把柄。但是，如果陳軫來自己將軍府上拜訪，倒是屬於正常。因為他是客人，來大梁拜訪自己這個魏國將軍，也是可以說說的。再說，魏王也知道自己曾與陳軫同在秦惠王之朝為臣，算是故人、故交，老朋友見個面，敘個舊，也是情理之中的事。

想到此，公孫衍立即決定，還是不到驛館拜訪陳軫為好，最好讓陳軫來拜訪自己。於是，就派自己心腹之人祕密前往陳軫下榻的驛館相請陳軫，但不派將軍府的車馬，而是讓陳軫坐自己的車馬來見。這樣，就不會有任何話讓田需說了，也不會使魏襄王有什麼可以懷疑的。

打發心腹之人前往驛館相請陳軫之後，公孫衍就在府中準備著，並在心中猜想著陳軫到底想找自己談什麼。但是，想了很久，並不能肯定陳軫到底會找自己談些什麼事。於是，百無聊賴地自己先喝起了酒。

正喝著，突然門人通報道：

「將軍，有車馬至矣。」

公孫衍知道，這是陳軫到了。於是，立即起身來到府門之外迎候陳軫。

二人相見，寒暄、答禮已畢，公孫衍便攜陳軫之手直入將軍府內廳相敘。

甫一坐定，陳軫兜頭就問了公孫衍一句道：

「公為何厭於政事？」

公孫衍一聽，覺得奇怪，自己從來都是一個好攬事攬權的人，怎麼會厭惡從政做事呢？但不知陳軫此言所意，遂反問陳軫道：

「先生何出此言？」

「公不厭於政事，何以飲食終日，而無所事事？」

公孫衍一聽，知道陳軫對自己的近況真的是非常了解，於是就坦言道：

「衍何敢厭於政事？先生有所不知，衍不肖，今不能得事矣！」

陳軫見公孫衍不把自己當外人，能夠坦陳心聲，於是就一語中的地道：

「既如此，今軫請移天下之事於公，如何？」

「天下之事？」公孫衍眼睛一亮，精神一振地問道。

「天下之事。」陳軫直視公孫衍，語氣肯定地說。

「衍願聞其詳。」

陳軫點點頭，乃從容說道：

「今聞魏王命田需為使臣，約車百乘，正欲往楚。公何不令人於諸侯之間播揚其事，令天下諸侯皆疑魏王之所為？」

公孫衍一聽，心裡不禁大吃一驚，連魏王最近的動向陳軫都知道了，看來陳軫真的有辦法。於是，就對陳軫更加寄予厚望了。遂急切地問道：

「如何能令諸侯疑之？」

「公往見魏王，曰：『臣與燕、趙之君有故交，燕、趙之君屢屢使人召臣矣，言「無事必來。」今臣在魏無事，望大王允請，欲往燕、趙一見二君，以一月為期，至期必歸。』」

公孫衍一聽，心想，這個陳軫真不愧為辯士，這樣的瞎話也能編出來，自己何曾與燕、趙之君有什麼故交呢？不管這些，當策士，何人不說假話？

想到此，公孫衍就進一步試探地問道：

「魏王若不允，當如何處之？」

「公以軫言而說魏王，魏王必允公之所請也。」

「魏王若允之，衍當如之何？」

「魏王若允公之所請，公則可往燕、趙矣。公可於稠人廣眾之中，放言：『臣欲出使燕、趙，急欲約車駕，備行具矣。』諸侯聞之，必欲以事囑託於公，而交結餘魏。公受諸侯之事，天下事豈非皆移之於公哉？」

陳軫說到此，嘎然而止。公孫衍聽到此，則心領神會，默默地點點頭。

於是，二人相對一笑，心照不宣。接著，陳軫就起身告辭了。

見到了公孫衍，並暗示他在山東六國之間重新實施「合縱」之策，以對付死對頭張儀後，陳軫覺得到大梁的目的達到了。於是，立即命車駕，往齊而去。

周顯王四十六年七月初，陳軫到了齊都臨淄。

當其時，楚國大將昭陽伐取魏國襄陵與魏東南八邑之後，略作休整，便臨時起意，自作主張，想越宋地而攻齊。這時，當政的是剛剛即位不久的新君齊湣王。齊湣王知道楚國的厲害，當年他爹齊宣王執政的時候，因為魏、韓等國之君入齊朝見，齊宣王在齊國南境的徐州搞了一個「徐州相王」，結果引得楚威王大怒，親率大軍伐齊，打到了齊國的徐州，大敗齊師，使齊國受到了歷史上最嚴重的一次重創。如今楚國官任上柱國、爵封上執珪的大將昭陽率十萬大軍，伐敗魏國，正操得勝之師向齊國而來，這怎能不叫他心急如焚、坐立不安呢？

也就在此時，齊湣王聽說楚國之臣陳軫正受秦惠王之托，為秦出使，來到了臨淄，遂立即熱情接待，並坦誠地向陳軫表達了對於楚師之來的深深憂慮：

「今楚將昭陽伐魏功成，又率師往齊而來，寡人深以為憂。」

「大王無憂，臣往說昭陽可矣！」

齊湣王沒想到陳軫如此爽快，願意往說昭陽退兵。心想，這比什麼都好。陳軫乃楚懷王倚重之臣，又是秦惠王之舊臣，且一直以來往來於秦、楚之間，協調秦、楚外交之事。雖然他今日是楚國之臣，但此來卻為秦惠王之使，以復齊、秦之交。既然他肯為秦惠王出力，相信他也是能夠真心為齊國出力的。再說，以他目前的身份，往說昭陽，是再合適不過了。

想到此，齊湣王興奮地說道：

「善哉！如此，寡人無憂矣！」

於是，齊湣王也爽快地答允了陳軫為秦請和之求，齊、秦從此修好。

陳軫完成了為秦惠王復齊故交的任務後，立即踐諾往說昭陽去也。

陳軫與昭陽同朝為官，二人已是相當熟悉與了解了。所以，到得楚營，見到昭陽後，陳軫就直截了當地遊說昭陽道：

「軫聞之，楚有祭其祖者，賜舍人卮酒。舍人相互約定：『數人飲之不足，一人飲之有餘。請畫地為蛇，先成者飲酒。』未久，一人蛇先成，持酒將飲之，乃左手持杯，右手畫蛇，曰：『我尚能為之添足。』乃為蛇畫足。足未成，一人之蛇已成，乃奪其杯，曰：『蛇本無足，豈能為之添足？』遂飲其酒。為蛇添足者，終失其酒。今將軍奉大王之命，伐魏於襄陵，攻城掠地，得魏之八邑，功莫大矣！然楚之律法，覆軍殺將，攻城掠地，官不過上柱國，爵不過上執珪。將軍官已拜上柱國，爵已封上執珪，今率師欲陷齊之城邑，莫非將軍意欲取令尹之位而代之？」

昭陽一聽陳軫說自己有取令尹昭奚恤之位而代之的野心，急忙辯解道：

「昭陽無有此心也。」

「將軍既無此心，今舉兵伐齊，豈非楚人畫蛇添足之舉哉？」

昭陽一聽，覺得有理。如果執意伐齊，一來會引起令尹的猜疑，二來恐怕也會引起楚王的不滿，因為此次伐齊，並沒有得到楚王的授權。如此，豈不是如陳軫所說，是畫蛇添足之舉？

想到此，昭陽連忙答謝陳軫道：

「昭陽不敏，蒙先生教之，幸矣哉！」

於是，昭陽班師回楚，陳軫也回楚覆命去也。

就在陳軫為齊湣王遊說楚將昭陽撤兵的同時，公孫衍正在按照陳軫所教之計，籌畫他的「五國相王」大計。

當魏襄王派出田需往楚不久，公孫衍看準了機會，立即往謁魏襄王，說道：

「臣與燕、趙有舊交，燕、趙之君屢召臣，曰：『無事，必來。』今臣居魏，無所事事，故欲往謁燕、趙二君。時日無多，以一月為期，至期必歸也。」

果然如陳軫所預料的那樣，魏襄王覺得沒有理由阻止，遂允公孫衍之請。

公孫衍得魏襄王之允後，不僅在魏國朝野上下大張旗鼓地宣揚自己即將出使燕、趙二國之事，而且還暗中派人到諸侯各國散播消息。

結果，很快諸侯各國之君都知道了魏襄王一邊派魏相田需出使楚國，一邊又派魏將公孫衍出使燕、趙二國。於是，各國之君紛紛猜測魏國此舉之意。

齊國因為與楚國是有仇隙的大國，楚國大將昭陽不久前剛剛要率師伐齊，幸得陳軫替齊國說止了。齊湣王一聽魏襄王派魏相田需使楚，以為魏、楚要結盟。如此，則齊國就危險了，因為魏、楚都與齊有仇的，它們三國結盟，其意必在齊也。於是，齊湣王就立即派人暗中聯絡魏將公孫衍，以事囑之於公孫衍。

因為齊湣王知道，公孫衍是天下梟雄，諸侯各國人人盡知。昔日他為秦國大良造，打得魏國喪師失地，使魏國從此元氣大傷，一蹶不振。後因張儀至秦，受秦惠王重任，他的空間被擠壓，遂出走到魏。剛到魏為將不久，他就遊說齊國名將田盼，用計借得齊、魏二國之兵，一舉破趙，使得蘇秦千辛萬苦組織起來的山東六國「合縱」之盟破局，山東六國重新陷入互相殘殺的亂局之中。破趙成功後，他又接著發動了對韓國為期一年多的戰伐。如果不是被秦國鑽了空子，在魏、韓打得兩敗俱傷之時，由張儀率師伐陝，一戰而勝，公孫衍差一點就滅了韓國，使魏國得以重振了雄風。而今，魏襄王對公孫衍由秦到魏為將以來的表現非常不滿，加上公孫衍與魏相田需相爭，一直有取而代之之心，使魏襄王不勝其煩。所以，最近公孫衍就被魏襄王擱置不用，使這樣的一個天下梟雄無所事事。今日魏襄王既派魏相田需使楚，又使魏將公孫衍出使燕、趙，其意究竟何在，使他一時無法猜測得到。不過，就公孫衍與田需二人的能力而言，田需不是公孫衍的對手。既然如此，何不拉住公孫衍，那麼田需結交於楚，也就無所作為了。

卻說齊湣王搶先交結於魏，以事囑之於公孫衍的消息傳出後，因為齊國的大國地位與影響，很快燕、趙、韓、中山四國之君都爭相結交於公孫衍。不久，韓宣惠王還禮聘公孫衍為韓相。這樣，公孫衍謀取魏相未成，卻成了韓國之相。

有了韓相的身份，又有了齊國的支持，還有燕、趙、中山三國的信任，公孫衍就大膽地開始策劃陳軫所教之計，決定將山東的五強齊、魏、韓、燕、趙與較小的中山國捏合到一起，組成一個新的六國「合縱」之盟，以西抗於強秦，南抗於大楚。一來可以與張儀作對，二來可以確立自己在山東各國的盟主地位，像當日的蘇秦一樣，兼掛六國相印，也風光一番，氣氣秦惠王，打擊打擊張儀。

主意已定，公孫衍遂立即北走燕、趙、中山，西走魏，很快就說得了包括韓國在內的五國之君。

周顯王四十六年（西元前三二三年）十月，正當公孫衍準備再東說齊湣王之時，卻突然獲得消息：就在自己積極策劃山東六國「合縱」之盟的同時，秦相張儀已於九月與齊、楚二國之相會於宋國的齧桑。

公孫衍一聽，馬上意識到，這是張儀在幫秦國策劃「連橫」之計，其意在破自己還未成局的「合縱」之盟。看來，現在齊國已經不可靠了，只能以目前已經遊說好的魏、趙、韓、燕、中山五國為對象，來個「五國相王」，組成一個互為支持、互為保護的「合縱」之盟。

打定主意，公孫衍立即準備，終於在周顯王四十六年的十一月中旬，將魏、趙、韓、燕、中山五國之君集合到一起，舉行了一個「五國相王」的儀式，就算正式成立了他的「合縱」之盟了。

3　中山為王

公孫衍的「五國相王」，對於魏、趙、韓、燕四國來說，只是具有一種聯盟的意義，因為它們本來就是力量較強的諸侯國，他們自己早就自立為王或自以為王了。

而對於中山國來說，則意義非同尋常。因為中山國是個小國，北有燕，西有趙，東邊還有一個大國齊，疆域有限，人口不眾。因此，中山國之君從來沒有想到稱王之事。如今，因為公孫衍為了「合縱」抗秦，硬拉中山國入盟，並讓中山君與魏、趙、韓、燕四國之君會盟，互相承認各自的王號。這樣，中山之君便得了個便宜，從此可以南面而稱「寡人」了。

不過，中山國此次能夠與魏、趙、韓、燕四國並稱為王，雖然主要是因為公孫衍之故，但也與其近年來自身的實力有所增強有關。不然，公孫衍也不會拉中山國入盟的。而中山國實力之所以有所增強，究其原因，是與中山國最近幾年有兩個能臣有關。

那麼，中山國最近幾年有哪兩個能臣呢？

這就是司馬憙與張登。

司馬憙（即藍諸君），本是一個遊士，曾在趙國為官，後往中山國。到中山後，司馬憙就想著借趙國之力，為自己謀得中山國之相的位置。但是，司馬憙的這一企圖心，正好被中山之臣公孫弘所窺知，並且公孫弘本人也想謀取中山之相的位置，這一下，二人就發生了矛盾。

一次，中山君出行，令司馬憙駕車，讓公孫弘陪侍參乘。公孫弘見中山君器重自己，而排斥司馬憙，於是，乘機就向中山君進讒道：

「為人之臣，而借大國之威，為己求中山之相，於君如何？」

中山君一聽，竟然有人膽敢假借大國之威，而為自己求取中山相之位，這還了得！這不是脅迫自己嗎？於是，勃然大怒道：

「有如此之臣，我必食其肉，而不以分人也。」

中山君與公孫弘在車內的這番對話，都被在前面駕車的司馬憙聽得一清二楚。司馬憙覺得不妙，既然中山君說出這等狠話，自己如果不主動坦誠相告，而是被公孫弘說出自己的名字，那麼後果就不堪設想了。

來不及多想，司馬憙立即停車，匍匐於中山君車駕軾前，頓首求告道：

「臣自知死罪至矣。」

中山君見司馬憙突然停下車，又伏地稱罪，遂驚訝地問道：

「何故如此？」

「臣之罪，君已知道了。」

中山君見司馬憙如此坦白，又伏罪態度非常誠懇，遂怒氣頓消，寬容地說道：

「起駕，吾知道了。」

司馬憙一聽，中山君原諒了自己，表示他知道有這麼回事也就算了。於是，立即遵命，重新為中山君馭駕而行。

未過多久，趙國果然遣使來中山國，替司馬憙求取中山相之位。

這下，倒使中山君對公孫弘起了疑心。心想，怎麼他早就知道有今日之事，莫非他自己就是私通趙國之人，反誣司馬憙呢？

想到此，中山君立即遣人去傳召公孫弘。

卻說公孫弘一聽趙國之使已經來到中山，且正式向中山君提出了為司馬憙求取相位的消息，知道這下倒是被動了。因為他知道，一來，趙國之使既然奉趙王之命來為司馬憙求取相位，那麼，不管中山君願意還是不願意，都必須答應。也就是說，中山相之位是非司馬憙莫屬了。既如此，司馬憙做了中山之相，豈能放過自己？二來，今日趙王之使來為司馬憙求相，自己先把消息說給中山君，說不定中山君還要懷疑自己也是通趙之人，不然何以知道得這麼清楚。

想來想去，公孫弘覺得，不管如何，還是一走了之，最為上策。於是，就在中山君還未遣人傳召他之前，就悄然出了中山之都顧。

公孫弘一走，中山君更加確信公孫弘有問題了，相反卻認為司馬憙是個可靠之人。於是，立即答應了趙使之請，任司馬憙為中山國之相。

然而，司馬憙為相，還沒過幾年舒心的日子，就又有了一個新的麻煩，這就是中山君的美人陰姬與他為難。

為此，司馬憙可犯了愁。因為陰姬不同於公孫弘，她可是中山君寵信的美人兒。以前公孫弘與他相爭，畢竟還可以防備，因為公孫弘也不是時時刻刻都能跟中山君在一起的，要說壞話，也還有個時間與地點的限制。而陰姬則不同了，她時時刻刻伴侍於中山君左右，要進讒言，那機會太多了。如果她在與中山君的歡會中，於枕席之間吹風，那力量就更加可怕了。

想到此，司馬憙為相的歡樂，馬上消失得無影無蹤。代之而起的，是對陰姬這個女人的刻骨仇恨。可是，想來想去，再怎麼恨，也是沒有用的。因為中山君喜歡她，自己再怎麼能耐，也不會讓中山君信任自己超過對陰姬的寵愛。

於是，司馬憙陷入了久久的苦惱之中。

然而，到了周顯王四十六年九月，中山國出現了意料不到的新情況。

九月十一，這天司馬憙入朝後無事，回到府中，剛剛坐定獨自飲酒解愁之時，突然有心腹之人來報：

「相爺，韓相公孫衍至矣。」

「公孫衍？」

司馬憙當然知道公孫衍是何許人也，只是他不明白這個天下梟雄怎麼會來中山這種小國，難道他會對中山之相的位置有興趣？正因為有此一想，司馬憙才驚訝地問道。

「正是。」

「公孫衍來中山，意欲何為？」

「公孫衍欲立中山君為王。」

「立中山君為王？」

司馬憙差點要跳起來了。

「正是。」

「公孫衍何以能立中山小國之君為王？」

「公孫衍已合魏、趙、韓、燕四國之君，今至中山，欲使中山之君與四國之君相王，合縱以結盟。」

司馬憙終於明白了，原來如此。心想，這倒是好事，如此中山君得了個便宜，可以做國王，那麼自己從此也就堂而皇之的成了真正的一國之相了。

聽到此，司馬憙立即起身，往見中山君，問問是否果有此事。剛斟好的酒也顧不得喝了，現在還有何愁？如果是真的，高興還來不及呢。

司馬憙整衣彈冠，備車套馬，入得朝來時，公孫衍已經告辭而去了。一問中山君，果有其事，中山君此時正高興得合不攏嘴呢。

君臣說了一會，高高興興地分手而別。

第二天，群臣大會，中山君告知大家韓相公孫衍來約「相王」之事，群臣皆呼「萬歲」，一片歡騰。因為從此大家都可以關起門來做大官了。

到了第三天，司馬憙突然聽說中山君的後宮鬧開了。一打聽，才知道，原來陰姬與江姬聽說中山君要稱王了，於是二人就開始爭著要當王后了。

司馬憙一聽，不禁搖頭感歎，心想，中山君現在還沒稱王，這兩個女人就爭著做王后了，真是好笑！

司馬憙在心裡笑了一回後，突然靈機一動，想到了一個妙計：既然中山君寵愛陰姬，自己不能改變這個現實，那就不如承認這個現實，並利用這個現實，將計就計，順著陰姬，結交陰姬，幫助她實現做王后的理想。這樣一來，陰姬必然感激自己，從此與自己抱成一團，自己的中山國之相，不就可以長此以往地做下去了嗎？

想到此，司馬憙不禁拍案而起，多年來因為與陰姬的彆扭，而在心頭鬱結的憂愁為之一掃而光。

然而，高興了一會，司馬憙又愁上了心頭：怎麼樣才能結交上陰姬呢？難道直接跟中山君進言，讓他封陰姬為王后？如果這樣，中山君會覺得突兀，會懷疑到自己與陰姬有什麼交易。還有一層，如果直接進言中山君，中山君即使同意封陰姬為王后，陰姬未必就領自己這份情，以為中山君本來就會封她為后，認為自己只是順水推舟，想做順水人情而已。如果這樣，自己的目的還是達不到。

想來想去，司馬憙最後想到了一個更好的計策，不如遣心腹之人暗中放話，慫恿陰姬之父來求自己，幫助陰姬謀得中山國王后的位置。如果陰姬之父這樣做了，那麼陰姬也就必然知道內情，會對自己感恩戴德，事成後也必然會與自己同心同德。那樣，自己的目的就達到了。

策劃已定，司馬憙就遣心腹之人依計而行。

陰姬之父不知是計，果然為之心動，立即來相府求司馬憙：

「今江姬與我女爭為王后，若得相爺之助，事成，必不忘相爺之恩也。」

司馬憙一聽，立即答道：

「事成，公則裂土封賞；事不成，憙恐無容身之所矣。」

「以相爺之智，事必成也。」

「事若成，陰姬何以報憙？」

「事若成，必報答恩相！然今未可先言也。」

司馬憙點點頭，表示同意陰姬之父的話。於是，爽快地答應陰姬之父道：

「善哉！憙將言於中山君。」

陰姬之父辭別後，司馬憙立即入朝去見中山君，遊說道：

「臣今有一策，可弱趙而強中山也。」

中山君一聽，自然高興。心想，如果趙能削弱，中山能強大起來，自己這個一國之王才能真正算個王。於是，喜悅之情溢於言表，遂急不可耐地問司馬憙道：

「願聞其詳。」

「臣願往趙，觀其地形險阻、人民貧富、君臣賢與不肖，以為他日籌策之用，今不可預為陳說之。」

中山君一聽，覺得這話也有道理。於是，立即答允其請，遣司馬憙為使，往趙都邯鄲而去。

司馬憙至趙都邯鄲，很快就見到了趙君趙武靈王，因為以前在趙為臣，趙國的一切對於司馬憙來說，都是瞭若指掌的。

趙武靈王見司馬憙來見，非常感興趣，因為他這個中山國之相，還是他遣使為之求取的。所以，他見到司馬憙就像見到自己的臣子一樣，感覺上沒有異樣。

「司馬相今來，何以報寡人？」

司馬憙是個明白人，一聽就知道趙武靈王這是在邀功呢。於是，連忙答道：

「大王之恩，臣何敢一刻忘之於心哉？」

趙武靈王一聽，滿意地點點頭。

於是，司馬憙又接著說下去：

「大王，臣聞之，趙乃天下吹竽善音之國，亦佳麗美人所出之國。然臣今入趙境，至都邑，觀人民謠俗，察容貌顏色，頗無佳麗好美者。」

趙武靈王一聽，覺得奇怪了，趙國自來都是天下公認的擅長音樂的國度，更是美女如雲的國度，怎麼這個司馬憙今天卻否認這一點呢？於是，就問道：

「以司馬相之見，天下諸侯之國，何者善音，何者有佳麗好美者？」

「臣不知也。」

趙武靈王一聽，頓然臉色有點不好看了。

司馬憙一看，知道趙武靈王要生氣了，以為自己在耍他呢。於是，急忙接著說道：

「臣周遊天下，所到之國不可謂不多矣。閱諸侯之美人，亦不可謂不多矣。然未嘗見世之美人有如中山君之陰姬者也。」

趙武靈王是個年輕之君，自然也是一個好色之君。聽到司馬憙這麼一說，頓然轉怒為喜，不自覺間，早就作出延頸而聽之態。

司馬憙一見，知道吊起了趙武靈王的胃口了。於是，接著說道：

「中山陰姬之美，不知者，乃以為神人也。其容貌顏色，自是世之美人所不及；其眉目、准頞、權衡、犀角、偃月，乃帝后之相，貴不可言，非諸侯之姬也。臣拙舌，難以盡言之。」

趙武靈王一聽，不禁為之意亂情迷，遂情不自禁間脫口而出道：

「寡人願請之，如何？」

司馬憙一見，知道趙武靈王上鉤了。於是，故意推避道：

「臣竊見中山陰姬之美，今見大王，不能不言。不言，則於大王不忠矣。然大王欲請之，則非臣所敢議也，願大王勿泄其情於中山君也。」

趙武靈王見司馬憙這樣一說，於是更加確信中山陰姬有那麼美，遂鐵了心要向中山君求取陰姬，哪怕中山君不高興，也要把這個中山美人兒弄到自己手上過過癮。

司馬憙見已經說動了趙武靈王的心，遂立即辭去，回到了中山國。

中山君見司馬憙回來得這樣快，遂怪而問之：

「賢相何以歸之甚急？」

司馬憙見中山君又著了自己的道兒，遂故作悲傷之狀道：

「趙王，非賢君也。不好道德，而好聲色；不好仁義，而好勇力。臣聞趙王欲請君之愛姬陰姬也。」

中山君一聽，立即臉色陡變。

司馬憙一見，心中竊喜，知道中山君正為趙王的無禮而憤怒，正為他作為一國之君與一個男人的自尊心受到傷害而憤怒呢。於是，故作憂慮深深之狀道：

「趙，天下強國也；中山，乃小國也。趙王既起此心，必來中山請陰姬！君若不允其所請，中山之社稷危矣；君若從其所請，出陰姬與趙王，則必為天下諸侯笑也。」

「如此，為之奈何？」中山君顯得十分的無奈，眼光直視司馬憙，希望他能給自己排憂解難。

「為今之計，君不如立陰姬為后。」

「立陰姬為后？」

「君若立陰姬為后，必可絕趙王之念。世有求人之女、求人之姬者，未有求取人君之后者。縱趙王堅其心，必請陰姬，亦恐為天下諸侯笑也。」

「善哉！」

中山君終於轉憂為喜，立即封陰姬為王后。

司馬憙見目的已經達到，一面立即將消息告知陰姬之父，以邀功；一面暗中遣人到趙國之都邯鄲散播中山君冊立陰姬為后的消息。

果然不出司馬憙所料，趙武靈王一聽這個消息，也就打消了遣人至中山求取陰姬之念。

這樣，中山君尚未正式稱王，陰姬就做起了王后。從此，陰姬就成了司馬憙的同黨，對司馬憙惟命是從。而司馬憙中山之相的位置，也就任何人都不敢想了。

司馬憙憑藉自己與趙國藕斷絲連的曖昧關係，同時又善於運用借力使力的計謀，不僅為自己謀得了利益，也使中山這個小國在與大國趙的一來二往中增加了份量，從而在諸侯各國中造成了趙與中山關係密切的假象，達成了客觀上有利於中山的效果。

周顯王四十六年十一月中旬，也就是在中山君冊立陰姬為后不久，公孫衍操縱的魏、趙、韓、燕、中山五國之君相會於趙國之境的「五國相王」儀式終於登場了。

如此一來，中山君真的就稱起了大王。他所冊立的陰姬，如今也就水漲船高，真的成了王后了。

可是，還沒等中山君高興幾天，麻煩事就來了。

因為齊湣王聽說公孫衍搞了一個什麼「五國相王」，認為魏、趙、韓、燕、中山是自己的近鄰，又是從北到西將齊國嚴嚴實實地包圍起來的五個國家，他們搞什麼「五國相王」，實際上就是「五國合縱」之盟，矛頭所指就是齊國，於是他就不幹了。

但是，齊湣王心裡也非常明白，雖然對五國都有不滿，但目前不便與五國同時為敵，必須採取分化政策，分而制之。於是，決定先拿中山小國開刀。就在魏、韓、趙、燕、中山「五國相王」剛剛結束之後，齊湣王便立即派出使節到趙、魏兩個大國，遊說魏襄王與趙武靈王道：

「寡人羞與中山君並世為王，願與大國共伐之，以廢其王。」

中山國之君獲得消息後，大為驚恐，知道自己這樣一個小小的中山國，一個齊國都無法抵擋，又豈能隻手而敵三拳，同時抵敵齊、趙、魏三個大國呢？於是，開始後悔起來，要是當初不貪那個虛榮，不參加「五國相王」，老老實實地做一個小國之君，又豈會惹出如今這樣大的麻煩呢？如果三國真的來伐，那麼中山國就是滅頂之災至矣。

就在中山君一籌莫展，自怨自艾，惶惶不可終日之時，中山國的另一個能臣登場了。他就是張登。

張登聽說齊湣王要邀集魏、趙同伐中山，逼迫中山君取消王號，立即求見中山君，並自告奮勇地請戰道：

「大王無憂！可為臣多備高車重幣，臣請見齊之靖郭君，可矣！」

中山君允其所請，乃為張登多發車馬金帛，讓其往齊都臨淄遊說靖郭君。

靖郭君，不是別人，即齊威王少子田嬰也。齊威王在世時，因為得威王之寵，他的權力大得驚人，可謂是齊國僅次於威王的人物。後來，威王卒，他的哥哥辟疆即位，號曰齊宣王。雖然權勢有所減弱，但仍是齊國之相，是齊國的二號人物。而今是宣王之子地執政，號曰齊湣王。這樣，靖郭君田嬰就成了齊湣王的叔父了。

張登了解靖郭君田嬰的這些身世背景，所以才決定不遊說齊湣王，而是去遊說靖郭君田嬰。

中山國就在齊國之鄰，從中山國之都顧到齊都臨淄，路途不算很遠。因此，張登晝夜兼程，很快就到了臨淄。

找到靖郭君田嬰的府上，獻上重禮後，張登就開門見山地遊說起田嬰道：

「臣聞齊王欲廢中山之王，將與趙、魏共伐之。臣以為，過矣。以中山之小，而三國伐之，縱有甚於廢王之求，中山之君亦必懼而從之。然中山懼齊，則必附趙、魏。如此，是齊為趙、魏驅羊，並非齊國之利。不如中山廢其王，而臣事於齊。君以為如何？」

田嬰一聽，覺得張登的話不無道理，遂點了一下頭。

張登遂接著說道：

「今靖郭君若召中山之君，與之相會，且許其王號。中山君喜，必絕趙、魏之交。如此，趙、魏怒，必攻中山。中山急，則必從齊王之願，而自廢其王。如此，是中山因靖郭君之故，而廢王事齊也。中山君憂其國之存亡，是靖郭君廢其王而存其國也。中山附於齊，賢於為趙、魏驅羊也。」

靖郭君田嬰認為有理，遂明確地回覆張登道：

「諾！」

未久，田嬰不聽門客張丑之諫，果然背著齊湣王，以靖郭君的名義召見中山之君，約盟於齊、趙之境，準備私相許之以王號。

就在靖郭君田嬰車馬始動之時，張登見田嬰已然入套，遂急走趙、魏，分別遊說二國之主道：

「齊欲伐趙、魏於漳水之東。」

「何以知之？」

「齊羞與中山並世為王，其念已甚。今齊將召中山之君，與之相會，且許以王號，此乃欲用中山之兵也。不如大國先與中山君以王號，以止其與齊相會！」

趙、魏二君怕齊合中山而伐己，遂聽從張登之計，先承認了中山君之王號，又與之親善。中山國有了趙、魏二大國為依靠，遂與齊國斷絕了關係，齊國也因之閉關不通中山之使。

齊湣王一計不成，遂生二計，乃遣使遊說趙、燕二國之君，並許諾割讓齊、趙毗鄰的齊國平邑給燕、趙二國，以求取道於燕、趙，共伐中山國。

齊湣王籌畫此策時，張登已成功遊說了魏、趙二國，正在回歸中山國的路上。中山君聞報，急召中山相司馬憙相商。司馬憙一聽，感到此次事態嚴重了，也一時想不出什麼良策。

就在中山君與司馬憙一籌莫展之時，張登正好回到了中山之都顧。聞知齊湣王欲割地而聯合趙、燕，共伐中山的消息，張登立即來見司馬憙。

司馬憙一見張登，就立即向他說明了情況，並無比憂慮地說道：

「如今之勢，中山之難不可免矣。」

張登聽了一笑道：

「公何患於齊？」

司馬憙聽張登說得如此若無其事，遂瞪大了眼睛，看了張登好久，然後認真地說道：

「齊，萬乘之國也；中山，千乘之國也。齊強，恥與中山為伍，故不憚割地以賂燕、趙，出兵以攻中山。燕、趙好位而貪地，恐不助中山也。如此，大則危國，小則廢王，何以不患哉？」

張登從容說道：

「登可令燕、趙堅其心，以輔中山而成王，事終可定。公不必憂之！」

「如此，乃中山之所大欲也。然公何以說燕、趙二王？」司馬憙不放心地問道。

張登輕鬆一笑，道：

「登不說燕、趙二王，往臨淄說齊王可矣。」

司馬憙一聽，不禁瞪大了眼睛，問道：

「公往臨淄說齊王？」

「公以為如何？」

「公何以說齊王？」

張登神祕地一笑，說道：

「登自可說之。」

司馬憙知道張登的能耐，又見他這樣說，也就不再追問他到底怎麼說了。於是，催促張登道：

「如此，公速往臨淄說齊王！」

於是，張登又第二次從中山之都顧急急出發，曉行夜宿，終於在周顯王四十七年（西元前三二二年）正月，趕到了齊都臨淄。

見到齊湣王，拜禮已畢，張登也不繞彎子，直接上題道：

「臣聞大王欲割平邑以賂燕、趙，合兵以伐中山，臣以為過也！」

沒想到齊湣王還頗有雅量，對於小小的中山國之使劈頭就說自己之計錯了，並不生氣，而是興味盎然地鼓勵張登說下去：

「願聞其詳。」

張登立即接口道：

「大王不憚割地以賂燕、趙，出兵以伐中山者，其意乃在廢中山之王而已。然王之所為，不亦費且危哉？大王亦知，割地以賂燕、趙，是資強敵也；出兵以伐中山，是首發其難也。大王若行此二者，所求中山必不得也。大王若用臣之策，則地不割、兵不用，中山之王可廢也。」

齊湣王一聽，遂更來了興趣，不禁脫口而出道：

「先生之策如何，請道其詳。」

張登故意頓了頓，然後從容不迫地說道：

「大王不如遣使而告中山之君：『寡人所以閉關不通中山之使者，乃因中山獨與燕、趙親善相王，而寡人不得與聞焉。君若舉玉趾以見寡人，則齊亦願佐君以為王。』中山之君本懼燕、趙之不助，今有齊願佐之，則必棄避燕、趙，而與大王相見也。中山君朝於大王，燕、趙聞之，必怒而絕之，大王亦繼而絕之。如此，中山則孤也。中山孤，豈能不自廢其王？」

齊湣王聽到此，不禁脫口而出道：

「善哉！」

遂聽張登之計，發使至中山，招中山之君來見。

然而，就在齊湣王之使剛剛出發往中山的路上，張登卻暗中遣人至燕、趙，遊說燕、趙二王道：

「今齊王發重使至中山，告我主：『寡人所以閉關不通中山之使者，乃因中山獨與燕、趙親善相王，而寡人不得與聞焉。君若舉玉趾以見寡人，則齊亦佐君以為王。』」

結果，燕、趙二王信以為真，認為齊湣王原來說要割平邑以賄自己，並不是真的要廢中山國之王號，而是想借此離間燕、趙與中山國的關係，然後自己與中山國親近結盟。

燕、趙二王這樣一想，就都起了疑心，以為齊湣王要聯合中山國夾擊自己。因為中山國處於燕、趙之間，其地理位置在那裡假不了，齊聯合中山，既可以北向而夾攻燕國，又可以西向而夾擊趙國。

於是，燕、趙二國拒絕了齊湣王割平邑而共伐中山的建議。相反，與中山國的關係更好了。結果，中山國不僅王號沒被齊湣王廢掉，反而使燕、趙、中山結成了更加緊密的聯盟關係。

第十一章　兼相魏秦

1　逐惠施

就在公孫衍合山東魏、趙、韓、燕、中山之君，謀劃「五國相王」之事，忙得不亦樂乎之時，遠在秦國的張儀也沒閑著。

通過安插在山東各國的密探，張儀不斷得到來自山東各國一舉一動的消息，並時刻關注著各國最新的動態，分析著天下大勢，等待著他謀劃已久的「連橫」之策的實施良機。

周顯王四十六年十二月底，當公孫衍合魏、趙、韓、燕、中山五國之君，舉行了「五國相王」的會盟儀式，以及齊王為此勃然大怒，欲舉兵討伐中山等消息傳到咸陽後，張儀知道時機到了。如果現在不實施自己醞釀已久的「連橫」之策，等到公孫衍「五國相王」的「合縱」之局得以穩定後，秦國就要面臨危機了。而秦國有危機，自己這個秦國之相也就做不成了。

想到此，張儀立即向秦惠王稟報了來自山東的最新情報，並諫議道：

「大王，今公孫衍合五國而相王，意在合縱而伐秦。今五國相王，齊王大怒，大王何不乘機起兵伐魏，破其五國合縱未成之局，以絕秦患？」

秦惠王一聽，覺得公孫衍現在所搞的這個「五國相王」，和以前蘇秦所搞的「六國合縱」一樣，都是矛頭直指秦國的，所以應該將之扼殺在萌芽狀態。如果現在不予以根除，將來就要後患無窮了。

想到此，秦惠王堅定地點點頭，說道：

「善哉！」

於是，立即起秦兵五萬，命張儀為將，於周顯王四十七年一月中旬，趁魏師無備，出函谷關，直搗魏西部重鎮——曲沃，伐而取之。

曲沃，是魏國緊鄰秦國雄關函谷關的一個戰略重鎮，地處河之南岸，是護衛魏國西部河東之地的戰略屏障。只要曲沃失守，魏國河東之地都要受到嚴重威脅。因此，只要秦師一出函谷關，必然先攻曲沃。早在周顯王三十九年（西元前三三〇年）時，也就是在張儀入秦前一年，秦國就已經攻取過曲沃。周顯王四十二年（西元三二七年），為了結魏國之心，實施拉攏魏國，對付楚國的策略，張儀諫議秦惠王，將已經伐取的魏國西部河南重鎮——曲沃與焦，都歸還給了魏國。

由於曲沃對於護衛魏國西部的河東之地，具有至關重要的意義，魏襄王一聽秦師伐取曲沃，大驚失色，連忙遣使至秦都咸陽，向秦求和。

周顯王四十七年（西元前三二二年）三月初，魏國的求和之使剛剛離開咸陽，張儀又諫議秦惠王道：

「今魏與秦媾和，然公孫衍居山東，終必合山東諸國而成合縱之盟，秦之患隱然在也。為今之計，大王不如使儀兼相秦、魏，以成東西連橫之勢。儀在魏，則公孫衍不能有為也，山東之患可絕矣。」

秦惠王一聽，這個主意非常好，讓張儀在魏國為相，直接替秦國控制著魏國，魏國還能翻得了天？魏國沒有作為，秦國就沒有來自山東各國之患。同時，張儀在魏，可以更直接地替秦國實施「連橫」之策，從而最終實現滅諸侯、王天下的大計。

於是，秦惠王立即同意張儀的這個諫議，準備派張儀往魏國為相。

為了迷惑諸侯各國，不讓天下人窺知秦國的真實意圖，張儀故意讓秦惠王免去自己的秦相之位，並暗中遣人到諸侯各國散布張儀被免秦相的消息。

周顯王四十七年四月底，張儀到達魏都大梁，奉秦惠王之命，按秦、魏二國的祕密約定，正式就任魏國之相。

張儀至魏為相，魏之鄰國趙、韓之君都有憂患之感。因為他們都知道，張儀是天下梟雄，他相秦，秦國天下無敵，如今他來相魏，魏國必然會迅速崛起的。而魏國崛起，最直接受到威脅的就是韓、趙二國了。齊、楚是兩大國，魏國不可能威脅到它們，而燕國又遠在北國，不與魏毗鄰，想威脅也威脅不到。況且魏有屢伐趙、韓二國的歷史，歷史證明：只要魏國稍稍恢復元氣，就會攻伐韓、趙。

張儀的計謀雖然高明，但也瞞不過同樣是天下梟雄的公孫衍。因此，張儀一至大梁，時任韓國之相的公孫衍立即行動，北走趙，意欲遊說趙武靈王，讓韓、趙之君相會，以結成互為支持的戰略聯盟。

公孫衍本就是個天下有名的辯士，一到趙國，就迅速說服了趙武靈王。於是，周顯王四十七年五月底，也就是張儀至魏為相才一個月的時間，韓、趙二國之君韓宣惠王與趙武靈王就在公孫衍的安排下，會於趙國河北之地區鼠。第二年，為了鞏固與趙國的聯盟關係，公孫衍又促成了趙、韓聯姻，準備讓趙武靈王娶韓國宗室之女。

就在公孫衍暗中與張儀較量，策劃韓、趙聯盟，以圍堵魏國，不讓張儀有擴張「連橫」的餘地之時，在魏國朝廷之內，惠施與張儀的較量也正在進行。

惠施，乃宋人，是名家的代表人物，在魏惠王時曾為魏相。後來，魏惠王卒，魏襄王即位後，又任田需為相。田需為相不久，公孫衍因張儀入秦為相，而入魏為將。公孫衍不服田需，屢屢與田需相爭。後不如意，乃轉而至韓國為相。而惠施則一直在魏國為臣，且一直堅持自己的主張不變，認為自齊、魏「二陵之戰」（即桂陵之戰、馬陵之戰）後，魏國已非昔日之魏，為了抗衡已經崛起的強秦的不斷侵伐，魏國只有聯合齊、楚二大國，才有可能有效遏止秦國東進的野心。周顯王三十三年、三十四年、三十五年（即西元前三三六年、三三五年、三三四年），魏惠王與魏襄王連續三年入齊朝見齊王，就是惠施之策。這一策略的實施，事實上確實有效地遏止了秦國東伐魏國的步伐。特別是周顯王三十五年的「徐州相王」，惠施之策尤顯高明。「徐州相王」後，楚威王感到不快，認為魏王沒有朝楚而只朝齊，顯得對楚不夠尊重，於是親率大軍北伐齊國徐州，大敗齊師。這樣，魏國便實現了一箭雙雕的目的，既削弱了魏國南部鄰國楚的實力，又借楚國之力報了齊國昔日「二陵之戰」的宿仇。齊、楚二大國雖被惠施所利用，但一直都還蒙在鼓裡，始終沒有醒悟。

應該說，惠施這一「合齊、楚以案兵」的策略（即聯合齊、楚，秦、韓聯合也不敢加兵於魏，使戰爭打不起來，從而保證魏國得以長治久安），對魏國是非常有利的。但是，張儀至魏為相，不是為了魏國的國家利益，而是為了秦國的利益。所以，張儀一為魏相，就極力反對惠施為相時替魏國制定的這一既定國策，主張合秦、韓以攻齊、楚。於是，惠施就與張儀起了爭執，從此勢不兩立，常在魏襄王面前爭個沒完沒了。

惠施雖然也是一個非常有名的辯士，然而終究不敵張儀，結果在二人之爭中，張儀的勢力占了上風，爭論時常常是贊成張儀之見的魏國大臣為多數。最後，惠施無奈，只得找魏襄王單獨進諫道：

「昔朝堂議政，雖小事，說可者，說不可者，朝臣尚各居其半。況軍國大事？今張儀欲以魏合於秦、韓，以攻齊、楚，此乃大事也，而大王之臣皆以為可。臣以為，魏危矣！」

魏襄王沉默無語。

見魏襄王沒有為其所動，惠施知道，魏襄王直到現在還沒有明白問題的嚴重性。於是痛切地說道：

「張儀之策，群臣皆以為可，臣不知群臣究為英雄所見略同，抑為附勢而趨同？臣之策，群臣皆以為不可，施不知群臣究為智謀一同，還是望風而盲從？若非出於智謀一同，則大王必為群臣所蔽塞。蔽塞，則不能兼聽；不能兼聽，則必偏信；偏信，則必失國也！」

雖然惠施的這番話說得慷慨痛切，是發自肺腑的忠言；但是，可能是因為惠施話說得不是那麼順耳，也可能是因為魏襄王已經為張儀所惑而不悟，最終魏惠王沒有聽進惠施的忠言。

惠施為此感到非常苦惱，可是，想了幾天，也沒有辦法。最後決定，還是一走了之，免得天天跟張儀相爭，無故添煩。

周顯王四十七年（西元前三二二年）五月底，也就是張儀在魏執政滿一個月的時候，惠施不辭而別，悄然離開了大梁，急急往楚國而去，準備投奔楚懷王，再展一番作為給世人看看，也好出出今日在魏所受的這個窩囊氣。

2 彌齊楚

將惠施逐出魏國，張儀大大地舒了一口氣，這下魏國再也沒有有識之士在朝與自己為敵了，而今而後，魏國的朝政就完全可以由自己掌控了，以秦為核心的「連橫」之策也可以真正實施起來了。

就在張儀這樣臆想，做著「連橫」霸天下的美夢之時，周顯王四十七年六月底，張儀派往齊、楚二國的密使相繼來到魏都大梁，向張儀報告了一個重要情報：齊、楚二國之王都認為秦使張儀為魏相，是意在實施「連橫」之策，有聯合魏國、拉攏韓、趙，從而對付自己的傾向。所以，齊、楚二國之王都有起兵伐魏之念，從而趕走張儀，阻止秦國「連橫」之策的實施。

張儀一聽，立即感到問題的嚴重性。不要說齊、楚二國同時起兵攻伐魏國，就是其中的一個國家起兵伐魏，以魏國目前的國力，也是不能抵敵的。而一旦齊、楚大軍一出，魏王必然懼怕而趕走自己。如此，自己的計畫就無法實施了。

想到此，張儀不禁愁上心頭。於是，就在相府之中踱來踱去，抓耳撓腮，苦苦思索著應對的良策妙計。

想了很久，想出了三個應對之道：一是由自己親自以魏相身份出使齊、楚二大國，遊說安撫齊湣王與楚懷王，講明魏國的國策，並無針對齊、楚的用意；二是由秦派出使節，往齊、楚二國進行調解斡旋；三是派心腹之人遊說齊、楚二王。

可是，仔細琢磨，覺得第一策並非上策。如果自己親自出馬，遊說齊、楚，身份是夠了，也表示了對齊、楚二大國的尊重，而且憑自己的辯才，相信也是能夠遊說成功的。但是，出使齊、楚二國，所需時間很多，特別是楚國，路途遙遙。從魏都大梁到齊都臨淄，再由臨淄往楚都郢，一來二回，再快恐怕沒有半年也是不行的，因為既是以魏相身份出使，就不能輕車簡從，必須車駕儀仗鮮明，這就慢了。如果出使齊、楚二國，持續的時間有個一年半載，一來怕齊、楚二國早就打上門來了，二來自己一走，而且還走這麼長時間，恐怕魏國朝中不穩。如果公孫衍或惠施乘機回來，取自己的相位而代之，那麼，一切都完了。這個憂慮不是沒有，憑自己對魏襄王的了解，那是極有可能的。因為魏襄王是個沒主意的人，像公孫衍或惠施這樣的善辯之士，如果沒有自己在場，那是絕對可以遊說得了魏襄王改變主意的。

想到此，張儀終於否定了第一個方策。

再考慮第二個方策，請秦惠王派使節往齊、楚二國斡旋調解，雖然可以借強秦之勢威懾齊、楚二國，但是正好會被齊、楚二國確認，自己相魏是代表秦國利益，是秦欲合魏、韓而攻齊、楚的有力證明。這樣，齊、楚二國更不會同意與魏媾和了，肯定要伐魏而阻止秦、魏聯合之局。看來，這第二策也是下策，非上策也。

至於第三個方策，張儀想來想去，覺得比較可靠。一來可以速去速回，不會曠日持久，可以趕在齊、楚伐魏之兵未出之時，就可以止息戰爭；二來又不會使自己在魏國的地位受到威脅，有礙合魏「連橫」大計的實施；三來可以避免齊、楚二國的猜疑，至少不在表面上讓齊、楚二國覺得自己相魏是秦國的主意，是代表秦國利益的，從而直接威脅到齊、楚二國的利益。

想到此，張儀緊鎖的眉頭終於舒展開來。

可是，當他一排摸自己從秦國帶來的幾個心腹之人，卻找不出一個可以擔當此任的。再說，自己的心腹隨從，從身份上來說，也不是魏國的大臣。即使他們能說會道，可以擔負得起遊說齊、楚二王的大任，齊、楚二王也會覺得出使者身份不夠，對齊、楚二國不夠尊重，那樣效果同樣不會好的。如果有一個魏國人臣可以擔負此任，那就再好不過了。如果說自己原來是秦國之相，現在是魏國之相，還有代表秦國利益的嫌疑，那麼讓土生土長的魏國大臣去遊說齊、楚二國，說明魏國的國策，那就不會引起齊、楚二王的猜疑了。那樣，效果之好是可以預料得到的。但是，到哪裡去找這樣的人呢？

為此，張儀又再次愁上了眉頭。

正在一籌莫展，幾乎是到了山窮水盡的絕望之時，突然門者通報道：

「相爺，雍沮大人求見。」

「雍沮大人？」

張儀一聽，不禁大喜過望，心想，自己怎麼把雍沮給忘了呢？雍沮可是自己張城的同鄉，是自己到魏國為相之後，在朝中始終堅定支持自己政見的同僚。而且他曾經也是一個遊士出身，善於遊說君王。不妨探探他的口氣，看他是否有意替自己擔負遊說齊、楚二王之大任。如果願意，那倒是一個最佳且最可靠的人選了。

想到此，張儀自己親自急急地迎到了府門之外。

「雍大人大駕蒞臨，儀門何等之幸哉！」張儀一見雍沮，就上前拉住雍沮的手，親切地說道。

雍沮見張儀如此親切，頓然心情放鬆起來，立即在內心深處引發出一種同鄉之誼來。

二人攜手登堂入室，分賓主之禮坐定後，張儀直接上題道：

「今公來，甚慰我心矣！」

「張相何出此言？」

「儀與公同為張城人也，知我者，公也！今儀至魏為相，乃念桑梓之情。然齊、楚怒儀，而欲攻魏。儀憂之患之，寢不安席，食不甘味，儀恐魏之大禍將至矣。」

雍沮見張儀說得深沉，憂患深切，覺得張儀並非外人所猜測的那樣，是為秦國利益而來。從張儀的話語與神態中，雍沮覺得張儀是真心為了故國的，確有憂國憂民之心，魏國有此良相，當是魏國之福。

想到此，雍沮誠摯地對張儀說道：

「魏王所以任公為相，乃以為公為魏相，則國家安，百姓無患矣。今公相魏，而魏受齊楚之兵，乃魏計之過，非公之過也。然則，齊、楚攻魏，魏必危矣，公亦危矣。」

張儀見雍沮的話觸及到問題的實質，不禁從心底佩服雍沮的深謀遠慮與遠見卓識，認為自己沒有看錯人，雍沮確是魏國難得一見的人才。看來，要托他以大事，是可以勝任的。

想到此，張儀便誠懇地對雍沮說道：

「如此，為之奈何？」

雍沮見張儀如此謙恭地問計於自己，遂慷慨地說道：

「公無憂，雍沮請往齊、楚說二王，使齊、楚解兵可也。」

張儀一聽，不禁大喜過望，心想，自己就等著他說這句話呢。

但是，張儀是個城府極深的人，他抑制住心底的極度喜悅之情，故作深沉之狀，以不放心的口吻問道：

「公何以說齊、楚二王？」

雍沮一笑，道：

「雍沮自可說之，公姑且待之。」

張儀見雍沮如此自信，心裡對他也有相當的自信。於是，就不再追問他到底怎麼說齊、楚二王了，只是催促道：

「如此，公可速速往齊、楚說之。」

雍沮受命，第二天一大早就以魏王之使的身份，前往齊、楚遊說二國之王去了。

張儀為了雍沮能夠早日到達齊、楚，說得齊、楚二王止戈息戰，特意從魏師之中挑選了兩個精幹的騎士，打扮成隨從模樣，護衛雍沮輕車簡從直奔齊、楚之都。

由於雍沮年輕，又是輕車簡從，所以行程非常快，周顯王四十七年（西元前 322 年）七月初從魏都大梁出發，不到一個月，八月底就抵達齊都臨淄。

此時，齊湣王正厲兵秣馬，正準備著討伐魏國呢，戰爭的氣氛已經籠罩了齊都臨淄。

雍沮見氣氛不對，見到齊湣王，就連忙直接上題道：

「張儀以秦相魏，天下人人皆知。」

齊湣王一聽，點點頭，覺得這個魏使倒是坦白，並不敢跟自己打馬虎眼，玩什麼小聰明。心想，這就對了，這個態度是好的。

雍沮見齊湣王點頭，態度還算平和，似乎對自己的遊說沒有什麼抵觸情緒。心想，這就好。於是，接著說道：

「然張儀相魏，大王伐魏，則中秦王之計矣。」

「何以言之？」齊湣王倒是奇怪了，心想，這怎麼可能呢？於是，未等雍沮說完，就緊接著追問道。

雍沮見齊湣王緊迫追問，心中大喜，知道齊湣王有興趣了，這正是自己的目的。

想到此，雍沮倒是不急了，相反卻從容不迫起來，接著齊湣王的追問，反問一句道：

「大王聞張儀與秦王之約否？」

「未聞。」

雍沮點點頭，心想，你也不可能聽到的，事實上根本就沒這回事。於是，裝著一本正經的樣子，煞有介事地說道：

「張儀離咸陽，約於秦王曰：『大王遣儀而相魏，齊、楚惡儀，必攻魏矣。齊、楚伐魏，魏戰而勝之，儀固能得魏矣；魏戰而不勝，魏必事秦，割地而賄大王，以保全其國。如此，他日秦魏交惡，魏之國力亦不足以應秦矣。』此乃張儀之謀，亦秦王之謀。今張儀相魏，而大王伐之，是使張儀之計應驗於秦也。故臣以為，伐魏非困張儀之道也。」

齊湣王聽到此，覺得雍沮言之有理，遂深深地點頭道：

「善哉！寡人知道了。」

於是，齊湣王立即傳令解兵。

至此，一場一觸即發的齊魏大戰，就被雍沮三寸不爛之舌化為烏有了。

接著，雍沮又馬不停蹄地出了臨淄城，往南遊說楚懷王去了。

可是，十月初，當雍沮行至魏國南部與楚國北部毗鄰的楚國戰略重鎮召陵時，卻並沒有發現楚國的軍隊。如果楚國要伐魏，此時早就應該兵至召陵了。

這到底是怎麼回事呢？雍沮有點想不通了。

其實，不僅雍沮想不通，就是張儀本人，如果知道內情，也會想不通的。原來，楚懷王至今還沒有起兵伐魏，是因為張儀的老冤家陳軫在楚懷王面前諫止的。

早在周顯王四十七年六月初，當楚懷王聽說秦惠王派秦相張儀兼相魏國時，就勃然大怒，認為秦惠王豈有此理？這不是明明要合魏而實施「連橫」之策，其意在與齊、楚為敵嗎？於是，立即決定發大兵，北伐魏國。

就在此時，陳軫說話了：

「大王何故伐魏？」

楚懷王不解地看了看陳軫，心想，寡人伐魏逐張儀，你不高興嗎？張儀可是你的冤家仇人啊！別人諫止可以理解，你陳軫諫阻，就有點奇怪了。

於是，楚懷王就明確地告訴陳軫道：

「伐魏，逐張儀也。」

「大王何故逐張儀？」

楚懷王一聽，更加奇怪了。心想，不管什麼理由驅逐張儀於魏，對你陳軫都是有利的，起碼可以為你出口氣啊！

想到此，楚懷王想告訴陳軫說，是為你陳軫出氣。但轉思一想，陳軫也不是傻瓜，當然知道不是因為這個理由。於是，就另找了一個理由道：

「張儀為臣不忠不信。」

陳軫接口便道：

「張儀不忠，大王不以張儀為臣，可矣；張儀不信，大王勿與張儀約盟，可矣。且張儀為魏王之臣，不忠不信，於大王何傷？張儀既忠且信，於大王何益？」

楚懷王一聽，覺得陳軫真是一個正人君子，倒不是一個借刀殺人的小人。雖然自己現在願意充當殺張儀之刀，但陳軫卻不願意借他這把快刀。於是，在心底對陳軫的人格更加佩服。情不自禁間，楚懷王對陳軫之言連連點頭。

陳軫見此，接著說道：

「今大王出兵伐魏，其意在逐張儀於魏。若魏王聽之則可，若不聽，是大王自取困辱也。」

楚懷王一聽，又點點頭，覺得陳軫這話說得在理。如果楚師出，魏王懼而畏之，聽從自己的意志，將張儀逐出魏國，那麼結果還可以。如果魏王硬是不買自己的賬，那麼自己不就自取其辱，在天下諸侯面前毫無臉面了嗎？

陳軫見楚懷王又在點頭，遂又接著說道：

「楚，萬乘之國也；魏，亦萬乘之國也。楚以萬乘之國兵臨魏國城下，以使萬乘之國魏免其相，魏必盛怒。魏盛怒，則其師必勇。魏以盛怒之師，而待遠來疲憊之師，臣不知大王慮其勝敗如何否？」

楚懷王一聽，覺得陳軫之言說得客觀而在理，遂點頭應道：

「寡人知道了。」

遂罷其兵。

其實，楚懷王不會明白，陳軫之所以勸止齊國伐魏而逐張儀，實質上不是為楚國，也不是為張儀。因為秦國是他的故國，他與秦惠王的關係非同一般。他也知道，雖然張儀排擠自己非常可恨，但是張儀相魏，乃是秦惠王合魏以「連橫」的大計。所以，為了故國秦的利益，他尋找到一個非常有說服力的理由諫止了楚懷王的伐魏之舉。只是他的心計太深，說辭太妙，不僅楚懷王不能洞悉，恐怕連老冤家張儀也不會夢到的。這就是智謀過人的陳軫，這就是秦惠王之所以至今不忘陳軫這個楚王之臣，並倚重於他的理由。

行行重行行，周顯王四十七年十一月初，當雍沮日夜兼程趕到楚都郢時，戰爭的氣息早已不見蹤影，楚都到處是一片繁華而平靜的氛圍。

雍沮雖然不知就裡，但既然不辭艱險，遠涉萬水千山來到楚都，還是應該不辱使命，遊說一下楚懷王，回去也好對魏王與魏相張儀有個交代。於是，就求見楚懷王，將在齊都臨淄時對齊湣王遊說的話，再對楚懷王說了一遍。因為楚懷王早就為陳軫所說服，取消了伐魏的念頭，既然魏王派使臣來遊說，就假裝認真地聽取了，也算賣了一個面子給魏王，當然也使雍沮有了不辱使命的成就感。

3　博弈群雄

卻說張儀派雍沮遊說齊湣王成功，又無意中得老冤家陳軫之助，諫止了楚懷王的伐魏之舉，於是就坐穩了魏相之位，從而正式開始了他兼相魏、秦的執政生涯。他心裡的那個得意啊，就甭提了。

然而，沒高興幾天，他就犯愁了。

周顯王四十八年（西元前三二一年）一月中旬，也就是雍沮出使楚國，回來覆命不久，突然有密使從楚都郢來到魏都大梁，向張儀報告說，惠施已經至楚，為楚懷王所收留，並任之為客卿。又說楚懷王準備命楚國令尹昭奚恤往韓為相。

張儀一聽，頓覺不妙，一陣從未有過的緊張襲上了心頭。

那麼，張儀何以覺得不妙，而感到緊張呢？

因為張儀本就是個工於心計的策士，一聽到密使稟報的消息，略一思索，他就非常清楚地意識到：楚懷王收留惠施為楚國客卿，同時又命楚國令尹昭奚恤往韓為相，這絕對不是孤立的兩件事，而是互有關聯且有深刻寓意的兩件事。特別是聯繫到惠施與昭奚恤的身份背景，更加可以證明這兩件事的意義不可小覷，極可能是楚懷王的一個大手筆。

張儀比誰都清楚，被自己逐出魏國的惠施，本就不是一個等閒之輩。他曾是魏惠王之相，魏惠王對他頗是倚重。「合齊、魏以案兵」的國策，就是他在魏國屢敗於齊、秦的情況下，為了保存魏國的實力而為魏國制定的長遠國策。直到魏襄王執政之後、自己相魏之前，魏國都是一直執行這一國策的。後來魏襄王雖改任田需為相，但惠施仍然是魏國的重臣。而自己相魏後，就設計將惠施排擠出魏國，因此惠施對自己的仇恨，也就可以想見了。

至於昭奚恤，那更是一個令他百感交集的人物了。因為這個昭奚恤，跟自己有著很深的淵源關係，更有許多愛恨情仇。昭奚恤是楚國的令尹，在楚威王與楚懷王兩朝，他都是居一人之下、萬人之上的國之執政，是楚國政壇上的一個不倒翁。自己早年至楚，就是跟他游食的，前後共達七年有餘。本來賓主二人感情不錯，昭奚恤也一度非常器重自己。可是，後來因為丟了一個傳世的荊山之玉，就無故懷疑是貧困的自己所竊，遂將自己縛而鞭之，差一點就要了自己的一條小命。也正因為如此，自己才發奮圖強，時刻記著有朝一日要報昭奚恤當初笞辱自己的深仇大恨。記得就在自己就任秦國之相的第一天，就含恨給昭奚恤寫過一個昭告，重提舊事，明言要報前仇。不曾想，這個仇人今日又要到韓國為相，要合楚、韓以抗衡秦、魏之盟，從而破壞秦合魏而伐齊、楚的大計，真是冤家路窄啊！

想到此，張儀可謂感慨萬千，也思緒萬千。

但是，沉靜了一會，張儀終於從感情的漩渦中擺脫出來。因為現在不是感情用事的時候，而是要冷靜地尋求對策，破解楚懷王收留惠施為楚國客卿、派昭奚恤往韓為相所形成的合楚、韓而成「縱約」的格局，防止楚懷王的「縱約」之計對自己合秦、魏而實施「連橫」之計構成巨大的挑戰與威脅。

想了半日，並沒尋思出什麼可以應對的良策，張儀不禁喟然長歎一聲道：

「為士難，為相難，兼相秦、魏，何其難哉！」

正在張儀歎息之時，那個還等候在旁的密使開口了：

「相爺，小人尚返楚都否？」

張儀一聽使楚之密使這樣問了一句，這才從沉思與感歎中清醒過來。

想了一會，張儀突然問道：

「楚王之臣，有魏人否？」

「有。」

「何人？」

「馮郝。」

「馮郝？」張儀不知道馮郝，遂喃喃自問道。

「馮郝，魏人也。」密使肯定地回答道。

沉默了一會，張儀轉過臉來，直視密使道：

「能一謁馮郝否？」

「能。」

張儀一聽，臉上頓然露出了一絲不被察知的微笑，道：

「我今作一書，為我拜上馮大人。」

密使點點頭，表示領命。

於是，張儀立即裂帛為書，給馮郝寫了一封書信。寫畢，交付密使妥為收藏。然後，叫來相府管家耳語一番。

不一會，管家就托出一盤黃金，約有百鎰，另有白帛百純。同時，也賞賜了密使一些金帛，以酬其勞苦為國之功。

密使告辭之前，張儀又附耳教其如何謁見，如何送上金帛之禮，如何察顏觀色，如何試探馮郝心意，最後再如何巧妙地轉達所託付之事。如此種種，不一而足，反正該想到的，他都吩咐叮囑到了。

周顯王四十八年三月中旬，張儀所遣密使又回到了楚都郢，並且按照張儀所教之策，很快拜謁到了在楚國為臣的魏人馮郝。

馮郝不為張儀所知，但張儀的底細，張儀為何許人也，馮郝可是一清二楚。張儀是個說客，嘴巴功夫了得，刀筆功夫自然也不差。因此，馮郝在收受了張儀的重禮，展讀過張儀的書信後，就欣然答應了張儀所請託之事。張儀說逐惠施是為了故國魏，馮郝自然也就為其愛國之情所感動，自己也是魏國人，為了故國，接受張儀之請託，盡力而為之，自是義不容辭的了。

第二天，馮郝就找了個機會，諫說楚懷王道：

「大王，今張儀以秦相魏，秦、魏之盟成矣。秦、魏和合，其勢大矣，天下莫能敵。」

楚懷王雖然不高興馮郝把秦國說得那麼強大，但心裡也不得不承認秦乃當今天下最強國的事實。因此，聽馮郝誇大秦、魏聯合而勢大，也就沒有反駁，只是默然不語。

馮郝看看楚懷王的表情，也知道他心裡在想什麼，但也不管他，繼續說道：

「張儀相魏而逐惠施，乃秦欲合魏而攻齊、楚之策也。」

楚懷王聽到馮郝說到秦合魏是意在攻齊、楚，覺得這話有道理，遂表情專注起來。

馮郝見此，覺得楚懷王的興趣調動起來了，遂立即接口道：

「昔惠施『合齊魏以案兵』，其意在楚也。齊、楚徐州之戰，乃惠施之計也。」

楚懷王一聽，覺得這話也說得有根有據，句句在理。當初先王時與齊國的徐州之戰，起因確是因為惠施建議魏惠王實行「合齊魏以案兵」的國策，讓魏惠王與魏襄王多次帶同韓昭侯入齊朝見齊王，尊齊為王，激怒了楚威王的結果。想到此，楚懷王終於深深地點點頭，表示同意馮郝的說法。

馮郝見楚懷王點頭，知道楚懷王已經明白了惠施之計對楚國的傷害了。於是，立即趁熱打鐵道：「徐州之戰，惠施借力使力，一舉而敝齊、楚，而魏獨得其利矣。由此觀之，惠施實楚之寇仇也！」

楚懷王又點了頭點，心想，這話也不假。雖然齊、楚徐州之戰，結果是楚勝了，但是與強大的齊國作戰，卻也因此消損了楚國不少的元氣。是惠施之計，挑起了齊、楚二強之爭，讓齊、楚二國兩敗俱傷的。

鋪墊至此，見楚懷王的表情也到了火候，馮郝便直搗中心了：

「今張儀逐惠施於魏，而大王與惠施親約於楚，是欺張儀也。張儀相魏，天下人皆知其為秦也。大王親惠施而欺張儀，即欺強秦也。故臣為大王所不取也。」

這句說得有些重了，等於指責楚懷王收留惠施是失策了，是不可取的。

說完了這句話，馮郝馬上停了下來，似乎意識到剛才的話說得太重了，怕觸怒了楚懷王。於是，緊張地仰頭看了看楚懷王。

見到楚懷王並沒有生氣，而是態度平和，神情專注地看著自己，馮郝一顆懸著的心又放了回去。於是，繼續說道：

「惠施至楚，乃為張儀所逐，故惠施必怨張儀深矣。秦乃強國，張儀兼相秦、魏，大王不交張儀，勢所不能也。大王若交張儀，則惠施必怨大王也。」

楚懷王一聽，又點點頭，覺得馮郝這話又說對了，現在收留惠施於楚，確實是左右為難之事了。但是，作為堂堂大國之王，既已接受了惠施，又怎麼好把他給驅逐了。如果這樣做了，今後還有什麼別的高士人才會來楚國為自己效力呢？

想到此，楚懷王感到為難了，遂一時陷入了沉默。

馮郝見此，知道楚懷王是為如何體面地甩掉惠施這個已經拿在手裡的燙手山芋而犯難，於是，不失時機地獻計道：

「宋王之敬惠施，天下莫不聞也。張儀不善惠施，天下莫不知也。為今之計，大王不如舉惠施而薦之於宋，宋王必喜。爾後，大王告張儀：『寡人乃為先生之故，而不納惠施。』如此，張儀必感戴大王之德。惠施乃窮窘見逐之人，今大王奉之敬之，惠施亦必感恩於大王也。大王此舉，可謂張儀得其實，而惠施受其惠也。」

楚懷王一聽，覺得這真是一個絕妙的主意！如此一來，自己倒可以一箭三雕了，既討了張儀的歡心，又讓惠施感恩戴德，同時又讓宋國之王君偃得到了他心儀已久、敬重有加的人才惠施，這對密切楚與宋的關係，增加今後與齊國抗衡的力量，都是有益的。因為宋國雖小，卻是天下富國強國，又位居齊、楚之間。搞好了與宋國的關係，如果一旦齊、楚交惡，有宋國這樣一個盟邦，那麼楚國的勝算就大得多了。

想到此，楚懷王不禁非常得意，脫口而出道：

「善哉，馮卿之計也！」

不久，楚懷王在馮郝的建議下，密遣使者至宋，讓宋王君偃以隆重的禮節，從楚國將惠施體面地迎回宋國。

周顯王四十八年六月中旬，張儀接到派往楚國的密使傳遞的消息：惠施已經被趕出了楚國，現在已經被宋王接走了。

張儀一聽，終於長長地舒了一口氣，心想，這下惠施不在楚國，他也就搞不成以楚為中心的「合縱」抗秦之盟了，自己不僅可以安穩地兼相秦、魏，還可以從容地籌畫「連橫」之策，幫助秦惠王實現併吞天下的目標，自己也可水漲船高，做一個天下一統的權相了，永遠位居一人之下、萬萬人之上的高位，那多美啊！

然而，沒高興幾天，派往韓國的密使從韓都鄭帶來消息：楚國令尹昭奚恤已經到韓國了，現在已經為韓國之相。據說是公孫衍建議韓宣惠王禮請來的，公孫衍為此讓出韓相之位，自己與原來的韓國之相公叔則襄助昭奚恤，共理韓國之政。

張儀一聽，不禁大吃一驚。之前雖然聽說楚王有意派昭奚恤至韓為相，但沒想到這不是楚王的意思，而是老對頭公孫衍的主意。不僅如此，而且他還竟然有讓出韓國之相的雅量。看來，這個公孫衍是為了與自己作對，是什麼都豁得出去了。

於是，張儀剛扳倒了惠施，又開始尋找對策，要與公孫衍博弈一番了。如果不扳倒公孫衍，他一定會「合縱」成功。屆時，不僅自己的「連横」之策無法實施，恐怕連秦國之相也沒得做了，重新淪為一個不名一文的遊士。

不行，無論如何，一定要扳倒公孫衍。張儀一邊在心裡暗暗地下著決心，一邊在苦苦地思索著對策。

可是，思索了許多天，也沒有一個真正能扳倒公孫衍的良策。為此，張儀已經有點失望，更有些感到吃力了，因為這個公孫衍確實不是一個好對付的角色。

就在此時，派往韓國的密使又帶來了新的消息：在公孫衍的促成下，六月十八，趙武靈王來韓都鄭迎娶了早已議定的韓王宗室之女為夫人。

張儀一聽，差點跳了起來，這不是韓、趙聯姻嗎？韓、趙都聯姻了，那不就是韓、趙聯盟已成。如此，公孫衍現在實際已經是合楚、韓、趙三國而成一個「合縱」之盟了，而自己目前才只有秦、魏二國之盟，如何以二國之「連橫」而對付得了公孫衍的三國之「合縱」？

想到此，張儀第一次真正認識到了公孫衍的厲害，覺得自己原來是不及公孫衍的。於是，不免自卑自歎起來。

然而，張儀畢竟是個非常要強的人，沉淪灰心了半日，就又重新振作起來了。下定決心，無論如何，也要跟公孫衍鬥下去，分個高下勝負，不然何以嚥得下對公孫衍的這口惡氣？

周顯王四十八年六月二十五，張儀一大早就起來了，頭昏腦脹地在相府後園中獨自徘徊，可能是因為天氣太熱，也可能是因為公孫衍的事，至今想不出應對的良策，所以這些天一直睡不好，整天渾渾噩噩，精神與情緒都不好，飲食也不正常。以酒澆愁，結果愁上加愁。

在後園徘徊了一會，大概是因為清晨園中的清涼，以及空氣的清新，還有陣陣蟬聲等因素的作用，慢慢地，張儀覺得腦子清楚了點。於是，就信步踱回到屋內，想好好吃頓早飯。

就在此時，突然門者急急來報：

「相爺，有客從齊來。」

「哦？」張儀不禁吃驚地叫了一聲。接著，吩咐道：

「速速請進。」

不大一會，就急急進來了一個僕從打扮的人。

張儀定睛一看，認識是自己暗遣至齊的密使。心想，他這一大早來見，行色匆匆，定然有什麼重要情報。於是，急忙問道：

「齊國有何急情？」

「稟張相，齊王與靖郭君不善，欲遣靖郭君出都也。」

「欲遣靖郭君於何地？」

「往其封地薛。」

「靖郭君願出都居薛否？」

「小人不知。然小人知靖郭君聞命，閉門謝客，門人有進諫者，亦不得見也。」

張儀早就聽說靖郭君田嬰的事，他喜歡養遊士、聚門客，在齊威王時深得其父威王所寵，權傾朝野，是個炙手可熱的人物。後來，威王卒，其兄辟疆即位，號為齊宣王。雖然宣王時田嬰仍然為齊相，但宣王忌其勢大，關係已經相當微妙了。甚至宣王曾經一度要靖郭君離開齊都臨淄，往他自己的封地薛為薛公。再後來，宣王之子地即位，號為齊湣王。田嬰可能倚仗是湣王的叔父，有些倚老賣老的作派，於是，田嬰與齊湣王的關係就更形緊張了。因此，今日齊湣王乃效其父宣王昔日故伎，又要將田嬰趕到他的封地薛，這明顯是要借此削弱靖郭君在齊國的勢力。

張儀一聽密使說靖郭君聞命後，閉門謝客，就知道，這說明靖郭君也是知道齊湣王的用意的，知道出都居薛的後果是什麼，所以，他才非常沮傷，閉門謝客。

想到此，張儀不禁大喜過望，何不打打靖郭君的主意，在此關鍵時刻幫幫他，以後就可以通過他，拉攏住齊國，從而實現自己聯合齊、魏而成東西「連橫」之勢。如果齊國能拉攏得到，自己何以再怕公孫衍搞什麼楚、韓、趙三國「合縱」呢？秦、齊、魏聯合結盟，天下誰能抵敵？

於是，張儀急問道：

「靖郭君門客之中，何人最得靖郭君之心？」

「昆辨也。」

「昆辨？」張儀沒聽說過昆辨這個人，所以不自覺間就隨口念叨了一下昆辯的名字。

密使一聽，知道張儀可能不了解昆辯（或稱「齊邈辨」）其人，遂立即接口介紹道：

「昆辨，乃靖郭君所最善者，引為心腹。昆辨為人，不拘小節細行，人品多有暇疵，門客皆不悅之。有門客士尉諫於靖郭君，欲逐昆辯，靖郭君不聽，士尉只得辭別而去。靖郭君之子田文密而諫之，靖郭君大怒，曰：『縱使殺兒剗女，離析吾家，若可愜昆辨之意，快昆辨之心，吾亦不避也。』」

張儀一聽，大感吃驚。心想，靖郭君對昆辨竟然如此信任，甚至可以為其家破人亡，也在所不惜，真可謂是「用人不疑」的典範了。

於是，張儀情不自禁地點點頭，對靖郭君的用人雅量表示欽佩。

密使見此，接著說道：

「靖郭君待昆辨為上賓，館昆辨於上舍，又令其長子侍之，旦暮進食。後數年，威王卒，宣王立。宣王大不善於靖郭君，命靖郭君出都，往居其封地薛。靖郭君無奈，辭宣王而至薛，昆辨同往之。未久，昆辨辭別靖郭君，欲至臨淄請見宣王。靖郭君止之，曰：『大王不悅嬰甚矣，今公往見大王，必死。吾不忍也！』」

張儀聽到此，為昆辨著急道：

「昆辨往見宣王否？」

「昆辨慨然應曰：『臣本不求生，既與君辭別，則必行也！』靖郭君不能止之，遂往臨淄。行至都門，宣王聞之，藏怒以待之。入見宣王，宣王曰：『先生乃靖郭君所聽所愛之人也。』昆辨曰：『愛則有之，聽則無有。大王方為太子之時，辨諫靖郭君：『太子非尊貴高雅之相，其頤狹而長，睥斜不正，此乃俗諺所謂背反之相也。不如請廢太子，更立衛姬少子郊師也。』靖郭君泣曰：『不可，吾不忍也。』靖郭君若聽辨之言，豈有今日之患哉？此其一也。辭臨淄而往薛，楚將昭陽請以數倍之地，以與靖郭君易薛，辨諫之曰：『今日之事，必聽昭陽之請也！』靖郭君曰：『薛，乃嬰受之於先王，以薛而易楚地，吾何以告先王？且先王之廟在薛，吾豈能以先王之廟予楚人？』又不聽辨之言。此其二也。」

「宣王如之何？」

「宣王聞之，慨然而歎，情動於衷，形之於色，曰：『靖郭君之於寡人，一至於此！寡人年少，殊不知情。先生肯為寡人迎靖郭君回都否？』」

張儀聽到此，又急不可耐地問道：

「如何？」

「昆辨曰：『敬諾！』遂往薛迎靖郭君歸都。又教靖郭君以計，令靖郭君衣威王之衣，冠威王之冠，帶威王之劍，往見宣王。宣王聞之，出都門而迎靖郭君於郊，望之而泣。靖郭君至，宣王堅請其為相。靖郭君辭讓，不得已，乃受相印。為相七日，又強辭，宣王不聽，三日而復相位。」

張儀聽到此，情不自禁地歎贊道：

「靖郭君可謂知人矣！」

密使接口道：

「靖郭君於昆辨，信而不疑；昆辨於靖郭君，則棄生、樂患、趨難而報之。」

張儀聽了密使這句話，不住地點頭，然後自言自語道：

「生，人之所欲也，而昆辨棄之；患，人之所憂，而昆辨樂之；難，人之所避，昆辨趨之。真義士也！」

沉默、感歎了一番後，張儀突然轉向密使，認真地說道：

「汝所言，乃陳年舊事也，吾知道了。今湣王又與靖郭君大不善，逐靖郭君出都而往薛，汝能往齊一謁昆辨否？阻其出薛？」

「能。」

「善哉！」

說完，張儀立即裂帛為書，給靖郭君田嬰寫了一封書信，準備讓密使托昆辨轉達靖郭君，說服靖郭君一定不能離開齊都臨淄而往偏僻的封地薛。在書信中，張儀還婉轉地表達了對靖郭君的厚望。

寫畢，囑咐密使道：

「此書非比尋常，務必妥為收藏。往謁昆辨，當避人耳目，密而致吾書也。」

密使諾諾連聲。

於是，張儀封金帛若干，交由密使以作打點昆辨之用。又資密使以路資，讓其立即起身，往齊都臨淄祕密拜謁靖郭君心腹門客昆辨去也。

密使領命，立即辭別張儀，晝夜兼程，火速往齊都臨淄進發，晚了，就怕靖郭君已經離開了齊都，那就誤了張儀與秦、魏二國的大事了。

周顯王四十八年七月中旬，張儀所遣往齊國的密使到達臨淄，並很快見到了昆辨。

昆辨本就想諫止靖郭君往薛，只是靖郭君自齊湣王表達了讓他往居薛地的意思後，就一直閉門不見任何人，包括他最親信的昆辨在內。

這樣，昆辨竟有兩個多月沒有見到靖郭君了。而在見了張儀的密使，並展讀了張儀寫給靖郭君的帛書後，昆辨覺得確如張儀所說，無論如何不能讓靖郭君離開齊都臨淄，前往他的封地薛築城為君。如果那樣，以後就再也回不來了，齊國的朝政就永遠沒有他插足的地方，永遠只能僻居薛地做井底之蛙了。

昆辨知道自己的主子靖郭君是個治國的能臣，也是個喜歡在諸侯國之間馳騁出風頭，露臉顯風光的角色，不可能耐得住寂寞僻住薛地一輩子的。

想到此，昆辨決定無論如何要去遊說一下靖郭君，一來是為主人的前程和自己的前程，二來也為了張儀之托。如果遊說成功，靖郭君能夠繼續留在齊都臨淄，那麼將來繼續執政的機會還是有的。再說，遊說成功了，也就等於是幫了張儀一次忙。張儀兼相秦、魏，必然有助於靖郭君的。

主意打定，昆辨就請門者通報。

門者雖然明知昆辨與靖郭君關係非比尋常，但因為靖郭君說過，不許為任何人通報，所以昆辨前幾次求見不成，這次仍然不成。

昆辨無奈，就想放棄了。但是，剛往回走了幾步，他突然有了主意，轉身又回來了。對門者說道：

「為辨告主君，辨請進三言而已矣！多一言，辨請主君烹殺之。」

門者見昆辨說只跟靖郭君說三個字，多一個字，願意受烹刑，於是就來了興趣。心想，你昆辨確實是得靖郭君寵信，你昆辨也確實曾為靖郭君立過功，但你今天要想求見靖郭君，誇下海口，俺倒想看看熱鬧，看你昆辨有沒有那麼大的本事。

於是，門者立即通報了靖郭君。

靖郭君獨自閉門思索了兩個多月，思前想後，雖然主意不少，但是終究打不定主意，是繼續留在臨淄呢，還是往封地薛築城為君，躲進小城成一統，當一個小國寡民的城主呢？如果執意要留在臨淄，齊湣王也不便拿他這個叔父如何的，諒他也不敢如何的。如果往薛築城為君，雖然從此不仰齊湣王這個小畜生的鼻息，看他的眼色，受他的窩囊氣，可以做個自由自在的城國之君；但是，這樣自由是自由了，自在也自在了，可從此在諸侯國之中，就沒有自己的地位了，誰會把自己這個屁股大的且附屬於齊的城主當回事呢？

因此，今天聽門者說昆辨又來求見了，而且說只跟自己說三個字，頓然也來了精神。於是，就讓門者延進昆辨。

昆辨見了靖郭君，未及施禮，就說了三個字：

「海大魚。」

說完，轉身就走。

靖郭君一聽，莫名其妙，什麼「海大魚」？於是，連忙叫住昆辨道：

「昆辨止步，請為嬰詳說之。」

昆辨見靖郭君叫住自己，讓自己詳細跟他說說，雖然心中暗自高興，但表面上卻不露聲色，一本正經地說道：

「鄙臣不敢以死為戲也。」

「先生與嬰莫如此，請更言之。」

昆辨見此，遂回轉身來，從容回答道：

「君不聞海中有大魚乎？其魚之大，網不能獲，鉤不能牽。然此吞舟之魚，蕩然失水，則螻蟻亦能苦之。」

說到此，昆辨停了一下，抬眼看了看靖郭君。

靖郭君無言，認真地注視著昆辨，意思是讓他繼續說下去。

於是，昆辨又接著說道：

「今齊，猶君之水也。君有齊，何以區區之薛為意？若失齊，雖高築薛城至於天，終亦無所益也。」

靖郭君聽到此，不禁拍案而起道：

「善哉！」

接著，昆辨又巧妙而自然地獻上了張儀轉達的帛書。

靖郭君接書在手，展讀已畢，對昆辨拈鬚一笑。

於是，靖郭君終於放棄了出齊都往薛築城為君的念頭了。從此，居臨淄而不問朝政，深居簡出，韜光養晦，等待時機。

周顯王四十八年八月底，張儀派往齊國的密使帶來了兩條消息：一是昆辨說服了靖郭君，靖郭君而今還留在齊都臨淄，沒有往薛地築城為君；二是齊湣王夫人突然死去，齊湣王正在獨自悲傷呢。

張儀聽到第一個消息，好像沒什麼反應，因為這個已在他預料之中；而對於第二個消息，張儀聽後，似乎感到特別興奮。

未及密使更詳細地說下去，張儀就追問道：

「齊王夫人何時殯天？」

「八月初一。」

張儀聽了，連連點頭。接著，便在府中不停地走來走去。

密使不知就裡，不解地看著張儀低頭走來走去，又不時獨自點頭，捋鬚。

良久，張儀突然停了下來，對密使道：

「汝速歸臨淄，有事則急報於我。」

說著，就讓管家封金以賞密使而去。

密使一走，張儀立即裂帛為書，讓隨侍心腹之人星夜出城，急急往咸陽給秦惠王送信去了。

第二年，也就是周慎靚王元年（西元前三二〇年）的十月，在張儀的暗中策劃與籌備之下，經過秦、齊二國之使不停的外交穿梭，秦惠王將女兒嫁給了齊湣王，秦、齊東西二大國從此便結成了姻親關係。

第十二章　縱橫之爭

1　秦魏伐韓

張儀策劃促成了秦、齊聯姻後，秦惠王覺得張儀所籌畫的東西「連橫」之策已經差不多了，於是，就在周慎靚王二年（西元前三一九年）的十月底，遣使至魏都大梁，召回了張儀。

至此，張儀以秦相魏四年的使命，到此告一段落。

周慎靚王三年（西元前三一八年）一月底，張儀回到秦都咸陽不久，突然有來自魏都的密使來報：

「魏王以公孫衍為相矣。」

張儀一聽，知道公孫衍又要來事了。心想，剛剛安定了四年的天下，又要風起雲湧了。

「嗟乎，公孫衍，公孫衍，真乃吾之寇仇也！」張儀不禁從心底如此感歎道。

張儀視公孫衍為寇仇，公孫衍何嘗不視張儀為寇仇呢？

不過，公孫衍視張儀為寇仇，那也是張儀逼出來的。

張儀未到秦國之前，公孫衍已經為秦國立下了蓋世奇功，也因此而被秦惠王封了秦國大良造的高爵。這個爵位，在秦國是很少封給客卿的。只有商鞅因為替秦國變法圖強，使秦國從一個西部弱國小國，一舉崛起而為天下強國，立下蓋世奇功後，秦孝公才將這個爵位第一次封給了商鞅這個來自衛國的客卿。同樣，當公孫衍這個來自魏國的客卿，在蘇秦「合縱」成功，投「縱約書」於秦，使秦國面臨山東六國聯盟強大的軍事威脅而岌岌可危之時，為秦惠王籌畫大計，並率師伐魏，連連告捷，不僅解除了山東六國的威脅，而且打得魏國屈膝投降，將秦國幾代君王想恢復的河西大片土地從魏國手裡奪了回來。這是何等的功勞！也正因為如此，秦惠王毅然決然，將大良造的高爵封給了客卿公孫衍。正當公孫衍做著美夢，希望能夠在獲封大良造之爵後，順利接任秦國之相的位置時，他的同鄉張儀來了。不到一年，就是這個同鄉張儀，竟然憑著三寸不爛之舌，博得了秦惠王的歡心。而秦惠王一高興，竟然將公孫衍垂涎已久的秦相之位給了張儀。這，如何不讓公孫衍由失望變為仇恨呢？

也正因為如此，公孫衍懷著無奈，也懷著仇恨，在張儀為相執政之後不久，就悄然離開了秦國，重新回到了曾經生他養他、也曾被他深深傷害過的的故國魏國。

憑著能言善辯，公孫衍順利獲得了魏王的重任，官任魏將。不久，公孫衍設計，遊說齊國名將田盼成功，借得齊、魏二國大兵，伐破趙國，破了蘇秦舊有的「合縱」之局。之後，又經過多番努力與苦心經營，最終捏合了魏、趙、韓、燕、中山五國之君，搞了一個「五國相王」，算是初步建立起了一個屬於自己掌控的新「合縱」之盟。

然而，就在「五國相王」不久，正當公孫衍躍躍欲試，準備大幹一場，與秦國博弈一番，與張儀較量一番之時，張儀卻挾秦國之勢，來魏國為相了。於是，公孫衍的「合縱」之盟受到了威脅，同時公孫衍有限的生存空間也被張儀給擠壓了。

好在公孫衍有辦法，離開魏國後，竟然到韓國謀了個韓相之位。但是，面對咄咄逼人的張儀，為了打破張儀合秦、魏，實行「連橫」而吞天下的計畫，公孫衍不得不借楚國之力，到楚國請來楚國令尹昭奚恤，自己讓出韓相之位，讓昭奚恤也來個兼相楚、韓，以與張儀兼相秦、魏相對抗。後來，又經過努力，促成了韓、趙聯姻，使「合縱」之盟增加到三國，總算超過了張儀的秦、魏二國之盟。可是，萬沒想到，張儀竟然也仿效之，使山東另一大國齊國與秦國結成了姻親關係，再一次擠壓了公孫衍的「合縱」空間。

雖然張儀在魏為相四年，由於公孫衍與他不斷博弈鬥智，日子並不好過；但是，公孫衍這四年何嘗不是每日心裡滴血，夜裡歎息呢？他這四年的日子，遠比張儀過得艱難！

終於，有一天，公孫衍覺得自己有了出頭天。

這一天，是周慎靚王二年十一月初二。

這天晌午時分，突然公孫衍派往魏都大梁的密探匆匆忙忙地回到了韓都鄭。公孫衍見他跑得上氣不接下氣，知道肯定是有什麼重要消息了。

「何事如此倉皇？」

「大人，張儀歸秦矣。」

「何時之事？」

「前月三十。」

公孫衍一算，也就是兩天前的事。怪不得密探跑得如此匆忙，魏都大梁離韓都鄭雖近，但也有好幾百里地，看來密探是晝夜兼程而來的。

想到此，公孫衍連忙叫管家端上一盞水來。密探接水在手，也不問冷熱，就「咕咚，咕咚」地喝了個精光。

然後，公孫衍又讓密探坐下。

於是，密探就將張儀離開大梁的經過，一五一十地給公孫衍講了個明白。

公孫衍聽完，臉上終於露出了幾年來難得一見地微笑。

第二天，公孫衍就辭別韓宣惠王，又找韓相昭奚恤與原韓相公叔密議了一番，然後，就悄然離開韓都鄭，往東北方向的魏都大梁而去了。

三天後，公孫衍到了魏都大梁，駕輕就熟地拜見了魏襄王，遊說了一番，魏襄王遂又任之為將。於是，公孫衍又住回了他原來為魏將時所住的將軍府。

一住進將軍府，公孫衍就又想到了如今正空著的相府。因為住進相府，是他一直以來的理想。上次從秦國歸魏後，就一直想著這個位置。

因為公孫衍比誰都清楚，只有成為魏相，真正掌控了魏國的朝政，自己有所憑藉，才可能真正實施「合縱」之策，進而與秦為敵，與張儀為敵。可是，以前由於田需已經占著相位，不肯相讓。而且為了鞏固其地位，田需又與周霄結成了同盟，又勾結在齊國為客卿的蘇秦，與他為敵，甚至還請來了齊國靖郭君之子田文，寧可讓田文為相，也阻止魏襄王任自己為相。結果，自己只好離魏往韓，就任韓國之相。

想到此，公孫衍就恨田需，恨周霄，恨蘇秦，更恨張儀，還恨一切阻止他為魏相的人。

如今公孫衍又回來了，自然念念不忘魏相之位。於是，來魏之後幾天，他就開始活動開了。可是，一活動，才知道，目前在魏襄王之朝為臣的，還不止他公孫衍想爭這個魏相之位，還有兩個人，一個是翟強，一個是周最。

翟強在魏惠王與魏襄王兩朝為官，已經很有年頭了，而且也是個相當有份量的魏國大臣。至於周最，可也算得上是一個天下聞名的人物，因為他的身份背景與眾不同，他是周王朝周武公之子。他之所以來魏為臣，一來是為了替周王朝控制山東諸侯，二來是衝著魏相之位。前一個目的，那只是水中之花而已，周王朝早就控制不了任何諸侯國了，即使是魯、宋、衛這些小國，也未必能聽周王的，遑論秦、齊、楚、魏、韓、趙、燕等七大國了。因此，周最來魏為官，最直接的目的，就是想做魏國之相。

儘管翟強與周最都早有爭奪魏相之心，可是當初田需為相，公孫衍想爭，結果公孫衍都沒占上風，所以翟強與周最，也就不再有覬覦之心了。而當公孫衍最終離魏，赴任韓國之相後，翟強與周最二人就又躍躍欲試了。因為這二人各有背景，翟強歷來與齊國關係很好，周最則與楚國關係密切。於是，翟、周二人就暗中展開了較量。

可是，人算不如天算。就在翟、周二人上下其手，鬥得不可開交之時。張儀挾著更強大的秦國背景來魏為相了，而且張儀相魏是秦、魏國交的結果。這下，翟、周二人之爭便嘎然而止，原來的一對生死對頭，反而聯合起來，跟張儀鬥了起來，一心要把張儀拱走。

張儀初來乍到，對於翟、周二人一搭一唱，三天兩頭就到魏襄王那裡惡言中傷，感到既恨又煩，同時也覺得非常無奈。想了很久，最後張儀終於想到了一個徹底的解決辦法，那就是建議魏襄王在宮內設立了一個見者嗇夫的官職（嗇夫，是魏國所特有的官名，是專司某一方面工作的負責人之稱謂，如倉嗇夫、庫嗇夫、田嗇夫、苑嗇夫、廄嗇夫、發弩嗇夫、司空嗇夫等等，皆是其類），專司大臣在理政之外的時間求見魏王的事務。這個官職是張儀防備翟、周二人向魏襄王進讒言所特設，自然用的是自己的心腹之人。翟、周二人一見這種情勢，從此就收斂了不少。

當公孫衍了解到這些魏王朝內激烈內爭的內幕後，就知道而今想做魏相，看來並不容易。自己沒有張儀那樣強大的大國國交做背景，那麼只好自己想辦法爭取了。

周慎靚王二年（西元前三一九年）十一月十五，公孫衍如往常一樣，上朝之後，又策馬回到將軍府。但在府前駐馬下車之時，他無意間瞥了一眼將軍府門前的「將軍府」三個字，立時來了靈感。

「將軍，將軍，將軍戰伐，方可立功；立功，方可升遷晉爵也。」

公孫衍在內心這樣自言自語了一番後，立即回府策劃如何戰伐取功的問題。

想了很久，覺得真要戰伐，也不容易。現在，魏國能伐誰呢？

伐秦？伐秦當然最好，也最能使自己解恨。但是，自己明白，魏襄王也明白，伐秦是無論如何都使不得的，魏國現在根本不是秦國的對手了，如果主動伐秦，那只能自取其辱，必然喪師失地。即使自己再怎麼遊說魏襄王，相信魏襄王也不會同意的。

伐齊？伐齊，魏襄王心裡肯定是很想的，因為魏國今天的衰弱，就是因為齊國在桂陵、馬陵二戰中打敗了魏國，使魏國徹底傷了元氣的結果。因此，魏襄王即使心裡想伐齊，事實上也沒這個膽，他知道這肯定不可行，魏國是沒有實力與齊國較量的。如果自己遊說魏襄王，肯定不能獲准的。

伐楚？那是不要想了。

伐趙？沒道理，也不實際。

想來想去，最終公孫衍覺得可以伐韓。他覺得，伐韓一來把握性比較大，可以取勝，容易立功；二來魏襄王能夠被說服，因為韓國除南面與楚、秦毗鄰外，其餘三面都被魏國所包圍，自魏惠王以來，魏國一直都想把這個被包圍於自己東西國土之內的韓國給吞併了，那樣，不僅魏國的國土大大擴張了，魏國的國力也會成倍增強，而且更為重要的是，韓國滅掉後，魏國東西兩部分就可以連成一體，東西可以策應。如果秦國再與魏國開戰，那麼魏國東部大梁方面的兵力很快就能馳援河東之地，重新奪回被秦國所占的河西之地，也是有本錢的。再說，自己前次至魏為將，就跟韓國打了一年有餘，如果不是秦國在最後關頭趁其不備，派張儀偷襲魏國河南重鎮——陝，說不定韓國早就被魏國所吞併了，自己早就是大魏國之相了。

想到此，公孫衍覺得這個計謀可行。於是，決定第二天，就入朝見魏襄王，遊說他出兵伐韓。

也是機緣湊巧，正當公孫衍主意打定之時，突然他留在韓國的密使匆匆而來，稟報道：

「大人，秦師伐韓，已取鄢而去矣。」

公孫衍一聽，心中猜想，這肯定是張儀的計謀，他人尚未回到秦都咸陽，就發兵伐韓，這是在報復自己這些年以韓為據點，與他作對吧。

其實，公孫衍只猜對了一半。伐韓之舉，確是張儀之策。在他奉秦惠王之命西歸咸陽之前，就密奏秦惠王在自己出魏都大梁之後，立即出兵伐韓，一來報復公孫衍這些年來在韓國上下其手，憑藉韓為支點，跟自己博弈較量，讓自己為之心力交瘁；二來可以防止魏王在自己離開大梁之後，為公孫衍所迷惑，拆散了秦、魏、齊三國即將成形的「連橫」之勢。希望借伐韓之舉，可以對魏國起到一個敲山震虎的威懾作用。

雖然公孫衍沒有猜透張儀深不可測的居心，但是，畢竟公孫衍也是一個梟雄。他一聽密使說到秦伐韓的消息，立即來了精神，何不趁火打劫，這不正是伐韓的最好機遇嗎？想到此，也不等第二天了，公孫衍當天就入朝晉見魏襄王。結果一說，魏襄王果然同意了，而且還相當積極。

於是，周慎靚王二年十一月十六，公孫衍統率的魏國五萬大軍，就從大梁出發，準備抄道韓國東南部地區。

十一月底，兵至韓、魏東部毗鄰的魏國重鎮岸門時，公孫衍突然命令大軍駐而不前。

魏國將士對此都非常不解，但是公孫衍是主將，誰也不敢問他原因。

原來公孫衍是別有計謀的。因為他此次伐韓，與上次伐韓意在滅韓的目的不同，此次伐韓只是為了取功，然後獲取魏相之位，而不是真的要滅亡韓國。他還要留著韓國「合縱」伐秦呢。也就是說，此次伐韓，只是為了取魏相之位而已，只是這一目的，除了他公孫衍，任何人都不能猜到的。還有一層，鑒於上次伐韓一年有餘，卻被秦國偷襲的教訓，此次如果真的伐韓，打的時間過長，說不準又被老冤家張儀所利用，或是被齊國趁機利用，那就一切都完了。不僅魏相沒得做，自己「合縱」伐秦的長遠大計，也就永遠無望了。

正是因為有此深謀，所以公孫衍才駐軍不前，只是讓兵士大肆鼓噪，搞得動靜很大，嚇唬韓國。除此之外，他還搞了一個神不知鬼不覺的小動作，就是暗遣心腹之人往韓國聯絡他在韓國的同黨——原來的韓國之相公叔，遊說公叔道：

「昔張儀以秦相魏，謂魏王曰：『魏攻南陽，秦攻三川，韓氏必亡矣。』魏王所以親善張儀，任之為魏相，乃欲得韓國之地也。今魏王命公孫衍伐韓，其意亦為韓國之地。不如公說韓王，略予魏地，以為公孫衍之功。公孫衍有功，則必為魏相。如此，秦、魏之交不復，秦攻三川、魏伐南陽之虞不復有矣。公孫衍相魏，則魏、韓合，秦患可絕矣。」

公叔在公孫衍離韓之前，本就與公孫衍有話的，今見公孫衍之使如此一番說話，覺得確實可行，對韓也有好處。於是，跟韓宣惠王一說，韓國立即就遣使向魏襄王求和，並答應割讓一塊土地給魏國。

這樣，公孫衍兵出而不戰，已讓韓國求降割地，不僅讓魏國人都覺得大魏又重振了雄風，更使魏襄王興奮不已，虛榮心一下子就得到了滿足。於是，魏襄王一高興，就委任公孫衍為相了。

周慎靚王三年一月底，當張儀從密使所報中獲知公孫衍已為魏相的消息時，雖然並不知道公孫衍如何玩弄計謀而成為魏國之相的細節，但是，從密使所稟報的公孫衍伐韓一事，張儀清晰地推測出：魏王任公孫衍為相，肯定是與公孫衍伐韓，為魏國獲得了土地一事有關。

想到此，張儀不禁頓足而歎，雖然自己的伐韓之計可算是一箭雙雕的妙招，沒想到老冤家公孫衍竟然將計就計，如法炮製，也來了一次伐韓。結果，他的效果卻比自己的伐韓效果大得多，兵出未戰，就屈人之兵，又割人之地，同時以此謀得了魏國權相之位。既然他已經謀得魏國權相之位，他豈能與自己善罷干休？

想到此，張儀不禁又是一陣緊張，看來一場惡鬥又要開始了。

2 五國伐秦

張儀不愧為梟雄，果然料事如神。

公孫衍通過伐韓之舉，謀得魏國之相的權位後，便正式開始了他的「合縱」大計。

周慎靚王三年一月底，就在張儀接獲密報跌足長歎之時，公孫衍一邊派心腹之人以魏王之使的名義出使韓國，與韓國言和，訂立魏、韓聯合之盟；一邊親自以魏國之相的身份南游楚懷王，策劃並實施合楚、魏、韓、趙、燕五國以為「縱」的抗秦禦齊「連横」之盟的大計。

由於韓國是公孫衍經營多年的老地盤，又有同黨公叔在朝，還有公孫衍請來兼相楚、韓的楚國令尹昭奚恤在韓國為相，公孫衍以魏王名義派出的使者一到，先以私情說公叔，次以秦伐韓而意在楚而遊說昭奚恤，再以秦伐韓而取鄢地而遊說韓宣惠王。二月底，魏使回報魏襄王，韓國已答應與魏成為聯盟。

與此同時，還在出使楚國路上的公孫衍，也於三月底得到了密報：韓國已入彀，今已成為自己密謀的五國「合縱」之盟的第一個盟邦了。

四月初，經過朝行暮宿的緊張旅程，公孫衍終於到達楚都郢，並馬上見到了南方大國之君楚懷王。

楚懷王見是魏相公孫衍親自出使，自然不敢怠慢。因為在楚懷王心中，魏國也是一個強國大國，而且曾經多次打敗過楚國。

待公孫衍拜禮問候畢，楚懷王就熱情地問道：

「先生不遠千里而來，何以教寡人？」

「楚，乃天下大國也；大王，乃天下明主也。衍乃魏王之鄙臣，何敢言教哉？」

楚懷王本就是個好大喜功的君主，見公孫衍如此讚譽楚國與自己，心裡那個舒服，就甭提了。

公孫衍是個遊士出身，本就善於察顏觀色，精於揣摩人主心理，見楚懷王面有得色，遂續而說道：

「今天下之強，莫若楚、秦、齊三國也。」

楚懷王見公孫衍將楚國排在天下三強之首，又是欣欣然。遂肯定地點點頭。

公孫衍知道楚懷王此時正在得意的興頭上，於是，話鋒一轉道：

「秦以張儀相魏，意在連橫；楚令昭奚恤相韓，意在合縱。楚、秦勢均力敵，天下可保太平矣。」

楚懷王一聽，覺得公孫衍分析得透徹深刻，當初自己派令尹昭奚恤相韓，正是應對秦以張儀相魏的策略，有針鋒相對之意。而且，自從昭奚恤相韓後，也確實如公孫衍所說，天下達到了一種勢均力敵後的平衡，張儀在魏，昭奚恤在韓，四年間，天下確實是太平無事，這說明自己當初的決策是對的。

想到此，楚懷王乃深深地點了點頭，表示嘉許之意。

公孫衍見此，話鋒再作一轉，道：

「今秦與齊聯姻，則楚、秦勢均力敵之勢不再矣。」

楚懷王聽到此，開始有些緊張了，情況正是如此。本來，楚、秦、齊三大國是呈鼎足而立之勢的。如今秦王嫁女於齊王，秦、齊聯姻，則楚為一方，秦、齊共為一方，楚國自然就處於弱勢了。

公孫衍說到此，故作停頓，看了看楚懷王的表情後，又從容說道：

「張儀未歸秦，秦兵已伐韓，其意何在？」

楚懷王當然知道公孫衍所提問題的答案，但是，他沒有回答。

公孫衍也知道楚懷王知道答案，更明白楚懷王不會接口回答。於是，自問自答道：

「昭奚恤相韓，楚、韓即為聯盟。楚、韓為盟，而張儀伐韓，其意豈在韓而不在楚？」

楚懷王聽到此，不得不承認地點點頭，事實就是這樣。

公孫衍遂又接著說道：

「今秦、齊二強和合，強勢愈顯。魏居秦齊之間，魏王懼矣。故魏王乃使臣南朝於大王，欲結魏、楚、韓、趙、燕五國之盟。臣至郢，韓已合魏矣。韓與趙為姻親，韓合魏，則趙必合魏也。燕，乃小國，無由為慮也。今大王若合魏、趙、韓、燕為縱約，則魏王奉命，趙、韓、燕三國之君亦當奉命也。大王若允魏王之請，則山東諸侯必北面而朝大王於章台之下矣。」

楚懷王一聽，既然形勢已然如此，為了保住楚國的強國大國地位，為了楚國的利益，而今也只有「合縱」一途才能對抗秦、齊了。再者，根據公孫衍所說，山東五國的「合縱」之勢確實也已自然成形了，那麼自己何不順應時勢，做個現成的縱約國盟主，坐章台而受山東各國諸侯北面而朝呢？

想到此，楚懷王斷然地應諾道：

「善哉！先生為寡人計之，可矣。」

公孫衍一聽，心想，成功了！楚懷王正式授權自己籌畫「合縱」事宜了。

於是，公孫衍立即辭別楚懷王，急急北走趙、燕二國，迅速說得二國入盟。

周慎靚王三年七月底，公孫衍在遊說了趙、燕二國之王後，又順道遊說了一下齊湣王。

本來，公孫衍是對齊湣王不抱希望的，因為齊湣王是秦惠王的女婿，齊湣王當然知道山東諸侯

「合縱」的用意，是在對付他的老丈人秦惠王的了。可是，出於公孫衍的意料，在他以山東五國已經入盟的現實相告，並曉以利害後，齊湣王竟然爽快地答應了參加五國的「合縱」之盟。大概齊湣王是意識到，如今楚、魏、趙、韓、燕等山東五國都已經同意「合縱」了，如果齊國不入盟，則將孤立於山東五國之外。而山東五國「合縱」之盟結成，則既可以共同西向伐秦，也可以東向伐齊。

完成了山東六國的「合縱」之約後，公孫衍立即遣使南報楚懷王，並密約於周慎靚王三年九月中旬，秋高馬肥之時，魏、齊、趙、韓、燕五國之兵齊集秦國函谷關前，叩關而伐秦；楚懷王為縱約長，則統楚國精銳之師，北出武關，伐取秦國商、於之地，並進軍秦都咸陽，讓秦國首尾不能相顧，從而徹底打垮秦國這個天下之霸。

籌謀已定，公孫衍就信心滿滿地等待著九月中旬約定的伐秦時間一到，就要向秦國開戰了。想著到那時，看秦國喪師失地，看張儀失魂落魄，公孫衍不禁在夢中都笑醒了。

然而，真是人算不如天算。

周慎靚王三年九月中旬，當公孫衍與魏、齊、趙、韓、燕五國約定集結大軍於秦之函谷關前的約期已到時，卻獨獨不見齊國之師的到來。

公孫衍不知就裡，但此時已經無可奈何了，只得按原計劃，叩關而進，與秦國之師展開了激烈的戰鬥。可是，由於齊師這一主力未到，加上趙、燕二國之師不肯賣力，只有魏、韓二國之師英勇奮戰，結果叩關雖然成功，也打進了秦國的函谷關，但不久卻被秦增派來的大軍打退。到了最後，則是秦師出關向魏、韓之師發起了反攻，打得魏、韓之師節節敗退，魏、韓二國與秦國毗鄰的戰略重鎮屢屢失守。而燕、趙之師，則見機逃之夭夭。

到了十一月，公孫衍才獲悉，原來是楚懷王聽從了陳軫之計，在五國伐秦之師特別是魏、韓二師與秦師打得難解難分之時，卻採取了按兵不動的策略，坐觀齊、魏等五國之師與秦師交戰，想讓雙方都打得精疲力竭之時，再出武關北上伐秦，企圖一舉而敝天下諸侯，進而達到獨霸天下的目的。

公孫衍獲悉情報後，知道此次六國伐秦，最後變成了五國伐秦，再加楚國按兵不動和燕、趙之師伐秦不力，實際上就是變成了魏、韓二國與秦國的角力。心裡估量了一下，公孫衍覺得不能再打下去了，再打下去，魏、韓二國都要亡國的。這國家一多，都是如此離心離德，如何對付得了尚武好鬥的秦國。自己以前做過秦國之將，統率過秦國之師，知道秦師之勇，實乃天下無雙。

想到此，公孫衍立即請來已經從宋國歸魏的惠施，讓他以魏王之使的身份，出使楚國，請縱約長楚懷王出面向秦國請和。

可是，楚國之將昭陽卻聽從楚臣杜郝之言，不允惠施向秦求和之請。惠施無奈，只得返歸大梁。魏襄王痛恨楚懷王之所為，伐秦則不舉兵，魏抵死相敵強秦，力有不支，卻又不允請和。於是，大斥公孫衍。公孫衍憤怒之中，想出一計，讓人放話，說魏國要投秦伐楚。結果終於使楚懷王同意了魏國請和的要求，秦、魏之戰也在嚴冬的天氣中自然結束了。

3　義渠襲秦

五國伐秦戰爭，最後秦國之所以在反攻之後不久就嘎然而止，固然與天氣有關，但也有其他原因，其中，最重要的原因之一，是因為秦國西北部的義渠國趁秦與山東五國打得不可開交之時，對秦國發動了一次大的偷襲，不僅使秦國遭受了意料不到的巨大軍事重創，也使秦惠王頓感來自後院的巨大壓力，他怕秦國周邊的西戎、北狄等眾部族也效而仿之，那秦國就要有滅頂之災了。

義渠國，自古以來便是秦國西北的勁敵，一直與秦國時戰時和，令秦國既恨又惱，但又無可奈何。秦惠王七年（即周顯王三十八年，西元前三三一年），義渠國內部發生動亂，秦惠王派庶長操率兵平定之。受了這次意外的重大內亂的打擊，義渠國的國力從此衰弱了不少。

而秦國在張儀為相後，通過不斷地對魏用兵，伐取了魏國河西的大片土地，特別是魏國河源地區的上郡十五縣歸入秦國版圖後，秦國國力益盛。在此背景之下，張儀通過懷柔手段，終於促使義渠國之君於秦惠王十一年（即周顯王四十二年，西元前三二七年），來咸陽向秦惠王稱臣。第二年，張儀又籌畫了秦國歷史上的首次「臘祭」，讓秦惠王在上郡及河源之地的河宗氏遊牧之地的神聖之所——龍門，與遊牧於河源之地的眾多戎、狄部族首領舉行了「龍門會」，密切了秦國與這些戎、狄部族的關係，從而進一步鞏固了秦在河源及上郡地區的統治。第三年四月戊午，秦惠王便正式在咸陽舉行了稱王儀式，包括魏、韓等周邊大小諸侯國及戎、狄之君都來朝賀。

從此，秦惠王覺得秦國的後院安定了，同時也對秦國西北的義渠國解除了戒心；而秦相張儀也一心想著實施「連橫」之策，向東擴張，逐步削弱併吞山東六國，進而實現秦一統天下的大計畫。

然而，使張儀想不到的是，就在他相魏四年歸秦之後，老冤家公孫衍設計攫得了魏國之相的位置。更使張儀想不到的是，義渠國之君在公孫衍出任魏相後沒幾天，正好於朝齊途中經過魏都大梁。公孫衍獲悉後，立即前往拜謁義渠國之君，遊說道：

「魏、秦道遠，千里相隔，臣不得往秦，亦不得往義渠謁君矣。今幸得君過大梁，臣請陳事於君。」

義渠君本就知道公孫衍，更知道公孫衍是何等之人，當初公孫衍在秦為大良造時，義渠國何人不知公孫衍之名。今見公孫衍身為大魏之相，主動拜謁自己這個小國之君，自是十分感動。又見公孫衍說有事要向自己稟陳，遂立即接口道：

「願聞之。」

公孫衍見義渠君態度積極，便從容說道：

「義渠，自古即為西北強國；君，乃義渠之明君也。今義渠委曲求全，臣服於秦，而秦王則以奴婢畜之。」

義渠君聽公孫衍這樣一說，雖然自尊心受到了損傷，但是，心裡也明白，自從義渠內亂之後，義渠國力日益式微，在秦國勢力日盛的情況下，只得為了生存的緣故，而臣服於秦。而秦惠王隨著秦國勢力的強大，也日益不把自己這個昔日與自己平起平坐的義渠君當回事了，確實是像公孫衍所說的那樣，只當自己是個奴婢的角色。

公孫衍見義渠君此時臉上有點掛不住，心中大喜。心想，這正是自己想要看到的，不刺激一下他，還激不起他的一國之君的自尊心呢。好，有自尊心就好。

想到此，公孫衍又從容不迫地說道：

「今秦所懼者，乃山東六國也。山東六國若與秦相安無事，秦必兵戈西向，燒掠明君之國；山東六國若叩關而進，秦必輕使重幣，厚結於明君之國也。」

義渠君聽公孫衍這樣一分析，覺得非常透徹，也非常入理。其實，秦國對待義渠，確實也就是這種政策。想當初，義渠國內亂之時，秦惠王名義上是派庶長操往義渠幫助平亂，實則卻乘機大肆殺伐，以此使義渠國遭受到雙倍的傷害，國力一下子就削弱了很多。

沉默了一會，義渠君明白了公孫衍的意思，遂語帶玄機地說道：

「謹聞命矣。」

公孫衍是何等之人，一聽義渠君這句不是表態，實是表態的回答，立即明白義渠君明白了自己今天所說話的意思。心想，夠了，到此為止吧。

於是，公孫衍遂告辭而去。

周慎靚王三年（西元前三一八年）十一月初，義渠君朝齊後，回到了義渠國。

這時，公孫衍策劃的楚、魏、趙、韓、燕五國伐秦的戰爭正打得難解難分。義渠君當然關心此事，遂派出密探往秦都咸陽與魏都大梁打探消息。

就在義渠君派密探往秦都的同時，陳軫以楚王之使的名義來到了秦都咸陽。

陳軫是天下諸侯皆知的雙面人，他到秦國給秦王出主意，到楚國則給楚王出主意，到齊國也會給齊王出主意。周顯王四十六年（西元前三二三年），當楚、魏襄陵之戰後，楚將昭陽欲統得勝之師乘機伐齊之時，陳軫為秦惠王出使到齊國。當時，齊湣王剛剛即位不久，正為楚將昭陽率十萬之師殺來而憂心萬分。陳軫知道，立即自告奮勇地提出要為齊湣王分憂。結果，他憑著三寸不爛之舌，輕而易舉地就說退了昭陽的十萬楚師，使齊湣王為之感動莫名。

至於陳軫與秦國的關係，則又不同於與其他諸侯國的關係。因為陳軫本是秦國人，只是因為受張儀排擠，而秦惠王又不得不用張儀之故，才無奈地到楚國為臣。但是，他人在楚，心在秦。雖然也時常為楚王出主意，維護楚國的利益，但是，如果一有機會，同時要涉及到秦國的重大利益，他則會暗中幫助秦國。秦惠王也知道這些，所以陳軫雖是楚臣，但秦惠王從不以楚臣視之，只要他來秦國出使，秦惠王總會向他問計。而陳軫也會有問必答，一定會替秦惠王出一個好主意，謀一個妙計的。

這不！公孫衍策劃的山東五國伐秦戰爭一開始，陳軫就為了暗中解除秦國腹背受敵的不利局面，而主動給楚懷王這個五國伐秦的縱約長出了個主意，讓楚懷王陳兵武關之前，並不急於北向而伐秦，而是坐視魏、趙、韓、燕四國在函谷關前與秦師殊死相搏。這個主意，表面上是為了楚國利益，讓楚懷王坐等交戰雙方俱敝之時，以收一舉而敗五國的大利，骨子裡卻是為了減輕秦國在函谷關與武關同時用兵的壓力，只是楚懷王並沒看出陳軫的用意所在而已。

周慎靚王三年（西元前三一八年）十一月初，當楚國之師還在武關按兵不動，而魏、韓、趙、燕四國之師正在函谷關前與秦師苦鬥之時，陳軫以到秦國觀察動靜，以便確定楚國何時兵出武關、向秦發起進攻為宜作為理由，來到了秦都咸陽。

秦惠王一見陳軫來了，又立即向他問計道：

「今五國伐秦，楚為縱約長，先生自楚來，何以教寡人？」

陳軫見秦惠王態度誠懇，遂坦誠相見，道：

「大王無憂！楚雖為縱約長，然臣已諫楚王陳兵武關而不動，坐視秦與四國戰於函谷關。大王但與四國戰，可矣！」

「先生拳拳故國之心，寡人知之。有先生在楚，寡人不憂武關之外矣。」

「武關之外，大王可以無憂；然秦之西北，義渠之患猶在也。」

秦惠王一聽，莞然一笑，道：

「先生豈不知，義渠早臣服於寡人之國矣。」

陳軫也微微一笑，道：

「義渠之君臣於大王，軫知道了。然今五國伐秦，義渠君未嘗不為所動也。」

秦惠王一聽，頓時覺得陳軫的這個提醒倒是有理。心想，是啊，人從來都是喜歡牆倒眾人推。這義渠國原也是與秦勢均力敵的強國，雖然現在國力衰弱了，不得已而臣服於秦，難保它現在見五國伐秦，有機可乘，不來一個落井下石的。

想到此，秦惠王又連忙問計道：

「如此，為之奈何？」

「義渠之君，乃戎狄蠻夷之賢君也。大王不如輕車厚幣而賄之，以撫其心，則秦之後患可彌矣。」

「善哉！先生慮之遠，計之深矣！」

於是，秦惠王立即發使往義渠。

周慎靚王三年十一月底，秦惠王派來的使者來到義渠，並帶來文繡千純，美女百人，贈之於義渠君。

義渠君收受了秦惠王的厚賄之禮，心裡卻突然想起了幾個月前公孫衍在魏都大梁拜謁他時所說的那番話。心想，果然被公孫衍所說中，秦國現在被山東五國攻伐，情勢危急了，就想到要厚賄自己了。如果秦國伐退五國呢？那會怎麼樣？屆時，會不會掉轉頭來徹底滅了自己這個已臣服的小國呢？

越想越覺得公孫衍的話有理，於是，義渠君在送走秦惠王之使後，就在心裡籌畫著對秦來個出其不意的偷襲，現在不打，更待何時？

也正巧，就在秦惠王之使剛剛離去的第二天，義渠君派往秦都咸陽的密探回來了，向義渠君報告了一個可靠消息：

「山東四國之師，叩函谷關而進矣。」

義渠君一聽，大為興奮。心想，這可是千載難逢的好機會！四國之師既已叩開了秦國的函谷關，這秦都咸陽就危險了。現在不動手，更待何時？

主意打定，義渠君立即傾國之所有兵力，以狂飆突進的方式，騎襲了秦國駐防於義渠與秦國西北毗鄰的重地李帛，斬秦師之首三萬。

秦惠王聞報，大驚失色，遂立即再抽調兵力迎擊義渠，可是等到秦兵到達李帛時，義渠之師早已撤退了。

第十三章 復相秦（上）

1 再挫公孫衍

五國伐秦，雖然最終是秦國勝利了，但是義渠襲秦成功，卻使秦惠王心裡留下了深深的痛，很久都不能為此而釋懷。

而張儀對於義渠襲秦之事，則聞之而跌足長歎。還好，此時張儀並不知道義渠襲秦，乃是他的老冤家公孫衍的計謀，不然他就不是跌足長歎，而是要搥胸撞頭了。不過，不管此時張儀是跌足長歎也好，或是搥胸撞頭也罷；也不管是知道義渠襲秦是公孫衍所指使的，還是根本不知，反正此時他是無能為力的。所以，當他得知義渠襲秦，斬首三萬的消息時，他也只有在一邊乾歎氣的份，心中雖是埋怨秦惠王謀事不密，但卻又無可奈何。

因為此時他不是秦國之相，不在其位，難謀其政。其時，秦惠王為了拉攏趙國，正任趙國大臣樂池為秦相。不過，樂池雖是秦相，但並不掌握實權，實權實際上是在秦惠王自己手裡。

那麼，張儀被秦惠王從魏國奉調回秦後，何以沒有再任秦相呢？

這個，就與張儀的另一個老冤家陳軫有關了。

本來，秦惠王遣使往魏召回時任魏相的張儀，是想讓他回來專任秦相的。可是，就在張儀回到咸陽的前一個月，陳軫為了阻止秦惠王再任張儀為秦國之相，趕在張儀歸秦之前，來到了秦都咸陽，並慫恿他在秦惠王朝中為臣的秦國之臣、也是他的秦國同鄉好友田莘在秦惠王面前讒言了張儀一番。

周慎靚王二年的十一月十三，當張儀還在歸秦的路上時，田莘受陳軫之托，入宮晉見秦惠王。因為田莘也是秦惠王喜愛之臣，再者又是秦國本土之士，所以一見面，秦惠王就熱情地問道：

「田卿今日何事來見寡人哉？」

「臣聞張儀將歸矣。」

「卿何以知之？」

「朝中之臣，何人不知？張儀歸，臣恐大王將如虞、虢之君也。」

秦惠王一聽，覺得田莘無故將自己比作三百多年前虞、虢兩個小國之君，心裡就非常不高興。因為虞、虢兩個小國之君，都是歷史上有名的昏庸之君，都是被晉獻公滅了國的亡國之君。於是，本來還很高興，對田莘也比較客氣的秦惠王，就立即變了臉，沒好氣地問道：

「何以比寡人於虞、虢之君？」

田莘不愧是陳軫引為知己的策士，他見秦惠王生氣了，卻並不慌張，接住秦惠王的話，從容不迫地說道：

「昔晉獻公欲伐虢，而懼虢大夫舟之僑存焉。獻公之臣荀息謂獻公曰：『《周書》有言：「美女破國。」獻公知其意，乃致女樂百人於虢君，以亂其政。大夫舟之僑諫之，虢君不聽，舟之僑遂亡去。未久，獻公伐虢，滅之。獻公又欲伐虞，然懼虞國大夫宮之奇存焉。荀息又謂獻公曰：『《周書》有言：「美男壞政。」』獻公知其意，又致美男於虞君，令其日夜惡宮之奇於虞君之前。宮之奇諫而不聽，遂亡走他國。獻公又因之而伐虞，亦滅之。」

說到這裡，田莘停下來，抬眼看了看秦惠王，見秦惠王的怒氣好像已經消失了，知道這兩個典故秦惠王已經聽進去了。於是，話鋒一轉道：

「今秦自以為王，而害王之國者，乃楚也。楚王知秦有橫門君善用兵，陳軫善設謀。陳軫雖臣於楚，然楚王知陳軫常為大王設奇謀也。今楚自恃合縱將成，故輕慢以辱張儀，其意乃在挑張儀而遷怒於陳軫也。今張儀將歸，來，必於大王之前讒言橫門君與陳軫也。願大王勿聽！」

秦惠王一聽，心想，不至於吧，張儀一回來就要說陳軫的壞話？陳軫都到楚國為臣了，張儀難道還放不過他？

於是，秦惠王對於田莘的這番話，就不置可否，沒有回應田莘隻語片言。

而田莘似乎也不要秦惠王表態，說完，他就告辭而去了。

周慎靚王二年的十二月中旬，張儀回到了秦都咸陽。

一到咸陽，聞說陳軫剛剛來過咸陽，就頓感一陣緊張，怕陳軫跟秦惠王說了自己什麼壞話，因為自己相魏四年，不在秦惠王身邊，如果陳軫來個惡人先告狀，編些自己在魏國出賣秦國利益之類的話，那麼自己今後在秦國就沒得混了，更不要說再做秦國一人之下、萬人之上的權相了。

想到此，張儀就急忙入見秦惠王，在稟報四年兼相魏國的情況的同時，委婉巧妙地編了一些中傷陳軫左右賣國之類的讒言。

秦惠王因為事先聽了田莘的話，見張儀一回到咸陽，就說陳軫的不是，心裡就對張儀有了反感。

於是，不僅不聽張儀之言，還因此取消了原本讓他再任秦相的計畫。最後，找了一個叫樂池的趙臣為相。

張儀無奈，只得鬱鬱不得志地待在家中賦閑。

雖然張儀歸秦後不得志，他的老冤家公孫衍在五國伐秦失敗後就更不得志了。

周慎靚王四年一月初五，公孫衍在伐秦以慘敗告終的打擊下，在魏襄王的怒斥與魏國朝臣的唾棄聲中，悄然離開了魏都大梁。

因為他知道，自己苦心組織的五國伐秦計畫沒有成功，那麼不僅魏襄王從此不會再信任自己，就是其他四國之王，也不會把自己當回事了。畢竟這個世界上，只有一個法則，那就是誰成功了，大家都奉承你，都視你為大英雄，把你捧得高高的，甚至捧到天上去。如果失敗了，那就如同臭狗屎，誰都厭嫌你。

出了大梁城，沮傷、羞悔而又灰頭土臉的公孫衍，望著冷冷的魏國天空，看著蕭瑟肅殺的山野村郭，身子冷，心更冷。他想哭，可是哭不出眼淚來。

但是，轉而一想，他想通了，哭，有什麼用？能哭出一個前程來嗎？於是，他挺了挺脊樑骨，毅然決然地向東而去。他要到東方大國齊國去搏一番功業，無論如何要與秦國，與張儀比個高低。

然而，沒走幾步，公孫衍又停住了。他突然想到，如今到齊國也是絕對混不出一個前程的。因為就在伐秦失敗後，他才知道，原來齊國在最後關頭沒有出兵，是因為蘇秦的諫止。很明顯，蘇秦這是在報復自己當初從秦國來到魏國為將後，第一件事就是遊說齊將田盼，破了他的六國「合縱」之局，害得他不僅六國之相沒得做，甚至連生計也無著了。將心比心，公孫衍從心底原諒蘇秦之所為。

既然齊國有蘇秦在，沒法去了，那麼就只好到宋國了。宋國就在跟前，出大梁，向東走一點，出了魏國之境，就到宋國了。

可是，剛走了幾步，公孫衍又駐了車，因為他突然想到了惠施。惠施也算是天下有名的辯士，也曾在魏國為相，馳騁諸侯之間，不可一世。可是，當張儀以秦相魏後，他先是至楚，又被張儀設計逐出。最後雖然被尊崇他的宋王恭恭敬敬地接到宋國，可是混了多年，惠施在宋國也沒什麼作為，最終還是回到了魏國，如今還在魏王那裡混飯吃。可見，宋國不是可以發揮作用的國家。

思前想後，公孫衍不禁呆住了。

就在此時，突然迎面來了一隊車駕。到跟前時，公孫衍這才看清，這是趙國之使的車駕。

「何不往趙都邯鄲？」公孫衍不禁自言自語道。

打定主意，公孫衍遂策馬揚鞭，往北疾馭而去。

周慎靚王四年二月底，公孫衍來到了趙國之都邯鄲。

本來，公孫衍來邯鄲是想去見見趙武靈王的，因為聽說趙武武靈王頗有雄心壯志，這些年趙國也沒有跟別國有什麼戰爭，國力與軍事實力在諸侯各國之中，都算是比較強的。遊說遊說趙武靈王，看看在這個年輕的趙王那裡，有沒有什麼機會。不意，第一天在客棧時，卻遇到了一個說著周洛話，卻穿著胡人服裝的人。

於是，在好奇心的驅使下，公孫衍便趨近寒暄，問道：

「君乃何方之客？」

「吾乃洛陽士人，今為匈奴王使臣。」

公孫衍一聽，頓然來了興趣。心想，既然山東六國現在沒有作為了，秦國有張儀在，也沒有自己的地位，那麼何不學學眼前這位洛陽士人，到匈奴為胡人之王效力呢？如果借胡人之力，伐秦、伐六國得勢，豈不更是前程似錦？

想到此，公孫衍又問這位身為匈奴之使的洛陽士人道：

「公至邯鄲何為？」

「欲說趙王，共伐強秦也。」

「匈奴何以伐秦？」

「河源、上郡，昔為匈奴遊牧之所，後為魏國所據，今則為秦國之有。秦強，西戎、北狄多有所附，故匈奴之王欲合趙、燕共伐秦也。」

公孫衍一聽，立即明白了，原來秦國的日益擴張，現在竟然威脅到了匈奴，所以匈奴王才想到聯合燕、趙等國共伐強秦。那好啊，匈奴可是馬背上的民族，秦國雖是尚武鬥勇之邦，恐怕遇到匈奴就會不敵了吧。如果協助眼前這位匈奴之使，說得燕、趙、韓、魏、齊等山東五國與匈奴一起伐秦，那麼，此次伐秦就有很大勝算了。

想到此，公孫衍立即慫恿匈奴之使道：

「何不更說燕、趙、魏、韓、齊五國之王，與匈奴共伐強秦哉？」

「如此甚妙，然在下恐無力說得五國之王。」

「先生無憂，吾願助先生一臂之力。」

於是，公孫衍遂與匈奴之使在客棧密商三天，包括如何以不同之辭遊說五國之王的細節都想到了。

定計畢，公孫衍即讓匈奴之使出面，先說趙，再北走燕、東走齊，南游魏、韓。可能是因為匈奴之使相約，五國之王都覺得有匈奴牽頭，此次的伐秦是有把握的。於是，很快匈奴之使就按預想的計畫說服了五國之王。並且匈奴之使還與五國之王約定，於八月中旬秋高馬肥之時，由匈奴從北面，燕、趙從東北，魏、韓、齊從東面，三面夾擊強秦。五國之王也覺得這個時間好，正好發揮匈奴這個馬上民族的騎襲優勢，由匈奴打頭陣，作主力，自己是吃不了什麼虧的。

周慎靚王四年八月中旬，由公孫衍躲在幕後策劃的匈奴、燕、趙、韓、魏、齊等六國組成的臨時軍事同盟，就從正北、東北、正東三個方向向秦國發動了新一輪的攻伐。

秦惠王獲悉情報後，知道此次形勢更加嚴峻了，非比去年。於是，立即免了為相不久的樂池，再次緊急起任張儀為相。雖然秦惠王不滿意張儀的為人，但是不得不承認他在治國與戰伐方面過人的謀略，因為現在正是用人之際。

賦閑一年多的張儀，再次坐上秦國權相之位後，立即使出能耐。面對來勢洶洶的六國之師，他從容不迫，採取了軟硬兩手策略以應之。

在正東方面，他一邊增兵防守函谷關，防止魏、齊之師入關對咸陽構成威脅，一邊星夜遣使遊說齊王，以秦、齊兒女姻親之情說之。結果，齊湣王為其所動，不僅如去年的六國伐秦時一樣，於最後關頭退出了伐秦的陣營，而且還趁魏國出兵叩打秦國函谷關之時，出兵偷襲了魏國東部與齊國毗鄰的戰略重鎮——觀澤，大敗魏師。魏國受到齊國的偷襲後，遂立即抽兵回護。於是，秦國正東方向的壓力就此消除。

在正北方向，他一面派勇兵悍將迎擊來犯的匈奴之師，一邊派出使臣，遊說河源與上郡地區的戎、狄各部族首領，讓他們共同抗擊來自匈奴的正面進攻。由於早在張儀初為秦國之相時，就讓秦惠王在河源龍門與河源、上郡地區的戎、狄之君舉行過「龍門會」，以後幾年又年年舉行，早就收買了這些戎、狄部族的人心。所以，這一路的秦國之師，在戎、狄諸部落的配合下，也有效地阻擊了匈奴的進攻。

而在東北方向，張儀則派秦國庶長疾兵出河西，在原來魏國所築的河西長城北端的少梁，向東渡河進入魏國河東之地，伐取魏國河東的戰略屏障——汾陰。然後，長驅直入，越魏國河東之地，穿越韓國之境，再折向東南，追擊魏、韓之師，直到韓國東部與魏國交界的長城南部。並在韓長城南部的修魚，與前來接應的韓、趙聯軍進行了一場殊死戰鬥。結果，大敗韓、趙聯軍，虜韓將申差，敗趙公子渴、韓太子奐，斬首八萬二千。

至此，張儀徹底擊敗了這場由公孫衍在幕後策劃的第二次伐秦計畫，讓山東五國與北方強敵匈奴都受到一次重挫，使秦之強勢達到了如日中天的境界。

2 伐蜀之爭

公孫衍的第二次伐秦計畫雖然最終失敗了，但是，與第一次伐秦相比，此次的伐秦失敗，公孫衍並沒有像第一次那樣感到灰頭土臉。因為此次他是躲在了幕後，他調動了山東五國與北方的匈奴共六國，對秦國發動了一場前所未有的大圍攻，雖然秦國最後勝利了，但國力也受到不少損失，這是無容置疑的。自己不費吹灰之力，卻能調動天下各國打得不可開交，這不能不說是他公孫衍智慧的勝利。

除此，公孫衍還最終獲悉，就在去年第一次伐魏時，義渠君乘機偷襲了秦國後路，大敗秦師，斬首三萬。義渠的這一偷襲成功，給強秦無疑是一個沉重的打擊，而這正是公孫衍教計於義渠君的結果。

公孫衍有了這些心理上的勝利，遂對重新出山，再與強秦以及張儀博弈一番的信心陡增。於是，在獲悉魏襄王已經於去年自己離開大梁後就溘然長逝的消息後，決定再到魏國去，遊說新主魏哀王，以魏國為支點，再展自己的長才。

但是，仔細一想，公孫衍又改變了主意。因為他想到，去年的第一次伐秦，魏國為主力，國力傷得太大了。雖然魏襄王已經不在了，現在執政的是新主魏哀王，但是新魏王與魏國大臣恐怕都不會原諒自己的，是自己發起的伐秦，才是使魏國國力受到根本損傷的根源。再者，即使自己再怎麼能言善辯，能夠說服魏哀王，繼續在魏國掌權，但魏國如今的元氣一時難以恢復，恐怕以魏國為支點，與秦國對抗，與張儀對抗，也是力不從心的。

想到此，公孫衍又開始灰心沮喪了。

然而，公孫衍畢竟是公孫衍，灰心、沮喪不到一頓飯的功夫，他又恢復了鬥志。尋思片刻，他終於決定再往韓國。因為韓宣惠王對自己還是不錯的，再說韓國在去年的伐秦戰爭中受傷遠比魏國小。即使受傷過重，也不能直接歸咎於自己，因為楚懷王是縱約長，自己只是躲在幕後操縱而已，同時還有魏襄王擋在前面呢。

還有一層，也是促使公孫衍最終到韓國去的根本原因，那就是，楚國令尹昭奚恤已於第一次伐秦失敗後離開了韓國，公孫衍的同黨公叔又執政為韓國之相了。到了韓國，肯定能掌權的。

考慮周密，主意打定後，公孫衍就義無反顧地往韓都鄭而去了。

周慎靚王四年十二月初，就在第二次伐秦戰爭結束後不久，公孫衍又悄然來到了韓都鄭。

韓宣惠王已經執政十六年了，此時已是一個垂垂老矣的君主了，公孫衍能言善辯，加上有同黨韓相公叔在一旁相助，很快韓宣惠王就對公孫衍信任有加，遂任公孫衍為韓將。就這樣，公孫衍以韓國之將的身份，第一次住進了韓國的將軍府，開始執掌韓國的戰伐大權。

公孫衍一住進韓國的將軍府，撫今追昔，不禁無限感歎。

就在公孫衍在韓國將軍府裡無限感歎之時，他的老冤家張儀此時正在秦都咸陽勢位逼人，意氣沖天呢。

由於徹底擊退了匈奴與魏、趙、韓、燕等五國對秦國的圍攻，並且秦師打到韓國最東部的修魚，不僅虜了韓將申差，還同時大敗了趙公子渴、韓太子奐。因此，張儀認為，而今韓國已是奄奄一息，此時若乘勝進兵韓國，必能滅韓。然後，就可包圍魏國，再吞而併之，那麼山東諸國就不再是秦國的對手了。如此，秦國滅天下諸侯，而王天下的目標就能指日可待了。除此大目標外，還有一個消息也是張儀要起念滅韓的直接誘因，這就是他剛剛從派往韓國的密使那裡獲悉，韓宣惠王任公孫衍為韓將了。

周慎靚王五年（西元前三一六年）一月，張儀經過深思熟慮，終於向秦惠王提出了滅韓而東進的計畫。不過，他不準備將自己仇恨公孫衍的私心暴露出來，只準備從秦國的長遠戰略方面遊說秦惠王。

當張儀在秦國群臣面前公開向秦惠王提出了滅韓東進的諫議後，其他秦國之臣沒有一個提出異議，因為其時張儀勢位正炎。

張儀能言善辯，將伐韓之利說得頭頭是道，秦惠王也覺得相當有理。於是，秦惠王就考慮接受其諫議。正當此時，突然有一位秦國本土出生的大臣司馬錯出來反對，而且反對得非常激烈。他不僅反對伐韓，而且提出了自己的獨到主張——伐蜀。

於是，秦惠王就猶豫起來了。

不過，秦惠王不愧是個明主，事實證明，他也確實是個明主。除了即位伊始，因為做太子時與商鞅結下的仇恨而車裂了商鞅，令人有些非議以外，其他事情，他做得都沒有任何錯誤。他先用魏人公孫衍，再用魏人張儀，同時也用秦人陳軫，即使陳軫做了楚臣，他仍然用之不疑。正因為如此，他即位以來一直是成功的，秦國在他執政期間達到了前所未有的強盛狀態。

素有兼聽雅量的秦惠王，見張儀與司馬錯的主張完全相左，二人又爭論得特別激烈，於是，就決定讓他們索性把各自的意見說清楚，闡明各自主張的理由，誰說得令其信服，就聽誰的。

於是，秦惠王笑著一擺手，對爭得面紅耳赤的張儀與司馬錯，也是對殿上所有大臣道：

「張儀欲伐韓，司馬錯欲伐蜀，寡人願聞其說，請自道其詳。」

張儀自以為是秦相，於是，立即搶先道：

「臣先言之。」

秦惠王笑著對張儀道：

「賢相自可先言之。」

張儀一聽秦惠王也認為他是秦相有特權，自然心裡舒服，遂面有得色，示威似的看了看司馬錯，然後從容對秦惠王說道：

「大王，伐韓，乃取天下之王業矣。」

「何以言之？」秦惠王問道。

「韓，乃二周之所在，亦周天子與九鼎寶器之所在也。」

秦惠王一聽，不禁點點頭。因為他明白，張儀這個想法是對的，秦國雖強，但周天子還是名義上的天下共主，代表周天子權力象徵的九鼎寶器都在周天子那裡，要稱王於天下，得不到九鼎寶器，何以號令天下諸侯？而要想得到周天子的九鼎寶器，就必須伐韓，因為二周是被包圍於韓國之中的國中之國，不伐韓，無由得周天子之九鼎寶器也。

想到此，秦惠王又問了一句：

「秦無故而伐韓，奈天下諸侯何？」

秦惠王的這個問題，可謂點到了要害上。是啊，自古有言：「師出必有名」，如果出兵沒有正當理由，那麼必會惹起天下共憤，那就要引火焚身了。如果秦國伐韓，山東各國助之，怎麼辦？

秦惠王擔心這個問題，秦國的其他大臣也同樣擔心這個問題，只是他們都懾于張儀的淫威，不敢問出來而已。現在被秦惠王一問，於是大家都聚目于張儀，延頸以聽。

張儀看看秦惠王，又掃視了殿上的所有大臣，然後從容對道：

「親魏善楚，可矣。」

「親魏善楚？」秦惠王輕輕地在口中念叨了一句，然後默默地點點頭。

張儀見此，遂立即接口道：

「親魏善楚，秦兵可下三川，塞轘轅、緱氏之隘口，當屯留之要道。魏則絕南陽，楚則臨南鄭。然後，秦攻新城、宜陽，以臨二周之郊，誅周王之罪，侵楚、魏之地。周自知不救，九鼎寶器必出，秦則得之。大王據九鼎，案圖籍，挾天子以令天下，天下莫敢不聽。此乃王業也！」

說到此，張儀停了下來，抬眼看了看秦惠王。

秦惠王並沒有如張儀所預想的那樣為之所動，而是默然不語。

張儀又看了看秦惠王，又不無恨意地掃了一眼司馬錯，接著說道：

「蜀，乃西僻之小國，亦戎、狄之倫也。今大王若聽司馬錯之計，舉兵西伐於蜀，則必弊兵勞眾，不足以成名也。伐之，縱得其地，亦不足以為利也。臣聞之：『爭名者於朝，爭利者於市。』今三川、周室，乃天下之市朝也，而大王舍而不爭焉，反爭之於戎、狄之地，此去王業遠矣！」

司馬錯聽到此，終於按捺不住了。心想，你張儀也太霸道了吧，大王說過，讓我們各道其主張，你可以盡情地說你的伐韓之是，但你不能說我的伐蜀之非。

於是，張儀話音未落，司馬錯立即針鋒相對地接口反駁道：

「不然！臣聞之：『欲富國者，務廣其地；欲強兵者，務富其民；欲為王者，務博其德。三者備，則王業不求自來矣。』」

秦惠王一聽，不禁微微一笑。心想，看這二人都引經據典，說得好像都還頭頭是道。好，不妨一聽。於是，點點頭，予以鼓勵。

司馬錯一見秦惠王點頭，立即精神百倍。接著，更加慷慨激切地說了下去：

「今大王之國，地小民貧，故臣諫大王伐蜀也。此乃避其所難為，而趨之於所易為也。蜀，雖西僻之小國，然為戎、狄之長也，且有桀、紂之亂。大王今若起大兵以攻之，譬如使豺狼而逐群羊，易於反掌也。伐蜀而取其地，足以廣大王之國也；伐蜀而得其財，足以富大王之民、繕大王之兵也。不傷眾勞師，而彼已服矣。故拔一國而天下不以為暴，利盡西海而天下不以為貪。是我一舉而名實兩副，而又有禁暴正亂之名，大王何樂而不為哉？」

說到此，司馬錯情不自禁地得意起來，先抬眼望了望秦惠王，察其面有悅色。於是，又惡狠狠地看了一眼張儀。然後，也以其人之道，還治其人之身，數落起張儀伐韓主張的不是來：

「今伐韓，則未必有利也。伐韓而劫天子，乃惡名也。秦負不義之名，而攻天下之所不欲，危矣！臣請告其故：周，天下之宗室也；韓，齊之盟國也。周自知失九鼎，韓自知亡三川，則必並力合謀，以齊、趙而求解於楚、魏也。周以鼎與楚，韓以地與魏，大王何以止之？此臣所謂『危矣』。不如伐蜀之有全功也。」

聽到此，秦惠王情不自禁地拍案而起道：

「善哉！寡人聽子！」

張儀一聽秦惠王說「善哉」，又見秦惠王改口以「子」尊稱司馬錯，知道再爭已經不可為了。於是，諾諾而退。

周慎靚王五年一月底，秦惠王即命司馬錯為將，率十萬大軍，直指西南蜀國而去。

也合當司馬錯應該成功，就在司馬錯兵出咸陽之時，恰巧蜀國與苴國、巴國之間發生戰爭。巴、蜀二國，長期互為仇敵，總是打打殺殺個沒完沒了的。苴國比較弱小，為了生存，苴侯就採取了與巴王友好的國策。可是，這卻激怒了蜀王，以為巴、苴友好，其意在伐蜀。於是，蜀王就起兵伐苴，苴師不敵蜀軍，苴侯遂出奔至巴國，並向秦國求救。這下，司馬錯就更找到理由了。於是，將計就計，率秦國大軍從漢中經牛石道伐蜀。蜀王聞知，親率蜀兵至葭萌迎戰秦師。結果不敵秦師，蜀王敗而走武陽，終被秦師所殺，蜀國就此滅亡。

接著，司馬錯乘勝將苴、巴二國也順帶滅了，並將巴王活捉回咸陽。

至此，經過十個月的苦戰，司馬錯最終一舉而滅了蜀、巴、苴三國。

3 東征西伐

司馬錯伐蜀成功後，秦國地益廣，國益富，兵益強，從此天下諸侯國就更不在其眼中了。挾著秦國如日中天的強勢國力，張儀這個秦國權相，為鞏固自己在秦國的地位，不讓司馬錯一人專美於秦惠王之前，就在司馬錯伐蜀成功，還在凱旋咸陽的路上時，就遊說秦惠王，欲出兵伐趙。秦惠王為其說辭所動，遂允其所請。

周慎靚王五年十一月中旬，張儀統五萬秦國精兵，由秦所據之上郡出發，東越西河，襲取了趙國西河與狐歧山之間的戰略重鎮——中陽（或稱西陽）。

在奪得中陽之後，張儀統兵繼續東進，繞過狐歧山，準備襲取趙國昭余祁澤與謁戾山之間的戰略重鎮——中都，這是此次張儀伐趙的主要目標。因為中都地處趙與魏交界之處，伐取中都，既可以沉重地打擊趙國，為秦國東進威逼趙國建立戰略據點，又可以有效地對魏國發揮威懾作用，可謂有一石二鳥的雙重意義。

周慎靚王五年十二月十一，張儀所率的秦師渡汾水後，行不多久，至一座山前，天就黑了。

於是，張儀傳令就在此山之陽，找片平坦之地駐軍宿營。

在兵士擇地宿營，起灶造飯之時，張儀則在幾個悍將勇卒的護衛下，沿山腳巡視地形。走不多遠，突然發現前面好像有影影綽綽的燈火在閃爍。

「噫，前面似有莊戶人家。」

張儀說著手一揚，隨扈的將士循著張儀所指的方向，果然看到了有點點燈光之影。於是，幾人便循著燈光的方向，縱馬而去。

不一會，張儀等幾人就在有燈光之影處止轠駐馬。一看，果然是一戶人家，兩間草房，破笠遮牖。

「篤，篤，篤」，張儀上前在門扉上輕叩三下。

「吱呀」一聲門響，門開處，一個白鬚老者出現在燈影之下。

就著昏黃的燈光，張儀終於看清了老者那滿是皺紋而蒼老的臉。心想，這老人看樣子也有七八十歲了。

「昏暗之夜，何人還來這荒山野嶺之中？」

「老丈，俺乃秦國之將，今行軍至此，見有火光之影，遂尋而至此。」

「秦國之將？」

老者仔細打量了一下眼前這位說話的陌生人，見他盔甲鮮明，再看看他身後，還有一些將士模樣的隨扈，知道眼前的陌生人確是一個有身份的將軍了。於是，就將張儀與幾個隨扈讓進了小屋。屋裡除了一個木墩之外，沒有任何可坐之具。老人指了指這個木墩，請張儀在這個木墩之上就坐。張儀連忙謙恭施禮，謝過老者，然後卸下盔甲，坐於木墩之上。

老者自己則傍著木墩旁的那個搖曳跳躍著松油燈盞的小桌旁，席地而坐。張儀的幾個隨扈則未卸盔甲，侍立於張儀身後。

坐定後，老者捧起小桌上的一隻大瓦罐，向小桌上唯一的一個大粗碗內倒了半碗清水，然後跪直了身子，雙手捧到了張儀面前。

張儀連忙從木墩上滑了下來，也跪直了身子，雙手接過老者捧上的水，舉過頭頂後，再一飲而盡。

接著，老者又用這只粗碗，依次給張儀的每個隨扈也各倒了半碗水，最後，自己也「咕咚」、「咕咚」地喝下了半碗。

飲水畢，張儀遂謙恭有禮的問老者道：

「老丈高齡幾何？」

老者捋了一下白花花的鬍鬚，似乎非常得意地道：

「八十有五矣。」

「八十有五？」張儀與幾個隨扈幾乎同時驚訝地問道。

老者點點頭。

張儀見老者頗有興致，遂又問道：

「老丈如此高齡，何以獨居如此荒遠僻野之墺？」

張儀環顧小屋四周，覺得這小屋中好像並無老者家室的樣子，遂這樣問道。

「老朽乃此處守山之人也。世居於此，至今已十四代矣。」

張儀一聽，就在心裡合計開了，不得了，這麼說來，已經有三百二十多年了。那麼，為什麼三百多年，十幾代人都要為了守這個山，而僻居於此呢？

於是，張儀就有些不解了，遂有了一種打破砂鍋問到底的衝動，脫口問道：

「此山莫非……」

張儀話還未完全問出，老者立即明白了他的意思，遂興致盎然地說道：

「將軍恐怕有所不知，此山非他山，乃介山也。」

「介山？」張儀還是不解。

「將軍是否聽說過介子推？」

「早已聞知其人。」張儀肯定地點點頭。因為早在啟蒙教育時期，姜老先生就給自己講過晉文公稱霸的故事，其中就說到過他有一個賢臣，叫做介子推。

老人見張儀說知道介子推，益發興趣盎然。遂又接著說道：

「介之推，乃我介氏先人也！昔晉文公重耳為公子，獻公之妃驪姬譏言中傷公子。公子為人純孝，不想辯冤於獻公之前，遂亡奔於外，顛沛流離於諸侯之間，先後達十九年之久。公子自少好士，亡奔之時，有賢士數人追隨左右，乃趙衰、賈佗、先軫、魏武子、介子推，公子之舅狐偃咎犯，亦在其中。」

張儀聽到此，這才知道，老者這麼有興趣跟自己講介子推的往事，原來是在推闡他們介氏家族的光榮歷史呢。不過，他所講的這些賢士名字，好像自己小時候聽姜老先生都提過，老者講的也與之相符合，不是胡謅歷史，往自己家族臉上貼金。

於是，張儀點點頭，並顯出非常有興趣的樣子，看了看老者，示意他繼續講下去。

老者見眼前這位將軍饒有興致，遂更是精神倍增，接著說道：

「十九年後，秦送公子歸晉。行至河邊，正欲東渡，公子之舅咎犯徘徊不前，公子問其故，咎犯曰：『臣隨君周旋天下十九載，犯上之過多矣。臣猶知之，何況於君？今君歸晉執政，臣請從此去矣。』公子慰之：『若歸國執政，重耳不與舅氏共苦同甘者，河伯視之！』乃投璧於河中，與咎犯盟之，以明其心。當時，吾祖介子推亦隨公子東歸，在船中見之，乃笑曰：『公子有今日，乃天助也。而咎犯以為己功，且沽價於君，固足羞也，吾不忍與之同列。』遂悄然隱之，渡河而去。」

「介子推實乃高潔之士也。」聽到此，張儀脫口贊道。

老者一聽將軍贊其先人，遂更是興奮。又接口道：

「公子得秦國之助，最終歸國執政，號為晉文公。晉文公即位為君之後，內修朝政，外交諸侯，輕徭薄賦，施惠百姓。未及數年，晉國大治。文公撫今追昔，感慨萬端，乃大賞昔日追從之賢士及功臣，大者封邑，小者加爵。然行賞未盡，適逢周襄王有難，出居鄭地，遣使告急於晉。晉國初定，文公欲發兵以靖周襄王之難，然恐禍起蕭牆，故行賞未及吾祖介子推而止之。」

「介子推有怨言否？」張儀問道。

「文公行賞未及，吾祖亦無怨言，故文公之祿終不及之。人有知其事者，乃為吾祖鳴不平。吾祖曰：『獻公九子，唯文公在矣。惠、懷二君無道，士庶無親，外內棄之；天未絕晉，必將有主，主晉祀者，非文公而誰？文公之為君，實天之助也。二三子以為己力，不亦謬哉？竊人之財，猶曰是盜，況貪天之功以為己力乎？下冒其功，上賞其奸，上下相蒙，難與處矣！』」

「介子推之言是也。」張儀情不自禁地附和道。

「其母勸曰：『人皆有賞，汝何不亦往求之？汝不求，死而誰怨？』吾祖曰：『尤而效之，罪有甚焉。既出怨言，則不食其祿也。』母曰：『汝言是也。然亦當使晉君知之。』吾祖曰：『人之言，猶身之紋也；欲隱其身，何用紋之？紋之，是求顯也。』母曰：『果能如此，則吾與汝偕隱。』遂母子同隱於綿上山中。」

「綿上山何在？」張儀追問道。

「綿上山，即此山也。吾祖與其母隱去，有從者歎而憐之，懸書於文公宮門曰：『龍欲上天，五蛇為輔。龍已升雲，四蛇各入其宇，一蛇獨怨，終不見處所。』文公見其書，曰：『此言介子推也。方其時，吾憂王室之難，未及賞其功。』遂使人召吾祖，不得。又使人求其所在，久之，聞其母子隱於綿上山中。文公遂使兵士環山而立，入山而覓之，終不得見。文公無奈，乃令放火，欲燒山而迫其母子出焉。」

「如何？」張儀焦急地問道。

「山林盡燒，乃得母子，然已抱木而焚為炭矣。」

「嗟乎，悲哉！惜哉！」張儀不禁長歎道。

「文公聞知，悲慟久之，乃環綿上山中而封之，以為介子推田，號曰介山，立石記曰：『封此山，以記吾過，且旌善人。』又令介氏族人為守此山。」

聽到此，張儀終於明白了眼前這位老者何以獨守此山的緣由，不禁黯然神傷。

沉吟片刻，張儀又問了一句：

「今魏、韓、趙『寒食』之俗，莫非由此而來？」

「正是。文公悲介子推焚身而亡，乃定燒山三日為介子推祭日，下令國中，每年至此三日，戶戶斷火冷食，號為『寒食』。」

聽完了老者的故事，走出老者的小屋，張儀回頭望望身後黑魆魆的介山，不禁肅然起敬，感傷不已。

第二天，一大早，張儀帶著幾個將領，在大軍開拔東進前，恭恭敬敬地跪在介山山腳之下，遙望介山之頂，深深地拜了又拜。

也許在五萬秦國大軍的心目中，自己的主將兼秦相在介山之前倒身一拜，僅僅是為了表達他對晉國先賢介子推的崇敬之意。然而，在張儀的內心深處，則還隱含了這樣一層深意，他以秦相之尊跪拜三百多年前的晉國賢士介子推，是想昭示大家這樣一個想法：凡是對國家有功者是應該永遠值得後人尊敬的。那麼，自己為了秦國的王霸之業所作的努力，是否也應該值得秦國的後人尊敬呢？

此時此刻的秦國五萬將士，恐怕很少有人能夠理解張儀的心情。但是，半個月後，當張儀統帥他們最終伐取了趙國戰略重鎮——中都之後，他對秦國的王霸之業立下多大的功勞，大家卻是看得見的。

張儀伐取趙國中陽、中都兩大戰略重鎮的功勞，他統率的五萬秦國將士看到了，秦惠王也看到了，伐蜀有功的司馬錯也看到了。

然而，東征凱旋後不久，當張儀繼續當朝執政時，每每見到曾與自己爭論於秦惠王之前的司馬錯那種居功自傲的樣子，就有一種不舒服甚至不祥的感覺。心裡隱隱約約總有一種預感：會不會有一天司馬錯會取自己的相位而代之呢？

因為他知道，雖然自己東征伐趙成功，雖然自己現在還是秦國的權相，但面對司馬錯，仍然不免心虛，心中總有一種底氣不足的感覺，潛意識中總覺得自己的伐趙之功遠不及司馬錯的伐蜀，並滅蜀、巴、苴三國的功績足以彪炳青史。因此，他怕自己的秦相之權位遲早會受到威脅。

周慎靚王六年二月底，就在張儀心裡發虛，覺得自己戰功不及司馬錯之時，突然聞報，趙武靈王遣大將英率師來奪中都與中陽。

張儀一聽，心中大喜，立功的機會又來了，何不再請命率師迎擊之。如果再勝，兩次東征趙國的戰功，總能抵得了司馬錯伐蜀之功吧。

想到此，張儀立即奏請秦惠王，要求再次領兵伐趙，秦惠王允之。

於是，周慎靚王六年三月初，張儀又率五萬精兵出發了。

不出一月，張儀所率秦師，經過苦戰，終於擊敗趙國大將英所率之趙師。

周慎靚王六年四月中旬，當張儀率得勝之師凱旋咸陽時，他的底氣顯得充足多了。

周赧王元年一月十一，義渠君之使突然來朝，要求與秦媾和。可能是義渠君看到了秦伐蜀成功，又東征伐趙成功，憂慮強大的秦國接下來就要收拾自己了。

張儀聞說義渠君之使來求和之事，立即入見秦惠王，奏道：

「前此五國伐我，大王遣使致義渠君文繡千純、美女百人，而義渠襲我於李帛之下。今大王何不效其所為，先允義渠君請和在前，再襲義渠城池於後？」

秦惠王一聽，覺得張儀這個主意好，不禁脫口而出道：

「善哉！賢相既為此計，有勞賢相率師伐之，如何？」

張儀一聽，大喜過望。心想，這不是又給了自己一次取戰功的機會嗎？

於是，接口就道：

「諾！」

周赧王元年一月十二，義渠君之使前腳出咸陽之城，張儀五萬大軍就後腳跟上。結果，不出兩個月，在義渠君毫無防備的情況下，襲奪義渠二十五城，大獲全勝。義渠君敗走匈奴，遠循於沙漠去也。

西伐義渠成功後，張儀終於氣沖如牛了。覺得從此以後，憑自己東征西伐之功，大可以穩固地掌握秦國的權相之位了，再也不懼司馬錯對自己秦相之位的覬覦了。

第十四章　復相秦（下）

1　敗楚之計

就在張儀為鞏固自己的秦相權位而東征西伐之機，山東各國風雲又起。

周慎靚王五年十一月，也就是張儀率秦師第一次伐趙之時，遠在僻遠的東北之隅的燕國，突然發生了一起歷史上從未有過的事情：燕王噲讓位於燕相子之，子之為燕王，燕王噲反而為子之之臣。於是，燕國上下，為之譁然；山東諸侯各國，為之震驚。

周赧王元年一月中旬，也就是秦相張儀正率秦師西伐義渠，戰鬥正激烈進行的時候，燕王噲與子之君臣易位未及三年之時，燕國國內便發生了大亂。燕將市被聯合燕太子平起而伐子之，子之反攻，殺了燕將市被及太子平。由此，內亂益甚。內亂數月，死者數萬，國人恫恐，百姓離散。

周赧王元年四月中旬，在張儀結束了西伐義渠後的一個月，也就是燕國內亂正愈演愈烈之時，張儀又趁山東局勢不定之機，奏請秦惠王伐韓。秦惠王因為張儀東征西伐屢屢得勝而歸，遂對張儀言聽計從。

周赧王元年四月中旬，張儀聯合魏國，開始對韓國用兵，企圖一舉滅之。

然而，此時正是張儀的老冤家公孫衍為韓國之將，豈能讓張儀的企圖得逞。公孫衍見秦、魏聯合，兵多勢大，遂遣使東走臨淄，求救於齊湣王。

齊湣王見是公孫衍遣使來求救，遂爽快地答應道：

「韓，乃我之盟國也；秦師伐韓，寡人必救之。」

韓使剛走，齊湣王之臣田臣思（或稱陳臣思）乃諫齊湣王道：

「臣以為，大王此謀，過矣！秦師伐韓，不如聽之而不救。今燕王噲讓國於其臣子之，百姓不戴，諸侯不與。秦師伐韓，楚、趙必救之。此乃天以燕賜我也，不如伐燕。」

齊湣王一聽，覺得有理。心想，而今秦師伐韓，秦、魏、韓、楚、趙五國都會因此而脫不了身，何不趁此良機，出兵滅燕。

想到此，齊湣王脫口而出道：

「善哉！」

遂立起大軍，由大將匡章統率，進兵燕都薊。

由於燕國上下都仇恨子之，政局混亂，人心不穩。當匡章統率齊兵入燕時，燕國士兵刀槍不舉，城門不閉。結果，匡章五十日即佔領燕都，並殺燕王噲與子之等人，又屠無辜燕民無數。

周赧王元年六月底，當齊將匡章伐燕得手的消息傳到趙都邯鄲時，趙武靈王覺得齊國獨吞燕國，對趙國是個威脅，因為齊、燕合併為一國，就會實力更強，今後齊國就可以從東、從北兩個方向包圍趙國。如此，趙國就會成為第二個燕國了。

想到此，趙武靈王決定，趁齊軍在燕立足未穩之機，借「伐齊存燕」為名，號召天下，就近出兵伐齊。

師未出，時在趙國為將的樂毅入見趙武靈王，諫之道：

「大王，趙今無故而伐齊，齊必以趙為仇。不如遣使往臨淄，請以河東之地而易燕地。如此，趙有河北，齊有河東。趙、齊相親，燕必不敢與趙爭河北之地矣。」

趙武靈王一聽，覺得這倒是一個好主意。心想，如果不動一兵一卒，能夠通過與齊國做交易的辦法，將趙國漳河以東的一塊地方，換取齊國所佔據的燕國黃河北岸的大片土地，那是於趙於齊都是兩利的事。如此一來，今後即使齊軍退出燕國，燕國復國，燕國也會認為趙、齊既然易地，就是聯盟關係，從而不敢再與趙國爭河北之地了。而趙國有了燕國河北之地，就可以北控燕，東臨齊，內控中山之國。到那時，趙國就有與秦、齊、楚三強角逐，一較高低的本錢了。

想到此，趙武靈王會意地點點頭。

樂毅見此，續又說道：

「趙予齊河東之地，燕、趙共輔之，齊必國勢益盛。盛則為天下所憎，諸侯共伐之，齊必破矣。」

趙武靈王一聽，覺得這真是個一箭雙雕的好計。於是，脫口而應之道：

「善哉！」

於是，趙武靈王立即遣使往齊，與齊國做交易，試圖換得燕國河北之地。

正如俗語所言：「天下沒有不透風的牆。」

齊師伐燕，而據有燕都。趙欲與齊易地，覬覦燕國河北之地，這是多大的動靜啊！不久，楚、秦、魏三大國皆得到密報。於是，秦、魏聯軍與韓國之戰便嘎然而止。

由此，一場利益之爭的外交博弈，便在各國之間展開了。

卻說楚、魏二國聞說齊師伐燕成功，並據有燕都，又聽說趙與齊欲易地，立即緊張起來。

楚懷王認為，齊國若併吞燕國，那麼齊國就會變得更強。如此，就必然會構成對楚國的巨大威脅。以前都是楚伐齊而屢屢得手，如果齊併燕成功，楚、齊雙方的力量對比就要倒置，楚國受齊國欺壓的日子就不遠了。

而魏哀王則認為，齊國若與趙國易地，那麼趙國會因此而迅速崛起；而齊併燕之後，則齊國的勢力就更加強大了。如此，齊、趙二國環視魏國，魏國豈不面臨更大的威脅？只有阻止齊國併燕、趙齊易地，才能不使齊、趙益強，才能減輕魏國來自東部與北部的雙重壓力。

由於有著共同的國家利益考慮，楚、魏很快走到了一起。

不久，楚懷王派出兩路使者，一路是昭奚恤使魏，許魏以六城，欲聯合魏國，以「存燕」大義為名，共同伐齊；另一路則以淖滑為使，往趙遊說趙武靈王，約趙與楚、魏共同伐齊以存燕。

與此同時，魏哀王也派出了兩路使者，一路是田需為使，往楚，約楚懷王共阻齊國併燕、趙齊易地；另一路是惠施為使，往北遊說趙武靈王，舉大義，與楚、魏聯合伐齊而存燕。

就在楚、魏、趙、齊之使交馳往來，折衝樽俎，絡繹不絕於途時，秦相張儀則一邊退兵函谷關，一邊遣使稟報秦惠王有關山東之變的情況。

周赧王元年八月中旬，正當張儀獲得密報，得知楚、魏、趙三國合兵伐齊之計已定時，齊湣王的使者祕密入函谷關求見張儀，請求秦國相助，以破解楚、魏、趙聯軍即將對齊國展開攻伐的成局。

張儀一聽，覺得齊國與秦國是姻親關係，齊國趁燕之亂，而兵出燕都，於天下公義確實有虧。但是，現在魏、楚合兵欲伐齊，秦也不能見死不救。因為不論是基於秦齊的姻親關係，還是秦齊的

「連橫」之盟現實，秦國都必須救援齊國的。但是，現在若回咸陽稟報秦惠王發兵，恐怕來不及了。再說，即使秦惠工願意發兵，以齊、秦二國對楚、魏、趙三國，恐怕勝算也不大。

想來想去，張儀覺得還是用計，智破魏、楚、趙聯合伐齊之局，才是上策。

於是，張儀立即親自動身，以秦相身份，急馳魏都大梁，遊說魏哀王道：

「大王欲合魏、趙之師而伐齊，齊必畏之。齊畏，則必返燕地，以卑辭而說楚、趙。楚、趙聽之，則楚必不予魏六城。如此，是大王失算於楚、趙，而樹怨於齊、秦也。」

魏哀王默然無語。

張儀見其不為所動，遂又說道：

「齊，乃大國也。魏合楚、趙而伐齊，秦必南向而伐楚，齊必西向而攻趙。趙破，則齊必取魏之乘丘，收侵地。如此，魏之虛、頓丘危矣。秦破楚，則楚之南陽、九夷不保。秦兵入沛，則魏之南境許、鄢陵必危。如此，大王伐齊之所得，唯新觀耳。然新觀為宋、衛所隔，大王欲得齊之新觀，道途為宋、衛所制，恐亦難矣。大王伐齊，戰而敗，則為趙所驅使；戰而勝，則為宋、衛所挾制。故臣為大王所不取也。」

魏哀王本來對張儀就沒好感，聽張儀說「臣為大王所不取也」的狂妄之言，就更是反感了。於是，不聽其說。

張儀無奈，遂急走韓都鄭，密見時任韓相的公仲。當時，韓國正在鬧饑荒，公仲為此一籌莫展。張儀遂給公仲出了個主意，讓韓王請求魏王，將其河外之地貸予韓國，以此移民就食，以緩饑荒。

魏都大梁與韓都鄭近在咫尺，沒過幾天，韓宣惠王就遣使請求魏哀王，讓韓國饑民移民到魏國河外靠近秦國的地方。

魏哀王一聽，非常恐懼。心想，如果答應，那麼多的韓國饑民一旦移民到魏國河外之地，不僅會搶了魏國河外之地民眾的食糧，引發魏國的饑荒，而且還會使魏國從此失去了河外之地，等於將河外之地送給了韓國，這怎麼可以呢？

張儀料定魏哀王聽到韓國之使的請求會緊張，所以教計於韓相公仲後，又立即回到了魏都大梁，再次求見魏哀王。

這一次，魏哀王對張儀客氣多了。一見張儀，就傾心向他問計。

張儀見此，知道計成了。遂接口道：

「大王亦知之，今秦師欲救齊，韓則欲攻魏之南陽。秦、韓合兵，而攻南陽，別無他故，乃為救齊也。」

魏哀王一聽張儀說韓、秦已結盟，又想到韓國之使請求讓韓國民眾移民到秦、魏毗鄰的魏國河外之地就食，就更加確信秦、韓已經建立了聯盟關係。如此，魏國再參加楚、趙的伐齊戰爭，就要受到秦、齊、韓的三面包圍，必將導致亡國之憂。

想到此，魏哀王終於答應張儀之請，不參加伐齊之戰。

結果，楚國聽說魏國退出伐齊聯盟，也就自動取消了伐齊的計畫。

而齊國因為來自諸侯各國的壓力，同時由於齊國士兵在伐燕時過於殘暴，終遭燕國民眾的普遍反抗，最終也自動撤出了燕國。而趙國想與齊國易地，乘機吞併燕國河北之地的企圖也沒有得逞。

到周赧王元年十月初，天下又歸於了平靜。

為此，張儀不禁暗自得意，都是因為自己的敗楚之計，不費一兵一卒，就化解了楚、魏、趙對盟邦齊國的戰伐危機。

2　三挫公孫衍

解除了齊國的危局之後，張儀又想到了他的滅韓計畫。自從與司馬錯爭論之後，他愈發想實現自己的滅韓計畫，以此證明自己當初在秦惠王面前所陳說的伐韓之策是正確的，從而徹底撫平與司馬錯爭論失敗的舊痛。

周赧王元年十一月初，張儀終於又說服了秦惠王，再次領兵出了函谷關。此次出關，為了保證伐韓的成功，張儀又讓秦惠王另撥了五萬精兵。這樣，加上上次伐韓時臨時撤回而駐守在函谷關的五萬精兵，就有了十萬大軍。

於是，周赧王元年十一月中旬，張儀就信心滿滿地統兵出了函谷關。然後，向東進入韓國之境。先伐取了韓國西部與秦、魏交界的戰略重鎮——澠池，然後，再往東南，伐取了韓國洛水西岸的另一個戰略重鎮——宜陽。

周赧王元年十二月中旬，張儀所統率的十萬秦國之師，又東越洛水與伊水。然後，再進攻韓國南部、位處汝水南岸的另一個重要的戰略要鎮——南梁。韓國上下頓時為之震動，人心開始浮動。

周赧王元年十二月下旬，當張儀所率的秦國十萬大軍攻到潁水與洧水之間的濁澤時，韓相公仲也一籌莫展了。因為濁澤是韓都鄭的最後一道屏障，與鄭近在咫尺，只要秦師向北越過洧水，就可直搗韓都鄭了。而只要鄭被秦軍伐取，韓國也就算亡國了。

韓相公仲無奈，只得向韓宣惠王進諫道：

「盟國不可恃，今事急矣，不如與秦媾和，結為聯盟。」

因為自從張儀兵出函谷關時，韓宣惠王就派出了許多使者往楚、魏、趙等盟邦求救，可是秦師眼下都打到了韓都鄭跟前了，韓國還是沒有等到盟國的救兵。因此，公仲才跟韓宣惠王說出「盟國不可恃」的話。

韓宣惠王到了這個時候，只得承認事實了。既然盟國救兵遲遲不到，那麼韓國的這點軍隊是堅持不了多長時間的。雖然有公孫衍為將，但畢竟秦國軍隊兵多將廣，即使主將再有智謀，終究也是無能為力的。

想到此，韓宣惠王默默地點了一下頭。

公仲見此，遂才敢繼續說了下去：

「今秦師欲伐楚，其意已明。為今之計，大王不如遣使說張儀，媾和於秦，賄秦以一名都大邑，與之共伐楚。如此，秦不伐韓，韓又得秦國之助，伐楚而得地，豈非以一易二之計？」

韓宣惠王一聽，心想，到了如此地步，公仲的這一計謀，倒不失為救亡圖存的上策。如果能夠共伐楚而得地，倒是賄秦之地的損失也能找回來，韓國也不算吃虧。

想到此，韓宣惠王堅定地點點頭，說道：

「善哉！」

於是，韓宣惠王乃誡公仲謹慎行事，去遊說秦相兼主將張儀去了。

就在此時，公孫衍正統領韓國軍隊拚死抵抗張儀所率之秦師，打得難解難分，並不知道韓宣惠王與韓相公仲的計謀。

張儀幾個月前為了阻止魏、楚、趙聯合伐齊的事，曾到過韓都鄭，教過公仲要脅魏哀王的計謀。所以，公仲到秦國大營見了張儀，跟他說明了韓宣惠王的意思，張儀立即答應。

這樣，秦國軍隊就立即停止了進攻，公仲也高高興興地回去向韓宣惠王覆命去了。

其實，公仲根本不知道，這是張儀的緩兵之計。

因為秦軍雖勇，但是畢竟這是在韓國土地上作戰，又是寒冬臘月的，秦師已經顯示出了一些力有不支的跡象。如果再打下去，老冤家公孫衍利用韓國之師有地利、人和的優勢，發起對秦師的反攻，那麼自己就有大敗而歸的慘局了。

正因為如此，張儀在公仲來媾和時，就對公仲做了一個順水人情，答應了公仲的請求。而當公仲一走，張儀立即暗中遣人放風，使楚國知道秦、韓已經結盟，正要攻打楚國。

楚懷王哪裡知道這是梟雄張儀的計謀，聞知消息後，大為驚恐，急召陳軫問計。

陳軫雖然現在是楚懷王之臣，也是張儀的老冤家，但是，他是秦人，所以雖恨張儀，但不恨秦國。因此，當楚懷王問計於他時，他就想出了一個既不傷害楚國，但卻有益於秦國的計謀，遊說楚懷王道：

「秦有伐楚之心，久矣。今秦不戰而得韓一名都大邑，其勢益盛。秦韓合兵，南向而伐楚，此乃秦王之所欲也。今秦遂伐楚之願，必不棄也！」

「如此，為之奈何？」楚懷王不禁焦急地問道。

「無憂！大王可於四境之內戒嚴，揚言起兵救韓。令戰車滿道路，信使絡繹不絕於途，令韓王確信楚必救己。如此，縱韓王不能聽命於大王，而與楚戮力伐秦，亦必感恩戴德於大王，必不與秦共伐楚矣。」

楚懷王一聽，覺得陳軫這話有理，遂連連點頭。

於是，楚懷王立即傳令楚國四境之內嚴加警戒，到處徵調軍隊，放言救韓，恨不得滿天下都知道楚國要起兵救韓了。又派親信大臣為使，飾高車駿馬，多發金帛車馬，以為資韓之用。一路上，使臣車隊浩浩蕩蕩，但卻慢慢悠悠，不急不慌地往北而去。與此同時，又發輕車快馬，急報韓宣惠王道：

「敝邑雖小，已傾國而出矣。願大王堅其心，而周旋於秦，寡人將以敝邑而殉韓。」

韓宣惠王一聽楚懷王已傾國出動來救韓，讓韓國放心抵抗秦國，而且表示將不惜以犧牲楚國為代價，不禁大為感動，遂立即決定，中止韓相公仲入秦都咸陽與秦惠王訂盟之行。

公仲認為不可，乃諫韓宣惠王道：

「今困我者，乃秦也；以虛名救我者，乃楚也。今大王恃楚之虛名，輕絕強秦，必為天下笑矣。且楚、韓非兄弟之國，素無伐秦之約。初，秦伐韓，我告急於楚，楚不救；今秦欲合韓而伐楚，楚懼之，乃虛言發兵救韓，此必陳軫之謀也。且秦韓合兵之約，大王已遣使報於秦矣。今止而弗行，是欺秦也。輕慢強秦，而信楚之謀臣，大王必悔之莫及矣。」

韓宣惠王不聽，乃絕交於秦，以待楚師之援。

拒絕了韓相公仲之諫後，韓宣惠王遂立即傳令，讓正在濁澤前線的主將公孫衍死守死戰，以待楚國大軍的到來。

卻說張儀自從周赧王元年十二月下旬與韓相約定停戰以來，至今已經休軍一月有餘，突然聞報，說韓宣惠王取消了遣使到咸陽訂盟的約定，而等待楚國援軍的到來，欲與楚師共伐秦。於是，大為震怒，立即命令十萬秦師再次對韓國軍隊發起攻擊。

結果，養足了精力的十萬秦國雄師，在張儀的一聲令下，僅用三天就大敗韓師主力。主將公孫衍見楚師至今不來救援，知道大勢已去，遂棄師而走，越過韓、魏東部邊境，隻身逃到了魏國的岸門去也。

3　連橫說魏王

周赧王二年一月底，張儀在伐韓成功，迫使韓國割地媾和後，又趁秦國如日中天之勢，諫議秦惠王與魏國正式實施「連橫」。

秦惠王允之，張儀遂以秦相之身，前往魏都大梁遊說魏哀王。

周赧王二年三月初，張儀抵達魏都大梁。魏哀王聞之，連忙召見，熱情有加。因為他知道，現在的張儀就是秦國，秦國也就是張儀，怠慢不得。

張儀見了魏哀王，也不客氣，更不轉彎抹角，徑直遊說他道：

「今之魏，非昔之魏也。地方不過千里，將卒不過三十萬。」

魏哀王一聽，心裡好不悲傷。想當初，魏國方圓數千里，勢力遠及秦國的河西之地，還有河源地區的上郡等大片廣袤的土地。只是後來，由於祖父魏惠王好戰，結果在與齊國的「桂陵之戰」與「馬陵之戰」中，使國家元氣大傷。加上秦孝公任用衛人公孫鞅變法成功，原來弱小的秦國逐漸崛起於魏國之西，並屢屢偷襲魏國河西之地而得手。由此，秦國益強，魏國益弱，終至在屢屢敗北的情況下，丟掉了河西之地，還有原來的秦之上洛之地及河源地區的上郡十五縣等半壁江山。從此，地狹兵亦寡也。當初百萬雄師，馳騁天下，打得諸侯各國聞風喪膽的威風，早已是夢中久遠的回憶了。

看到魏哀王聽了自己的話而表現出的悲傷之情，張儀非常明白此刻魏哀王心裡在想什麼。但是，而今的魏國已經不是當初的魏國了，如今的魏哀王也不是四十年前「逢澤之會」時勢逼周天子的魏惠王。所以，張儀也不必管他魏哀王的感受。於是，繼續條陳今日魏國的劣勢道：

「魏之為國，地勢四平，諸侯四通，條達輻湊，而無名山大川，此乃戰伐地利之不便也。」

聽到張儀的這幾句，魏哀王更是表情悲傷了。

不過，張儀說的倒是事實，並非有意貶損魏國。因為在地形地利方面，魏國地勢平坦，雖交通便利，有利於貨殖通商，也有利於農業生產，魏國人民生活富庶，經濟繁榮，都與此有關；但是，這種地形平坦與交通發達的地勢特點，對於攻伐戰爭，就顯得先天不足了。相比之下，魏國既沒有齊國那種南有太山，東有琅邪，西有清河，北有渤海的四塞形勝，也無趙國那種西有恒山，南有河、漳，東有清河，北有燕國等自然屏障；甚至連燕國也不及，燕國雖弱小僻遠，但也有自己的自然地形優勢，再者燕的周圍是與林胡、樓煩、朝鮮等戎、狄之邦毗鄰，受大國的壓力小得多了。至於與秦國所據之地利相比，那就是一個在九天之上，一個在九地之下了。秦國西有巴蜀、漢中，北有胡、貉、代、馬，南有巫山、黔中，東有郩、函之固，那簡直就是占盡了天下所有的地利了。而魏國，如果說有什麼地形上的優勢，唯一可說的也就是西邊的一條大河（古稱黃河為河）而已。魏國河西之所以築了長城也守不住，也是因為地勢之不利。而今河西丟失了，河東許多戰略重鎮也被秦國所伐取，大河之天塹作用已經不復存在。況且，魏國地形上還有一個重大的缺陷，就是東西兩個本土部分被韓國攔腰隔斷，東西之聯繫，只有繞道北面的昭余祁澤以南與趙國毗鄰的地區。因此，在與秦的戰爭中，魏國之所以屢屢失利，東西不能相顧，不能相互策應，也是一個重要原因。也正因為如此，魏惠王與魏襄王都屢屢有滅韓的意圖，原因就是想打通魏國東西通道，使東西連成一片。可是，屢次伐韓，不是因為齊國干預，就是因為秦國干預，結果不僅沒有達到目的，反而一步步地消耗了國力，以致惡性循環，沒完沒了。

張儀畢竟是梟雄，更是辯士，通過幾句話就把魏國的地形地利劣勢點明了，讓魏哀王既感沮傷，又不得不承認這是事實。從而徹底打掉他的自信心。

本來，點到此也就夠了，魏哀王雖然不是賢主，但也不是昏君，自然也能說一知二的。可是，但張儀看到魏哀王沮傷的表情形之於色時，於是，頓起一種窮寇猛追的欲望，接著又繼續從魏國的地形地利劣勢方面說了下去：

「自韓都鄭，而至魏都大梁，不過百里；自陳都至大梁，亦不過二百餘里耳。馬馳人趨，不待倦而至。魏之為國，南與楚為鄰，西與韓接境，北與趙毗鄰，東與齊交壤，兵卒戍四方，守望之亭，戰攻之堡，參列不聚；粟糧漕倉，不下十萬。魏之地勢，乃為一戰場也。」

說完魏國地利劣勢後，張儀略作停頓，抬眼望了望魏哀王，見他很是悲哀的樣子。於是，心中一喜，接著又說道：

「若魏與楚合，而不與齊為盟，齊必攻之於東；若東與齊約，而不與趙合，趙必攻之於北；不合於韓，則韓必攻之於西；不親於楚，則楚必攻之於南。此所謂四分五裂之勢也。」

魏哀王聽到此，終於坐不住了，不禁脫口而出道：

「如此，為之奈何？」

張儀一聽，心想，差不多了，魏哀王的心理防線已經被自己攻破了。既然都向自己問計了，那就好說了。

想到此，張儀倒是不著急了，故意停頓片刻。然後，望了一眼魏哀王，這才從容說道：

「諸侯所以約縱相親，乃為安社稷，定國家，尊主、強兵、顯名也。今遊士力主合縱之說，其意乃在合天下而為一，約為兄弟，屠白馬而盟於洹水之上，以堅其心，共伐秦也。」

魏哀王見張儀說到前此魏國參與其間的「合縱」之事，知道張儀今日所要遊說的目的了。但是，他也並不接腔，只是默默地聽著，並直視著張儀。

張儀見此，又說道：

「當今之世，親昆弟，同父母，尚有爭錢財而反目為仇者，況諸侯之為國家社稷乎？山東之諸侯，前聽蘇秦反覆無信之說，約六國而為縱；後聽公孫衍詐偽之言，合五國而伐秦。其不可以成事者，已明矣！」

魏哀王聽張儀說到蘇秦與公孫衍前後兩次「合縱」之事，心中不禁想起魏國因為這兩次「合縱」所受到的巨大挫折。於是，臉上不自覺間就顯露出了更大的悲傷之情。

張儀向來是個善於察顏觀色的人，一下就捕捉到了魏哀王這一瞬間的感情變化，他既已知道「合縱」的不是，也就不必再多講了，點到為止吧。還是直接進入正題，說說與秦國「連橫」的好處吧。

於是，張儀認真地望了望高高在上的魏哀王，語帶誠懇地口氣說道：

「大王不事秦，秦下兵攻河外，拔卷、衍、南燕、酸棗，劫魏而取陽晉，則趙不能南顧，魏不能北望也。」

魏哀王一聽，立即顯出非常緊張的神情。

因為確如張儀所說，如果秦兵從河外（即河西）渡河而東，伐取魏國河東陽晉與魏兩個戰略重鎮，再攻伐韓國長城以北的魏國卷、衍、南燕、酸棗等四個戰略重鎮，則整個魏國東部本土的北部都在秦師控制之下了，不僅危及卷、衍、南燕、酸棗等四個戰略重鎮以南的魏都大梁，而且也從此割斷了魏國與趙國的聯繫。從此，趙不能南向而通魏，魏也不能北向而通趙。

張儀見到魏哀王的緊張神色，心中更是大喜，遂一鼓作氣道：

「趙不能南顧，魏不能北望，則魏、趙縱約之道絕矣。縱約之道絕，則大王之國欲求無事，不可得也。秦挾韓而攻魏，韓為秦所劫，不敢不聽。秦、韓為一國，魏之亡，則立可待矣，此臣所以為大王患之也。今為大王計，莫如事秦。魏事秦，則楚、韓必不敢起覬覦之心；無楚、韓之患，大王高枕而臥，國亦無憂矣。」

聽到這裡，魏哀王竟然情不自禁間默默地點了點一下頭，非常輕微。

但是，魏哀王這一細微的表情，沒有逃過張儀鷹隼似的眼睛。於是，張儀氣不喘，息不歇，又接著一鼓而下道：

「楚，秦之大敵也，故秦必欲弱之而後快。今天下能弱楚者，莫若魏。楚雖有富大之名，其實空虛也。楚之卒雖眾，然輕於走，易敗北，不敢堅戰。魏若傾國之兵，南向而伐之，必勝楚矣。勝楚而益魏，伐楚而悅秦，可嫁禍安國，此乃善事也。大王不聽臣，秦甲兵渡河而東，魏雖欲事秦，而終不可得也。」

魏哀王一聽，這簡直就是挑撥魏、楚互相殘殺的奸計，又是赤裸裸地兵戈相向的威脅。於是，臉上就有些掛不住了。

張儀看得非常真切，也了解此時魏哀王的感受。略思片刻，他決定再說說「合縱」對魏國的不利。遂又說道：

「合縱之士多奮辭，誇誇而談有餘，實則少有可信者。說一諸侯之王，出而乘其車；約一國而返，成者封爵。以此，天下之遊士，莫不日夜扼腕瞋目切齒以言合縱之利，以博人主之歡，取一己之榮祿。人主覽其辭，信其說，豈有不意亂目眩者哉？臣聞之：『積羽沉舟，群輕折軸，眾口鑠金。』故願大王熟計之也。」

魏哀王聽張儀又說回到「合縱」之害，遂又勾起前此兩次「合縱」給魏國的傷害。於是，終於打定主意，回答張儀道：

「寡人不敏，前此失計。今請稱東藩，築帝宮，受冠帶，祠春秋，西面而朝秦王。」

張儀一聽，成功了！遂立即歸秦而報秦惠王。

周赧王二年四月，秦惠王另外遣使往魏都大梁，立魏公子政為魏太子，入質於秦。

周赧王二年六月初，秦惠王與魏哀王會於河西之臨晉，結盟而去。

於是，秦、魏「連橫」成矣。

第十五章 相楚風雲

1 相楚

郤說楚懷王因為秦將張儀伐韓成功，韓國屈膝求和，秦、韓事實上已成「連橫」之勢，因此，他就擔心韓國會記恨去年底聽陳軫之計而欺韓的事，怕韓國聯合秦國而伐楚。遂採取主動與秦和好的策略，於周赧王二年二月底，遣使至咸陽，提出楚、秦二國互遣最重要的大臣到對方國家為常駐之使，以增進友好互信。

秦惠王覺得，這幾年已經連續對外用兵，秦國百姓也需要休養生息，秦國將士也需要養精蓄銳，如果跟南方的強國楚保持一種互信友好關係，正好可以達到這個息民休兵的目的，以便為下一次的戰伐作準備。

於是，秦惠王就答應了楚懷王的要求。但是，對於兩國將要互派的使者，秦惠王提出了自已的要求。即要求楚國派出楚懷王最寵信的大臣景鯉到秦國，秦國則派秦相張儀到楚國，但張儀至楚，要為楚國之相。

雖然秦惠王的這一要求有些過份，但是，楚懷王竟然答應了。於是，周赧王二年四月底，張儀到了楚都郢，任楚懷王之相。而楚懷王之寵臣景鯉，則到了秦都咸陽為常駐之使。

卻說景鯉至秦，秦惠王發現他確是一個非常有智慧的人，因此就想籠絡景鯉之心，將他留下，為秦國所用。正因為有此想法，因此，周赧王二年六月初，秦惠王與魏哀王會於河西之臨晉時，就將景鯉也帶了去。這樣，本來是秦、魏二國之王的會盟，竟出現了秦惠王、魏哀王與景鯉三位主角。這在秦國歷史上是沒有過的，在諸侯各國歷史上也是沒有過的。

周赧王二年七月底，這一消息傳到了楚都郢，楚懷王聞報，大為震怒，以為景鯉出賣了楚國。

張儀時在楚國為相，楚懷王大怒的事，自然是第一個知道的。於是，他馬上暗遣密使，稟報秦惠王，讓他立即遣使至楚，向楚懷王解釋景鯉參加「臨晉之盟」的事。

秦惠王得到張儀所遣密使的稟報，頓時感到事態有些嚴重。如果不向楚懷王解釋清楚，那麼楚懷王與自己翻臉，兩國打起來，問題就嚴重了。秦國能否戰勝楚國，秦惠王心裡也是沒有把握的，因為楚國不是其他小國，而是與秦勢均力敵的強國、大國。兩隻老虎打起來，必是兩敗俱傷。

於是，秦惠王便心煩意亂起來，在宮內走來走去。

抓耳撓腮地尋思了好一番之後，秦惠王還是沒有想到一個可以前往遊說楚懷王的合適人選。因為此時善辯的張儀不在，否則遣張儀前往，那是毫無問題的。可惜，張儀現在的身份是楚相，而不是秦相。

痛苦煩惱了一陣後，秦惠王突然想到了陳軫。可是，他又馬上就打消了這個念頭。因為陳軫雖是自己信得過的人，也是辯才無礙的說客，但是現在他的身份也是楚臣，當然不適合。

就在此時，門禁官來稟：

「周天子之使周最求見。」

秦惠王一聽，不禁大喜過望。心想，這周最是周武公之子，現為洛陽周天子之臣，同時也是一個能說會道的說客。何不委請周最往楚一說懷王呢？如果周最願意接受自己的委請，替秦國出使，前往楚國遊說楚懷王，那麼，楚懷王定會考慮到周最特殊的身份，從而打消楚懷王的抵觸情緒，增加遊說成功的把握，易於達到釋疑增信的效果。

想到此，秦惠王立即傳召周最，並熱情地予以接待。

周最來秦，也沒什麼大不了的事，無非是看秦國現在勢大，周天子有用得到秦國的地方，所以有事無事，就遣使來秦國走走而已，以便增進情誼。這樣，一旦有事，也好有個大樹可倚靠倚靠。

與周最應酬已畢，秦惠王就自然而然地說到了幾個月前的秦、魏「臨晉之會」，說到了楚懷王對自己攜楚臣景鯉同往「臨晉之會」的疑慮，以及景鯉由此而怕獲罪的憂慮。

周最本是個說客，秦惠王突然跟自己說到這些，他自然明白秦惠王的意思，遂立即自告奮勇地應道：

「大王無憂，臣願往說楚王也。」

於是，周赧王二年九月中旬，周最就以中人的角色，到達了楚都郢，展開了他斡旋秦、楚的重任。

周最見到了楚懷王，與之見禮畢，就以中人的角色，徑直遊說楚懷王道：

「臣聞大王之臣景鯉與秦、魏二王會於臨晉，此乃可賀可喜之事也！」

楚懷王一聽，覺得這個周最莫名其妙，自己正因為景鯉與秦惠王、魏哀王相會於臨晉之事而震怒呢，他怎麼大老遠跑到楚國來向自己表示祝賀呢？

於是，楚懷王就立即反問道：

「何喜之有，何喜可賀？」

「臨晉之會，秦王之意在合齊秦，而成秦、魏、齊三國之盟；魏王之意在合齊秦，而離間秦楚。景鯉乃楚臣，今與會臨晉，則魏王必不能信秦有合齊而攻楚之意也。」

楚懷王一聽，覺得倒是有些道理。秦惠王與魏哀王之所以會盟，不就是為了秦、魏、齊三國結盟，而魏王的目的不是離間秦、楚之間的關係，進而對付楚國嗎？而今既然秦惠王讓自己的大臣景鯉參與了秦、魏二王的「臨晉之會」，那麼，魏王能相信秦國有攻楚的意向嗎？魏王不相信，齊王又何嘗能相信秦國，而與秦國結盟呢？

想到此，楚懷王緊繃著的臉開始有些鬆弛了。

周最見此，遂續而說道：

「景鯉與會，齊必畏楚陰結於秦、魏；齊畏之，則必重楚。故景鯉與會，乃楚之利也；不與會，齊必疑秦合齊而棄楚。如是，則齊必輕楚也。」

楚懷王一聽，心想，是這個理兒。景鯉與秦、魏二王會於臨晉，確有使齊國對秦、齊結盟的誠意產生疑慮的效果，這必然會導致齊有親近楚國、重視楚國的結果。而這，不正是自己想得到的嗎？

於是，楚懷王又點了點頭。

周最見差不多了，遂收結道：

「且秦王使景鯉伴行，與魏王會於臨晉，亦秦王示好於楚及景鯉也。秦王示好於楚，齊必疑之，終不與秦相合矣。齊不合於秦，則於楚利莫大焉！大王何故而罪景鯉哉？」

聽到此，楚懷王終於開口道：

「善哉！寡人知道了。」

於是，楚懷王不僅不歸罪於景鯉，還立即晉升了景鯉一級爵位。

張儀知之，不禁大為開懷，獨自在令尹府（楚國相府）中連飲了三大杯，覺得痛快！因為這是他的勝利。

周最解開了楚懷王的疑慮，楚與秦的關係又歸於風平浪靜了。由此，張儀便太平地在楚為相，景鯉則安靜地常伴秦惠王身邊為使。

周赧王三年九月二十八，張儀到楚為相，也將近五個月。這五個月，張儀作為楚國之相，過得還是挺舒心的。因為他知道，自己是奉命而為楚相，而且只能是臨時的；而楚國的大臣們也都知道這一點，對他為相，也沒有什麼不服氣的。

在楚懷王之朝為相，由於跟其他楚臣沒有什麼利益衝突，所以，張儀與大家的關係都處得不錯，只有一個陳軫總是陰陽怪氣，但是卻也不跟他發生衝突。

雖然張儀與其他楚臣沒有衝突，但是，楚臣之間則是矛盾重重。不過，張儀總是採取不參與，不支持也不反對任何一人或一派的態度，反倒經常為大家消弭衝突，調和矛盾。因此，楚懷王對張儀更是另眼相看，覺得他不錯。

九月二十八這天，楚懷王不臨朝視事，張儀也無所事事，就在令尹府中獨自品酒聽琴。

「令尹大人，黃大人求見。」突然令尹府的管家來報。

「夥頤！」張儀驚歎了一聲。這個楚語辭兒，是他來楚後學會的唯一一個感歎詞。

於是，立即請管家延進黃大人。

這來訪的黃大人，究竟是何許人也？

此人不是別人，乃是楚王朝中的一個元老之臣，名曰黃齊。

黃齊這幾天跟朝中的另一位楚國老臣富摯，鬥得不可開交。張儀見黃齊今天突然造訪令尹府，來看自己，心裡就猜到是跟富摯鬧矛盾的事有關。

張儀知道黃齊心裡所思所想，但他知道富摯比黃齊資歷更深，在朝中的根基也更深。因此，在耐心地傾聽了黃齊所說的二人幾十年的恩怨之後，就開誠布公地勸解黃齊道：

「公所言，儀知道了。然楚臣多以為公不友善於富摯。」

黃齊聽張儀這樣一說，也不覺慚愧地低下頭。因為他知道，正如老話所說：「一個巴掌拍不響。」既然二人鬧了幾十年，自己多少也有過激與不是之處的，這個自己心裡也是清楚的。

張儀見一句話說到了要害，遂接著說道：

「老萊子教孔子事君之事，公豈不聞乎？」

這老萊子，可是楚國的先賢。他與楚國的另一位先賢老聃（即老子，名李耳）同是道家的代表人物，曾著書十五篇，推闡道家之學說。據說，時人稱之為「聖人」的孔子，一生所敬佩的人極少。但是，卻有四個人則令孔子敬以師禮，並曾虛心向其問學求教。這四個人，除了周之太史老子、衛之蘧伯玉、齊相晏平仲（即晏子）之外，就是楚之老萊子。老萊子處亂世，不願與世人同流合污，後逃世耕於蒙山之陽，楚人多所敬仰之。

因此，當張儀說到老萊子，黃齊就不住的點頭。

張儀見此，遂續而說道：

「孔子問老萊子事君之道，老萊子示之以齒，曰：『此，至堅也。然六十而盡者，何也？相磨也。』」

張儀所引老萊子的話，黃齊當然明白其意，它是說，人的牙齒可謂堅固無比了，然而，人到六十歲，卻都損壞殆盡，原因是上下齒相互磨損。

可是，黃齊不明白的是，張儀引老萊子的這個話，與自己有什麼關係呢？於是，便不解地看著張儀。

張儀一見，不禁莞爾一笑。心想，怪不得他跟富摯鬥了一輩子，自己的話已經將道理說得如此透徹了，他還不明白。

想到此，張儀只好一語中的，把所要說的意思說得更明了：

「今富摯乃楚王之寵臣，而公與之甚不相善，此非猶上下齒相磨，終則兩盡乎？」

說到這裡，黃齊終於明白了。於是，點點頭。

張儀續又說道：

「諺曰：『見君之乘，下之；見君之杖，起之。』今楚王愛富摯，而公不相善，是不臣也。」

這下，黃齊算是徹底明白了張儀的意思了。他是說，富摯是長者，又是楚王的寵臣，自己就應該讓著點，不然就形同不尊重楚王了。

從此，黃齊就不怎麼與富摯鬧彆扭了，二人的緊張關係也由此得到了緩和。

張儀不僅善於為楚懷王朝中之臣排糾解紛，有時也會為楚懷王的侍從下人排憂解難。

周赧王二年（西元前三一三年）十月的一天，有一位客人來郢都向楚懷王獻不死之藥。楚王宮的謁者（即掌管賓客接待與通報事務的官員）便將客人所獻之藥收下，然後往後宮而去，準備進獻給楚懷王。

這時，突然有一位中射之士（即楚王左右侍從之人）見謁者手裡捧著一個什麼東西，好像非常小心的樣子。於是，就問謁者道：

「所奉何物？」

「客所獻不死之藥也。」

「可食乎？」

「可。」

中射之士聽謁者說這不死之藥可食，便不問原由，忙從謁者手中奪過，一把往嘴裡倒去，頃刻間就吃光了。

謁者一見，頓然不知所措，呆了一會，即連忙往報楚懷王。楚懷王一聽，這還了得，竟敢搶吃客人進獻給自己的不死之藥，這奴才也太膽大了，太目無君王了。

於是，盛怒之下，楚懷王傳令：

「立斬之！」

那位中射之士被縛之後，知道要被楚懷王問斬，這才知道自己冒昧大膽，闖下了大禍。於是，眼淚汪汪，後悔不已地被押著往刑場而去。

王宮離刑場很遠，走著走著，那位中射之士突然想到令尹張儀，聽說他樂於為楚國大臣排糾解紛，不知願不願意為自己這等下人排憂解難。

邊走邊想，最終中射之士打定主意，反正一死難免了，管張儀肯不肯相助呢？何不試試看。

想到此，中射之士立即請託押他的宮內武士，請求他們相幫，去請令尹張儀去為自己到楚懷王那裡求個情。好在這些武士平時跟中射之士都相識，混得也挺好。

於是，押解的武士們一邊慢慢地押著中射之士往刑場而去，一邊讓其中的一個武士急報令尹張儀。

張儀聞報，倒也熱心，遂立即入見楚懷王，說懷王道：

「臣聞大王欲殺中射之士，果有其事？」

「有之。」

「為何殺之？」

「擅食寡人不死之藥也。」

「臣聞之：客獻大王不死之藥，中射之士見之，問謁者：『可食乎？』謁者曰：『可食。』中射之士遂食之。此罪在謁者，不在中射之士。」

「何以言之？」

「若謁者曰：『不可食，此乃大王之藥也』，則中射之士必不敢食之。」

楚懷王一聽，點了點頭，覺得也有理。

張儀見楚懷王點頭，知道差不多了，遂又補述其情由道：

「今客獻不死之藥，中射之士食之，而大王殺之，則此藥乃為死藥也。今大王以客所獻之藥，而殺無罪之臣，此乃客欺大王之罪也。」

楚懷王一聽，覺得有理。因為他心裡也明白，這世上哪有不死之藥？如果因為這個所謂的「不死之藥」而殺了中射之士，那倒給世人留下了受騙而不悟的昏君壞名。

想到此，楚懷王立即傳令，追回了那個中射之士。

2 欺楚

張儀不僅善於處理與楚國大臣們的關係，常常為其排糾解紛，甚得大家的歡心，使得楚王之朝皆大歡喜，一團和氣；而且張儀還特別善於揣摩楚懷王的心理，常常讓楚懷王感到非常舒心。於是，在楚為相才及半年，楚懷王差不多就將他視為心腹之臣了。

就在此時，秦惠王因為山東形勢突變，覺得再讓張儀相楚，沒有必要了，必須立即召回張儀重新商討對策。

原來，韓相公仲在前年秦伐韓時，主張韓與秦合，勸韓宣惠王不要輕信楚國虛言相救之言。韓宣惠王不聽，結果，韓與秦硬戰到底，而楚兵遲遲不到，韓師大敗。於是，公仲一氣之下，離開了韓國，到了齊國為相。

公仲至齊後，分析了秦國伐韓成功後，又與魏王會於臨晉，又派秦相張儀相楚等一系列動作，認為秦合韓、魏、楚而「連橫」的意圖非常清楚了，原來的秦、齊之盟事實上已經解體了。現在不是秦、齊聯盟的問題，而是秦合韓、魏、楚，意欲「連橫」而伐齊的問題逼近了。

當公仲將自己對天下大勢分析的結果，向齊湣王稟告後，齊湣王頗以為然。於是，齊國在張儀還在楚國為相時，公仲便暗中遣人聯絡楚國，開始了聯合楚國的外交動作。

就是在此背景下，在楚為相不及一年的張儀，於周赧王二年（西元前三一三年）十二月底，奉召回到了秦都咸陽。

張儀一回到咸陽，楚國使臣景鯉聞之，立即向秦惠王提出，自己也要回楚國了。秦惠王很賞識景鯉之才，原來提出要他來秦，就有留下他為秦所用之意。當景鯉見張儀回秦，而提出回楚的要求時，秦惠王就含糊其詞，既沒有明確說不允，也沒有明確說答應。

這時，張儀聞之，遂乘機諫說秦惠王道：

「景鯉，乃楚王之所甚愛者，大王不如留之以市地。」

秦惠王一聽，先是一驚，後是一喜。驚的是，兩國交換使者，怎麼好扣他國之使，而脅迫他國以地交換使者呢？秦國是大國，這種事似乎做不出。喜的是，張儀這個主意，雖然有些過份，但確實是一個無賴而有效地要脅楚國的妙計。

張儀見秦惠王不吱聲，遂又進一步說道：

「楚王聽，則不用兵而得地；楚王不聽，則殺景鯉。此乃萬全之策也。」

秦惠王聽完，沒有表態，但是也沒答允景鯉離秦回楚之請，就這樣拖著。

卻說景鯉自提出回楚的要求後，三天都沒有得到秦惠王明確的答覆。於是，急了。便決定顯示一下自己辯士的本色，入見秦惠王而說之。

秦惠王見了景鯉，知其意，但卻裝糊塗地問道：

「先生今日入見寡人，有何見教？」

景鯉不愧是辯士出身，並不就事論事地回答秦惠王，而是按照自己的意思，直搗問題的本質，直入主旨道：

「大王之留臣，其意乃在得楚國之地也。」

秦惠王一聽，不禁大驚失色，但心底卻是非常敬佩景鯉，他竟早已知道自己與張儀的計謀了。雖然被景鯉說破了底細，但秦惠王卻並不認賬，遂反問道：

「何以言之？」

景鯉並不想直接回答，繼續按照自己的思路說道：

「臣以為大王之所為，必失信於天下，欲得楚地而不能也。臣之來秦，乃為結秦、楚之好。臣至秦，聞齊、魏皆欲割地以事秦。所以然者，以秦、楚為昆弟之國也。今大王留臣，是示天下：秦、楚之交絕也。如是，秦何以取信於齊、魏二鄰？秦失信於天下，陷己於不義，必孤而無援也。楚知秦孤，必不與秦地。楚外交諸侯以圖秦，則大王之國必危矣！故臣以為，大王不如使臣歸楚也。」

秦惠王聽了景鯉這番話，心裡更是愛其才。但是，他說的句句在理，不能不服。於是，只好打消了前此留景鯉而不讓歸的想法。

沉默了一會，秦惠王裝出一臉無辜的樣子，說道：

「先生不知寡人之心，不如歸楚也。」

周赧王三年（西元前三一二年）一月底，景鯉回到了楚都郢。

景鯉回到楚國後，立即向楚懷王稟報了自己近一年來在秦國所見所聞，提出了自己對秦國欲霸天下的擔憂。同時，也順帶說到了秦惠王想扣留自己，不讓歸楚，以要脅楚國割地的事。

楚懷王不聽則已，一聽，頓時大為震怒。覺得這真是欺人太甚了！也太不把楚國當回事了。也就在此時，齊相公仲出使楚國。公仲此行，本就是為聯合楚國而來。而此時，盛怒下的楚懷王正有結交齊國以伐秦的想法。於是，楚懷王與齊相公仲一拍即合，齊、楚二國訂交，互為攻守同盟。

周赧王三年二月底，強大的齊、楚聯盟便對秦國發動了先發制人的進攻。

周赧王三年三月底，以楚軍為主力，齊師助之，二國聯軍貼著楚國北部與韓國南部交界的地區，直插西部，打到了原來屬於魏國，現在被秦所據的河南地區，並伐取了原屬於魏國的河南重鎮——曲沃。然後，前鋒直指秦國的東部雄關——函谷關。

秦惠王聞報，大為震驚，因為齊、楚二國本就是與秦勢均力敵的強國，如今二強聯合，秦國自然不是對手了。

於是，秦惠王一邊緊急調遣秦國各路勇兵悍將，前往函谷關守衛，不讓楚、齊聯軍突破關隘；一邊則召文武大臣群集秦王大殿，商討應對方略。

群臣會齊，秦惠王讓大家各獻其策。然而，眾皆默然無語。

最後，秦惠王不得不點將而問張儀道：

「今齊、楚合兵，而叩我之函谷關。且齊、楚之交方歡，不知賢相有何良策可破之？」

張儀其實早就成竹在胸，只是為了要在秦國群臣面前顯示自己才是挽秦於危難的國之棟樑，所以故意在秦國群臣未言之前，絕不主動開口獻計。此時，當大家都無計可獻，且秦惠王又主動問到自己，把全部的希望都放到自己的身上時，他覺得火候差不多了。於是，接口說道：

「大王無憂！臣請大王為臣發高車厚幣，臣請往楚說之，可矣！」

秦惠王一聽，張儀說能夠遊說楚懷王就能解決問題，自然喜出望外。於是，立即給張儀約車發幣，讓他立即南向而說楚懷王。

周赧王三年四月底，張儀至楚都郢。

見楚懷王，禮畢，張儀乃說懷王道：

「敝邑之君所敬者，無過於大王也；儀生平所願者，乃為大王之臣也。」

楚懷王一聽，心想：楚、齊伐秦，秦王怕了吧。不然，今日張儀怎麼這樣謙恭呢？前此的秦國之使，見了自己都是「秦王」「秦王」的自稱其君。今日張儀來見，卻自稱「敝邑之君」，不敢在自己面前擺大了。哼，看來，這秦王還是怕打。

想到此，楚懷王不禁面有得色。

張儀見楚懷王面有得色，遂又說道：

「敝邑之君所憎者，無過於齊王也。今齊王得罪於敝邑之君多矣，故敝邑之君欲伐之。然則，今大王之國與齊交方歡，以此敝邑之君欲聽大王號令而不得，而儀欲為大王之臣亦不能也。」

楚懷王聽到此，雖然心裡很是受用，但是，他也不是昏庸之君，知道這是張儀阿諛奉承之言，同時也是故意挑撥楚、齊關係的險惡之言。

因此，楚懷王就故意作閉目養神狀，一言不發。

張儀一看，這楚懷王並不是那麼好蒙。心想，他不吃這一套，也就只好到此為止了。還是來個利誘吧，相信天下沒有哪一個君王見利而不喜的。

想到此，張儀終於拋出了最後的「誘犬之骨」，說道：

「大王若能閉關絕齊，臣請敝邑之君獻商、於之地六百里於楚。」

果然不出張儀所料，楚懷王一聽張儀說願獻商、於之地六百里給楚，立即睜開了眼睛。因為商、於之地，一直是楚國想得到的。如果得商、於之地，楚國就可以向北進軍魏、秦一直爭奪的河西肥沃之地，同時可以西遏強秦，東抑魏國再度崛起。

張儀見楚懷王一聽商、於之地而眼開，遂續而說道：

「楚得商、於之地，則楚益強，齊必弱也。齊弱，則必為大王所役使矣。如此，楚北可弱強齊，西可結大秦，且有商、於之地以為利也。此乃一舉三利之策，大王何不為哉？」

聽到此，楚懷王不禁脫口而出道：

「善哉！」

遂允張儀所請，決定與齊絕交。

張儀走後，楚懷王興奮地向楚國大臣們宣布道：

「今寡人得商、於之地，方六百里。」

群臣聞之，皆賀楚懷王。

陳軫後至，獨不賀。

楚懷王奇怪，乃問陳軫道：

「今寡人不煩一兵，不損一卒，而得秦商、於之地六百里，寡人自以為智矣。群臣及諸士大夫皆賀寡人，汝獨不賀，何也？」

陳軫接口即道：

「臣以為，大王商、於之地終不可得，而大患必至，故不敢妄賀也。」

「何以言之？」楚懷王更加不解地問道。

陳軫見楚懷王追問原因，遂先深歎了一口氣，然後從容說道：

「秦所以重大王者，乃因大王有齊交也。今大王商、於之地未得，而先絕齊交，是楚自陷孤立也。楚孤，秦何以重大王之孤國哉？」

楚懷王一聽，覺得陳軫大掃了自己的興致，遂面有不悅之色。

陳軫心知楚懷王此時的心情，但是仍然繼續說了下去：

「大王若先責秦人獻地，後絕齊楚之交，秦計必不成也；若先絕齊楚之交，後責秦國之地，則必見欺於張儀也。見欺於張儀，大王必悔而恨也。西生秦患，北絕齊交，齊、秦兩國之兵必至矣。」

楚懷王覺得陳軫過於多慮，甚至還在心裡認為，陳軫之所以這樣說，是因為陳軫對張儀有成見，因為陳軫在秦國與張儀鬧矛盾而至楚為臣的事，天下皆知。

於是，楚懷王就明確地告訴陳軫道：

「事定矣，幸勿多言！以待寡人之得商、於之地，可矣。」

最終，楚懷王沒有聽從陳軫之言，派人往齊，知會齊王二國絕交之意。沒過幾天，楚懷王怕齊楚之交不能斷絕，前使未返，又遣一使往齊。

與此同時，張儀回到秦都咸陽後，立即諫議秦惠王遣使往齊，暗中與齊國結交。

周赧王三年五月底，楚懷王終於絕了齊國之交。於是，立即遣一楚將往秦都咸陽，欲跟秦國交接商、於之地。

周赧王三年六月底，楚將奉楚懷王之命，到達了秦都咸陽。一到咸陽，楚將立即就去秦王宮找秦惠王，要求秦國踐諾，割商、於之地六百里給楚。秦惠王雖熱情接待，但卻稱說不知有此事。並說，既然是張儀許諾，找張儀就可以了。然而，當楚將轉而去找張儀時，卻被告知，張儀自從楚都歸來後，就因為墮車受傷，已經兩個月沒有上朝了。

楚將不知這是張儀使詐稱病，故意避而不見。無奈之下，楚將只得一邊在咸陽等張儀上朝理政，一邊暗中遣人回楚都稟告楚懷王情況。

楚懷王聞報，以為張儀不相信楚國真的已與齊國絕交。為了取信於秦，楚懷王使楚之勇士至宋國，借宋之兵符，北罵齊王。齊王大怒，遂決定折節朝秦，與楚徹底絕了國交。

周赧王三年八月底，當張儀獲知齊、楚之交已絕，而秦、齊之交已合時，這才開始上朝理事。

楚將等了三個月，這才見到了張儀。

「大人與吾王有約，楚絕齊交，則秦奉商、於之地六百里。今楚齊之交已絕，末將受吾王之命，請秦割商、於之地六百里與楚。」楚將一見張儀，就開門見山地對張儀這樣說道。

張儀先是裝著吃驚的樣子，繼而淡然一笑，對楚將說道：

「臣有奉邑六里，願以獻楚王。」

楚將大為吃驚，立即反駁道：

「臣受命於楚王，責秦商、於之地六百里，不聞有六里也。」

楚將見張儀如此明目張膽地耍無賴，非常氣憤。然而，這是在秦國，又奈何不了他這個秦國之相。

於是，立即返歸楚都，歸報楚懷王去也。

3　伐楚

就在楚懷王遣楚將到秦都咸陽向張儀索商、於之地六百里，而張儀佯裝墮車，稱病三月不朝之時，齊湣王對楚懷王不講信義且無理至極的行為非常氣憤，遂在與秦結交好的情況下，於周赧王三年七月初，對楚國發動了進攻。

齊、楚兩國都是大國強國，可謂勢均力敵。因此，兩國一旦打起來，便就難解難分，不易分出高低。但是，打到八月中旬，齊國終於感到力有不支。

齊湣王因為齊、秦已經結交的緣故，便遣使往咸陽，要求秦國出兵相助，夾擊楚國。

秦惠王接待了齊王之使後，便召集群臣相商。

「齊、楚相攻，今齊王遣使求救，眾卿以為當救不當救？」

秦惠王話音剛落，司馬錯趨前一步，道：

「大王，臣以為當救。」

秦惠王反問道：

「何以言之？」

「今齊楚之交已絕，秦齊之交已合，齊有難，秦救之，義也，信也！」

司馬錯話音未落，張儀也趨前一步，道：

「大王，臣以為不救為上。」

秦國群臣一見，知道司馬錯與張儀這對老冤家今天又要有一場爭論了。於是，大家懷著看熱鬧的心態，企踵延頸而聽。

秦惠王一見，心想，看來今天這二人又要有一番口舌之爭了。不過，也好，理不辯不明。辯一辯，自己也就知道究竟該採取哪一種策略了。

於是，忙對張儀說道：

「寡人願聞其詳。」

張儀見秦惠王要自己詳細說說自己的理由，於是便從容說道：

「大王曾聞管與之說否？」

「未聞。」

「昔有兩虎爭食一人，魯人卞莊子將刺之。管與止之，曰：『虎者，乃暴戾之蟲也；人者，乃甘餌也。今兩虎爭食一人，必鬥。鬥則小者必死，大者必傷。汝何不坐視之，待其一死一傷之時，刺其傷虎？如此，豈非一舉而兼得兩虎哉？』今齊、楚相攻，若二虎之相爭也。爭，久則必兩敗矣。俟其敗，大王乃起兵，承其敝而伐之，豈非一舉而敝二國哉？」

秦惠王一聽，立即拍案而起道：

「善哉！」

於是，乃召齊王之使，口應其所請。但是，兵則不發，坐觀齊、楚相攻。

卻說楚懷王派往秦都咸陽受地的楚將，受到張儀三個月的戲弄，終究一無所獲。懷著滿腔的憤怒，於周赧王三年九月底，回到了楚都郢。

此時，齊、楚兩國正打得難解難分，相持不下，楚懷王為此又急又怒。

「大王，張儀不予楚商、於之地。」楚將因為沒有完成使命，見楚懷王只得如此怯生生地稟告道。

「何也？」

楚將見楚懷王盛怒的樣子，於是膽子更小了。但是，楚懷王不相信他所說的話，他也只能硬著頭皮再說一遍：

「張儀不予楚商、於之地，曰『儀有奉邑六里，願以獻楚王。』臣曰：『臣受命於王，秦約楚商、於之地六百里，不聞六里。』」

說完，楚將耷拉著腦袋，等著楚懷王以有辱使命之罪來處罰自己。

沒想到，楚懷王沒有為難這位楚將，而是盛怒之下，立即決定對秦用兵。

陳軫聞知，立即前往諫止。

因為上次諫楚懷王不要輕信張儀之言，不僅不被楚懷王接納，楚懷王反而要他三緘其口，不要再說。因此，此次陳軫雖然還想盡為臣之責，但怕又被楚懷王封他的口。於是，見到楚懷王後，陳軫沒有直接進諫，而是先問了楚懷王一句：

「臣可諫言否？」

楚懷王此時見到陳軫，心裡已是慚愧不已。見陳軫這樣問自己，更是覺得無地自容了。遂寬厚地對陳軫說道：

「可矣。」

「今齊楚相攻，楚三月而不能下之。久之，臣恐楚有所不支也。今又聞大王欲起兵伐秦，臣以為非上計也。」

話剛出口，陳軫就覺得有些後悔了，因為這話說得太重了，恐怕楚懷王又要受不了，說一定又要自己三緘其口了。如果這樣，那麼進諫的機會也沒有了。如此，那無論如何，自己也沒算盡到為臣之責。因為「食君之祿，擔君之憂」，此乃天經地義的常理。

想到此，陳軫不禁緊張地抬眼看了看楚懷王。還好，楚懷王今日倒是態度平和。

於是，陳軫遂又接著說道：

「臣以為，大王伐秦，不如賄秦一名都，厚結秦王之心，以共伐齊。如此，則我失地於秦，而取之於齊也，楚之地尚可全矣。」

說到這裡，陳軫又停下了，再次抬眼看看楚懷王的表情。因為自己是秦人，他怕給楚懷王出這個主意，有為秦爭利益之嫌。

看到楚懷王沒有吱聲，也沒什麼表情。於是，陳軫決定硬著頭皮，再把要說的話說完。

「大王今絕齊之交，又責秦欺楚之過，如此是楚固齊、秦之交也。齊、秦交固，則楚必傷矣。」

說到此，陳軫覺得言已盡意，覺得為臣的責任已經盡到了。看看楚懷王還是沉默無語，從他的表情也看不出他的態度，於是，陳軫只好告辭而出了。

萬沒想到的是，陳軫剛剛離去，楚懷王因為咽不下被張儀欺騙的那口惡氣，覺得如果不出這口氣，那麼今後對陳軫，對楚國群臣，都有一種羞愧難當之感。

於是，立即傳令，起兵伐秦。

秦惠王聞之，本來還想繼續坐觀齊、楚相攻，然後從中漁利。沒想到，楚懷王現在主動挑起戰端，那就應戰吧。

於是，秦、齊二國合兵，韓國亦助之。不出一月，就將楚國之師打得落花流水。

這時，陳軫忍不住，又向楚懷王進諫道：

「為今之計，大王不如東以地賄齊，西遣使和秦，楚尚可存也。」

可是，這次楚懷王還是拒絕了陳軫之諫。又傾全國之兵，使楚將屈匄將之，再次向秦發起了進攻。結果，秦、齊二國合兵共戰之，大敗楚師，斬楚師之首八萬，虜楚將屈匄。之後，秦、齊二師又乘機伐取了楚之丹陽、漢中之地。

楚懷王聞之，更加氣急敗壞。於是，就像賭輸了的賭徒一般，再起大兵襲秦，並一度打到了秦國之都咸陽附近的藍田。但是，最後還是功敗垂成，被秦師所敗。也就在此時，韓、魏二國聞楚師之困，亦趁火打劫，發兵襲楚，南至於鄧，以致楚都郢也受到了威脅。

直到此時，楚懷王才真正醒悟，遂全線撤兵，割兩城予秦，才算休兵止戈。

4 脫楚

秦大敗楚，秦惠王得楚漢中之地後，又想楚國黔中之地。於是，遣使至楚，說楚懷王道：

「秦王願以武關以外之秦地，以易大王黔中之地。」

楚懷王此時因為大敗，乃深恨於張儀。認為楚國之所以有今日之敗，都是源於張儀當初以獻商、於之地於楚來欺騙自己所引起的。因此，當聽到秦王之使說願意以秦國武關外的土地易換楚國的黔中之地時，便不假思索地回道：

「寡人不願易地，願得張儀而獻黔中之地。」

秦王之使一聽，知道楚懷王這是賭氣之言，此次易地的使命算是到此為止了。於是，只得歸秦覆命。

周赧王四年一月底，秦使回到咸陽，向秦惠王如實稟報了楚懷王之意。秦惠王感到非常為難，雖然黔中之地對秦國至關重要，那是扼住楚國咽喉的戰略要地，得黔中之地，就能有效地遏制住楚國的崛起，阻止楚國對秦國的威脅。但是，張儀是秦國之相，為秦國立下的功勞可謂上與天齊，自己再想楚國的黔中之地，也無論如何沒法向張儀開口，說把他交給楚懷王，以換得楚國黔中之地。如果自己對張儀提出這種要求，不僅傷了張儀之心，而且也會大傷秦國滿朝大臣之心的。因為這未免太沒有君臣之情了，以後還有誰會為自己效力呢？

但是，沒過幾天，張儀卻從秦使那裡知道了內情。遂主動向秦惠王提出，願意以自己換取楚國黔中之地。

秦惠王心有不忍地勸阻道：

「楚王怒子以商、於之地相欺，正欲食子之肉，寢子之皮，子何以欲往楚哉？寡人不忍也！」

張儀見秦惠王這樣說，覺得秦惠王對自己還是有情有義的。於是，更加堅定了往楚的決心。遂又說道：

「今秦強而楚弱，楚王當知之。臣為楚相時，與楚王之寵臣靳尚相善。靳尚則與楚王夫人鄭袖交好。鄭袖所言，楚王皆聽之。況臣乃奉大王節鉞而使楚，楚何敢加害於臣。若楚王誅臣，而秦得黔中之地，亦臣之大願也。」

秦惠王見張儀如此一說，更為張儀對秦國的忠誠之心所深深感動。於是，更加不忍讓張儀往楚。但是，最終秦惠王經不住張儀的再三請求，同時也考慮以張儀之智，諒楚懷王不敢，也不至於就將張儀給殺了。於是，允張儀之請，令其持秦王之節符，出使於楚。

周赧王四年二月底，張儀到達楚都郢。

楚懷王聞報，立即拘張儀而囚之，並欲殺之。

張儀曾在楚為相近一年，在楚王之朝，與楚國群臣交善者甚多，遂立即獲知消息。

原來在秦國時，張儀以為楚懷王只是說說氣話而已，不至於做出要殺秦王使節的蠢事。可是，到了此時，他才知道，楚懷王竟然真的這麼蠢。於是，就不免緊張起來。

尋思片刻，張儀覺得還是按照在秦國想到的預案，去請託楚懷王寵臣靳尚。

卻說靳尚獲知楚懷王要殺張儀的消息，又得張儀托人致送的厚賄之禮，遂立即前往遊說楚懷王道：

「大王，張儀乃秦國之相，亦為秦王之使。今大王拘張儀，且欲殺之，秦王必怒。秦王怒而絕楚，楚必孤也。楚孤，天下諸侯必輕楚也。如此，楚之大患必至矣。」

楚懷王默然。

靳尚見此，只得告辭而去。因為他知道，自己雖是楚懷王的寵臣，但是楚懷王深恨於張儀，他也是非常清楚的。再者，楚懷王現在正在氣頭上，話說多了，惹得楚懷王怒起，說不定自己這條小命也難保。

出了楚王大殿，靳尚想了想，覺得還是去找楚懷王寵妃鄭袖為好，讓這個女人去給楚懷王枕邊吹風，比什麼都有用。

於是，靳尚又轉至楚王內宮，謁見了鄭袖。

鄭袖之所以得寵，也靠靳尚之力。而靳尚之所以得寵，也離不開鄭袖。因此，這二人是互為倚重的關係，也可以說是坐在同一條船上的，要生同生，要死同死。

因此，靳尚見了鄭袖也不客套，徑直說道：

「大王欲另結新歡，夫人知否？」

鄭袖一聽，不禁大驚失色。因為她知道，男人都有喜新厭舊的毛病。一旦他另結了新歡，那就只見新人笑，不見舊人哭了。因此，女人一旦為男人特別是做國王的男人所賤棄，那就什麼也沒了。

於是，急忙說道：

「大人請道其詳。」

「張儀，乃秦王忠信有功之臣也。今大王拘之，且欲殺之。秦王聞之，欲救張儀。秦王有愛女，美而豔，欲奉之于大王。又欲擇宮中佳麗善舞能歌者，從秦王之女而至楚。」

鄭袖一聽，頓時慌了神。如果秦王將愛女嫁給楚王，還要陪嫁一幫年輕貌美、能歌善舞的小妖，那還了得！到時候，楚王還能寵愛自己嗎？

靳尚見鄭袖神情緊張的樣子，不禁心中大喜。續又說道：

「秦王為救張儀，又欲奉大王以金玉寶器，獻上庸六縣為湯沐邑。大王好色，又喜金寶、多地，必悅而受之。秦王之女來，必挾秦而自重，以王妻自居，而淩駕於夫人之上。大王惑於秦姬，必厚尊之，親愛之，而忘情於夫人也。如此，則夫人益賤而日疏於大王矣！」

「誠如是，為之奈何？願公為妾謀一計。」

靳尚知道鄭袖上鉤了，遂故作神祕地向她進言道：

「夫人何不急言於大王，使其釋張儀。張儀出，必戴德感恩於夫人。張儀歸秦，秦王之女必不來矣。且夫人諫言釋張儀，秦於夫人必尊之重之。如是，夫人可內擅楚之貴，外結秦之交，結張儀之心而令其為夫人所用，夫人之子孫必為楚太子矣，此非布衣之利也。」

鄭袖是個女流之輩，一聽靳尚之言，果然以為是妙計。遂日夜在楚懷王枕邊吹風，道：

「人臣各為其主，此乃人之常情，自古亦然。今楚地未入於秦，秦使其相張儀來楚，此乃尊大王也。大王不遇之以禮，拘而欲殺之，秦王必大怒。秦王怒，則必攻楚也。妾懼之，請子母俱遷於江南，毋為秦所魚肉也。」

楚懷王本就寵愛鄭袖，耳朵根子軟。自從靳尚勸諫之後，又被鄭袖枕邊吹風，遂逐漸打消了要殺張儀的念頭。但是，怕把張儀放了以後，他又興風作浪，重新對楚不利。

想來想來，拿不定主意。於是，楚懷王又把靳尚召來相問道：

「寡人思之久矣，欲釋張儀。然恐張儀出，而敗楚之事也。」

靳尚知道，楚懷王這已經是決定要放張儀了。於是，趁熱打鐵道：

「大王無憂，張儀出，臣請隨之，張儀事大王不善，臣則殺之。」

楚懷王一聽，覺得此計甚好，遂點點頭。於是，傳令放出了張儀。

卻說張儀被楚懷王放出後，就想速歸秦都咸陽。可是，一摸袖中，卻是分文皆無了。因為前此為了打點靳尚，他已經將從秦國所帶來的金帛資用悉數賂之於靳尚了。

就在張儀處於「一錢難倒英雄漢」的尷尬境地時，跟隨其左右的幾個舍人（隨從侍役）因為無錢吃喝玩樂，怨怒不已，於是就想離張儀而去。

張儀也知道，這幫奴才之所以前此跟自己鞍前馬後，追隨自己於南北東西，就是因為自己是秦國之相，可以吃香喝辣，到處玩樂。如今自己一貧如洗了，他們就嫌棄自己了，嚷著要離開了。

張儀想到此，不禁在內心深處對世道之炎涼、人情之淡薄大為感歎。

然而，感歎歸感歎，生活卻是現實的。如今不僅舍人們要吃喝住行，自己也要吃喝住行，沒錢還是不行。

想到此，張儀對其舍人們微微一笑道：

「諸位必欲歸去，姑且待之，我為諸位說楚王，得金而去可也。」

於是，張儀立即前去求見楚懷王。

楚懷王一聽張儀求見，心裡好生奇怪，怎麼還不走？不怕寡人反悔，將他再拘而殺之？帶著好奇之心，楚懷王果然召見了張儀。

張儀見楚懷王面有不悅之色，遂遊說道：

「臣知大王怨儀深矣。今大王無所用臣，楚亦無臣用武之地，臣請北見於韓王。」

楚懷王一聽，不假思索地說道：

「諾！」

張儀見楚懷王毫無挽留而重用自己為楚所用的意思，遂又激將地說道：

「大王無求於韓王乎？」

楚懷王一聽，不屑地說道：

「黃金、珠、璣、犀、象，皆出於楚，寡人何求於韓王？」

張儀微微一笑，又問道：

「雖如此，大王不好色乎？」

楚懷王一聽張儀說到美色，立即就來了興趣，問道：

「汝欲何言？」

「鄭、周之女，粉白黛綠，立於衢閭，不知者，必以為神人也。」

鄭乃韓之前身，周則包於韓國境內。鄭、周自古出美女，這個好色的楚懷王當然是知道的。所以，當張儀一說鄭、周之美女，他便頓時興致勃勃起來了。

張儀說完，抬眼觀察了一下楚懷王的表情，揣知他已心有所動，便想繼續誘而惑之。不意，未等張儀再加誘惑，楚懷王便自己開口了：

「楚僻居南國，故寡人未見之。中國之女美如神，寡人何獨不好哉？」

張儀一聽楚懷王對周洛中原（中國）美女如此有興趣，遂趁機說道：

「大王既好中國之色，臣為大王求而致之，可矣。」

楚懷王一聽，大為高興。遂資張儀以金玉，令其北上韓國。

張儀剛剛從楚懷王那裡騙得金玉，還未離開楚都，就被楚懷王兩個寵幸的女人知道了。她們一個是南后，一個便是張儀前此請託的鄭袖。

南后聽說張儀要到韓國替楚懷王找美女，怕奪了自己的王后之位。遂立即請託親近之人，賄贈張儀千金，並轉達張儀道：

「妾聞將軍欲往韓國，今偶有千金，進之將軍左右，以為車資馬秣之費。」

鄭袖知之，亦效張儀五百金。

張儀得了南后與鄭袖這麼多的金子，覺得不給她們做點什麼，心裡還真是過意不去。於是，再次求見楚懷王。

楚懷王不知張儀還有何事，遂又召見了他。

張儀一見楚懷王，就說道：

「今諸侯閉關不通信使，臣離楚而北往，未知何時得見大王也。願大王賜臣酒。」

楚懷王一聽，張儀是來問自己討盞酒喝。於是，爽快地答道：

「諾！」

遂賜張儀一壺酒。

張儀喝到一半，突然停下，再拜而請於楚懷王道：

「大王之廷，今無他人，願大王召所習近者而觴之。」

楚懷王一聽，心想，事還真多。給他酒喝，他還要自己召親近之人來一起喝。

但是，一想到要張儀給自己找美人，也就只好遷就他了。於是，楚懷王不耐煩地讓侍從請來了南后與鄭袖二位美人來侑酒。意思是想乘機讓張儀好好見識一下自己的美人，要找就要找比自己的這兩位美人更美的。也就是要讓張儀到韓國去物色美人，也好心中有個比較。

未久，南后與鄭袖款款而來。

張儀一見，立即再拜而伏地請罪於楚懷王道：

「儀死罪，乞大王寬恕。」

楚懷王覺得莫名其妙，遂問道：

「何出此言？」

張儀故作認真，且作驚訝之狀，道：

「儀行天下遍矣，未嘗見婦人如此美者。臣所求韓之美人，不及大王美人之萬一也。以此，臣知是欺大王矣。」

楚懷王一聽，知道原來是這麼回事，遂莞爾一笑道：

「汝釋念，可矣！天下美人莫若此二姬，寡人固知道了。」

張儀一聽，楚懷王讓自己放心，他並不追究自己的欺君之罪，因為他本來就知道，天下美人沒有比他的南后與鄭袖更美的了。於是，心中大喜，知道目的達到了。這下欠南后與鄭袖的人情也算了結了。

於是，偷眼而望南后與鄭袖，見二人掩袖粲然一笑。這下，張儀真的如楚懷王所說，「釋念可矣」。

第十六章　「連橫」說諸侯

1　說楚王

周赧王四年三月十一，張儀得南后、鄭袖之金，以及楚懷王所贈珠玉後，遂決定離開楚國而歸秦都咸陽。

三月十二，一大早，張儀就催促隨從舍人們快收拾上路。

就在一切收拾妥當，張儀正準備驅車揚鞭上路之時，突然有人來訪。

張儀一看，不是別人，乃是自己在楚為相時，祕密安排於楚都郢的秦國密使。張儀連忙問他道：

「吾欲歸咸陽矣，何事稟秦王？」

「昨日有客自齊來，言及蘇秦之事。」

張儀一聽蘇秦，心中立即湧起很多感慨。想想自己之所以能位極人臣，不僅兩度為秦國之相，還先後奉秦王之使，而至魏、楚兩大國為相，這都托賴於當初蘇秦以激將之計並資助自己至秦的結果。可是，自從蘇秦的「合縱」之盟為公孫衍所破後，就一直得不到蘇秦的任何消息了，不知他到底失敗後隱到何處了。

想到此，張儀連忙追問道：

「蘇秦為燕行『用間』之計，六年之前為齊人所刺，死則為齊王車裂之。」

「蘇秦今日何在？」

張儀不禁驚訝得瞪大了眼睛，半天也醒悟不過來。

密使見張儀似有不信之意，遂將蘇秦「合縱」之盟破局後至燕為相，又如何與燕易王之母私通，後如何與燕易王約定而至齊，為燕國做間諜，做了哪些謀弱齊國的事；又講到了蘇秦如何在齊國弄權，結果與齊國權臣發生矛盾，被其收買刺客所刺，臨死前用計，讓齊王車裂自己，最後讓齊王給他逮住了真兇，報了殺身之仇等等。

張儀聽完，這才明白，怪不得自己為秦相後，曾多次遣人打聽蘇秦的消息，卻都得不到有關他詳情的管道。原來他隱蔽在齊國，為燕國做間諜，行「用間」之計。

感歎了一番，唏噓了一陣，張儀突然似乎有所醒悟。

這時，他想到：既然蘇秦已經作古，那麼自己當初的承諾可以到此為止了。也就是說，現在自己可以放開懷抱，去遊說山東六國諸侯，宣傳自己的「連橫」主張了。雖然此前，自己也曾與魏、齊、韓等國有過聯合，但那是奉秦惠王之命，為了戰伐的需要，臨時建立的聯盟關係，不是真正意義的「連橫」之策。之所以不實施自己理想中的「連橫」之策，那是為了給蘇秦預留重新「合縱」的空間，以踐當初的承諾。

想到此，張儀長長地舒了一口氣。因為如今蘇秦的情義已經還清，自己「連橫」之策可以真正地展開了。

主意打定，蘇秦立即吩咐隨從舍人，車卸轅，馬卸鞍，不走了。先遊說一下楚懷王，實施「連橫」

之策，就先從楚懷王說起吧。

尋思了一日，整理了一下思緒，第二天，也就是周赧王四年三月十三，張儀再一次求見楚懷王。這一次，他讓謁者以秦相張儀求見的名目通稟楚懷王。

楚懷王一聽，知道張儀又來事了。但是，既然張儀是以秦相的身份求見，自然不敢怠慢了。於是，命謁者立即以禮延進張儀。

張儀此次入見，與前兩次不同，乃以秦王之使與秦相的身份，故拜禮、寒暄畢，就與楚懷王分庭抗禮而坐。

「頃奉秦王之命，欲與大王議『連橫』而共治天下之策。」

張儀剛剛坐定，便先徑直說明了來意。

「『連橫』而共治天下？」

楚懷王還未反應過來，自言自語地這樣說了一句。

雖然楚懷王說得聲音很輕，但張儀由於坐得離楚懷王比較近，還是聽到了他的這句不解的自言自語。於是，接口說道：

「然也。今之秦，地半天下，兵敵四國，被山帶河，四塞以為固，可謂天下之雄國也。」

說完這幾句，張儀不禁抬眼望了望楚懷王，看他清醒過來沒有，有沒有聽著自己的遊說。見楚懷王正直視自己，便知他在聽著。於是，續而說道：

「秦之為國，虎賁之士百餘萬，戰車千乘，駿馬萬匹，粟積如丘山。法令既嚴，士卒安難樂死。秦王嚴而明，秦將智而武。秦若起兵甲，席捲恒山之險，折天下之脊，易如反掌。天下後服者，必先亡矣。」

張儀如此一番話，簡直就是在楚懷王面前耀武揚威。因此，楚懷王一聽，雖然心裡非常不舒服，但卻還沉得住氣。

張儀之所以這樣說，就是要先給楚懷王一個下馬威。看看楚懷王不動聲色的樣子，張儀遂直入主旨道：

「今『縱人』合山東諸侯而為縱，無異於驅群羊而攻猛虎也。羊之不可格於虎，明矣。今大王不與猛虎，而親群羊，臣竊以為大王之計過矣！」

楚懷王一聽張儀將秦國比作猛虎，把山東諸國比作群羊，認為自己不與秦國「連橫」，就好比與群羊為伍，而不與猛虎同儕，是失計了。於是，就有點不高興了。因為楚懷王也是個好大喜功的人，向來都是喜歡聽順耳的奉頌之言，聽不得逆耳之言的。

可是，張儀並不在乎楚懷王的感受，看都沒看楚懷王一眼，就又繼續說了下去：

「今天下強國，非秦即楚，非楚即秦。秦、楚，乃勢均力敵之強國也。」

楚懷王聽到這兩句，不禁點了點頭。心想，這話還算客觀，秦、楚本來就是旗鼓相當的國家。

張儀見楚懷王點頭，立即來個急轉，道：

「秦、楚相侔，若互為其敵而交爭，則其勢必不兩立也。」

楚懷王又點點頭，認為這兩句話也有道理。

張儀一見，又說道：

「秦、楚不兩立，大王不與秦，秦下甲兵而據宜陽，則韓之上黨不通；秦師下河東，取成皋，韓必入關而事秦。韓事秦，則魏必懼而從風而動。」

楚懷王當然明白，韓國緊鄰秦國東部，秦師只要一出函谷關，向東就可以伐取韓國西部重鎮宜陽。而宜陽一下，則與宜陽南北隔河而望的韓國上黨之地，就岌岌可危了。若秦國之師渡河而東，攻取韓國中部的成皋，則韓國之都鄭的戰略屏障就沒了，韓國亡國之日也就不遠了。韓怕亡國，則必臣服於秦。韓臣服於秦，則與韓互為脣齒關係的魏國，必然懼怕秦師之伐己，那麼魏國望風而降也就自然而然了。

張儀抬眼看看楚懷王，雖然沒有見到他點頭，但是他相信，此時楚懷王的心裡自然明白得很。於是，話鋒就自然轉到了楚國方面：

「韓、魏事秦，楚則孤也。秦師伐楚之西，韓、魏攻楚之北，大王社稷豈不危哉？」

楚懷王雖然沉默不言，但張儀已經看出了他頓然而起的緊張神色。於是，接著說道：

「『約縱』者，欲聚群弱而攻至強。大王亦知之，以弱攻強，不料敵而輕戰，國貧而屢舉兵，此乃危亡之兆也。臣聞之：『兵不如者，勿與挑戰；粟不如者，勿與持久。』然『縱人』飾其言虛其辭，巧其辯，高譽人主之節行，妄言合縱之利，而不言其害，猝有大禍而臨楚，則無所措手足矣。是故，臣願大王熟計之也。」

張儀說了如此之多的「合縱」之弊，楚懷王還是不語。於是，張儀只得再話鋒一轉，轉說秦國的厲害和楚不與秦「連橫」的憂患道：

「秦之為國，西有巴、蜀，併船積粟，起於汶山，循江而下，至楚都三千餘里。並船載卒，一船五十，予三月之糧，浮江而下，一日可行三百餘里。路途雖遙，然不費汗馬之勞，不至十日而達楚之扞關。扞關驚，則楚自竟陵以東之城，唯餘守備之力矣。如此，黔中、巫郡，則非大王所有矣。」

說完了秦國水路伐楚的形勢後，張儀略作停頓，看了看目瞪口呆的楚懷王，遂又從陸路形勢說了下去：

「秦舉甲兵，出武關，南面而攻楚，則楚之北地不復有矣。秦兵之攻楚也，危難在三月之內；而楚恃諸侯之救，則在半歲之外。恃弱國之救，而忘強秦之禍，此臣所以為大王患之也。」

楚懷王聽到此，不禁跪直了身子。

張儀知道快要說動了他，想了想，決定從現實的教訓方面入手，再加深一下他的印象。於是，舉例說道：

「大王曾與越人戰，五戰而三勝，然大王之列卒亦盡矣。雖得越人之地，然偏守新城，居民苦矣。臣聞之：『攻大者易危，而民敝則怨其上。』今楚求易危之功，而逆強秦之心，臣竊為大王憂之也。昔楚與秦構難，戰於漢中。楚人不勝，通侯、執珪之將死者七十餘人，遂失漢中之地。楚失漢中之地，大王怒，乃興師襲秦，戰於藍田，又敗而卻之。此猶二虎相搏，必兩敗俱傷也。大王亦知之，秦、楚相攻，韓、魏必承其敝，而制之於後。是故，臣願大王熟計之也。」

張儀所舉的這三個例子，都是在楚懷王手上的事，特別是「漢中之戰」、「藍田之戰」，就是去年的事，楚國敗得很慘，至今還讓楚懷王痛徹骨髓。因此，當張儀重提舊事時，楚懷王不禁傷感不已。

張儀一見楚懷王的表情，知道說到了他的痛處。於是，決定給他一點鼓勵。遂又說到與秦「連橫」的好處道：

「大王若與秦為『連橫』，秦下兵攻魏之陽晉，必能塞天下之要道；大王悉起楚國之師以攻宋，不至數月，宋可舉也。舉宋而東指，則泗上十二諸侯盡為大王所有矣。」

楚懷王本就是一個貪利之人，宋國雖是小國，卻是天下有名的富國，因此不僅他楚王想打宋國的主意，齊王、魏王何嘗不想。今日聽張儀說到與秦「連橫」，可一舉得宋，並能臣服泗上十二個小的諸侯國，楚懷王更是非常興奮了。

張儀一見楚懷王面有喜悅之色，遂決定再舉自己師兄蘇秦「合縱」的事為例，徹底擊碎楚懷王對山東六國合縱，而與秦分庭抗禮的幻想，從而堅定他與秦「連橫」的決心。

「今天下之士，『合縱』而成其事者，莫過於蘇秦也。蘇秦北走燕，西說趙、魏、韓，東走齊，南游楚，合山東六國為縱親，兼相六國，爵封武安君。及『縱』散，倉皇北走，至燕為相。又佯稱得罪於燕，入齊而相齊王。陰與燕王謀破齊，共分其地。居二年，齊王覺而大怒，遂車裂蘇秦於市。蘇秦何許人也！以蘇秦之智，詐偽反覆於諸侯，欲經營天下，混一諸侯，而終不可得也，遑論其餘『縱人』哉？」

楚懷王一聽，覺得有理。是啊，以蘇秦那樣智高群雄之人，「合縱」終有失敗的下場。至於其他人，如公孫衍之流，就更不必說了。公孫衍兩合山東五國而為縱，共伐秦國，結果都是以失敗而告終。可見張儀說的沒錯。

想到此，楚懷王遂重重地點了點頭。

張儀一見楚懷王態度已經有了重大轉變，遂立即收結道：

「秦楚比鄰而居，山水相連，雞犬之聲相聞，乃兄弟之國也。大王誠能聽臣，臣請秦太子入質於楚，楚太子入質於秦；又以秦女為大王箕帚之妾，效萬家之都於大王，以為湯沐邑，長為昆弟之國，終身無相攻擊。臣以為，為楚之計，莫便於此者。今敝邑秦王使臣獻書於大王左右，以待大王決矣。」

楚懷王一聽張儀提出秦、楚二國互相派太子入質於對方之國，覺得秦國確有誠意。加上又聽張儀說到秦國又是獻地，又是納女，則更是心動不已。

於是，楚懷工斷然回答道：

「楚地僻陋荒遠，托於東海之上。寡人不敏，不習國家之長計。今上客幸教以明制，寡人聞之，敬以國以相從。」

於是，立即傳令，遣使往秦，飾車百乘，獻駭雞之犀、夜光之璧于秦王，以為「連橫」。

2　說韓王

說楚懷王已成，張儀遂立即起身往北，準備趁熱打鐵，逐個遊說韓、齊、趙、燕等山東四國之王。至於魏國之王，前幾年在他相楚之前，就已經遊說成功了，如今魏太子還在咸陽為質呢。等到山東六國之王都答應了與秦「連橫」之後，屆時再分而擊之，逐個滅之，那麼自己助秦滅諸侯、併天下的「連橫」理想就算實現了。

周赧王四年四月中旬，張儀北上，到達韓國之都鄭。

因為韓國大前年為張儀所率秦師擊敗，韓將公孫衍棄師倉皇而逃，亡奔至魏國岸門；而韓相公仲亦因韓宣惠王不聽其諫，而離開韓國到齊國為相去也。因此，如今的韓國早就在事實上臣服了秦國，只是張儀沒有正式向韓宣惠王闡明與秦「連橫」的想法而已。

正因為如此，張儀見了韓宣惠王，也就不再繞彎子了，徑直闡明自己的「連橫」主張道：

「韓地險惡，民多山居；五穀所生，非麥即豆；民之所食，大抵豆飯、藿羹；一歲不收，民不饜糟糠。韓之地，方圓不滿九百里，無二歲之食。料大王之卒，悉數不過三十萬，而廝徒雜役在其中矣。若去其守徼、亭、鄣、塞之兵，可戰之卒不過二十萬而已矣。」

張儀一上來就將韓國的劣勢如數家珍般地列述了一遍，韓宣惠王心裡雖然非常不舒服，因為做國王的沒有人喜歡說自己國家不好的；但是，張儀說的是事實，他心裡也明白得很。再者，張儀是強秦之相，即使自己心裡不痛快，也得忍著。

張儀見韓宣惠王一言不發，知道他此時的心情。然而，這正是他所要達到的遊說目標，即先在心理上徹底打消韓宣惠王的自信心。

說完了韓國的劣勢，接著，張儀就開始吹噓秦國的優勢了：

「秦之為國，帶甲雄兵百餘萬，戰車千乘，駿騎萬匹，虎賁之士，徒手跣足、不著兜鍪而奮戟不顧死者，則不可勝計也。」

秦國乃尚武之國，天下聞名；秦國兵多將廣，眾所周知。因此，張儀這幾句話，韓宣惠王聽了，倒是覺得不是唬人之言。於是，韓宣惠王不禁跪直了身子。

張儀見此振威之言，對韓宣惠王的威懾作用頗能見效，遂又接著再示秦威道：

「秦馬之良，戎兵之眾，前突後奔，一躍而至三尋者，不可稱數也。山東之卒披甲帶冑以會戰，秦人棄甲徒裎以迎敵，左挈人頭，右挾生俘。」

秦國北有代郡、馬邑，故有胡馬之利，這是天下盡知的；秦國原來是西部僻遠的諸侯小國，春秋時代的秦繆公奮兵而霸西戎，遂廣地千里，漸成大國。到秦孝公任商鞅變法富強後，秦勢更大。而張儀為秦相後，更是軟硬兼施，使秦國周邊的戎、狄之眾都被秦所用。所以，如今的秦師之中，為秦所用的勇悍戎兵，實有不少。張儀所說的這些，韓宣惠王都是非常了解的。至於秦人之勇悍，包括韓國在內的山東各國都是領教過的。

因此，韓宣惠王聽到此，不能不瞠目結舌，只得低頭認是。

張儀見此，遂續而說道：

「秦卒與山東之卒較之，猶孟賁之與懦夫也。秦以重力而壓山東諸侯，猶若烏獲之與嬰兒也。秦挾孟賁、烏獲之士，以攻不服之弱國，無異於墮千鈞之重，而集於鳥卵之上，必無倖免而全者。」

孟賁與烏獲，是古代的兩個有名的力士，人所共知。張儀以此二力士喻秦，也並不過份，因此，韓宣惠王聞之，也無言以對。

張儀數韓之劣勢，揚秦之強威至此，覺得差不多了。遂接著又言「合縱」之害道：

「山東諸侯不料兵之弱，食之寡，而聽『縱人』之甘言好辭，比周而合親，相飾而自美，皆曰：『聽吾計，則可霸天下。』不顧社稷之長利，而聽須臾之說，欺誤人主者，無過於此者矣！」

聽到此，韓宣惠王沉默地略略點了點頭。

張儀見此，立即抓住機會，又宣秦之威風道：

「大王不事秦，秦下兵而東，伐宜陽，取韓上黨之地，東攻成皋、滎陽，則鴻台之宮、桑林之苑，則非大王所有矣。秦塞成皋，絕上黨，則大王之國分矣。」

韓宣惠王聽到此，不禁大為緊張。

張儀察其神色變化，知道差不多了。遂收結道：

「今天下諸侯，先事秦者，則安矣；不事秦者，則必危矣。若造禍而求福，計淺而怨深，逆秦而順楚，雖欲無亡，終不可得也。故為大王計，莫如事秦。今敝邑秦王令臣為使，獻書于大王御史，以待大王決之也。」

韓宣惠王聽到此，遂深深地點了點頭，果決地說道：

「寡人年衰不敏，今幸得上客而教之，寡人將築帝宮，祠春秋，稱東藩，效宜陽，敬以國以相從。」

張儀一聽，知道遊說韓王又成功了。

於是，立即驅車出韓都，又馬不停蹄地往東北齊國而去了。

3　說齊王

周赧王四年（西元前三一一年）五月中旬，張儀抵達齊都臨淄。

此時，齊湣王早就獲知張儀已經說服楚、韓二國與秦「連橫」的消息。因為齊國已經與秦國聯合伐楚，同時還有姻親關係。因此，張儀一到，齊湣王熱情接待，早就準備好了與秦正式「連橫」，因為楚國現在都已經加入，齊國不同意，那就勢必有與秦對抗之意。

張儀未到，早就有密使向齊湣王稟報了消息。因此，張儀覺得遊說齊湣王就可以簡單點了，不必那麼費舌了。

於是，與齊湣王見禮已畢，張儀就徑直遊說道：

「天下之強國者，莫過於齊也；大臣之殷眾、宗室父兄之富樂，亦無過於齊者。」

齊湣王本就好大喜功，聽了張儀這兩句吹拍，頓然喜笑顏開，頗有飄飄欲仙之感。

張儀見此，立即話鋒一轉道：

「前此而為大王籌策者，皆為一時之說，而不顧萬世之利也。」

齊湣王還沒從剛才的興奮中清醒過來，就聽到了張儀這兩句並不中聽的話，立即神情變得嚴肅起來。

張儀一見，心想，好，我就是讓你別太高興得忘乎所以了，你應該好好聽聽我的遊說才是。抬眼看了看齊湣王，張儀續又說道：

「『縱人』說大王者，必曰：『齊西有強趙，南有韓、魏，東負渤海，地廣人眾，兵強士勇，雖有百秦，將奈我何？』大王覽其說，必欣欣然也，而不察其虛言不實也。」

齊湣王一聽，不禁一愣。

張儀看到齊湣王那種愣而不解的神情，知道他可能在想，你怎麼知道「縱人」勸寡人「合縱」時這樣說過？心想，你齊王就不必猜來猜去了。俺張儀本來就是專門跟鬼谷先生習學「縱橫術」的，自然知道怎樣「連橫」說人主，也知道怎樣「合縱」說諸侯的。

想到此，不禁微微一笑。於是，又說了下去：

「『縱人』朋黨以求仕，比周而取爵，莫不以『合縱』為可。臣聞之，昔齊與魯三戰，而魯三勝。然魯三勝，而國則危，終亡其國。雖有勝名，而有亡國之實，是何故也？」

齊湣王一聽，心想，這都是好多年的陳年舊事了，他還記得，今日翻出來說，這不是丟寡人大國的臉嗎？

想到此，齊湣王就順著張儀的問話，突然反問道：

「上客以為何故？」

張儀一聽，不僅不感到突然，反而心中一喜，看來齊湣王對自己的遊說感興趣了。於是，立即接口說道：

「齊大而魯小也。」

齊湣王點點頭。

張儀又接著說道：

「今趙之與秦，猶齊之與魯也。秦、趙戰於河、漳之上，趙兩戰而兩勝於秦；戰於番吾之下，亦兩戰而兩勝於秦。然四戰之後，趙之亡卒數十萬，邯鄲僅存耳。趙雖有勝秦之名，而國破矣。是何故也？」

齊湣王一聽，默默地點了點頭，並接著張儀的問題答道：

「秦強而趙弱，秦大而趙小也。」

張儀見齊湣王點頭，並回答自己的問題，知道齊湣王並不糊塗，不必再費口舌了，遂收攏話題，直入主旨道：

「大王所言是也！今秦、楚質子嫁女，為昆弟之國；韓獻宜陽，魏效河外，趙王朝秦王於澠池，割河間以事秦。今大王不事秦，秦驅韓、魏而攻齊之南地，趙起兵涉河、漳，指博關，則臨淄、即墨非大王所有矣。齊一旦被攻，雖欲事秦，則不可得也。是故，臣願大王熟計之也。」

齊湣王聽到此，遂深深地點點頭。

未及齊湣王開口，張儀又補了一句：

「今敝邑之王欲與大王『連橫』而共治天下，故臣奉秦王之命，獻書於大王御史，以待大王決也。」

齊湣王聽到此，知道順應形勢，與秦「連橫」已是大勢所趨了，至於秦王所說的「共治天下」，那只是說說而已的，自己也知道齊國目前還沒本錢與秦平起平坐。

想到此，齊湣王便回答張儀道：

「寡人居僻遠荒陋之齊，托於東海之上，未嘗聞社稷之長利也。今上客明以教寡人，寡人敬以社稷以相從。」

於是，張儀乃與齊湣王訂交，齊湣王則答應獻魚鹽之地三百里於秦。

4　說趙王

周赧王四年五月中旬，張儀遊說齊湣王與秦「連橫」後，立即掉轉馬頭，向西直驅趙都，準備再說趙武靈王。

周赧王四年六月初，張儀到達趙都邯鄲。

趙武靈王是個年輕的君王，自從公孫衍合齊、魏之兵，伐敗趙國，破了蘇秦「合縱」之盟，趙國從此失去了「合縱」盟主地位後，就一直在發奮圖強，希望通過內政改革，實現趙國的迅速崛起。

可是，眼前這一目標還遠遠沒有實現。

因此，當張儀說得楚、韓、齊三國之王與秦「連橫」的消息傳到邯鄲時，趙武靈王已經打定了主意，決定在趙國還未崛起而有抗衡強秦之力時，不妨隨眾先答應與秦「連橫」，待到天下形勢有變，再審時度勢，是「合縱」，還是「連橫」，就視趙國的實力與國家利益而定了。

打定了主意，趙武靈王在張儀還在趕往趙都邯鄲的路上，他就早早等著張儀來遊說自己了。

張儀一到邯鄲，趙武靈王立即召見，而且甚是熱情，倒是讓張儀大感意外。

張儀見此，猜想趙武靈王可能已經知道了自己南游楚，北走韓，東說齊的事了。於是，也就坦然並直截了當地遊說開了：

「敝邑秦王使臣獻書於大王御史，欲與大王之國『連橫』而共安天下也。」

趙武靈王一聽，心想，他倒不轉彎抹角，直來直去。好，姑且聽之吧。

張儀看到趙武靈王鎮靜自若的樣子，知道他可能早就有了心理準備。於是，索性放開懷抱，續而說了下去：

「大王合六國以擯秦，秦兵不敢出函谷關十五年矣。」

趙武靈王一聽，心想，真會吹，合六國而為縱親，與秦相佶伉者，那是自己的父王，並不是自己，自己那時還小呢。再者，秦兵不出函谷關也沒有十五年啊。不管他，且讓他吹吧。

於是，趙武靈王不禁微微一笑。

張儀以為趙武靈王被吹拍得開心了，才會心而笑呢。於是，深受鼓舞，繼續說了下去：

「大王之威，行於天下山東，敝邑恐懼懾伏。由是，敝邑秦王乃繕甲厲兵，治車騎，習馳射，力田積粟，守四封之內，愁居慴處，不敢動搖，此皆大王督過之所致也。」

趙武靈王又微微一笑，心想，秦國自己想稱霸天下，繕甲厲兵，以待天下之變，他卻說是因為自己「督過」所致。

張儀見趙武靈王又是一笑，以為自己委婉巧妙的說辭，說得他開心了呢。遂更深受鼓舞，再接再勵道：

「今秦以大王之力，西舉巴、蜀，並地漢中，東敗兩周，西遷九鼎，而守白馬之津。」

巴、蜀本是兩個諸侯國，漢中本是楚國之地，兩周則是天下共王之宗室，而白馬之津，乃是魏國之地，秦國卻以強力而伐取之，或強索之，這本是秦國強霸之舉，張儀卻說這些強霸之舉是托趙武靈王之力，真是辯士口劍舌刀也。

想到此，趙武靈王既不辯解，也不應答，只是直視張儀而已。

張儀見趙武靈王今日的表情，愈益覺得奇怪，既不同於楚懷王、韓宣惠王，也不同於齊湣王。心想，他可能知道自己的伎倆，所以總以一副看透一切的心態看著自己遊說。

想到此，張儀對於趙武靈王對待自己遊說的這種心態大為不悅。於是，決定不再吹拍他了，何不示之以威，再說一些硬話呢？相信你趙武靈王不管怎麼精明，但是在秦國強大的武力面前，也是照樣無可奈何的。

於是，話鋒一轉道：

「秦雖僻處荒遠，然心忿悁而含怒，久矣。」

說到此，張儀突然停下不說了，抬眼望了望趙武靈王。

見到趙武靈王不自覺間神情嚴肅起來，身子也好像跪直了一些，張儀知道示之以威的效果來了。於是，提高了聲調道：

「今敝邑秦王有微甲鈍兵，屯於澠池，欲渡河逾漳，據番吾，迎大王之師於邯鄲之下，願以甲子之日合戰，以正殷紂之事。寡君先使臣以此上聞於大王左右。」

趙武靈王一聽此話，頓時覺得不對，原來張儀今日來趙，不是為了與自己談「連橫」之事，而是記恨前此先王信任蘇秦，合山東六國以對抗秦國的舊仇，來下戰書的。

想到此，趙武靈王不免亂了方寸，神色便有些緊張了。

張儀一見，心中不免竊喜。於是，話鋒又是一轉道：

「大王所以信『縱人』，而合山東諸侯者，乃蘇秦之計也。」

趙武靈王見張儀將「合縱」之事歸於蘇秦，遂心情又放鬆了一些，神色也稍有緩和。

張儀不看趙武靈王，也知道他此時的表情。於是，自顧自地又說了下去：

「蘇秦乃周洛一介寒士，不能治產業，力工商，欲以口舌而取卿相尊榮。說秦王，書十上而不聽，裘敝金盡。乃轉而說山東諸侯，熒惑六國之君，以是為非，以非為是。後『縱』破而走燕，欲為燕行『用間』之計，以謀弱大齊。事發，車裂於市，卒為天下笑矣。由此觀之，縱約之不可為，明矣。」

張儀說到此，在內心深處有一種愧疚於蘇秦之情，因為蘇秦有恩於自己，可是為了自己的「連橫」大計，只得這樣違心地說了。

事實上，趙國因蘇秦而破國。所以，當張儀重提舊事時，趙武靈王不免又勾起了對蘇秦的怨恨之情。於是，當張儀說到「合縱」之計不可為時，便情不自禁地點了點頭。

張儀見趙武靈王終於點頭了，遂立即趁熱打鐵道：

「今楚與秦為昆弟之國，而韓、魏稱東藩之臣，齊獻魚鹽之地，此乃斷趙之右臂也。斷臂而與人鬥，失其黨而孤居，欲求無危，豈可得哉？」

趙武靈王早已獲悉了張儀說得楚、魏、韓、齊的情報，所以，今天張儀再說到這些，他便深信不疑了。於是，臉上不免就有贊同張儀之說的表情顯露出來。

張儀乃是辯士出身，善於察顏觀色，立即抓住機會，收束作結道：

「今秦王發三軍，一軍塞午道，告齊，使興師於東，渡清河，屯於邯鄲之東；一軍屯成皋，驅魏、韓之師於河外；一軍屯澠池。約曰：『四國為一，以攻趙；破趙，則四分其地。』臣今使趙，不敢匿情隱意，故以實情上聞於大王左右。為今之計，大王莫如與秦王會於澠池。臣請秦王，案兵不攻，以待大王之定計也。」

趙武靈王見張儀說到此，知道而今天下形勢已然如此，不為強秦所裹脅也不行了。於是，為了趙國現實的生存問題，乃順坡下驢地回答道：

「先王之時，奉陽君為相，專權擅勢，蔽晦先王，獨斷官事。寡人年幼，從學於師傅，不得與謀國事。先王棄群臣，寡人年少，執政之日淺，私心亦竊有所疑焉。以為趙合山東為縱，而不事秦，非國之長利也。今聞上客之明教，寡人願變心易慮，割地謝前過，謙恭而事秦。今方將約車趨行，而適聞秦王尊使至矣。」

張儀一聽，不禁打心眼裡佩服趙武靈王的機辯。心想，如果他不是趙王，而是一個遊士，一定會是一個和自己一樣能夠使天下掀起滔天巨浪的策士。

後來，趙武靈王果然踐約，而與秦王會於秦、魏、韓交界的澠池，並割河間之地以效秦。

5 說燕王

說服了年輕而有大志的趙武靈王，張儀頓然覺得渾身一陣輕鬆，接下來是小國之君燕昭王，那就更不在話下了。

周赧王四年七月中旬，經過一個多月的奔波，張儀終於抵達了此次「連橫」說六王的最後一程——燕都薊。

七月中旬，正是大熱的時候，但是北國的燕都，卻並不那麼炎熱逼人。而剛剛在內亂中被國人擁立而登上燕王寶座的燕昭王，也沒有其他諸侯國之君那種不可一世的威儀，而是如這北國的溫和的夏季一般，讓人有一種即之可親之感。

燕昭王已經獲知了張儀此來的用意，張儀也了解此時燕昭王的心態。於是，雙方對於說與被說，就有了一種心照不宣的默契。

正因為如此，張儀與燕昭王拜禮寒暄已畢，便就開門見山地說開了：

「燕趙山水相連，雞犬之聲相聞。故大王之國，所親者，莫如趙也。」

燕昭王一聽，覺得張儀這話可謂一語中的，不愧為秦國之相。因為地理位置的關係，燕、趙自來就有一種唇齒相依的關係。

於是，燕昭王點點頭。

張儀見此，遂話鋒陡轉，說道：

「然趙之為國，如何？」

「寡人年少，未知趙之為國，究其如何？」

張儀見燕昭王這樣說，大有虛心傾聽之意，遂從容說道：

「昔燕之西、趙之北，有代國矣。」

燕昭王一聽，點點頭，表示知道。

因為燕昭王雖然年少，但是畢竟是燕國公子出身，所受教育較好，所以對於諸侯各國的歷史，多少還是有所了解的。因此，張儀一提到代國，他就知道，指的是一百五十多年前周定王時代緊挨著燕國西部、趙國北部的一個諸侯小國。

張儀見燕昭王點頭，不禁從心底佩服這個年少的燕國之君，他竟然連一百多年前的歷史也了解，不簡單！

有了對燕昭王的好感，張儀的語調也和緩了很多，以一種長者對晚輩述古言教式的娓娓而談的口氣，和顏悅色地說道：

「昔趙襄子為趙君，以其姊為代王之妻。趙君欲併代國，乃約代王，會於句注之塞。暗使工人作金斗，長其斗柄，可以擊人。與代王飲，趙君陰告廚人：『酒酣樂，進熱羹，因勢反斗而擊之。』酒酣，代王樂，廚人進羹，因勢反斗而擊之，代王腦塗地。其姊聞之，乃摩（磨）笄自刺而亡矣。故至今有摩笄之山，天下莫不聞之。」

燕昭王聽到此，不禁慨而歎之。因為這個故事，他小時候也曾聽過，覺得趙襄子太過份了，作為一國之君，怎麼如此不講信義，而且完全不顧及其姊姊的生死與情感呢？

張儀見燕昭王對趙襄子的所作所為慨然歎之，知道已經打動了燕昭王的感情。於是立即點題道：

「趙王狠戾無親，天下人所共知。趙有如此之王，豈是可親之國？子之之亂，齊人入薊都，趙王與齊人約，欲得燕之河北之地。今趙王亦如此，豈是可信之人？大王立國未定，趙興兵而攻燕。圍燕都而劫大王，割十城而去。趙之所為如此，豈是仁義之鄰？」

燕昭王聽到此，不禁黯然神傷。因為這些都是燕昭王所親歷的事實，一樁樁，一件件，都是讓他痛徹心肺的。

張儀見此，知道差不多了，遂收束話題道：

「今趙王已朝秦王於澠池，效河間之地以事秦。大王若不事秦，秦下兵雲中、九原，驅趙而攻燕，則易水、長城非大王所有也。今之趙，於秦言之，猶若郡縣也；有秦在，趙不敢輕妄興師矣。今大王若審時度勢，恭而事秦，秦王必喜。而趙於燕，則不敢妄動矣。如此，燕乃西有強秦之援，而南無齊、趙之患。今敝邑秦王使臣以此上聞於大王左右，願大王熟計之也。」

燕昭王聽到此，終於知道張儀此來，果然是為合燕「連橫」而來。心想，現在楚、齊等大國都效地而事秦，自己區區之燕，又何敢與強秦對抗呢？

想到此，燕昭王顯得非常果然地對張儀說道：

「寡人乃蠻夷僻處之人，雖大男子，才智僅及嬰兒，言不足以求正，謀不足以決事。今幸得秦王遣上客明而教之，寡人敬奉社稷而事秦。」

於是，燕昭王遂與張儀訂約，獻恒山之尾五城於秦。

第十七章　復相魏

1　脫秦之計

周赧王四年七月十八，張儀遊說燕昭王成功後，滿懷喜悅之情，出了燕都薊，就往南而去，準備快速回到秦都咸陽，向秦惠王稟報「連橫」說六國的情況，然後再與秦惠王定計，分而攻之，各個擊破，最終實現秦國一統天下的宏願。如此，秦惠王之願遂也，自己「連橫」霸天下的士之理想也算實現了。

周赧王四年七月二十六，張儀南渡易水，到達易水北折往東的河套之城阿。然後，繼續南行，至燕國南部重鎮——武恒。

由武恒出發，很快就進入了趙國境內。在趙國境內，再南行半月有餘，於周赧王四年九月中旬，到達趙國最南部與魏、齊毗鄰的重鎮——平邑。

在平邑，張儀稍事休息了兩天，然後又驅車南行，進入了魏國境內。

周赧王四年十月初五，張儀抵達魏都大梁。魏哀王聞之，熱情接待。於是，張儀就在大梁城內又盤桓了二日。

周赧王四年十月初八，張儀告別魏哀王，出了大梁城，往西北方向的韓都鄭而去。

韓都鄭離魏都大梁近在咫尺，三天後，張儀便到了鄭。

入得鄭城，張儀就聽說韓宣惠王已於兩個月前崩殂了，而今執政的是新君韓襄王。於是，張儀決定，先留駐二日，擇吉日吉時，禮節性地前往拜訪韓國新君——韓襄王，然後再走不遲。

周赧王四年十月十二，張儀擇吉時入宮，拜見了韓襄王。除表達了對韓宣惠王的悼念之意和對韓襄王繼位為王的祝賀外，也對韓襄王重申了前此與韓宣惠王約定的與秦「連橫」的前盟之約。

然後，出鄭城，繼續往西，過東周之鞏，周之洛陽，西周之河南。於周赧王四年十一月初八，到達韓國西部與魏、秦毗鄰的重鎮——澠池。

在澠池休息了一日，十一月初十，往西沿魏國河南之岸，經陝、曲沃，入秦國的函谷關。

周赧王四年十二月初，繞過華山，北經華山之陰的陰晉，過武成，抵達秦國渭水之南的重鎮——鄭縣。

到達鄭縣後，張儀不禁長長地舒了口氣。心想，馬上就可以到咸陽見秦惠王了，屆時向他稟報此行「連橫」山東六國成功的消息，相信一定讓他興奮異常的。因為「連橫」成功，下面就可以放手大幹，分進合擊，對山東諸國各個擊破了，秦國一統天下的日子則指日可待矣。

然而，就在張儀舒氣未完，進城安歇未定之時，就有人來報：

「惠王崩矣。」

「何時？」

「十一月戊午辰時也。」

至此，張儀不得不信了。

呆了好一會，張儀突然想到今後自己的前程問題，遂脫口問道：

「今朝中用事者，何人？」

「武王立，樗里子、甘茂方用事矣。」

一聽是武王即位，又是樗里子、甘茂二人當權，張儀不禁悲傷、沮喪、絕望之感，油然而生。

悲傷的是，惠王他老人家慧眼識得自己英才，並力排眾議，兩度重任自己為秦國權相，又以強秦之力，委自己至魏、至楚為相。由此，自己才有機會縱橫捭闔，政、戰、外交全盤施展拳腳，從而為秦國立下了蓋天巨功；也因為如此，自己才由一個生計無著的遊士，一躍而為僅次於秦惠王的天下之雄，從此藉藉聲名顯揚於天下諸侯之間。惠王對自己有如此的知遇之恩，可是，惠王臨終之前，自己卻沒能最後再見他老人家一面，跟他說一句謝恩的話，這怎麼能不讓他悲從衷來呢？

沮喪的是，自己將近一年奔走南北，苦心孤詣，絞盡了腦汁，說破了嘴皮，好不容易將山東六國之君都說服了，讓他們答應與秦「連橫」；如今自己正興沖沖地往回趕，要向惠王他老人家稟報「連橫」之計已經成功的喜訊，要與他老人家共商接下來如何「遠交近攻」、「各個擊破」，而一統天下的大計，沒想到他老人家就這樣撒手而去了。而今，要自己與誰共商大計，實現秦國一統天下的王霸之業呢？如此功敗垂成，如何能不使他倍感沮喪呢？

絕望的是，如今即位為王的武王蕩，在為太子時，就一直與自己過不去；而現今用事於武王左右的樗里子、甘茂，則更是在惠王時就處處掣肘自己的難纏之徒。如今他們掌控秦國之政，秦國哪裡還有自己的存身立足之地呢？這種殘酷的現實，如何不使他感到絕望呢？

為秦惠王的溘然長逝而悲傷了一陣，又為自己的「連橫」大計功敗垂成而沮喪了半日，再為秦武王與樗里子、甘茂與自己的關係絕望了一番之後，張儀不得不從複雜的思緒中醒悟過來，重新回到現實，直面現實。

而今，是繼續入咸陽做秦武王這個新君之臣呢？還是轉身往東，而到山東六國尋求安生立命之所呢？

為此，張儀又陷入了久久難以抉擇的痛苦之中。

如果此時抽身往東，到山東六國，如何面對這六國之君呢？剛剛以強秦之威，軟硬兼施地遊說了他們，讓他們答應了與秦國「連橫」；難道現在就跟他們說，不要與秦「連橫」，而應合山東六國以為縱約，對抗秦國嗎？這話如何說得出口呢？如果真能說出口，那不就自己打了自己的耳光，成了自己罵蘇秦時所說的「反覆無信」之人嗎？既然自己也是「反覆無信」，何以能在山東六國博取卿相尊榮呢？不可能！

否定了往東的想法後，張儀不得不再考慮繼續回秦都咸陽的事。

想了一會，他還是覺得目前只有回咸陽一條路，還算比較實際。雖說秦武王過去與自己有過不快，但是他畢竟是一國之君。既然為君，自然會放開懷抱，捐棄前嫌，為了秦國的大計，他也會看在自己才幹的份上，繼續重任自己。不然，他何以繼續完成秦惠王「連橫」而霸天下的宏願？

想到此，張儀又略略舒展了眉心。

可是，轉而想到樗里子與甘茂二人，他又再次不安了。難道自己真能與他們和諧相處，同在秦國一殿為臣嗎？他知道自己沒有那樣寬闊的心胸，相信樗里子與甘茂二人也不是那種胸懷坦蕩之人。

想到此，張儀再次煩憂上心頭。

看著官方驛館戶外灰濛濛的秦國天空，聽著呼嘯著刮過屋頂的凜冽朔風，張儀不禁想到了兩件自己與樗里子、甘茂二人勾心鬥角、相互暗算的舊事。

樗里子，名疾，乃秦惠王同父異母之弟。其母，乃韓氏之女也。樗里子生性滑稽，且足智多謀，故秦人號為「智囊」。也正因為如此，其與秦惠王的關係也就比較微妙。張儀心知秦惠王忌樗里子之意，於是，就暗中算計樗里子。就在張儀第二次為秦相之時，張儀先奏請秦惠王高封樗里子爵位，抬高他在秦國的地位。然後，又奏請秦惠王，讓樗里子出使楚國。待到樗里子高車厚幣出使楚國時，他又暗中遣密使遊說楚王，讓楚王在樗里子出使楚國未歸之前，就急急遣使往咸陽，以楚王的名義，替樗里子向秦惠王謀請秦相之位。

秦惠王一聽，覺得奇怪，怎麼樗里子出使了一次楚國，楚王就這麼信任他，並不避嫌疑地遣使替他謀請秦相之位，這是何意呢？

正在秦惠王作如是之想時，張儀不失時機地諫說道：

「大王重樗里子，而令其使楚，乃為國交也。今樗里子身在楚，而楚王遣使為其請相位於秦，是何故哉？」

秦惠王疑惑地看著張儀，張儀遂接著說道：

「臣聞樗里子謂楚王曰：『大王欲窮張儀於秦乎？臣請助之。』楚王以為然，故遣使為樗里子請相也。今大王若聽之，彼必以秦而事楚。」

秦惠王本就對樗里子有戒心，一聽張儀此話，立即大為震怒，欲待樗里子歸秦後就將其翦除，免去日後之患。

樗里子乃秦人所稱之「智囊」，又是秦王之弟，自然在朝中有自己的勢力。因此，張儀挑唆秦惠王欲除樗里子的消息，很快就傳到了還在歸秦路途上的樗里子。於是，樗里子急轉馬頭，又往南而去，到楚國避難去了。

張儀想到這件往事，自己也覺得有點過於歹毒了些。因此，此時心裡就更虛了。如今惠王已經作古，武王立，樗里子重返秦國，他能不報復於自己？

接著，張儀又想到了甘茂。甘茂，乃楚之下蔡人也。曾事下蔡史舉先生為師，學百家之術。張儀到秦為相後，因為張儀與樗里子的薦舉，得以遊說秦惠王。因為能說會道，遂深得秦惠王的賞識。周赧王三年，秦、楚大戰，甘茂佐主將魏章，略定楚國漢中之地，遂有軍功。

戰事結束後，張儀身為秦國之相，從大局出發，也為了他籌謀已久的「連橫」大計，便想向秦惠王提出諫議，將剛剛伐取的漢中之地歸還給楚國，以便秦、楚言歸於好，從而為籌畫「連橫」之計作準備。

一次，秦惠王大集群臣時，張儀就向秦惠王諫道：

「秦有漢中之地，猶若樹之有蠹也。種樹不得其地，人必害之；家有不義之財，則必傷仁義之本也。漢中之地，於楚為利；於秦，則為國累也。」

沒想到，張儀話還沒有說完，甘茂就立即出來反對道：

「地大者，必多憂乎？天下有變，大王割漢中以與楚和，楚必叛天下而親秦也。大王今若以漢中之地與楚，天下有變，大王何以市楚也？」

秦惠王一聽，覺得甘茂說得有理，現在主動將剛剛奪來的楚國漢中之地歸還給楚國，那麼將來天下有變，秦國就沒什麼與楚國做交易了。

於是，立即表態贊同了甘茂的主張：

「甘茂之言是也。」

張儀見秦惠王已經表態決定了，就不便於立即駁回秦惠王。如果硬是將自己之所以主張歸還楚國漢中之地的理由補述出來，勢必就會在群臣面前將以漢中之地為誘餌，籌策「連橫」大計的核心機密洩露了出去，那對國家不利。

從此，張儀就在心中對甘茂不記前情舊恩，而公開與自己唱反調的行為有了反感。而甘茂雖然也知道這一點，但是他可能是因為自己有了伐取漢中軍功的緣故，從此並不把張儀放在眼裡。於是，彼此之間，也就由政見的不同，而發展到爭權奪利，不是你死，就是我活的仇恨地步。

想到這些，張儀對於回到咸陽後的日子，越發的沒有信心。因為自己一年多不在秦國，而現在秦惠王又不在了；相反，現在執政的秦武王又與自己有隙。那麼，樗里子與甘茂二人將會如何在武王面前讒言自己，也就可想而知了。

於是，望著秦國冬日灰暗的天空，張儀陷入了痛苦與絕望之中。

良久，突然聽到從空而降的「撲通」一聲響，只見一隻老鷹如箭一般地從高空俯衝直下，以迅雷不及掩耳之勢，抓起一隻正在低首覓食的老母雞，飛上了天空。

張儀目擊這一幕，突然有所醒悟，不禁在心裡湧起了這樣的念頭，在這個弱肉強食的世道裡，就應該像老鷹一樣，對於獵物要狠，要猛，下手還要快。心想，憑我張儀，還鬥不過樗里子與甘茂？不如趕快回到咸陽，再與他們搏擊一番，奪回自己辛苦打下的江山，最終實現自己「連橫」而併天下的理想。

然而，張儀沒想到的是，而今的秦武王，既非重任商鞅的明主秦孝公，也非拔擢自己的賢君秦惠王，而是一個地地道道的只崇尚武力，排斥智謀的武夫，寵信的是武士力士，還整天與一些大力士們廝混在一起，進行角力之爭。

因此，周赧王四年十二月底，當張儀回到咸陽後，不要說難以與秦武王共商「連橫」大計，就是與他相見，也是不可得了。

到了周赧王五年三月，不僅樗里子與甘茂經常在秦武王面前讒言張儀「事先王不忠」，而且原來跟張儀關係還算不錯的秦國之臣，此時也倒戈相向，讒言於秦武王之前道：「張儀乃反覆無信之人，左右賣國以取容；秦復用之，必為天下笑也。」

由此，秦武王對張儀更加疏遠，不要說秦相沒得做了，就連做個一般的大臣，也不及別人在朝中說話的份量了。

就在秦國滿朝之臣日夜讒言張儀不已之時，周赧王五年四月初，齊王之使又來向秦武王責備張儀無信。

到了此時，張儀終於明白，自己再有能耐，現在也無力回天了。如果不想辦法迅速從秦國脫身而去，恐怕要不了多久，也許會命喪在秦武王這個有勇無謀的武夫之手的。

苦思了多日，也猶豫了多日，最終張儀總算想出了一個既可以活命，又可以借強秦之力為自己在山東諸侯國中謀一個顯赫權位的計策。

於是，立即求見秦武王道：

「大王，臣思之久也，有一愚計，願效之於大王。」

秦武王知道張儀善謀，於是，就順口問道：

「願聞其詳。」

「臣遊六國，以為東方必有大變。為社稷之長計，大王不如靜待東方之變，然後多割六國之地。今齊王甚憎儀也。儀之所在，必舉兵而伐之。故儀願乞不肖之身，而至魏。儀至魏，則齊必舉兵伐魏也。如此，齊、魏之兵戰於城下，曠日持久而不能解矣。大王乘其間，兵出函谷，伐韓，取三川。三川得，則秦師無伐天子之惡名，而能臨二周之地。秦師臨周，天子懼，則九鼎寶器必出。九鼎寶器得，則大王可挾天子，案圖籍，秦之王業成矣。」

秦武王是個莽夫，早有伐周天子而霸天下之心。張儀此計，可謂正合其意。於是，立即喜逐顏開地說道：

「善哉！」

遂立即決定飾高車，發厚幣，以秦王之命，讓張儀前往魏國為相。

2　風波乍起

周赧王五年（西元前三一〇年）四月初，張儀設計從秦都咸陽脫身而出後，立即策馬驅車，往魏國急趕。因為張儀知道，只有到了魏都大梁，坐上了魏相之位，那樣自己才算性命無虞，權位有保。

可是，事情並不像張儀所想像的那麼簡單。

周赧王五年五月初，張儀還未到魏都大梁，魏國朝廷之上便掀起了風波。

魏哀王聞聽新秦王派張儀來相魏，不敢怠慢，立即發使前往路途相迎。張丑聞之，立即前往諫止道：

「大王，張儀乃天下反覆無信之人。張儀相魏，乃秦王弱魏之計也，大王切不可納之。」

魏哀王也不是不知道事實就是如此，但是秦國的強大，新秦王的暴戾兇狠，他是知道的。因此，明知秦使張儀來相魏，是為秦國利益而來，但也不敢拒絕；相反，還應該裝出高興的樣子來迎接，才能討得強秦的歡心，免去魏國喪師失地之患。

張丑本是齊王之臣，與齊國的權臣靖郭君田嬰相善，也是靖郭君的謀臣策士，向來是以足智多謀聞名於諸侯的。但是，後來靖郭君為齊湣王所忌，不為所用。張丑見在齊無所作為，遂西向而至魏，侍魏哀王為臣。

張丑覺得張儀若來魏國為相，自己的日子就不好過了。因為大家都是彼此相知的謀臣策士，同類相忌，一山難容二虎。因此，張丑在諫魏王失敗後，突然想到公孫衍。因為公孫衍剛好這幾天在魏國，他是張儀的死敵，天下人皆知。

張丑想了想，就準備去找公孫衍。但是，仔細一想，覺得不太合適。如果自己親自遊說公孫衍，讓他諫止魏王接納張儀相魏，那麼，就會給人一種錯覺，似乎這是有為自己爭當魏相排除異己之嫌。

權衡再三，張丑最後想到一個人，那就是李雔。李雔是秦人，與公孫衍相善，又曾與公孫衍在秦惠王之朝同殿為臣。

而李讎與張丑，現而今因同在魏哀王之朝一殿為臣，有同僚之誼；因此，張丑一說，他就欣然答應。

李讎受託後，立即就去找公孫衍。二人非常熟悉，也有一些交情。於是，李讎一見公孫衍沒有客套，就直言說道：

「秦王使張儀相魏，公知之否？」

「知之。奈何？」

公孫衍是個明白人，知道張儀之所以能來相魏，是挾強秦之勢，而不是他張儀個人的本事。因此，只要張儀的秦國背景不失掉，那就無法撼動張儀相魏之事。因此，李讎來見，他知道其意，故以「奈何」之語來反問。

李讎一聽公孫衍這話，心裡就想：公孫衍倒是看得非常透徹，知道諫阻張儀相魏，乃是不可為矣。這樣，那他肯定不願去遊說魏王了。

想到此，李讎就想不說了。可是，轉而一想，受人之托，就要忠人之事，不然就對不住張丑了。

於是，李讎就硬著頭皮對公孫衍說道：

「張儀離秦而往大梁，公何不往咸陽而說秦王，召甘茂於魏，召公孫顯於韓，起樗里子於秦。三人者，皆張儀之仇也。公為秦所用，則諸侯必知張儀之無秦矣。」

公孫衍一聽，雖然覺得是個妙計，但是，他也知道，自己兩次策劃山東五國伐秦，現在往秦，秦王是饒不過自己的，更不要說能為秦王重任，而為難張儀了。

「承蒙公之厚望，衍自當勉力而為之。」

李讎見公孫衍話已說到此，也算有情有義了，遂告辭而去。

公孫衍受李讎之託，雖明知遊說魏哀王不會有什麼結果，但是，為了李讎之託，他還是勉為其難，以踐諾言。

見了魏哀王，見禮畢，公孫衍先與魏哀王略略寒暄，然後就切入正題道：

「大王，聞秦王復遣張儀相魏，有此事否？」

魏哀王知道公孫衍與張儀是生死對頭的底細，一聽他問出此話，就知今日公孫衍所來為何。於是，就想斷絕公孫衍的遊說諫止之念，乾脆利索地回答道：

「有之。」

公孫衍見魏哀王回答得如此明確，以為是魏哀王並不把自己當外人。他想，畢竟自己在魏國幾度為將，加上自己也是魏人，總還是彼此有感情的吧。

公孫衍這樣想著，便又繼續說道：

「今秦武王新立，重樗里疾、甘茂。張儀乃惠王之寵臣，又不善於武王，故張儀乃求去，欲以秦力而相魏也。」

魏哀王一聽，心想，你怎麼知道得那麼清楚？莫非你也想爭魏相之位？

由於魏哀王是這樣揣測公孫衍今日遊說之意，遂就從心底對公孫衍的遊說持抵觸情緒。於是，就默不作聲，不回應公孫衍的話。

公孫衍見魏哀王默然無語，以為他是默認了自己所說。遂又接著說道：

「張儀乃天下無信之人，左右反覆，賣國以取容，今秦王不以張儀為重臣，大王何不拒之？」

魏哀王一聽公孫衍說張儀是天下無信之人，左右反覆，賣國以取容，心想，你自己何嘗不是如此？魏國吃你的虧還小嗎？如果寡人不任張儀為相，而任你為相，你也未必能為寡人之國謀取什麼利益。想你兩度為魏將，讓寡人之國元氣喪失得還小嗎？

想到此，魏哀王就從心底非常反感公孫衍了。於是，毫不客氣地回答道：

「寡人知之，先生休矣。」

公孫衍一聽，魏哀王讓自己別說了，也就知道此次遊說是徒勞的了。同時，他這話也是在下逐客令了。

於是，公孫衍毫沒情趣地告辭而出。

為了李儺之託，公孫衍因此而遭魏哀王一番冷落，心裡很是不快。於是，第二天他就怏怏不樂地離開了魏都大梁，到別國去了。

第三天，張丑聞聽公孫衍遊說魏王無果，不快地離開大梁後，還是心有不甘。於是，再次求見魏哀王。

不過，此次張丑沒有像上次那樣直言相諫了，而是婉轉其辭道：

「大王曾聞老妾事夫之說否？」

魏哀王一聽，覺得莫名其妙，不知張丑今日到底想跟自己說什麼？心想，反正寡人也沒什麼事，你想講故事，你就講吧，講得好，還能給寡人解解悶呢。

想到此，魏哀王看看張丑，說道：

「未聞。」

張丑一聽，立即接著說道：

「婦人之事夫者，忠為本也。」

魏哀王一聽，點點頭。心想，這話沒錯，哪個男人喜歡對自己不忠的婦人呢？不過，這話雖然有理，卻是廢話，寡人何必要你來講這個簡單的道理呢？

張丑見魏哀王點頭，遂又接著說了下去：

「婦人之事夫，初以色，及年長色衰，則重家矣。」

魏哀王又點點頭，覺得這話也有道理，婦人總有年老色衰的時候，不可能芳顏永駐的。既然沒有色相討得丈夫歡心，一心為家，忠心於丈夫，把丈夫侍候好了，倒也是不失為一種能夠挽回丈夫心意的有效辦法。

張丑見魏哀王又點頭，心中大喜，心想，今日這樣循循善誘的說法，倒是對了。於是，順勢入題道：

「今臣之事大王，若老妾之事夫也。」

魏哀王聽到此，方才明白，原來他今天就是跟自己表忠心來的。於是，又點點頭。

不過，魏哀王的這次點頭，不是同意張丑的話，而僅是表示對張丑自剖忠心的贊賞而已。因為魏哀王如所有的國君一樣，也是喜歡聽聽臣下的忠心表白的，儘管有時並不是真的。

張丑見魏哀王再度點頭，立即話鋒一轉，終於切入了今日遊說的主旨道：

「臣前此所諫大王勿納張儀之言，乃臣肺俯忠心之言，願大王熟慮之，則魏之萬民有福矣。」

魏哀王聽到張丑的這句話，原本還很平和的臉，立即拉了下來，說道：

「寡人知之，無庸多言！」

張丑一聽，這才知道，今日又說錯話了，大概魏哀王誤會了自己的意思，可能他是從反面理解了自己的話，以為自己說的意思是：不聽自己的話，就是魏國萬民無福了。

想到此，張丑就想再解釋一下。但是，抬眼一看，魏哀王已經拂袖而去了。

張丑諫魏哀王最終未成，張儀相魏在魏國朝廷所掀起的風波，也就到此平息了。

周赧王五年五月中旬，張儀終於以秦國之力，坐著秦武王所發的三十乘革車，氣宇軒昂地抵達了大梁，正式就任魏國之相。

3　敗齊之謀

曾侍齊王為臣的張丑沒能阻止住張儀相魏之事，但是，張儀至魏為相後，卻立即引發了齊湣王的勃然大怒。

因為齊湣王認為，既然張儀去年以秦相之名出使齊國，遊說自己與秦「連橫」而共治天下，那麼今日為何又為了秦國而去相魏？這不明顯是秦國先「連橫」六國，穩住多數諸侯國，再聯合一些諸侯國而對另一些諸侯國下手，從而實現「各個擊破」的策略嗎？既然今日秦、魏已經聯合，那麼其意必在齊也。

正因為作如此之聯想，齊湣王一聞張儀相魏的消息，立即於憤怒之下，決定舉兵伐魏。

周赧王五年六月中旬，張儀就從祕密管道獲悉了齊湣王欲舉兵伐魏的密報。張儀怕嚇著魏哀王，更怕由此危及自己的魏相之位，於是就命其舍人馮喜為密使，單人匹馬，飛奔楚都郢，找楚懷王幫忙，讓楚國從中干預，阻止齊國伐魏。

馮喜是張儀的心腹舍人，也是張儀的私人謀士，能說會道，而且非常年輕。因此，受命之後，日夜兼程，不到一個月，就於周赧王五年七月上旬，到達了楚都郢。

馮喜一到郢都，未到客棧，就徑往楚王之宮求見楚懷王。楚懷王聽說是張儀之使，立即予以接見。於是，馮喜就坦誠、巧妙、得體地傳達了張儀的意思。

楚懷王聽完馮喜的話，立即爽快地答應了張儀的請託，決定借給馮喜楚國之使的名份，讓其前往齊都臨淄遊說齊湣王，諫止齊國伐魏之舉。

那麼，楚懷王何以對張儀個人的密使馮喜這麼客氣呢？

這裡還有一個不為人知的原因。

去年張儀遊說楚懷王與秦「連橫」共治天下，楚懷王審時度勢後，答應了張儀之約。於是，楚懷王就不再計較以前張儀欺騙自己以商、於之地六百里的舊事了。

就在張儀離開楚都往北遊說韓王不久，楚懷王獲悉了一個秦國朝廷內部之爭的消息，知道張儀曾在秦、楚大戰後，向秦惠王正式提出諫議，主張歸還秦所奪占的楚國漢中之地，以與楚和好「連橫」。但是，遭到了伐取楚國漢中之地的甘茂的強烈反對。結果，秦惠王就沒有聽從張儀之諫，楚國的漢中之地至今也還在秦國手中，沒有歸還楚國。而且楚懷王還聽說，因為張儀主張歸還楚國漢中之地，甘茂反對，從此張儀就與本和他相善，早年還受過他薦舉之恩的甘茂結下了仇恨。由此，張儀在秦王之廷的反對勢力有所增強。

當楚懷王獲知這些消息後，遂在內心深處對張儀湧起了無比感激之情。因為漢中之地對楚國具有非常重要的戰略意義，同時也是農耕獲利的糧倉。這麼大的一塊地方，丟在自己手裡，總是他心裡永遠的痛，這讓他現在無法面對楚國的臣民，以後也無顏面對地下的楚國列祖列宗。如果能夠厚結張儀之心，今後有機會，讓張儀再向秦惠王提出諫議，將漢中之地歸還給楚國，那麼自己的這塊心病也就不治而癒了。

想到此，楚懷王便於去年十月遣楚國能臣昭睢為使，前往秦國，幫助張儀取得秦惠王更大的信任，以便讓張儀為楚所用，最終收回楚國的漢中之地。

可是，十一月初，昭睢還未到秦都咸陽，秦惠王就崩殂了，秦武王即位為王。

十一月底，昭睢抵達秦都咸陽。因為昭睢並不知道秦武王在做太子時就與張儀不睦，更不知道此時正受秦武王寵信的樗里子與甘茂二位權臣與張儀積怨甚深，所以昭睢還是按照原來的計畫，遊說了秦武王，希望能夠使張儀能夠在秦王之朝更得勢。結果，不僅沒幫上張儀的忙，反而招來了秦武王對張儀更大的反感，也給樗里子、甘茂等人誣衊張儀「左右賣國以取容」留下了把柄。因此，當張儀十二月回到咸陽後，在秦武王之朝的壓力更大了。

當昭睢回到楚都郢時，楚懷王聞知：秦武王認為自己派昭睢使秦，為張儀謀取權力，是對秦國朝政的嚴重干預之舉，於是大為憤怒。

楚懷王聞之，是又恨又怕。恨的是昭睢竟然不知權變，不知道根據時勢變化行事；怕的是秦武王會不會怒而伐楚，如果那樣，楚國就又要喪師失地了。

想來想去，楚懷王就將不會辦事的昭睢給削職並拘禁起來，以平息秦武王之怒。

楚懷王這樣做，雖然有他自己的道理；但是，昭雎認為自己是太冤枉了，他哪裡知道秦王之朝有那麼複雜的事情呢？

於是，昭雎就請好友桓臧去遊說楚懷王，將自己釋放了。

桓臧受託，就遊說楚懷王道：

「大王，今秦、韓、魏連橫之親，不可成矣。」

楚懷王一聽，覺得奇怪，秦國如今都派張儀相魏了，韓國早就臣服於秦國了，怎麼能說秦、韓、魏三國「連橫」之親不可成呢？於是，立即反問桓臧道：

「為何？」

「張儀見寵於秦惠王，而與昭雎相善。今惠王卒，武王立，張儀走，公孫郝、甘茂得勢矣。甘茂善魏，公孫郝善韓。二人皆不與昭雎相善，故必以秦合韓、魏也。」

楚懷王一聽，覺得桓臧分析得不無道理，遂點點頭。

桓臧見此，遂續而說道：

「今張儀困於秦而至魏，昭雎則為大王所拘。韓、魏欲合秦，必善公孫郝、甘茂二人。公孫郝、甘茂若結好於韓、魏，則張儀為輕矣。張儀輕，則秦、韓、魏三國合而伐楚，楚之方城必危矣。」

說到此，桓臧略作停頓，抬眼看了看楚懷王。見楚懷王專注地聽著，遂收結入題道：

「今為大王計，亦為楚國計，大王不如釋昭雎以復其職。如此，張儀有昭雎，必重於韓、魏。張儀得楚勢，挾魏自重，則可與秦爭也。如此，魏不合於秦，韓亦不從，則方城無患，楚亦無憂矣。」

楚懷王聽到此，不禁脫口而出道：

「善哉！」

於是，立即釋放了昭睢，並復其官職。

周赧王五年七月上旬，當馮喜作為張儀的密使來楚都傳達張儀的請託時，楚懷王因為前此種種的原因，也為善結張儀之心，以與樗里子、甘茂較量，從而維護楚國的利益，所以就爽快地答應了張儀之請，委張儀個人密使馮喜以楚國之使的身份，讓他前往齊都遊說齊湣王去了。

周赧王五年八月中旬，當馮喜借得楚懷王之使的名份，正在急急趕往齊都臨淄的路上時，齊國的大兵就已經壓魏、齊之境而來了。

魏哀王聞之，大驚失色。

張儀立即安慰道：

「大王無憂，臣令罷齊兵，可矣。」

張儀一邊安慰魏哀王，一邊遣使飛報秦武王，要秦武王起兵助魏。因為自己是以秦相魏，秦、魏是盟國關係。

可是，當張儀所遣之使晝夜兼程趕到秦都咸陽，要求秦武王發兵相救時，甘茂卻不讓張儀之使拜見秦武王。因為此時甘茂已被秦武王任為左相，樗里子為右相，正在大權獨攬呢。

就在張儀之使急如星火地急著見秦王求救兵之時，就在甘茂也在猶豫要不要告訴秦武王發兵救魏之事時，秦國另一大臣左成聞之，遂說甘茂道：

「成以為左相不如說大王，發兵以救魏。」

「為何？」甘茂不解地問，因為他正想著使張儀魏相也做不成呢。

「秦發兵與張儀，戰而不勝，秦兵不能歸，張儀亦不能歸矣；戰而勝之，張儀必得意於魏，秦兵歸，張儀則不歸矣。張儀不歸秦，於左相利莫大矣。張儀若不離秦而至魏，則必居左相之上也，焉有左相之今日哉？」

甘茂雖然忌恨張儀，但是為了自保其位，最終還是聽從了左成之諫，說服了秦武王發兵救魏。

周赧王五年九月初，也就是在張儀所遣之使到達秦都咸陽，說服秦王發兵救魏的同時，齊師伐魏正急的時候，馮喜已經以楚懷王之使的身份，趕到了齊都臨淄。

因為有楚王之使的身份，馮喜非常順利地就見到了齊湣王。

齊湣王不知馮喜的真實身份，還以為他真的是楚懷王之使，就以勝利者的口吻問道：

「楚王之使何以辱臨寡人之國？」

因為前年齊國剛跟楚國大戰了一場，所以齊湣王才有一見楚王之使就有此話出口。

馮喜心裡知道齊湣王是什麼意思，但是，他也不必在意這一層，因為自己並不是真的楚王之使，而是借得的身份與名頭，目的是方便遊說這個齊湣王而已。

於是，馮喜就按照自己的思路遊說起了齊湣王道：

「臣知大王甚憎張儀也！然大王今之所為，於張儀豈不太厚也？」

齊湣王一聽，頓時糊塗了，怎麼自己舉兵伐魏，是厚待了張儀呢？齊國一伐魏，張儀這魏相不就做不成了嗎？

於是，齊湣王立即反問道：

「何以言之？」

「大王伐魏，此乃重託張儀於秦王也。」

齊湣王一聽，更糊塗了，自己舉兵伐魏，怎麼可能是讓張儀更加取信於秦王呢？

於是，齊湣王再次反問道：

「寡人甚憎張儀，張儀之所在，必舉兵而伐之，何謂『重託張儀於秦王』哉？」

馮喜聽了齊湣王的反問，不禁微微一笑，然後從容說道：

「張儀離秦往魏，嘗約於秦王曰：『東方必有大變也！為社稷計，大王不如靜待東方之變，然後多割六國之地也。今齊王甚憎儀也。儀之所在，必舉兵而伐之。故儀願乞不肖之身，而至魏。儀至魏，則齊必舉兵伐魏也。如是，齊、魏之兵戰於城下，不能相去矣。大王以其間，兵出函谷，伐韓取三川。三川得，則秦師無伐天子之惡名，而能臨二周之地。秦師臨周，天子懼，則九鼎寶器必出。九鼎寶器得，則大王可挾天子，案圖籍，秦之王業成矣。』秦王以為然，遂飾革車三十乘，發厚幣以隨之，納張儀於魏。今張儀以秦相魏，大王果伐之。此乃內自敝而伐盟國，廣鄰敵以求自亡也。如此，大王之伐魏，豈非重託張儀於秦王乎？」

齊湣王聽完馮喜的這番解說，真的覺得自己伐魏，是幫了張儀大忙，是由此使張儀更能取信於秦王了。這樣，自己不就做了蝕本的生意了嗎？

想到此，齊湣王遂脫口而出道：

「善哉！寡人知道了。」

於是，立即傳令齊將，班師回朝。

就在齊師剛剛撤回後，秦國救兵也到達了。一看齊師已經撤退，遂不戰而凱旋西歸了。

第十八章 尾聲

張儀不費吹灰之力，坐鎮大梁，就將洶洶而來的齊國大軍逼退，真可謂是「不戰而屈人之兵」也。

從此，不僅魏哀王更加信任張儀，魏國的滿朝文武，包括那個當初極力阻止張儀相魏的張丑，此時也不得不對張儀感佩不已，口服心也服矣。

俗話說：「有事度日難，無事光陰速。」

平息了齊國伐魏之難後，魏國太平了，天下也太平了。

一轉眼，周赧王五年就過去了。

周赧王六年（西元前三〇九年）一月二十五，魏都大梁天寒地凍，滴水成冰。一大早，鵝毛大雪下得天茫茫，地茫茫，讓人不知何處是天，何處是地，更不辨東西南北也。

然而，魏相府卻從一大早就雞飛狗跳，熱氣騰騰。偌大的魏相府，上至管家，下至婢僕、嬤嬤、雜役人等，掃席的掃席，張燈的張燈，和麵的和麵，擀皮的擀皮，洗菜的洗菜，切肉的切肉……，人人忙得不可開交，恨不得雙腳也要用上了。

時近中午，一隊隊高車駿馬，陸續停在了相府門前。

「相爺，客至矣。」

隨著相府管家的一聲稟報，張儀立即盛裝出迎。

「張相貴誕，可喜可賀。」

「張相花甲之庚，瑞雪紛紛，此乃人壽年豐之兆也。」

「薄禮不成敬意，聊表賀忱寸心耳。」

……

「謝大人厚愛，儀何以消受哉？」張儀一邊向雪中趕來賀壽的魏國諸位大臣一一打恭作揖，一邊笑著如此應答個不了。

正午吉時至，相府大堂之上，四十余位魏國大臣，以及三十多位親朋好友都集齊了。每人坐席之前的食案上，酒食也已擺放妥當。就在此時，一陣秦缶、楚鐘、齊竽、趙瑟的合奏已然響起。

頓時，大堂之上，原本的喧笑之聲嘎然而止。只見貴賓親朋，人人正襟危坐，個個傾耳屏息以聞。

樂止，坐於正中之席的張儀，跪直了身子，手舉精緻的青銅酒爵，環視了一下堂上的賓朋親友，從容致詞道：

「今日乃儀花甲賤庚，深荷諸位大人厚意，承蒙親朋好友深情，踏雪沖寒，辱臨寒舍，儀何德何能以受之哉？感厚恩，戴大德，儀不知所云。聊備薄酒，願諸位盡歡也。」

說完，張儀仰面一飲而盡。

堂上之客見此，亦隨之，皆盡爵也。

接著，鐘、缶、竽、瑟之樂又起，鐘鳴鼎食開始了。

就在這時，突然，相府門外一聲高叫，接著就進來十餘個王宮侍從。入得堂來，為首的一個侍從高聲宣道：

「大王聞張相花甲之喜，特致黃金千鎰，白玉百雙，以為賀儀，令臣等進之也。」

張儀一聽，連忙跪拜謝恩道：

「大王深恩，山高水長，臣何能報之於萬一也。」

收下魏哀王的厚禮之後，張儀遂邀魏王之使入席。為首之使道：

「張相厚意，臣等心領矣。今當往覆大王之命也。」

說完，就領著魏王之使十餘人往外而去。張儀連忙離席相送，直至車馬之影不見，方才回堂就席。

魏國諸臣與張儀親友，見魏王也遣使致禮相賀，遂興致更高。

張儀見此，心中的那份激動，只有自己才能知道。

平靜了一會激動的心情，張儀遂跪而起，膝行而至諸賓客之席，一一敬酒答謝。

酒過數巡，樂過數曲，早已到了薄暮時分。而張儀與諸賓客，也早已酩酊大醉，不知此夕何夕也。

張儀大醉之後，被侍從家人扶至內室，獨自而臥。

睡至半夜時分，迷迷糊糊之中，張儀好像看到一個高大的身影向自己床前走了過來。張儀不禁一驚，以為有刺客，剛想張嘴喊人，就見在雪光的輝映之下，此人已經靠近了床前。張儀張目一看，發現竟然是他的大師兄蘇秦。

於是，張儀迷糊之中，就向蘇秦伸出了手。然而，一抓什麼也沒有。

朦朧中的張儀，不禁又是一驚。

「師弟之功業，勝於為兄遠矣。」

就在張儀還在驚愕之中，蘇秦說話了。

張儀遂情不自禁地應聲答道：

「師兄說諸侯，合山東，三年而縱合。職兼六國之相，爵封武安之君。儀何敢望師兄之項背哉？」

「為兄說秦王，書十上而說不行。黑貂之裘敝，黃金百斤盡，資用乏絕，去秦而歸。師弟說秦王，一說而中，任為秦相。為兄何以及於師弟也？」

張儀見師兄蘇秦說自己一次就能說得秦王信任，而為秦國之相，遂立即接口道：

「儀得以說秦王，乃師兄之力也。師兄激儀之志，資儀之金，儀方得至秦，不然何有儀之今日哉？師兄之恩，儀不能報之於萬一也。」

「然說秦王，霸諸侯，為兄實不及師弟也。」

「師兄相於趙，而關不通。當此之時，天下之大，萬民之眾，王侯之威，謀臣之權，皆決之於師兄。師兄不費斗糧，未煩一兵，未戰一士，未絕一弦，未折一矢，而諸侯相親，賢於兄弟。師兄一人在，而天下服。一軾撙銜，橫歷天下，廷說諸侯之王，杜左右之口，天下莫之能伉。儀何以及於師兄之萬一哉？」

「然愚兄扶燕謀齊之志不遂，而身為齊王所裂，終為天下笑也。」

說完，原來高大的蘇秦突然不見，眼前出現的卻是血淋淋的五塊血肉之軀。

張儀不禁大叫一聲，重重地摔到了床下；等到家人聞聲而至，張儀早已氣絕身亡了。

參考文獻

一、原著類

1 司馬遷：《史記》
2 劉向：《戰國策》
3 司馬光：《資治通鑑》
4 劉安：《淮南子》
5 劉向：《說苑》
6 韓嬰：《韓詩外傳》
7 《晏子春秋》
8 呂不韋：《呂氏春秋》
9 董仲書：《春秋繁露》
10 《老子》
11 《論語》
12 《孟子》

13 《孔子家語》
14 《詩經》
15 《楚辭》
16 《鬼谷子》
17 趙蕤：《長短經》
18 《太公陰符》

二、注疏考證類

1 〔日〕瀧川資言：《史記會注考證》，北京文學古籍刊行社，一九五五年。
2 〔日〕川龜太郎：《史記會注考證》，東京史記會注考證校補刊行會，一九五六年。
3 何建章：《戰國策注釋》，中華書局，一九九〇年。
4 〔日〕關脩齡：《戰國策高注補正》，東京書肆，日本寬政十年（一七九八年）。
5 巴黎大學北平漢學研究所：《戰國策通檢》，巴黎大學北平漢學研究所，一九四八年。
6 劉殿爵、陳方正：《戰國策逐字索引》，臺灣商務印書館，一九九二年。
7 吳師道：《戰國策校注》，中華書局，一九九一年。
8 陳夢家：《六國紀年》，人民出版社，一九五六年。
9 董說：《七國考》，中華書局，一九五六年。
10 董說、繆文遠：《七國考訂補》，上海古籍出版社，一九八七年。

11 魏源：《老子本義》，上海書店，一九八七年。
12 陳鼓應：《老子今註今譯及評介》，臺灣商務印書館，一九七八年。
13 馬敘倫：《老子校詁》，中華書局，一九七四年。
14 朱熹：《楚辭集注》，江蘇廣陵古籍刻印社，一九九〇年。
15 陳子展：《楚辭直解》，江蘇古籍出版社，一九八八。
16 戴震：《孟子字義疏證》，中華書局，一九八二年。
17 焦循：《孟子正義》，河北人民出版社，一九八八年。
18 朱熹：《孟子集注》，上海古籍出版社，一九八七年。
19 杜預、孔穎達、黃侃：《春秋左傳正義》，上海古籍出版社，一九九〇年。
20 賴炎元：《韓詩外傳今註今譯》，臺灣商務印書館，一九七二年。
21 陳奇猷：《呂氏春秋校釋》，學林出版社，一九八四年。
22 許維遹：《呂氏春秋集釋》，北京中國書店，一九八五年。
23 盧元俊：《說苑今註今譯》，臺灣商務印書館，一九七九年。
24 楊樹達：《淮南子證聞》，中國科學院，一九五三年。
25 阮元：《十三經注疏》（附校勘記），臺灣新文豐出版公司，一九七八年。
26 國家文物局古文獻研究室：《馬王堆漢墓帛書》，文物出版社，一九八〇年。

三、學術著作、工具書部分

1　楊寬：《戰國史》，上海人民出版社，二〇〇三年。

2　譚其驤主編：《中國歷史地圖集》（第一冊，原始社會、夏、商、西周、春秋、戰國時期），地圖出版社，一九八二年。

後記

以戰國時代的兩位說客蘇秦與張儀為題材創作歷史小說，乃是我「蓄謀已久」的計畫。我之所以第二次接受日本京都外大的邀請來做客員教授，其實就是想遠離在上海、在復旦不可能避開的煩瑣的人與事，尋找一個環境清幽的地方靜下心來完成我的寫作計畫。而逃到日本，之所以只選擇京都，也是為了寫這兩部歷史小說的緣故。因為京都是日本古都，這裡的建築與城市格局有中國唐朝長安的殘存影像，它能讓我夢回大唐，更能讓我由此及彼，思接千古，發千古之幽情，徹底拋棄現實的塵囂，完全沉浸到歷史中去。關於這一點，我在歷史小說《遠水孤雲：說客蘇秦》的後記中已經說得非常清楚了。

這部名曰《冷月飄風：策士張儀》的歷史小說，是《遠水孤雲：說客蘇秦》的孿生兄弟，幾乎是同時成書的。因為之前所做的戰國史料長編就是專門為寫此兩個歷史人物準備的。因此，在寫作時就考慮到史料詳略的分配問題。某一歷史事件的敘述與人物故事的描寫，在《遠水孤雲：說客蘇秦》中詳，就會在《冷月飄風：策士張儀》中略。反之，亦然。這樣，二書同時寫，就不致於造成內容上的重複。

關於此書寫作的具體過程及相關情況，我在《遠水孤雲：說客蘇秦》的後記中已有詳述，此不贅言。不過，還是有幾點，這裡是應該略作交代的。

一是語言問題。因為張儀與蘇秦一樣，也是說客，擅長遊說人主。《史記》中的《張儀列傳》及《戰國策》中所記張儀遊說諸侯的說辭都體現了說客雄辯的風格。懂得修辭學的人都知道，一種語言風格的形成，是與語言運用的特色分不開的。其中，最重要的便是用詞與句法。我們都知道，古漢語是以單音節詞占絕對優勢，因此表達上都有簡潔優雅的特點。而現代漢語則是以雙音節占絕對優勢，因此同樣的一句話，用文言表達比用白話表達要簡潔得多。在句式上，文言的表達也顯得簡短精悍，而白話表達則顯得平緩拖遝。特別是古漢語中特有的判斷句，因為多以兩個子句的形式出現，因此在句型上就顯得更為簡短。由於文言表達在用詞與構句形式上都易於形成簡潔明了的風格特點，這對塑造說客形象、表現其遊說時滔滔雄辯、鏗鏘有力的氣勢非常有利。與之相反，白話則正好相反。因此，小說中的人物對話，特別是主人公遊說諸侯王的遊說辭以及君臣對話，如果都改成白話來寫，就很難凸顯出文言表達那樣氣韻生動、簡潔優雅的風格特點。以我個人的學養背景，將所有人物對話都寫成文言毫無困難。但是，既是歷史小說，那就要讓讀者看懂。因此，人物對話全用文言又是不現實的。正因為如此，我在寫作中就特別對語言問題感到苦惱。寫好後進行修改時，也感到非常糾結。關於這種痛苦與矛盾，我在《遠水孤雲：說客蘇秦》的後記中作過詳細描述。最後，我乞靈於中國古典小說，決定借鑒《三國演義》、《水滸傳》等的寫作經驗，讓不同人物的對話以及同一人物對話在不同場合作一個區隔。這樣的處理，也是符合生活的真實。就像我們做教授的，在面對教授學者或學生做學術報告時，會用優雅古奧的文言詞或書卷語，構句也會採嚴密周致的長句；但是，我們面對小孩子或沒有文化的老婆婆，我們會自然而然地用最通俗易懂的大白話。正因為有此理念，所以，我在寫小說人物日常生活對話時，都是直接以現代漢語來表現。而寫主要人物遊說君主或君臣對話時，則多以文言句式表現，用詞也儘量古雅，帶有書卷氣。不過，在做這樣的對話處理時，並不完全照抄史書史料，而是兼顧文采與讀者，對史料所載的人物對話進行軟化處理，對文言用詞與相關句式進行選擇。如《戰國策》中既有「莫如」。也有「不如」，用詞時則選擇「不如」，而不用「莫如」，這樣既使人物對話有歷史感，又能讓現代讀者易懂。其他如「之」、「其」等現代還在使用的文言詞，小說人物對話中都儘量多用。在句式的選擇方面，如「……（者），……也」等常見而易懂的古漢語判斷句式，在人物對話中也經常運用。這樣做的目的，就是要營構一種古雅有歷史感的語言風格，企及我心目中的歷史小說語言標準，亦即《三國演義》所創造的那種「文不甚深，語不甚俗」的語言風格。為了防止走入孤芳自賞的死胡同，我寫好這些對話以後，都會有意識地找一些中等文化程度（以看得懂《三國演義》、《水滸傳》、《紅樓夢》等古典小說為標準）的朋友閱讀，看他們的閱讀認同度如何。認同度高則保留，否則繼續修改。

二是「虛實」安排問題。我原本是研究中國古典小說的學者，對歷史小說的標準有自己的認識。為了使小說具有「歷史感」，在小說寫作中，我堅持了自己的理念，認為《三國演義》那種「七實三虛」的分寸掌握得比較好。正因為有此認識，我在寫作中盡量規摹之。不過，實際上，我這本小說中「實」的部分更多，「虛」的部分只有數得過來的幾處。即使是「虛」的部分，如第一章至第六章，也都是以歷史為依據，通過虛構的張儀成長故事，來展現其生活時代的真實現實，以此為人物正式出場，登上歷史舞臺作鋪墊。儘管這五章中有很多虛構的故事，但所涉及的事實都是於史有據的。如張儀游食楚國令尹府被打，張儀師事鬼谷子，張儀求見蘇秦遭辱，等等，都是《史記》明載的史實。只是本書在寫這些情節時作了合理想像，鋪寫得更詳細而已。如《蘇秦》一樣，本書中也插入了《詩經》中的內容。讓當時人物唱當時的詩、辭，這也符合「歷史的真實」，既可增加小說的可讀性，也能增加小說的「歷史感」。其他還有一些小的「虛」寫部分，像《蘇秦》一書一樣，《戰國策》中一些無主事蹟，借鑒《三國演義》「移花接木」的創作手法，將其移到張儀身上，以突出其智慧而又奸詐的策士形象。還有史傳中沒有出現人名的，為了敘事的方便，給他們取了名字。另外，生活細節的描寫，則多屬「虛」寫部分。還有，就是除了《史記》與《戰國策》中所記張儀說六國之王與說秦王的遊說辭有所據外，更多的人物對話是我根據情節發展的需要自行構擬的，亦屬「無復傍依」的「虛構」，目的是要表現張儀作為一個策士本身所具有的說客本色。除此，全部內容都依《史記》所載與《戰國策》所錄，依《史記》中《六國年表》的時代順序進行寫作。之所以沒有根據《辭海》的歷史繫年，那是因為若依《辭海》的歷史年表，魏惠王、齊宣王等人的執政時間都對不上《史記》所記的史實，也對應不上《戰國策》中的歷史史實。因為戰國史本就有爭議，既然大家都沒有定論，我不如相信古人。即使有錯，因為我這是小說，也能說得過去。也就是說，不合歷史，你就當小說讀。與歷史相一致，你就當歷史讀。這就是「歷史小說」的真義所在吧。這一點，我在《遠水孤雲：說客蘇秦》後記中已經明確說明。

三是史地問題。關於這一點，我在《遠水孤雲：說客蘇秦》後記中也已經說過。我在小說中所用的地名，全是歷史地名，即戰國時代的地名。小說中人物出行的路線，也是根據譚其驤先生主編的《中國歷史地圖集》第一冊中所標地名，並根據比例尺來確定人物從一地往另一地行進的日程，從而增加小說的「歷史感」。不同於現在許多歷史小說，連歷史地名都沒弄清，戰國時代相距幾百里甚至上千里，就讓人物幾天就到達了。要知道那時沒有高速公路，也沒有汽車，只有馬車，只有步行，必須根據歷史條件寫歷史，否則就不是歷史小說了，那是神話小說了，或說是荒唐小說了。這大概也是我個人的堅持，因為我是學者，因為我喜歡地理，我懂得歷史，我寫歷史小說必須嚴格尊重歷史。

四是人物生死問題。張儀生卒年，史有明載。因此，我寫張儀呱呱墜地的情節，就確切地寫其出生之時的天下情勢，以此展開人物的人生旅程。寫張儀死時，也嚴格按照史書所載年代。至於史書不載的死因，則根據小說創作與人物塑造的需要作合理想像。這也不違背「生活的真實」與「藝術的真實」原則。

五是人物定位問題。歷史上的張儀，與蘇秦一樣，也是一個書生，一個遊士。他與蘇秦一樣能說會道，有說客的本色。但是，相對於蘇秦來說，他更具謀略，因此，本書將其定位為策士。因為策士可以包括說客善辯的特質，但說客未必有策士的智謀。正因為本書將張儀定位於策士，所以小說更多更突出的是其機智或曰奸詐的形象。而這一創作傾向，與歷史所記載的張儀其人，是一致的。

吳禮權

二〇〇六年三月二十八日午夜

於日本京都市右京區山ノ內池尻町六番地京都四条グランドハイツ 1120 室寓所

又記

《遠水孤雲：說客蘇秦》和《冷月飄風：策士張儀》，是我二〇〇五年到二〇〇六年在日本做客座教授期間完成的兩部長篇歷史小說，原名分別是《書生之雄：蘇秦》、《書生之梟：張儀》。

這兩部歷史小說雖然於五年前就已完成，但始終不能讓我滿意。所以，初稿在日本殺青後，歷經五年，六易其稿，至今仍讓我有很多糾結，不能釋然。這其中，尤其是語言問題。因為這兩部小說的主人公都是說客，他們的不世事功就是靠其嘴巴遊說諸侯而建立的。那麼，如何生動地再現這兩個在中國歷史上家喻戶曉的說客形象，凸顯其口若懸河、雄辯滔滔的縱橫家本色，就必須通過他們遊說諸侯的說辭來表現。漢人司馬遷《史記》中的《蘇秦列傳》與《張儀列傳》已經生動地展現了其風貌，但是如何通過小說的形式更加生動地塑造出其縱橫家栩栩如生的形象，就不能不在人物對話的語言上有所突破。如果照搬《史記》與《戰國策》中所記載的二人說辭，一來太過簡單，不足以再現兩個說客的語言智慧，使其形象鮮活地樹立起來；二來太過艱澀，對於今天的讀者閱讀會有障礙。因此，如何通過語言這一有力的手段來確立起兩個說客的形象，就顯得非常艱難了。小說寫完後，我廣泛徵求包括學界朋友，普通朋友，老朋友，小朋友的意見，請他們閱讀，提出意見，並在吸收各方意見，特別是人物對話語言方面的意見作了四次修改，但仍然不滿意。

二〇〇九年二月我應邀來臺灣東吳大學做客座教授，又有一次沉澱心情的機會，同時又有一次發千古之幽思的環境，終於下定決心，對小說稿作最後一次大的修改。東吳大學是百年名校，她在臺灣臺北有兩個校區，一是城中校區，就在「總統府」旁邊，是最繁華的地段，是東吳商學院與法學院所在。二是外雙溪校區，隔一條小小的外雙溪與臺北故宮遙相對應，周圍都是青山，真是臺北難得的清幽之地。客座教授的住所就在半山之上，每天清晨起來，推開窗戶或打開房門，就能看到小溪對面的臺北故宮與歷史文獻博物院金黃色的琉璃瓦在陽光下閃耀著光芒，故宮背倚著的陽明山則煙樹朦朧，雲蒸霞蔚。我的辦公室就在住所下方隔著一條斜坡的路旁，辦公室再下方就是史學大家錢穆先生的故居，故居下方則是日夜潺潺的外雙溪。而我授業的教學大樓，則就傍溪而建，可以一邊聽溪流潺潺、風聲入耳，一邊跟學生坐而論道、談古說今。坐擁如此的環境，與近在咫尺的錢穆故居與隔溪遙對的陽明山上的林語堂故居為鄰，那是何等的福分啊！除了自然環境影響心境外，大學方面的課程安排更是讓我心境大好。東吳大學中文系給我安排的都是碩士班課程，且在晚上授業，所授課程分別是《中國筆記小說史》、《漢語詞彙學》、《修辭學》，都是我的本行，備課的壓力很小，倒是上課討論的學生（多是在職）常給我很多啟發與靈感遐思。有如此的自然環境與人文環境，加上充裕如此的大塊時間，讓我情不自禁又湧起了創作的衝動。本來，是想將手頭未寫完的一部學術著作殺青。但是，天天看著遠近滿目的好山好水，夜夜聽著鳥囀蟲鳴的天籟之聲，實在是靜不下心來寫枯燥的學術著作。於是，權衡再三，決定將在日本殺青，而且已經修改了四遍的兩部歷史小說《蘇秦》、《張儀》拿出來重新大改一次。就這樣，在一週七天的時間保證下，有東吳外雙溪校區獨特的山居環境，終於將二稿作了一次傷筋動骨的徹底修改。特別是在人物對話的語言問題上，我終於找到了感覺，因為臺灣的文化環境與師生日常語言的遣詞造句特點讓我感知到漢語發展傳承的脈絡，古今漢語的分際究竟在哪裡，歷史小說處理人物對話語言如何才能古今兼顧。這是我此次臺灣客座期間最大的收穫。

過幾天，我就要完成在東吳的客座教授任期回到上海了。回望山居的屋舍草木，遠眺陽明山的煙樹雲影，突然想起徐志摩的《再別康橋》：

輕輕的我走了，
正如我輕輕的來；
我輕輕的招手，
作別西天的雲彩。

……

悄悄的我走了，
正如我悄悄的來；
我揮一揮衣袖，
不帶走一片雲彩。

雖然不帶走（其實是帶不走）任何一片雲彩，但我將永憶這段山居的歲月，永憶這山居歲月裡夢迴千古的日日夜夜。

吳禮權

二〇〇九年六月二十日於臺北　東吳大學半山寓所

再記

這兩部歷史小說從醞釀構思，再到做史料長編，前後達十餘年之久，二〇〇六年最終在日本寫成後，又過了五年，幾易其稿，至今才出版，原因主要有兩個。一是小說何時出版對我沒有什麼緊迫感，更無什麼直接的壓力。因為我是學者，以教學、做學問為本業，我的學術著作數量已經在同輩學者中遙遙領先了，我出版小說對我在學術界行走、在大學混飯，沒有任何加分效果。所以，將之付梓出版的緊迫感不強。二是我個人完美主義的癖好。我是研究古典小說的，後來又主攻修辭學，對文字的講求比較高。所以，這兩部歷史小說雖然五年前就已殺青成稿，但修改卻是一遍又一遍，五年間已經六易其稿了。

本來，二〇〇九年在臺灣東吳大學做客座教授時已經大改一次後決定不再修改了，可是，回到上海不久，卻又在徵求許多朋友包括臺灣朋友的意見後，又起念要改。結果，一改就是兩年。今年四月至五月，因參加在臺灣舉辦的一個古典文學國際學術會議及相關學術活動，再次到東吳大學，遇到了看過我兩部小說稿的學界朋友，問起何時才能面世。這才讓我覺得，這兩部小說的出版真的不能再拖了，因為事實上滿意的修改永遠都是沒有的。看過我修改稿的臺灣朋友，還將部分稿子推薦給相關影視公司，他們覺得不錯，有將之改編為電視劇或動漫劇的打算。但這涉及到版權問題，我必須先找一家出版社將書稿出版了，然後再將改編權授予臺灣相關公司。這樣一想，我覺得還是先出版小說稿。

在臺灣開國際學術會議期間，我於四月三十日到臺灣商務印書館拜訪做過我好幾部學術著作責任編輯的李俊男主編。不到一年時間，我們能在臺北再次相見，相談甚歡。除了談到去年已經出版的《清末民初筆記小說史》和即將出版的《表達力》，李先生特別叮囑我別忘了已經約好要交稿的另兩部書。然後又說到了選題問題，談得更投機了。每次李先生跟我聊天，都給我許多靈感，上提兩部書和我正在寫的另兩部書，都是李先生給我的靈感，並當場拍板約定，最後成稿的。談到最後，一高興，我突然問了李先生一個異想天開的問題：臺灣商務印書館有沒有出版歷史小說的意願。話一出口，我就覺得這個問題問得荒唐，因為我與臺灣商務印書館打了近二十年交道，在此出版了八部學術著作，明明知道臺灣商務印書館是以出版高規格的學術著作聞名的，不出版文學創作類作品。可是，沒想到，李先生卻笑說：「也未嘗不能出版，只是要建立一個歷史小說系列，不能孤零零地出版一本。」於是，我們就此再次展開話題，討論到準備寫的歷史小說系列，並大體確定了幾個方向。由於談得太忘情，結果將此行專門要返交的《表達力》出版契約又帶回去了。事後，只得再通過東吳大學郵政局寄到臺灣商務印書館。

從臺灣回來不久，我就收到雲南人民出版社寄來的出版契約。因為在此之前，原雲南師範大學校長、也是我多年亦師亦友的同行駱小所教授已經為我這兩部歷史小說的出版跟雲南人民出版社聯繫了。駱教授看過《說客蘇秦》和《策士張儀》二書的初稿與幾個修改稿，一直主張我趕緊出版。駱教授是國內研究文學語言最權威最有成就的學者，他的鼓勵讓我充滿信心。這樣，我就準備與雲南人民出版社簽訂出版意向書。但是，考慮到剛跟臺灣商務印書館主編李俊男先生有約，臺灣商務印館破例給我出版歷史小說系列，這是多大的榮寵啊！思來慮去，最後終於想到了一個兩全其美的辦法。我給雲南人民出版社的責任編輯閔豔平小姐與臺灣商務印書館主編李俊男先生各寫了一個電子郵件，坦然地說明了目前面臨的尷尬情況，希望將《說客蘇秦》與《策士張儀》二稿的簡體版權交與雲南人民出版社，將繁體版權授予臺灣商務印書館。沒想到，卻得到了二位及所在出版機構的欣然同意，真是讓我喜出望外！

雲南人民出版社是大陸知名的大社，出了很多有影響的滇版圖書。幾年前，我所著的學術著作《修辭心理學》也是由雲南人民出版社出版。出版後，得到學界認可，並有加印。所以，至今我還非常感念。這裡，再次感謝雲南人民出版社及其領導對我個人學術研究與文學創作的雙重支持！

臺灣商務印書館，則與我淵源更深。一九九三年我的第一部學術專著《中國筆記小說史》，就是在此出版的。那時，我還是一個二十多歲的小講師，卻不知天高地厚地選擇了一個學術界從未開墾過的處女地——中國筆記小說史，進行了初始的學術研究，並在「無複傍依」的情況下寫成了第一部《中國筆記小說史》。稿成，我自知在大陸當時的情勢下是很難有出版機會的。因為我知道，以自己當時的學術輩份與資歷，在「事事有人情、處處講關係」的大陸社會環境中是不可能有出版社願意出版我的學術著作的。即使我的著作在學術水準上真的很高，甚至比已經成名的學界名宿的著作還要有水準，也不可能有出版的機會。幸運的是，那時我正供職於復旦大學古籍整理研究所，研究所的資料室有很多臺灣的學術著作。在那個兩岸學術交流還未曾展開的歲月，能看到海峽彼岸的圖書實在是非常難得。當時，我不僅以驚奇的心情如饑似渴地閱讀來自海峽彼岸學者的著作，還突發奇想，根據圖書的版權頁所顯示的出版社位址給臺灣相關出版機構寫信。不少出版社還真的給我這個無名小輩回信。正因為有如此熱情的鼓勵，當《中國筆記小說史》稿成後，我就義無反顧地選擇了臺灣最權威的出版機構——臺灣商務印書館。之所以要選擇最權威的出版社，那是基於我當時一種樸素的想法：最權威的出版社做事會比較規範些，會就事論事，不會因人而異。事實證明，確實如此。臺灣商務印書館收到我的書稿後，審查委員會找了當地最有權威的幾個專家進行了匿名審稿，提出了審稿意見。在戰戰兢兢、度日如年地等待了幾個月後，我終於等到了「判決」結果：審查通過，同意出版。並附了長長的審稿修改意見。後來，這本小書出版後，還被大陸商務印書館引進，出版了簡體字版廣泛流播，在學術界頗有些口碑，被公認是此一研究領域的開山之作。現在想來，也許正因為是「開山之作」的緣故，我才那麼有幸在那麼年輕的時候就能在臺灣商務印書館這樣知名的學術出版機構出版著作。後來，臺灣商務印書館又先後為我出版了《中國言情小說史》、《中國修辭哲學史》、《中國語言哲學史》、《中國現代修辭學通論》、《古典小說篇章結構修辭史》、《清末民初筆記小說史》、《表達力》等八部學術著作。應該說，在復旦大學，我能二十九歲被破格晉升為副教授、三十六歲被破格晉升為教授，成為復旦大學百年史上最年輕的文科教授之一，端賴臺灣商務印書館在我學術成長道路上的大力支持。古人曰：「滴水之恩，當湧泉相報。」對於臺灣商務印書館，我至今無以為報，但是我始終對臺灣商務印書館抱持一份深深的感激之情。而今，我的兩部歷史小說作品《遠水孤雲：說客蘇秦》、《冷月飄風：策士張儀》又將由臺灣商務印書館推出繁體字版，值此之際，再次深深感謝臺灣商務印書館多年來對我的熱情鼓勵與支持，感謝李俊男主編給我歷史小說創作提供的許多有價值的建言以及由此而帶來的許多靈感，同時感謝為我在臺灣商務印書館出版的著作付出過辛勤勞動的所有同仁！

吳禮權

二〇一一年八月十八日 於上海

冷月飄風：策士張儀

作　　者　吳禮權
發 行 人　施嘉明
總 編 輯　方鵬程
叢書主編　李俊男
責任編輯　賴秉薇
美術設計　吳郁婷
校　　對　吳素慧

出版發行：臺灣商務印書館股份有限公司
台北市重慶南路一段三十七號
電話：(02)2371-3712
讀者服務專線：0800056196
郵撥：0000165-1
網路書店：www.cptw.com.tw
E-mail：ecptw@cptw.com.tw
網站：www.cptw.com.tw
局版北市業字第 993 號

初版一刷　2012 年 06 月
定　　價　新台幣 340 元
ISBN　978-957-05-2709-4

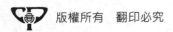

國家圖書館出版品預行編目資料

冷月飄風：策士張儀／吳禮權　著；-- 初版. --
臺北市 ： 臺灣商務, 2012. 06
面 ； 公分. --

ISBN 978-957-05-2709-4（平裝）

857.7　　101006510